Monika Bittl

Irrwetter

Monika Bittl

Irrwetter

Roman

Droemer

Besuchen Sie uns im Internet:
www.droemer.de

Die Folie des Schutzumschlags sowie die Einschweißfolie
sind PE-Folien und biologisch abbaubar.
Dieses Buch wurde auf chlor- und säurefreiem Papier gedruckt.

Umschlaggestaltung: ZERO Werbeagentur, München
Umschlagabbildung: Montage unter Verwendung
eines Bildes von Masterfile
Satz: Adobe InDesign im Verlag
Druck und Bindung: Ebner & Spiegel, Ulm
Printed in Germany
ISBN-13: 978-3-426-19738-7
ISBN-10: 3-426-19738-3

2 4 5 3 1

Für Franz Geiger, den Großen,
und Franz Antonius, den Kleinen.

»Das Leben geht so unerhört vorbei.
Man wird verrückt, wenn man darüber nachdenkt.«

Franziska von Reventlow

I.
Das Dorf

1.

Eine Woche nachdem Anntraud Reiser für ihren verstorbenen Mann eine standesgemäße Beerdigung arrangiert hatte, packte die Achtundsechzigjährige einen Koffer und fuhr nach München. Pfarrer Taugenbeck brachte Anntraud persönlich zum Bahnhof der nächsten Stadt, segnete sie am Bahnsteig, wünschte ihr Gottes Beistand in der Großstadt und drückte dem schwarz gekleideten Mütterlein mit den weißen Haaren, den grünen Augen und den Sommersprossen zum Abschied einen handgeschnitzten Rosenkranz und ein Kartenhandy für den Notfall in die Hände.

Knapp ein Jahr später verweigerte Pfarrer Taugenbeck »dieser Person« die letzte Ruhe auf dem Berghaupter Friedhof. Während Anntrauds Leichnam noch von München nach Berghaupt überführt wurde, eröffnete der Priester seine Sonntagspredigt mit dem Römerbrief. »Jeder leiste den Trägern der staatlichen Ordnung Gehorsam, denn es gibt keine staatliche Gewalt, die nicht von Gott stammt«, zitierte der Priester und sah dann lange in die Gesichter der Berghaupter Männer, Frauen und Kinder. Versteinert erwiderten die erwachsenen Berghaupter den Blick des Pfarrers. Keiner schien mit dem Urteil, das diese Worte einleiteten, einverstanden zu sein. Doch

Pfarrer Taugenbeck, der sich trotz der Hitze an diesem Augusttag extra das würdigere, dickere Meßgewand aus Brokat angezogen hatte, ließ sich vom Mißfallen seiner Gemeinde nicht einschüchtern, predigte in scharfem Ton weiter, ignorierte die auf sein Manuskript fallenden Schweißtropfen und verurteilte in biblischen Bildern wie »Böses darf nicht mit Bösen vergolten werden« die Taten seiner ehemaligen Vorzeigechristin aufs schärfste. Einige Berghaupter, die wie alle Dörfler gespannt auf die Stellungnahme des Pfarrers gewartet hatten und deshalb so zahlreich wie selten in die Kirche geströmt waren, verließen aus Protest noch während der Predigt das Gotteshaus, darunter auch die Kutzbergerin, die sich schnell auf den Weg ins untere Dorf machte.

So erfuhr Gerlinde Weiß, die Patin der Toten, noch vor dem Ende der heiligen Messe von der Weigerung des Geistlichen, Anntraud auf dem Gottesacker zu bestatten. »Das ist doch rückständig!« empörte sich die Vierundneunzigjährige Gerlinde. In allen Dörfern der Umgebung hatte es schon Selbstmorde und Morde gegeben, und all die armen Seelen hatten ihre letzte Ruhe auf dem Friedhof finden dürfen. »Als ob es kein Zweites Vatikanisches Konzil gegeben hätt!« schimpfte Gerlinde und fügte hinzu, daß man etwas dagegen unternehmen müsse. Die Kutzbergerin zuckte mit den Schultern, seufzte »Ja was denn?« und verwies vorsorglich darauf, daß sich Gerlinde in Anbetracht ihres hohen Alters nicht aufregen solle. Außerdem brauche Gerlinde auf Grund ihres Lebenswandels nicht damit zu rechnen, einen Einfluß auf Hochwürden zu haben.

Gerlinde zog die Brauen zusammen, und leise entfuhr ihr ein »Blöde Kuh«. Die dicke Kutzbergerin mit ihren blond gefärbten Dauerwellen, die selbst über das Sonntagsgewand eine Schürze anzog und sich nicht schämte, damit

durchs Dorf zu gehen, war einfach nur als Haushaltshilfe zu gebrauchen, aber keinesfalls zum Denken. Schließlich hatte die Hebamme Gerlinde seinerzeit auch Hochwürden aus der Enge des Mutterleibes geholfen und damit nach einem alten Glauben der Dörfler ein noch älteres Recht auf den Pfarrer als der Herrgott, der erst seit der Taufe am Leben des Priesters teilnahm. Schon alleine deshalb war sie die geeignetste Person, um Taugenbeck umzustimmen.
Mürrisch holte die magere Gerlinde ein Sommerkleid aus dem Schrank, zog blickdichte Seidenstrümpfe über ihre Beine mit den Altersflecken, steckte sich die weißen Haare zu einem Schopf zusammen und suchte den dazu passenden grünen Hut. Lautstark schimpfte Gerlinde während des Ankleidens vor sich hin. Die Kutzbergerin, die derweil im kühleren Wohnzimmer einen Kaffee trank und deshalb einen Schweißausbruch nach dem anderen bekam, mußte alles mitanhören. Nicht nur, so Gerlinde, daß die katholische Kirche die christliche Nächstenliebe auslegte, wie es ihr gerade paßte. Nein. Ausgerechnet sie, Gerlinde, die von dem ganzen »Brimborium« gar nichts hielt, mußte sich nun um ein anständiges Grab für Anntraud kümmern. Dabei hatte Gerlinde nicht nur seit sie denken konnte mit der Kirche nichts am Hut; längst haßte sie es auch, das Haus zu verlassen und unter die Leute zu gehen. Gerlinde wollte ihre Ruhe haben vor den Menschen. Ihr Hüftleiden war nur ein Vorwand, warum sie ihr kleines, streng im Bauhaus-Stil eingerichtetes Haus nicht mehr verließ und Besucher normalerweise höflich abwies. Auch Gerlindes Augen schienen seit einiger Zeit nicht mehr recht sehen zu wollen. Wer ausnahmsweise mit der Hebamme ins Gespräch kam, bemerkte einen abwesenden Blick, der zu sagen schien: Laßt mich doch in Ruhe mit eurem Unglück; Schon als ihr auf die Welt ge-

kommen seid, habt ihr mich mit Geschrei begrüßt. Denn tatsächlich hatte Gerlinde, bis auf die Jüngsten, fast das ganze Dorf zur Welt gebracht.

Da Gerlinde in Berghaupt als Patin jedoch die nächste Angehörige der Toten war und die dummen Bemerkungen der Kutzbergerin sie zudem in Rage gebracht hatten, mußte sie nun außer Haus gehen, um dem Madel zu einem anständigen Grab zu verhelfen. Und ein anständiges Grab war Gerlindes Meinung nach nur eines auf dem Friedhof und der Friedhof war nun einmal katholisch, da konnte man denken, was man wollte, daran war nichts zu ändern.

Die Kutzbergerin, die Gerlinde seit Jahren im Haushalt half, war froh, als die Schimpftiraden der Hebamme, die sie bis auf kleine Variationen längst alle kannte, endlich endeten und die alte Dame sich – nach einem prüfenden Blick in den Spiegel – auf den Weg zum Herrn Pfarrer machte.

Langsam und hinkend, aber mit einem lange nicht mehr gesehenen Funkeln in den Augen, ging Gerlinde den ebenen Weg vom unteren Dorf ins mittlere Dorf, von ihrem Haus zum Pfarrhaus. Die einzige Straße des auf einem Bergplateau in Mittelbayern gelegenen Fünfhundert-Einwohner-Dorfes, erstreckte sich in einem Halbkreis nur über einen Kilometer. Doch da die ungewöhnliche Hitze den alten, asphaltartigen Straßenbelag etwas aufweichen ließ, versanken Gerlindes Pfennigabsätze bei jedem Schritt ein wenig in der Straße, so daß sie das Gehen sichtlich Mühe kostete und sie erst beim Pfarrer ankam, als dieser sich gerade zum Mittagessen setzte.

Gerlinde wies die Einladung zum gemeinsamen Sauerbraten weit von sich und kam gleich zur Sache. Neunundsechzig Jahre sei Anntraud ihm eine fromme Christin gewesen, hätte so viele Schicksalsschläge erduldet und alles gottgefällig hingenommen. Fast jeden Tag sei sie bei ihm in der Kirche gewesen. Und wegen ihres Endes wolle der Pfarrer sie jetzt nicht anständig begraben? Gerlindes Stimme war so streng, daß der hungrige Pfarrer seinen Teller zur Seite schob, aufstand, auf und ab ging und ihr schließlich umständlich erklärte, daß der Weg zu Gott nicht in Jahr und Tag meßbar sei.

»Und deine Vorschriften? Meinst, du mußt dich nicht auch an das Zweite Vatikanische Konzil halten?« fragte ihn Gerlinde. »Auch Selbstmörder und Mörder kriegen seither ein richtiges Grab und alle Pfarrer in der Gegend beerdigen sie anständig.«

»Meine Grundlagen kenn ich schon selber«, erwiderte Taugenbeck, der sich ärgerte, wenn ein Laie sich auf den kirchlichen Codex bezog. »Und die sagen, daß es im Ermessen des örtlichen Geistlichen liegt, wen er wo beerdigt.« Taugenbeck deutete auf seine Bücherwand. »Da, der Codex Iuris Canonici, da kannst alles nachlesen! Mit dem Zweiten Vatikanischen Konzil hat das übrigens gar nichts zu tun«, verbesserte sie der Geistliche.

Gerlinde warf nur einen flüchtigen Blick auf den Schrank. Auf welches Gesetz sich der Pfarrer bezog, war ihr freilich egal. »Und warum bringt dich dein Ermessen dazu, so ein G'schieß zu machen?« bohrte sie weiter.

»G'schieß!?« Taugenbeck ärgerte sich zunehmend über Gerlindes Respektlosigkeit. »Wer hat denn hier ein G'schieß gemacht, unseren Herrgott verraten, und ganz Berghaupt noch dazu, und ist eine linke Terroristin geworden? Wie eine von der Baader-Meinhof-Bande.«

»Die RAF gibt es schon seit zwanzig Jahren nimmer«, erwiderte Gerlinde ruhig und fühlte sich mit weltlichen Argumenten wieder wohler. »Und ob sie deinen Herrgott verraten hat ... ich weiß nicht, ob du das wissen kannst.«

Taugenbeck verging der Appetit. »Das ist unser Herrgott und nicht bloß meiner.« Mit den Augen suchte er in seiner Bücherwand nach einem Werk. »Chesterton hat gesagt, Selbstmord und Mord ist nicht bloß eine Sünde, sondern ein Verbrechen gegen das ganze Leben. Gegen jede Pflanze, die noch weiterlebt, versündigt man sich. Hochmut ist das, Hochmut gegen Gott!«
Gerlinde kannte trotz ihrer Belesenheit keinen Chesterton. Sie wollte schon mit Nietzsche kontern, da fiel ihr ein, daß sie sich damit in die falsche Richtung bewegen würde. Denn auf der philosophischen oder theologischen Ebene würde sie des Geistlichen nicht Herr werden. Außerdem fühlte sie sich zu müde für solche Debatten, und so beschloß sie, auf Chesterton einfach nicht einzugehen.
Da Gerlinde schwieg, fügte Taugenbeck hinzu: »Und außerdem, wenn sie es wenigstens nicht in aller Öffentlichkeit und in der Großstadt getan hätt! Damit hat sie doch explizit ein Zeichen gegen den Glauben setzen wollen!«
Gerlinde lehnte sich zurück und trank einen Schluck Wasser, während Taugenbeck erregt auf und ab ging.
»Und was ist mit der Nächstenliebe gegenüber einer armen Seele?« versuchte es Gerlinde erneut.
»Das hätt sie sich halt vorher überlegen sollen, ob sie eine Terroristin wird oder meinen Segen kriegt!« erwiderte Taugenbeck.
»Deinen oder Gottes Segen?« fragte Gerlinde spitz. »Geht's um dich oder ihn?«
Taugenbeck sah sie zornig an. »Ich bin hier sozusagen der Stellvertreter … Verstehst denn nicht? Bis zum Papst hinauf geht das! Unser Heiliger Vater wird genau schauen, was ich in dem Fall mache«, sagte Taugenbeck und seufzte. »Wenn sie bloß still in Berghaupt verschieden wäre … Aber so! Ich kann doch nicht eine Person, die die

ganze Regierung erschüttert, die Geheimdienste durcheinanderbringt und vor Mord nicht zurückschreckt, einfach so normal begraben.«
»Meinst, unser Papst Benedikt hat nichts Besseres zu tun, als zu uns nach Berghaupt zu schauen und was du da machst?« Gerlinde schüttelte den Kopf.
»Und ob«, Taugenbecks Stimme wurde wieder kräftiger. »Der weiß doch vom alten Aberglauben und der Prophezeiung, hat sich oft genug mit dem Moser, Gott hab ihn selig, darüber unterhalten. Und mich eben deshalb hier eingesetzt, als er noch Kardinal war!«
Jetzt verstand Gerlinde, woher sein Groll rührte, und Taugenbeck tat ihr in diesem Moment fast leid. Als junger Mann hatte er auf eine glänzende Karriere verzichtet, um in sein Heimatdorf zurückzukehren und endgültig den alten Berghaupter Aberglauben zu bekämpfen. Es war tatsächlich nicht übertrieben, wenn es hieß, er könnte längst in Rom Privatsekretär des Papstes sein, wenn er damals nicht ausdrücklich um seine Einsetzung als Berghaupter Dorfpfarrer gebeten hätte. Aus seiner Sicht war er nun doch im lebenslangen Kampf gegen die heidnischen Götter gescheitert. Zugleich wußte Gerlinde nun, wie sie Taugenbeck umstimmen konnte.
»Ja dann«, meinte sie, »dann hast erst recht einen Grund, daß du am besten so gewöhnlich wie immer verfährst. Das amerikanische Fernsehen hat sich übrigens auch schon angemeldet.«
»Wie meinst das?« fragte Taugenbeck.
»Wenn du sie in den Schoß der Kirche zurückholst, dann hast den größten Sieg über den Aberglauben, glaub es mir, sonst gibst ihm doch bloß nach! So ähnlich hat es übrigens auch Papst Benedikt neulich formuliert, in dem Hirtenbrief. Hast das nicht gelesen, das war in allen

Zeitungen gestanden? Und außerdem hat er den alten Schmarrn vielleicht auch längst vergessen, der merkt sich doch nicht alles aus den Nachbardörfern! Was meinst, was so ein Papst alles zu tun hat!«

Pfarrer Taugenbeck ärgerte sich schon wieder über Gerlindes Ausdruck. Das war nicht »so ein Papst«, sondern »Unser Heiliger Vater«. Außerdem bezweifelte er, daß Gerlinde noch regelmäßig die Zeitung las, doch Gerlinde konterte sofort, daß er doch genau wisse, daß sie ihr Leben lang immer in der Früh ausführlich die Zeitung gelesen habe und sie in ihrem Alter doch ihre Gewohnheit nicht mehr ändere.

Tatsächlich log Gerlinde nicht, verschwieg allerdings, daß sie nach dem Ende der Lektüre sofort wieder vergaß, was in der Zeitung gestanden hatte. Ihr Gedächtnis spielte einfach nicht mehr mit. Genaugenommen hatte sie auch vergessen, was der neue Papst geschrieben hatte. Aber das wußte der Pfarrer ja nicht, und sie hatte kein Problem mit einer »Unterlassungssünde« für einen guten Zweck.

Taugenbeck zeigte sich bereit, die Sache noch einmal zu überdenken, doch Gerlinde ließ nicht locker. Jetzt, sofort, sollte er ihr versprechen, daß Anntraud zu ihrem Mann und ihrem Sohn auf den Friedhof käme, denn sie wollte gleich im Anschluß an diesen Besuch Marion anrufen und alles Weltliche für die Beerdigung mit dem Neumarkter Institut »Trauerhilfe« in die Wege leiten.

Pfarrer Taugenbeck setzte sich, nahm einen Schluck Wasser und willigte unter einer Bedingung ein: wenn Anntraud ihre letzte Ruhe auf dem Gottesacker bekäme, dann ohne Namen, denn auch wenn es keine RAF mehr gäbe, sei zu befürchten, daß ihr Grab eine Pilgerstätte für allerlei »Rebellen« werden könnte. Gerlinde widersprach ihm auch in diesem Punkt: genau dadurch würde er doch

Anntraud noch interessanter machen, weshalb er also wie immer verfahren sollte.

All das überzeugte Taugenbeck und erboste ihn zugleich. Daß ausgerechnet die ungläubige Gerlinde ihm zu diesem weisen Entschluß verholfen hatte, konnte er nicht so einfach hinnehmen. Und da er – wie alle anderen im Dorf – wußte, wie man Gerlinde treffen konnte, bemerkte er deshalb beim Abschied, daß sie heute wohl aus Versehen zu einem unpassenden Hut gegriffen hätte, wo sie doch sonst immer so geschmackvoll gekleidet sei. Aber das könne ja jedem einmal passieren.

Kaum war Gerlinde auf der Straße, nahm sie den Hut ab und wollte ihn in ihre Tasche stopfen. Da sah sie die »Reporter aus aller Welt« in das kleine Dorf einfallen. Die Journalisten fotografierten von Autos und Motorrädern aus nicht nur den eintreffenden Überführungswagen, sondern auch die Häuser, die steinernen Zwölf Apostel, die Kirche, die Gärten, den Steinbruch, das Fichtenhölzchen und den Weiher am Dorfrand und machten schließlich auch vor den Berghaupter Bewohnern nicht halt. Sie stiegen aus den Autos und von den Motorrädern ab und begannen allen Dörflern, die ihnen über den Weg liefen, Fragen zu stellen. Der abweisendste Blick half nichts – sie kamen auch zu Gerlinde.

Gerlinde ging mit dem Hut in der Hand ihren Weg weiter ins untere Dorf und stellte ihr kaum sichtbares Hörgerät aus, als ihr die Fragen zu bunt wurden. Vielleicht hätte sie sogar etwas von ihrem Patenkind erzählt, wären nur die richtigen Leute zu ihr gekommen. Doch kein Reporter konnte ihren »Stil« treffen. Entweder hatten sie gefärbte Haare, Tätowierungen oder Piercings, was Gerlinde grundsätzlich abstieß; oder sie fotografierten schon, bevor sie ordentlich grüßten; oder sie sprachen über Anntraud in einem Ton, den sie respektlos fand: »Kommt aus diesem kleinen Dorf eine so gefährliche Terroristin?« sagte so einer in ungeputzten Schuhen zu ihr. »Wie kommt eine alte Frau aus der Provinz …«, fragte ein anderer und verbesserte sich, nachdem Gerlinde scharf »Alt?! Provinz?!« wiederholt hatte, »äh, dem ländlichem Milieu dazu, die Geheimdienste aufzumischen und die ganze Regierung zu erschüttern?« Gerlinde, die aufgrund der Gesichtsnarbe vermutete, daß der junge Mann mit einer Hasenscharte geboren worden war, erwiderte – um damit endlich wieder ungestört zu sein –, daß man im ländlichen Milieu zu etwas komme, weil »von nix kommt nix«. Der Reporter machte später eine Schlagzeile daraus, ohne den Sinn der Aussage zu begreifen.

Überhaupt verstand kein einziger dieser Klatschreporter auch nur annähernd Anntrauds Lebensgeschichte, wie die Dörfler durch die späteren Veröffentlichungen feststellten. Jeder Berghaupter hätte »Die Geschichte der Anntraud Reiser« – wie viele Untertitel lauteten – besser und vor allem wahrhaftiger erzählen können. Doch die Berghaupter äußerten sich gegenüber Fremden überhaupt nicht oder nur ganz vage zu Anntraud, sogar die Kutzbergerin hielt ihren Mund. Vielmehr fragten sie sich, ob sich ihre alten Gesetze und die Prophezeiung mit Anntrauds Tod nun endgültig erfüllt hätten und ob sie nun wenigstens ihre Grabesruhe finden könnte. Und so kehrten die Männer und Frauen wieder zurück zum Schweigen ihrer Vorfahren, die dieses so lange in der Abgeschiedenheit gelebt hatten.

2.

Im Jahre 1896 machte eine englische Expedition auf dem Weg nach Indien eine seltsame Entdeckung: in Bayern, in einer Region, die damals das Versteinerte Meer genannt wurde, fanden sie auf einem Bergplateau ein von dichten Wäldern umgebenes Dorf. Die Bewohner reagierten auf die Ankunft der Fremden verschreckt und neugierig zugleich. Außerdem wirkten die Hütten, die Kleider, die Geräte, die Art der Viehhaltung und der Getreidekonservierung seltsam altertümlich auf die englischen Geologen und Ethnologen. Die Bewohner dieser äußerst fruchtbaren Bergebene benutzten zwar Pflüge, Eggen und Dreschflegel, kannten aber weder Butter, Kartoffeln noch Runkelrüben. Sie konnten rechnen, benutzten aber weder Uhren noch Geld.
All das veranlaßte die englischen Wissenschaftler, die nur wegen der Seekrankheit des Ältesten den Landweg genommen hatten, zu der Annahme, eine sensationelle Entdeckung gemacht zu haben: Das bayerische Dorf mußte Jahrzehnte oder Jahrhunderte, wenn nicht gar seit Menschengedenken, von der Außenwelt abgeschnitten sein. Die Engländer zögerten keinen Augenblick, die Indienreise abzubrechen und sofort die Erforschung dieses Dorfes in Angriff zu nehmen. Daß sie eigentlich nur

Spezialisten für Asien waren, sollte sie nicht daran hindern, an einer allumfassenden wissenschaftlichen Untersuchung, die auch soziokulturelle Aspekte mit einbezog, zu arbeiten. Sie wollten die ersten Erforscher dieses Lebensraumes sein und sich den Ruhm der Publizierung ihrer Ergebnisse nicht entgehen lassen.

Die drei Männer nahmen Bodenproben, vermaßen den Weiher, skizzierten die mit Schiefer gedeckten Häuser, die alle entlang eines ebenen, halbkreisförmigen Weges gebaut waren. Sie fanden Spuren eines noch älteren Weges, der mit dem noch in Gebrauch befindlichen Hauptweg einen Straßenkreis bildete, aber nicht vom Bergplateau weg führte. Sie beschrieben, wie das Dorf ringsum von dichtem Wald umgeben war und wie sich im östlichen Teil des Plateaus hinter dem Weiher seltsame Felsen aus dem Wald emporragten, die von den Menschen die »Guten Frauen« oder auch die »Zwölf Apostel« genannt wurden. Erste Bedenken, daß nur eine Christianisierung und damit eine frühere Entdeckung die Dörfler zu dieser Benennung hatte führen können, verflüchtigten sich wieder, nachdem die Engländer im Dorf keine Kirche und keine Hinweise auf christliche Gebräuche fanden. Die Forscher zogen daraus den Schluß, daß vereinzelte Kontakte nach außen wohl stattgefunden hatten und sich so die Worte »Zwölf Apostel« in das Dorf getragen hatten, sich aber daraus keine festen sozialen Bindungen ergeben hatten.

Bald fanden die Männer im sporadisch genutzten Steinbruch in der Nähe des Dorfes Versteinerungen von Fischen, Belemniten und Ammoniten aus der Jurazeit, also aus der Zeit, als dieses Gebiet vom Meer überflutet gewesen war. Die »Zwölf Apostel« ließen sich somit als ehemalige Riffe erklären. Vor allem aber fanden die Engländer eine mögliche Erklärung, wie es zu dieser dörflichen

Abgeschiedenheit hatte kommen können: rings um den Berg herum entdeckten sie eine Mückenart, die sie frei nach dem Dialekt der Einheimischen »Aubrems« nannten. Die Aubrems umgab den riesigen, freistehenden Berg an seinem Fuße wie ein Gürtel. Und der Stich der Aubrems löste eine tödlich verlaufende Hirnhautentzündung aus. Einer der drei englischen Forscher fand dies im Selbstexperiment heraus und konnte damit seine Vermutung bestätigen, daß ein biologischer Grund für die Isolation des Dorfes vorlag; daß eine Grenzüberschreitung von der einen wie von der anderen Seite eine tödliche Gefahr in sich barg.

Die zwei verbleibenden Engländer beobachteten weiter die Tierhaltung, das Jagdverhalten, die Lebensmittelkonservierung, die Geräteherstellung und das Webhandwerk, bei dem es die Dörfler zu einer hohen Kunstfertigkeit gebracht hatten. Sie registrierten, daß die Bewohner im Herbst eine Art Karneval mit hölzernen Masken und Trommelmusik feierten, bei dem die Sommerdämonen – und vielleicht auch die Aubrems, wie die Engländer vermuteten – vertrieben werden sollten. Sie erforschten das Sexualleben der Dörfler, das zu ihrem großen Erstaunen – bis auf eine Herbstnacht – streng monogam war, ja sogar so weit ging, daß sich ein Partner oft selbst tötete, wenn der andere starb. Im Begräbnisritual vermuteten sie einen keltischen Ursprung: Die Körper wurden in Embryohaltung gebracht und auf Eichenholz verbrannt.

Nach sechs Monaten geheimen Forschens und Vergleichens mußten die Engländer jedoch enttäuscht feststellen, daß sie die Entdeckung überschätzt hatten. Berghaupt war zwar tatsächlich lange Zeit isoliert gewesen, aber nur etwa zwei Jahrhunderte. Sie fanden die neue Hypothese schließlich in der Bibliothek der nächsten Universitätsstadt bestätigt, denn dort entdeckten sie Aufzeichnungen und eine genaue kartographische Vermessung des Dorfes aus dem frühen 18. Jahrhundert. Berghaupt war also nicht die erhoffte Entdeckung eines letzten, ursprünglichen, einheimischen Stammes – Berghaupt war über knapp zwei Jahrhunderte hinweg einfach vom restlichen Bayern und der restlichen Welt vergessen worden. Und die Berghaupter selbst hatten in diesem Zeitraum das Christentum und zivilisatorische Elemente vergessen.

Der ältere der beiden Engländer zog sich daraufhin verbittert in sein Heimatland zurück und veröffentlichte später kleinere Aufsätze über Dörfer auf Bergplateaus in Fernost. Der jüngere der beiden, John Hunt, verliebte sich in ein einheimisches Mädchen, das Kunigunde Seitz hieß, und blieb im Dorf.

Zur gleichen Zeit mußte die Aubrems ausgestorben sein, denn sie war seither nie wieder gesehen worden. Nur einen Tag nach der endgültigen Abreise des alten Engländers kam ein katholischer Priester nach Berghaupt, um das Dorf wieder in den Schoß der Kirche zurückzuführen. Die Berghaupter erhielten samt John – der wegen seines Mädchens zum Katholizismus konvertierte – alle auf einmal das Sakrament der Taufe. Und John und Kunigunde waren nach fast zwei Jahrhunderten die ersten, die in Berghaupt wieder das heilige Sakrament der Ehe empfingen. An einem Holzaltar im Freien, unter dem Schutz der Zwölf Apostel, versprachen sie sich ewige Liebe und Treue. Dem jungen Pfarrer Moser und dem Herrgott versprachen sie, eine christliche Ehe zu führen.

John und Kunigunde, Anntrauds Großeltern, waren schließlich maßgeblich am raschen kulturellen, wirtschaftlichen und technischen Fortschritt Berghaupts beteiligt. Innerhalb kürzester Zeit bekamen alle Häuser Kamine, jeder Bauer eine moderne Sämaschine, jedes Kind von John Schulunterricht. Die Frauen erhielten Wäschestampfer, Butterfässer und Bügeleisen; jede Kuh bekam einen Stallplatz – und nicht zuletzt bekam das Dorf ein Wirtshaus, eine große steinerne Kirche mit einem zweifachen Zwiebelturm, einen Friedhof und eine Straße zum nächsten Dorf. Die Kirche wurde neben der alten Eiche an der Stelle errichtet, an der John und der Priester ein älteres, hölzernes Gotteshaus vermuteten und an der die Berghaupter noch bis vor kurzem ihre heidnischen Feste gefeiert hatten.

Bei Anntrauds Geburt im Jahr 1936 war schließlich rein äußerlich nichts mehr von der einstigen Abgeschiedenheit Berghaupts zu bemerken. Jeden Mai stellten die jungen Burschen, die der Erste Weltkrieg übriggelassen hatte, einen Maibaum auf. An Kirchweih strahlten die Häuser des bayerischen Dorfes fein geputzt. Zum Erntedankfest streuten die Mädchen Blumen auf die Straße. An Martini wurden die Gänse geschlachtet, und an Weihnachten fällte man eine große Fichte, stellte sie auf den Kirchplatz und schmückte sie mit bunten Kugeln. Nazipropaganda drang jetzt statt »Nigger-Jazz« aus den Radios des Dorfes, und im Wirtshaus diskutierte man lautstark über das neue Neonlicht, das bei der Weltausstellung in Brüssel vorgestellt worden war.

Doch John und der Priester hatten sich verrechnet. In seiner Unauffälligkeit versteckte das Dorf nur den unverheilten Bruch seiner jüngsten Vergangenheit. Gerne hatten die Berghaupter alle technischen Neuerungen und Erleichterungen angenommen, gerne auch den landwirtschaftlichen Fruchtwechsel und kaufmännische Verhandlungsführung gelernt. Nur eines gaben die Dörfler nicht so leicht auf: ihren alten Glauben. Die Berghaupter hat-

ten zwar ohne zu zögern die neuen katholischen Rituale übernommen, aber gleichzeitig hielten sich viele alte Opferbräuche und Glaubenssitten – trotz der allsonntäglichen schlimmsten Höllenbeschreibungen des Pfarrers.
So feierten die Berghaupter nun eben zweimal Fasching, im Frühjahr mit modischen Kostümen und im Herbst mit den alten Holzmasken. Sie beteten zum heiligen Antonius, wenn sie etwas verlegt hatten, aber wenn es um Leben oder Tod ging, legten sie getrocknete Silberdisteln und besonders schöne Steine an die Stelle, wo einst die alte Eiche gestanden hatte. Und wenn an einem Neumondtag ein Kind geboren wurde, sahen die Berghaupter zum Himmel und beobachteten, ob er sich grün verfärbte. Denn solange man im Dorf denken konnte, hieß es: »Kummt im versteckten Mond ein Kind im Himmelgrün, vergehn nicht bloß zwei mal sechs Jahr und ein schrecklich End ist da. Bringt den nächsten Seelen Tod, ruht nicht mal im Grab fürwahr.«
Am Dreikönigstag 1936 war es dann so weit: die sechsunddreißigjährige, lange für unfruchtbar gehaltene Agnes Halbritter, Ehefrau des Steinbrucharbeiters Herrmann, und einzige Tochter von John und Kunigunde, gebar drei Wochen vor dem errechneten Geburtstermin an einem Neumondtag das Mädchen Anntraud. Der Himmel, der kurz darauf eiergroße Hagelkörner auf Berghaupt schüttete, war bei Anntrauds erstem Schrei giftgrün.

3.

Als die damals vierundzwanzigjährige Hebamme Gerlinde Weiß an jenem Dreikönigstag morgens um neun das kleine Haus der Halbritters betrat, roch es nach Blut, Schweiß und Schnaps. Der Eibner-Bub hatte sie zuvor aus dem Bett geklopft, weil es mit der Agnes nun so weit sei. Gerlinde hatte sich von der Bettwärme und dem neuen, fremden Körper von Doktor Brand verabschiedet, sich die Unterwäsche noch im Bett angezogen und mit Gänsehaut die dicken Wollstrümpfe übergestülpt. Wie immer vor der Arbeit wollte sie noch schnell einen Kaffee trinken, richtete deshalb Feuer in dem Küchenofen, setzte Wasser auf und schüttete die Kaffeebohnen in die Mühle. Da fiel ihr ein, daß sie ihren Hebammenkoffer gestern im Wagen von Doktor Brand vergessen hatte.

Doktor Brand hatte sie mitten in der Nacht zur Kutzbergerin rufen lassen, da er nicht wußte, ob die Bäuerin falsche oder richtige Wehen hatte. Gerlinde erkannte mit einem Griff zum Bauch und zum Muttermund schnell, daß die Kutzbergerin nicht vor einer Fehlgeburt stand, und der junge Akademiker Brand, der erst vor ein paar Tagen seine Praxis im nahen Sulzkirchen eröffnet hatte, bedankte sich für ihre Hilfe nicht nur höflich, zollte ihrem praktischen Können nicht nur den gebührenden Respekt, sondern bot auch noch charmant an, sie in seinem Wagen nach Hause zu bringen. Gerlinde nahm die Einladung gerne an, auch wenn Doktor Brand die Entfernung vom Haus der Kutzbergerin im mittleren Dorf zu ihrem Haus im unteren Dorf wohl gehörig überschätzt hatte, denn sie betrug nur drei Gehminuten. Aber mit einem Automobil mitten in der Nacht durch Berghaupt gefahren zu werden, das versprach ihr ein besonderes Erlebnis zu werden. So willigte die Hebamme ein, lächelte und löste das Band aus ihren Haaren, so daß die dunklen Locken weit über die Schultern fielen und ihr knabenhaftes Aussehen weibliche Züge erhielt.

Als sie nach der kurzen Fahrt vor ihrem Haus hielten, machte ihr der Berliner mit den ungewöhnlich langen Haaren die schönsten Komplimente. Gerlinde gefielen seine hohe Stirn, die strahlend blauen Augen und die blonden, nach hinten gekämmten Haare. Er sah sie tief und lange an. Wie von selbst ergab sich ein Kuß, wie ganz von allein die Frage, ob er Gerlinde nicht ins Haus begleiten sollte. Sie bat ihn zu sich unter der Bedingung, daß sein Automobil draußen vor dem Dorf im Fichtenhölzl abgestellt würde, denn der Berliner konnte nicht wissen, was es hieß, wenn morgen früh der Wagen direkt vor Gerlindes Haus stand und alle Berghaupter sich damit einen Reim auf diese Nacht machen konnten. Gerlindes Direktheit verblüffte den Doktor, er schüttelte lächelnd den Kopf, sah in ihre dunklen Augen, streichelte ihr ebenmäßiges Gesicht, griff in ihre dunklen Locken und küßte sie. Sie fuhren ins Fichtenhölzchen und gingen plappernd und scherzend in der klaren Sternennacht den halbstündigen Fußweg durch den Neuschnee zu Gerlindes Haus.

Beim Kaffeekochen erinnerte sich Gerlinde lächelnd an die Nacht. Die Sache mit dem vergessenen Hebammenkoffer bereitete ihr dagegen zunehmend Unbehagen. Eine Stunde Fußweg mußte sie bei diesem Schnee insgesamt rechnen. Als erfahrene Hebamme wußte sie zwar, daß bei Erstgebärenden meist viel zu früh nach ihr gerufen wurde, aber die unerklärlichen Schmerzen in den Beinen, über die Agnes die vergangenen Tage geklagt hatte, mahnten Gerlinde zur Eile. Sie ließ die Kaffeemühle stehen, blickte noch einmal zärtlich auf den fest schlafenden Doktor Brand in ihrem Schlafzimmer, holte die gefütterten Stiefel, nahm den dicken grauen Mantel, die dazu passenden Mütze und Muff, warf einen prüfenden Blick in den Spiegel und machte sich auf den Weg.
Herrmann Halbritter, Agnes' Ehemann, wußte von all dem freilich nichts und schenkte sich nun entgegen seiner Gewohnheit einen Schnaps ein, trank das Glas auf einen Sitz aus und wartete dann wieder vor dem Küchenfenster auf Gerlinde. Das Fenster beschlug von seinem Atem, immer wieder wischte Herrmann es mit einem Taschentuch frei und blickte auf die Straße, die ins untere Dorf zu Gerlindes Haus führte.
Stumm hatte er zuvor die Anweisungen seiner Frau ausgeführt: Er hatte die vorbereiteten Laken aus der Kiste des Kammerls genommen, frisches Wasser aus der Quelle im hinteren Garten geholt und es in die Schüsseln im Schlafzimmer geschüttet, er hatte den zufällig vorbeikommenden Eibner-Buben nach der Hebamme geschickt. Herrmann legte Holz und Kohle im Küchenofen nach, drehte die Gasheizung an und öffnete die Tür zum Schlafzimmer, damit Agnes nur ja nicht fror. Herrmann sah zwar die Schweißtropfen auf ihrem Gesicht und die verklebten Haare, aber er wollte seiner Frau und dem hoffentlich bald gesund ankommenden Kind ein warmes

Nest bereiten. Er überlegte, was er noch tun könnte, und stellte seiner Frau ein Wasserglas auf den Nachttisch. Agnes lächelte ihn dankbar an, dann begann sie wieder zu stöhnen und zu schreien, sie verbiß sich in das Kopfkissen, ihre Gesichtszüge verzerrten sich, und bald erinnerten Herrmann ihre Schmerzensschreie mehr an ein gequältes Tier denn an ein menschliches Wesen. Agnes bedeutete ihm, das Zimmer zu verlassen, er ging in die Küche zurück, schenkte sich noch einen Schnaps ein und sah verstohlen auf den Kalender. Ja, heute war Feiertag, Dreikönigstag, der Tag nach der letzten Rauhnacht. Der Eibner-Bub, den er nach Gerlinde geschickt hatte, war ja auch als Sternsinger-Mohr verkleidet vorbeigekommen, sicher hatte ihm seine Mutter, die fromme Eibnerin, die Maske in mühevoller Arbeit aufgetragen. Heute mußte er nicht zur Arbeit, nicht in den Steinbruch und wünschte sich doch, er würde jetzt den Schnee zur Seite schaufeln und aus dem Berg die Platten für Waschtische und Fensterbänke schlagen können. Wie seine zierliche Agnes da so lag – das ertrug der kräftige Mann mit den breiten Schultern und den großen Händen kaum. Gegen jede Unbill, so meinte er, sie beschützen zu müssen, aber in dieser Lage wußte er nichts für sie zu tun, konnte vielmehr nur auf die Hebamme Gerlinde warten.

Herrmann und Agnes, die sich eigentlich schon damit abgefunden hatten, daß ihnen kein Nachwuchs vergönnt war, freuten sich ganz besonders auf das Kind. Immerhin war Agnes schon sechsunddreißig Jahre alt und Herrmann vierzig. Vor ein paar Tagen hatte Herrmann noch die hölzerne Wiege fertig gebaut, wochenlang war er nach Feierabend statt zum Weiher in den alten Stadel im Hinterhof gegangen, hatte, statt zu fischen oder Sprengstoffe unter Wasser zu testen, in der Kälte gehobelt, gesägt, gedrechselt und gefeilt, bis die reich verzierte Wiege endlich seinen Ansprüchen gerecht und in die Kammer der Halbritters gestellt wurde. Die hochschwangere Agnes hatte gestern noch die Böden der Schlafkammer, der kleinen Kammer, der Wohnküche, der Stube, der Speis und sogar der Waschküche geschrubbt. Sie hatte die Vorhänge gewaschen, die hölzernen Teile des Himmelbetts mit Wachs poliert und die Kacheln in der Küche geputzt, während Herrmann auf ihre Bitte hin das Küchenbüfett etwas verschieben mußte, ein Scharnier der Eckbank reparierte, eine neue Gasbombe für den Herd holte und in der kleinen Kammer endlich elektrisches Licht installierte. Zum Speicher, wo noch vieles von John herumlag, von dem sie das Haus übernommen hatten, war Agnes nicht mehr gekommen. Den wollte sie nach dem Dreikönigstag aufräumen. Aber der Rest des Hauses mit seinem einfachen Mobiliar strahlte vor Sauberkeit und roch frisch und blumig, bis Agnes' Körper heute morgen von den Wellen an Schmerzen erfaßt wurde, aus ihrem Körper Blut und Fruchtwasser rann und die Hitze in dem Zimmer einen Schlachthausgeruch in alle Winkel des Hauses trug.

Herrmann atmete immer heftiger. Wo blieb nur die Hebamme? Hatte der Eibner-Bub ihr wirklich Bescheid gegeben? Oder hatte Gerlinde wieder einen neuen Liebhaber, so daß sie nicht aus den Federn kam? Waren die Schmerzen seiner Frau denn normal? Gerade als Herrmann beschloß, nun selbst nach der Hebamme zu suchen, klopfte Gerlinde an der Haustür.

Die Hebamme betrat die Räume, schnappte nach Luft, öffnete als erstes das Küchenfenster und mußte in ihr Taschentuch würgen – Agnes verströmte einen selbst ihr unbekannten, stechenden Geruch. So wartete sie einen Moment, bis die Winterluft die Räume durchdrungen hatte, bestellte bei Herrmann einen Kaffee, versicherte ihm in der üblich beruhigenden Stimmlage für Väter, daß Entbindungen schon immer mit »solchen Zuständen« verbunden waren, und ging schließlich zu Agnes. Das Abtasten des Muttermundes bestätigte ihren Verdacht, daß Agnes nicht mehr in den Eröffnungswehen lag. Die ungewöhnliche Heftigkeit der Kontraktionen führte Gerlinde unter anderem auf das hohe Alter der Erstgebärenden zurück. Sie kühlte Agnes' Stirn mit feuchten Tüchern, sie half ihr, sich auf die Seite zu drehen, und wechselte das von Fruchtwasser und Blut durchtränkte Laken.

Herrmann setzte Wasser auf, begab sich wieder in seine alte Position vor das Küchenfenster und drehte mechanisch die Kaffeemühle. Er sah die dicken Eiszapfen, die vom Dach hingen. Er sah auf den Kirchturm, den Wald und die Zwölf Apostel. Er sah, wie die Sternsinger einen Schneemann bauten und der als Mohr geschminkte Eibner-Bub ihm eine Gelberübe und zwei Kohlenstücke ansteckte. Dann bemerkte Herrmann, wie der Himmel sich allmählich grün zu verfärben begann, und ihm fiel plötzlich ein, daß Neumond war. Herrmanns Hände begannen zu zittern.

Als Gerlinde ihren Hebammenkoffer auf dem Waschtisch öffnete, bemerkte auch sie die Verfärbung des Himmels und erinnerte sich daran, daß Neumond war. Kurzerhand zog sie die Vorhänge im Schlafzimmer zu, knipste das elektrische Licht an und erklärte Agnes, daß es sich im Dunkeln leichter gebiert. Die Hebamme war Berghaupterin und wußte von der Prophezeiung, an die alle im Dorf, und vermutlich auch Johns Tochter Agnes, glaubten. Gerlinde aber glaubte weder an einen katholischen Gott noch an heidnische »Wahrheiten«, noch an die Übermenschen der Nazis. Sie hatte alle aufklärierischen Bücher ihres Onkels, der im Ersten Weltkrieg gefallen war und dessen mobilen Besitz sie geerbt hatte, gelesen und sie wollte der Halbritterin eine Entbindung ohne abergläubische Angst ermöglichen.

Doch während Gerlinde ihre Zangen, Scheren, Katheter, Klemmen, das Hörrohr und den Mundkeil auspackte, befiel auch sie eine Unruhe, die ihr auf dem Magen drückte. Sie, die an die Heilkraft der Pflanzen, Steine und des Wassers glaubte und damit zuweilen mit Hilfe von Nietzsche eine Privatphilosophie gegen die moderne Medizin entwarf; sie, die an das Fällen von gutem Holz bei Vollmond entgegen aller forstwirtschaftlicher Kenntnis glaubte; sie, die sich bei Kneipp, Montessori und Freud in ihren Ansichten bestätigt sah, maß der überlieferten Tradition ein Gewicht bei, das die Wissenschaft erst noch zu bestätigen hatte. Warum also sollte es sich mit der Prophezeiung anders verhalten? Unsinn, Unsinn, Aberglaube, beschwor Gerlinde sich selbst und konnte doch ihren Körper, der den Magen und den Darm umschloß, nicht von dieser Meinung überzeugen. Sie kam gerade noch rechtzeitig auf das kalte Klo draußen neben dem Waschhaus.

Herrmann drehte weiter die Kaffeemühle, obwohl die Bohnen längst gemahlen waren. Ohne es wirklich zu begreifen, sah er den Kutzberger, der kürzlich Bürgermeister geworden war und seitdem ein Hitler-Bärtchen trug, auf dem Kirchplatz heftig auf den Eibner-Bub-Mohren einreden und ihm mit dem Schnee die Mohrenschminke aus dem Gesicht reiben. Der Eibner-Bub deutete dabei auf die Kirche, der Kutzberger aber zeigte auf die Fahne mit dem Hakenkreuz, die neben der schwarz-weiß-roten Deutschlandfahne aus dem Gemeindehaus hing. Der Bub begann daraufhin zu weinen, aber der Kutzberger ließ nicht nach, redete weiterhin heftig auf ihn ein und setzte ihm schließlich seine SA-Kappe auf den Kopf. Den beiden anderen Sternsingern schien die Umwandlung des Mohren zu gefallen, bis Pfarrer Moser aus der Sakristei gerannt kam, dem Eibner-Buben die SA-Kappe abnahm, den um zwei Köpfe kleineren Kutzberger anbrüllte, im Gesicht rot anlief und dem Eibner-Buben wieder schwarze Farbe ins Gesicht schmierte. Die Buben blickten unschlüssig zwischen den heftig streitenden Männern hin und her – bis sie den zunehmend grünen Himmel bemerkten und die Erwachsenen darauf hinwiesen. Alle stoben nun auseinander, jeder zu seinem Haus und der Pfarrer zur Kirche. Die SA-Kappe des Kutzbergers verlor sich dabei im Schnee, ebenso wie ein paar Zigarren, die aus der Jacke gefallen sein mußten, aber das kümmerte niemanden.

Agnes begann nun erneut zu stöhnen, zu schreien, zu röhren, zu grunzen, zu pfeifen und zu brüllen. Sekunde um Sekunde, Minute um Minute. Gerlinde stand plötzlich hinter Herrmann, ihr Gefühl eines drohenden Unglücks war nicht vergangen, in dieser Lage brauchten sie Beistand von einem, der nichts von der Weissagung wußte, und dafür nahm Gerlinde es in Kauf, daß die vergangene Nacht im Dorf öffentlich wurde. Sie bat Herrmann, Doktor Brand zu holen, er sei in ihrem Haus zu finden. Denn möglicherweise würde es medizinische Komplikationen geben. Herrmann beeilte sich, den Berliner Arzt zu holen, lief die menschenleere Dorfstraße unter dem grünen Himmel entlang von seinem Haus zu Gerlindes Haus.

Während Agnes bereits zu pressen begann und die Hebamme sich mit all ihrer Kraft gegen die Arme der Gebärenden stemmte, um sie in der besten Gebärposition zu halten, fand Gerlinde plötzlich einen Satz in ihrem Kopf, der ihre Unruhe vertreiben konnte: »Es gibt kein Un-

glück, nur die Gedanken dazu erzeugen es.« Woher diese Worte stammten, das wußte sie nicht mehr, das zählte jetzt auch nicht, Hauptsache sie konnte sich ihrer aufklärerischen Meinung wieder sicher sein. Und so landete der Säugling Anntraud um neun Uhr zwanzig in ruhigen Hebammenarmen und blickte mit dem festen, langen Blick von Neugeborenen in Gerlindes Augen.
Die Hebamme durchtrennte die Nabelschnur, holte die Nachgeburt, wusch das offenbar gesunde Mädchen, wikkelte es in ein Laken und gab es seiner Mutter zurück. Dann öffnete sie die Vorhänge, gerade als Herrmann und Doktor Brand das Haus betraten. Herrmann ging zu seiner Frau, drückte sie und das Kind an sich. Brand freute sich über das schnelle und unverhoffte Wiedersehen mit Gerlinde und wunderte sich über das hiesige Wetter, das den Himmel mitten im Winter grün verfärbte. Dann sah auch er nach Mutter und Kind, wenn er denn schon einmal hier war, und stellte fest, daß alles in Ordnung war.

Plötzlich hörten alle ein Schlagen, Trommeln und Splittern – aus der grünen Himmelsdecke brachen eiergroße Hagelkörner hervor und schlugen auf den Schnee, gegen Dächer, Türen, Zäune, Fenster, Verschläge, Masten und Platten. Brand öffnete geistesgegenwärtig die Fenster des Hauses, um ein Zerbrechen der Scheiben zu verhindern, und bald war der Küchenboden der Halbritters mit weißen Körnern übersät. Kaum fünf Minuten später kehrte der Himmel schlagartig zu seiner hellblauen, winterlichen Ruhe zurück.
Brand schloß die Fenster wieder, Gerlinde und Herrmann entfernten das Eis, da stutzte der Arzt erneut. Eine schwarz gekleidete Frau legte eine getrocknete Silberdistel vor das Haus der Halbritters, eine andere, ebenfalls vollkommen dunkel gekleidete Frau, legte eine getrock-

nete Silberdistel vor die Kirche, eine dritte brachte die Pflanze zum Kirchplatz, eine vierte trug sie zum Gemeindehaus. Bald strömten immer mehr dunkle Frauen in den Dorfkern und verteilten die Silberdisteln auf all diesen Plätzen, die meisten vor dem Haus der Halbritters. Dann verschwanden sie wieder, so schnell wie sie gekommen waren, ohne miteinander zu reden, ohne geklopft zu haben, ohne etwas anderes dabei verrichtet zu haben, ohne sich um Scherben und andere zerbrochene Teile gekümmert zu haben.

Pfarrer Moser sah diesem Treiben von der Sakristei aus zu, ärgerte sich nun zum zweiten Mal so sehr, daß er kurz seinen Herrgott vergaß und laut fluchte »Sakradi, ja, wo sind wir denn?«, aber beschloß, nicht einzuschreiten. Jetzt war er also wieder ausgebrochen, der alte Aberglaube der Dörfler. Aber wenn er die Frauen nun vertrieb, dann konnte es gut sein, daß sie später nicht mehr zur heiligen Messe kamen. Das hatte er schon einmal erlebt, als er ihnen das Herbstfaschingstreiben hatte verbieten wollen und sein Auftritt im Meßgewand samt Monstranz nur eine wochenlange Abkehr von seiner Kirche bewirkt hatte. Wie die Wilden waren die Berghaupter mit den Holzmasken um ihn herumgehüpft, hatten unverständliche Sätze gemurmelt, auf den Boden gestampft, und plötzlich hatte er sich selbst wie der Leibhaftige gefühlt und war vor den Maskierten regelrecht geflohen. Hinterher hieß es dann auch noch, er hätte ihre Feier erheblich gestört und keiner wisse nun, wie sich diese durch ihn ausgelösten »störenden Energien« auswirken würden. Alle Dörfler, mit Ausnahme der frommen Eibnerin, hielten sich wochenlang dem Gotteshaus und seiner Person fern. Moser hatte vor Zorn gebebt über diesen schändlichen Aberglauben, nur Fasten und unzählige Rosenkränze hatten ihn so weit gebracht, beim Herrgott um Vergebung für seine Gemeinde bitten zu können. Und dann, als die Leute wieder zu den Andachten und Messen kamen, hielten sie es noch nicht einmal für nötig, den Frevel zu beichten. Dabei, davon war der Priester überzeugt, war es sicherlich haufenweise zu unehelichem Geschlechtsverkehr gekommen, so wie er es in den alten Aufzeichnungen gelesen hatte, und, der Gipfel des Ganzen, keiner hielt es offensichtlich für nötig, ihm dies vor dem Empfang der heiligen Kommunion zu beichten, so daß er zudem in größere Gewissenqualen geriet, ob er den Sündern überhaupt das Sakrament spenden dürfte.

Jetzt ging der Priester in der Sakristei auf und ab, versuchte, seinen Blick von diesem Treiben abzuwenden, und überlegte, was die Berghaupter dazu veranlaßte. Er konnte sich nur eine Erklärung im Zusammenhang mit dem Hagel zurechtlegen. Oder war noch etwas passiert, was er nicht gesehen hatte, als er das Innere der Kirche auf Hagelschäden kontrolliert hatte? Moser sah zu seinem Herrgott auf, betete ein Vaterunser, begann einen Rosenkranz, regte sich aber, als er den riesigen Haufen Silberdisteln vor dem Gotteshaus und auf dem Kirchplatz sah, doch wieder so auf, daß er sich auch durch Beten nicht mehr beruhigen konnte. Er zog sich einen Mantel über das Meßgewand, ging zum Kirchplatz, packte kurzerhand die Pflanzen und ordnete sie zu einem großen Kreuz, das weit sichtbar im Schnee an den einen und einzigen Herrgott mahnte. Stolz blickte Moser nun auf dieses Zeichen gegen das Heidentum und bemerkte erst jetzt die Blutstropfen auf dem Schnee – er hatte sich mehrmals gestochen, aber den Schmerz in seinem Ärger kaum wahrgenommen. Der Pfarrer ging in die Kirche zurück und betete zum Herrgott, daß die Dörfler trotzdem bald wieder zu ihm in die Kirche kommen würden.

Doktor Brand, der mit Gerlinde nun das Halbritter-Haus verließ und das große Kreuz auf dem Kirchplatz sah, schrieb die Vorgänge hier einer katholischen Tradition zu, ähnlich den Fronleichnam-Blumenteppichen, die er schon einmal gesehen hatte, und fragte bei Gerlinde nicht weiter nach. Die schöne Hebamme schien nicht gerne Auskünfte zu geben, was die Bräuche hier betraf. Außerdem hatte sie ihn gebeten, doch den ganzen Weg immer wieder einmal nach links und nach rechts in die Häuser hinein zu grüßen, denn, so Gerlinde, alle würden nun hinter den Gardinen zusehen, wie sie mit dem Doktor ginge. Sie hängte sich demonstrativ bei Brand ein und grüßte ebenfalls in die Häuser hinein, ohne die Menschen darin sehen zu können. Dabei bemerkte sie, daß der Hagel nur kleinere Schäden angerichtet hatte, die Geräusche hatten Schlimmeres vermuten lassen. Zu Hause bei Gerlinde war ebenfalls alles heil geblieben, die Hebamme kam nun endlich zu ihrem Kaffee, und während Pfarrer Moser höchstpersönlich zum Hochamt läutete, liebten sich Gerlinde und Brand erneut.

Damit hatte Moser nicht gerechnet: Sein ganzes Gotteshaus war an diesem Dreikönigstag gefüllt. Alle, außer Gerlinde, mit der er sowieso nie rechnete, besuchten die Messe, sogar der Nazi-Bürgermeister Kutzberger, als hätte es heute früh keinen heidnischen Vorfall gegeben. Hatten der Pfarrer und der Herrgott durch das mutige Eingreifen am Kirchplatz, durch das Kreuz aus Silberdisteln, gegen den Aberglauben gewonnen? Moser besprach sich noch mit den Sternsingern über den Ablauf und die Aufstellung in der Messe, dann schlug die Uhr zehn, und der Pfarrer hielt mit seinen Ministranten unter den feierlichen Orgelklängen des Mesners Einzug in das Gotteshaus.

Auch Herrmann, den Agnes darum gebeten hatte, ging

zur heiligen Messe und wurde wie immer freundlich gegrüßt. Ob denn alles gut gegangen wäre mit der Agnes und dem Kind, wollte man wissen. Herrmann nickte nur, er sprach nie viel, und heute erst recht nicht, aber seine stolzen Augen verrieten, daß er Vater war. Nach der Messe teilte Herrmann Pfarrer Moser mit, daß seine Frau ein gesundes Mädchen bekommen hatte, und fragte, wann es ihm denn mit der Taufe passen würde. Moser ahnte plötzlich einen Zusammenhang zwischen dem Neugeborenen und dem Treiben in der Früh. Er schlug Herrmann deshalb vor, die Taufe gleich für den nächsten Tag anzusetzen und nicht erst bis Sonntag zu warten. In diesem garstigen Winter, so die Begründung des Geistlichen, könnten sich Säuglinge leicht etwas einfangen. Er möchte ja wirklich nichts herbeireden, aber besser das Kind hätte das heilige Sakrament empfangen, bevor noch etwas passiere, also sei es besser, man würde es gleich morgen taufen lassen. Herrmann willigte ein und ging zurück zu seiner Frau und dem Kind.

Agnes saß mit dem Neugeborenen am Küchentisch und war nicht, wie Gerlinde ihr geheißen hatte, liegen geblieben, sie wollte »wenigstens eine Suppe« zum Mittagessen kochen, doch Herrmann schickte sie ins Bett zurück. Man sah immer auf das Kind, fragte sich, wem es eigentlich ähnlich schaue, und kam auf die Taufe zu sprechen.

»Wir brauchen eine fromme Patin«, meinte Agnes.

»Die Eibnerin?« fragte Herrmann, denn sie war mit Abstand die fleißigste Kirchgängerin im Dorf und hatte sich wegen ihres Glaubens mit ihrem eifrig nationalsozialistischen Mann, dem Postboten, entzweit und blieb wahrscheinlich nur bei ihm, weil ihr katholischer Glaube ihr die Scheidung verbot. Der Riß ging durch die ganze Familie, zwei Kinder standen auf der Seite des Vaters, die beiden anderen auf der Seite der Mutter.

»Ich weiß nicht«, brummte Herrmann, »die hat doch selber vier Kinder und den Willi dazu.« Der Willi, ihr Jüngster, war der Dorfdepp, ein geistig Behinderter, um den sich die Eibnerin besonders kümmerte.
»Ich hab an die Wagnerin gedacht, die junge«, sagte Herrmann.
»Ich weiß nicht«, meinte Agnes, »ob das in ihrer Ehe gutgeht.«
»Warum?« fragte Herrmann. »Der liegt ihr doch zu Füßen.«
»Freilich.« Agnes nickte, denn die junge Wagnerin war eine Schönheit, wie sie das Dorf noch nie gesehen hatte, und jeder Ledige hatte ihr vor der Hochzeit den Hof gemacht. »G'rad weil er sie so vergöttert. Da kommt noch ein dickes End. Und die Kutzbergerin?«
Herrmann sah seine Frau erstaunt an.
Agnes konnte die Kutzbergerin, die dicke Frau des Bürgermeisters, eine glühende Anhängerin des Führers, noch nie leiden.
»Die entbindet doch selber bald«, meinte Herrmann. »Warum denn die?«
Agnes sagte erst »bloß so«, streichelte kurz das Kleine, dann sah sie Herrmann ernst in die Augen. »Unter diesen Umständen brauchen wir eine Patin, die entweder recht christlich oder recht fest bei der Partei ist, eine, die nicht so sehr am alten Glauben hängt.« Herrmann schaute sie fragend an.
»Die Frommen glauben nicht an die Weissagung, und die Nationalen haben einen anderen Glauben, den an Hitler«, erklärte Agnes.
Herrmann war überrascht. »Meinst nicht, du übertreibst?«
»Nein«, sagte Agnes bestimmt. »Wir haben jetzt ein Unglückskind, ob wir wollen oder nicht.«

»Jetzt hör aber auf mit dem Schmarrn, dem alten! Glaubst es am End selber noch?«
Agnes schüttelte stumm den Kopf und senkte die Augen. Sie konnte es nicht fassen, daß ausgerechnet ihr Kind das prophezeite Berghaupter Unglück sein sollte, und sie nahm sich vor, einfach nicht mehr an die Weissagung zu glauben.
»Dann wären die Eibners doch am besten«, meinte Herrmann schließlich, »er fest bei der Partei und sie recht fromm.« Agnes nickte, ihr Mann nahm seinen Mantel und machte sich auf den Weg zu ihnen.

»Ich würd gern Patin machen«, sagte die vierzigjährige Eibner-Walltraud zu Herrmann, aber da müsse er erst ihren Mann fragen, kürzlich erst hätten sie eine größere Auseinandersetzung wegen einer »kirchlichen Angelegenheit« gehabt. Ihr Mann sei im Wirtshaus zu finden, beim Frühschoppen. Herrmann wußte, daß heute vormittag fast alle Männer des Dorfes dort zu finden waren, alle wollten nach der Messe dorthin gehen, und man hatte ihn aufgefordert, doch auch zu kommen und auf die Geburt seiner Tochter anzustoßen, was Herrmann kurz stutzig gemacht hatte. Schließlich hatten die Dörfler noch vor ein paar Stunden die Silberdisteln ausgelegt.

Herrmann setzte sich an den Stammtisch, spendierte den Anwesenden ein frisches Faß Bier, das die Wirtin sofort anzapfte. Die zwei Bauern vom oberen Dorf, die nur Mädchen gezeugt hatten, hießen ihn scherzhaft im »Verein der Büchsenmacher« willkommen. Über alles mögliche debattierten die Männer wieder einmal, über die neue Steuerfreiheit für Nachtschichten, über die italienischen Annexionen in Abessinien, über die bevorstehenden Olympischen Spiele in diesem Jahr in Berlin, darüber, daß es nun angeblich bald Farbfilme geben und in Neumarkt ein Kino eröffnen sollte. Man sprach über den 1. FC Nürnberg, der deutscher Meister im Fußball wurde, und über den Christbaumbrand bei den Wagners, den die freiwillige Feuerwehr schnell unter Kontrolle bekommen hatte. Nur über eines wurde nicht gesprochen: über das Wetter vom Vormittag.

Herrmann saß wie üblich aufmerksam, aber doch fast stumm dabei und dachte beschämt daran, wie er selbst bei der Entbindung an das Unglück geglaubt hatte. Wenn schon die Eltern eine unbestimmte Angst vor dem eigenen Kind und dieser Weissagung hatten, um wieviel mehr mußten sich dann andere vor diesem Geschehen fürchten?

Herrmann faßte sich ein Herz und fragte den Eibner, ob seine Frau nicht die Patin seines Mädels werden könnte, morgen schon sei die Taufe, habe er mit dem Pfarrer vereinbart. Er habe schon mit seiner Frau gesprochen, die sei einverstanden.

Der Eibner schüttelte den Kopf.

»Das würd ihr so passen, daß sie dann noch mehr in die Kirch rennen kann. Die will einfach die Zeichen der Zeit unter dem Führer nicht erkennen. Sonst gern.«

»Vielleicht erkennt sie die Zeichen der Un-Zeit«, grinste der Loibl Hias mit seiner Schiebermütze den Kutzberger an, und der Kutzberger wollte schon aufbrausen und »dem elendigen Sozi« gehörig seine Meinung sagen.

»Laß sein«, fuhr die Wirtin dazwischen, die nicht wieder eine Schlägerei in ihrer Wirtschaft haben wollte, wie schon einmal.

Herrmann fragte daraufhin den alten Wagner, ob er einverstanden sei, daß seine Schwiegertochter das Amt übernehme.

Der alte Wagner-Bauer brummte, die Schönheit seiner

Schwiegertochter lasse ihn nichts Gutes erwarten, sein Sohn sei furchtbar eifersüchtig. Der Kutzberger lehnte das Angebot schließlich ebenfalls ab, seine Frau sei selbst hochschwanger und außerdem hätte er in seiner Eigenschaft als Bürgermeister ohnehin schon so viele Patenkinder.

Ungefragt fügten der Lehrer und andere Bauern hinzu, daß es bei ihnen auch schlecht passe, ein jeder hatte sich offenbar schon vorher eine Ausrede zurechtgelegt.

Herrmann versteinerte – eine Patenschaft war bisher im Dorf nur bei schwerer Krankheit oder größter Armut abgelehnt worden. Er blickte den Männern der Reihe nach ins Gesicht, bis ihr Gemurmel verstummte. Keiner nickte oder gab ein Zeichen. Herrmann stand auf, legte das Geld für das Freibier auf die Theke und verließ das Wirtshaus grußlos.

So machte er sich zum zweiten Mal auf den Weg zu Gerlinde, zur einzigen Person, die nun noch in Frage kam, denn die Verwandten und Bekannten aus den umliegenden Dörfern Sulzkirchen und Schnaitach schieden aus, weil sie den Berghauptern und ihren seltsamen Gebräuchen grundsätzlich mißtrauten und selbst einen Dorfbesuch, wann immer es ging, vermieden.

Als Herrmann bei der Hebamme an der Haustüre klopfte, debattierte Gerlinde mit dem Doktor gerade hitzig über Nietzsche.

Gerlinde war über das Anliegen Herrmanns sehr erstaunt.

»Ich?« fragte sie. »Du weißt doch, daß ich von der Kirch nichts halt. Und ich bin ja noch nicht einmal verheiratet. Hast denn niemand anders?«

Herrmann zuckte mit den Schultern, senkte den Blick, sagte »Macht nichts«, und drehte sich um.

Plötzlich begriff Gerlinde, daß sich offenbar kein Berg-

haupter auf das Unglückskind einlassen wollte und alle Angst vor einer Patenschaft hatten.
»Wart, Herrmann! Ich mach's gern«, sagte sie. »Wann?«
»Danke. Morgen«, erwiderte Herrmann.
Doch auf dieses »Morgen« warteten Pfarrer Moser, Gerlinde und die Halbritters lange.

4.

Agnes hatte in einer fast schlaflosen Nacht versucht, den Säugling zu beruhigen, wenn er schrie. Stunden war sie mit dem Kind im Haus auf und ab gegangen, hatte ihm vorgesungen, es gewickelt, es gestreichelt, in den Armen geschaukelt, hatte wieder und wieder versucht, es zu säugen, doch ihre Brust schien keine Milch hergeben zu wollen. Vor Erschöpfung war sie zwischendurch auf der Küchenbank eingeschlafen, obwohl es so kalt war, daß sich am Fenster Eisblumen bildeten. Ins Bett wollte sie sich nicht legen, um Herrmann nicht aus dem Schlaf zu reißen.

Wenn das Kind sich beruhigte, schlug sie die Tücher wieder neu um das Bündel, so wie Gerlinde es ihr gezeigt hatte. Agnes ging mit ihm von der Küche in die Stube, von der Stube in den Gang, vom Gang in die Küche und betrachtete es immer und immer wieder. Sosehr sie sich auch anstrengte, sie konnte nicht begreifen, daß sie nun tatsächlich ihr Kind in den Armen hielt, so wie sie damals nicht hatte begreifen können, daß ihre Mutter tot war. Im Gang fiel ihr ein Name ein, Anntraud würde zu diesem Mädchen, dessen Kopf so länglich verzogen war, gut passen. Soviel sie wußte, hatte es darüber hinaus in Berghaupt noch nie eine Anntraud gegeben. Agnes holte das

Taufkleid, das sie selbst genäht und mit Spitzen versehen hatte, und legte es auf das Kleine. Ja, es war nicht zu klein ausgefallen, wie sie in den vergangenen Tagen befürchtet hatte.

Agnes schreckte in der Wohnstube im Sessel sitzend aus einem Alptraum hoch. Sie hatte geträumt, sie habe das Kind einfach vergessen, und so war es verhungert. Doch das Mädchen lag in ihren Armen und schlief ruhig. In der Morgendämmerung blickte Agnes auf den ausrangierten Brotofen im hinteren Garten neben der Waschküche, in dem Herrmann gestern die ganzen Silberdisteln, die vor ihrem Haus gelegen hatten, verbrannt hatte. Sie dachte an Herrmanns gekränkten und zornigen Blick, der ganz im Widerspruch zu seiner ständigen Gleichmütigkeit stand, als er ihr davon erzählte, wie alle die Patenschaft abgelehnt hatten. Sie sah ihr Kind mit dem länglichen Kopf an. Ja, es war jetzt wirklich leibhaftig da. Aber zugleich war noch etwas anderes da – etwas Unberechenbares und Bedrohliches. Agnes war, als hörte sie die Stimme jedes einzelnen Berghaupters gegen sie tuscheln, ohne die einzelnen Wörter zu verstehen. Warum mußte ausgerechnet sie dieses Unglück treffen?
Sie wischte sich mit dem Handrücken die Tränen weg, die über die hervorstehenden Backenknochen in dem schmalen Gesicht rannen, und steckte mit ein paar geübten Handgriffen ihr feines Haar zu einem Schopf zusammen. War es unter diesen Umständen denn richtig, das Kind taufen zu lassen und damit womöglich das Dorf noch mehr gegen sie aufzuhetzen? Aber ihr Mann hatte längst entschieden, den Berghauptern zu trotzen, dagegen konnte sie nichts mehr ausrichten, das wußte sie. Und wenn das Kind nun sterben würde, überlegte Agnes, weil sie es nicht stillen konnte? Könnte ein Un-

glück für die nächsten Seelen damit vermieden werden? Agnes bekreuzigte sich gleich drauf, bat die Großen Frauen um Vergebung, begann wieder zu weinen. Wie konnte sie nur solche Gedanken gegen ihr eigenes Fleisch und Blut hegen? Sie würde diesem Aberglauben entgegentreten, sie würde ihre Anntraud ganz besonders beschützen.

Während eine klare Wintersonne hinter der Kirche aufstieg und hoffentlich bald die letzten Hagelkörner zum Schmelzen bringen würde, wünschte sich Agnes weit weg, in ein fernes Land, auf einen anderen Planeten oder in eine Kapsel unter das Meer, wo nur das Rauschen des Wassers zu hören wäre und nicht die Schläge der Kirchturmglocke von Berghaupt, die gerade zur Frühandacht läutete. Sie versprach dem Kind, es ordentlich großzuziehen und es lieben zu lernen – doch ihre innere Unruhe bekämpfte sie vergeblich. Jeder Glockenschlag schien ihr die Wörter zu betonen: »... vergehn nicht bloß zwei mal sechs Jahr und ein schrecklich End ist da. Bringt den nächsten Seelen Tod, ruht nicht mal im Grab fürwahr.« Dann brach Agnes mit schweren Bauchkrämpfen und Blutungen zusammen. Sie schrie, und Herrmann stürzte los, um Gerlinde samt Doktor Brand zu holen.

Zur gleichen Zeit erfuhr Pfarrer Moser von den Besuchern der Frühandacht, daß Gerlinde Weiß die Patin des Neugeborenen der Halbritters werden sollte, und mußte sich erneut ärgern. Bis spät in die Nacht hatte er über die Berghaupter nachgedacht, und seine Überlegungen hatten sich immer mehr zu der Überzeugung verdichtet, daß er sich dieses Kindes ganz besonders annehmen mußte, um die Dörfler endgültig zum einzigen Gott, zu der christlichen Dreifaltigkeit, zu bekehren. Viel zu lange hatte er ihre ketzerischen Umtriebe geduldet, und seit der Machtübernahme Hitlers wurde seinem Herrgott auch noch massiv von der weltlichen Seite zugesetzt. Der Teufel, so stellte sich der Pfarrer vor, hatte nun einen Doppelkopf, aus dem Hitler einerseits und einer Silberdistel andererseits. Wenn er schon im Großen nichts gegen ihn unternehmen konnte, so wenigstens hier in seiner Gemeinde. Vor dem Einschlafen hatte er darum gebetet, die Stärke für diesen Kampf zu haben, nun wurde ihm unversehens eine Patin präsentiert, die alles andere als geeignet war für eine christliche Erziehung. Gerlinde, dieses vergnügungssüchtige Luder, das er seit Jahren nicht mehr in seinem Gotteshaus gesehen hatte, noch nicht einmal zur Christmette kam sie, ausgerechnet dieser Person sollte das Mädchen in christlichen Anliegen anvertraut werden! Es wäre noch hingegangen, wenn die Eltern der Kleinen wenigstens fest im Glauben gestanden wären. Aber Herrmann und Agnes schienen ihm nicht recht katholisch zu sein, wenn er es sich genau überlegte. Sie waren weder fromm noch ungläubig, eigentlich hatte er noch nie so weiter über sie nachgedacht, dabei hatte er ihr Haus schräg gegenüber der Kirche und des Pfarrhauses täglich vor Augen. Herrmann verließ jeden Morgen um sechs Uhr das Haus und ging zu seiner Arbeit in den Steinbruch. Agnes verdiente als Wäscherin dazu, im hinteren Garten hatten die Eheleute eine Quelle, auf die sie ein neues Waschhaus gebaut hatten, und Pfarrer Moser sah die Halbritterin manchmal die frisch gebügelten Hemden, Laken, Blusen und Kleider austragen, die je nach Jahreszeit nach den verschiedensten Blumen wie Lavendel oder Rosen dufteten. Die Leute waren anständig, ja, das schon. Herrmann redete nicht viel, und Agnes ging ebenfalls nicht viel unter die Leute. Sie sei, so hieß es, eine hervorragende Köchin. Herrmann experimentierte nach Feierabend lieber mit neuen Sprengstoffen für den Steinbruch, als ins Wirtshaus zu gehen. Abends erlosch das Licht im Haus meist gegen neun Uhr, das war ihm aufgefallen, wenn er sich selbst um diese Zeit noch zu seiner abendlichen Lektüre in den Ledersessel mit einem Glas Bier zurückzog.

Gerlinde und Brand konnten bei Agnes keine genaue Diagnose erstellen und gingen davon aus, daß sich die junge Mutter nicht genug geschont hatte, daß sie das Wochenbett einfach viel zu früh verlassen hatte. Gerlinde verordnete Agnes strikte Ruhe, einen Kräutertee und eine Wärmflasche auf dem Bauch, damit der Milcheinschuß bald einsetzen würde. Herrmann versprach sogar, den Haushalt übernehmen, um seine Frau zu schonen, doch Gerlinde hatte schon die Theres gefragt, die öfter mal bei Wöchnerinnen aushalf. Agnes gehorchte allen Anweisungen, wehrte sich auch nicht gegen die Eibner-Theres, obwohl sie ungern die Tochter des Postboten, der die Patenschaft abgelehnt hatte, im Haus haben wollte. Einen Wunsch aber äußerte sie. Sie wollte bei der Taufe ihres Mädchens dabeisein und bat deshalb darum, die Feierlichkeit aufzuschieben, bis sie wieder auf die Beine gekommen war. Gerlinde und Brand vergewisserten sich noch einmal, daß der Säugling kräftig genug war und keine Nottaufe brauchte. Herrmann hatte nichts dagegen, und auch Pfarrer Moser zeigte sich einverstanden, hoffte er im stillen doch, daß sich vielleicht eine andere Patin als Gerlinde finden würde. Immerhin hatte er nun Zeit, auf ein paar Weiber entsprechend einzuwirken.

Herrmann ließ beim Bürgermeister den Namen »Anntraud Elfriede« eintragen, und der Kutzberger beglückwünschte ihn nicht nur zu einer – den neuen Zeiten – angemessenen Namenswahl, er überreichte ihm auch ein Familienstammbuch und ließ die arische Herkunft der Eheleute darin verzeichnen. Bei ihnen auf dem Lande, speziell in Berghaupt, so der Kutzberger bei dieser Gelegenheit, sei es leicht, die neuen Nachweise über die Herkunft zu führen, da kenne einfach jeder jeden, und wären Zigeuner oder Juden unter den werten Vorfahren, würde das ohnehin jeder wissen. So wie jeder hier wisse, na ja, wie solle er sagen, daß die kleine Anntraud etwas Besonderes sei und sozusagen aus der normalen Art schlage. Herrmann dachte dabei an den ältesten Sohn vom Eibner, den Willi, den siebzehnjährigen Deppen im Dorf, der wie ein Dreijähriger redete, den die Kinder ständig tratzten und der bisher bei den Bauern einfach mitgelaufen war, bei der Ernte oder bisweilen im Steinbruch half. Neuerdings hieß es nun, er sei ein »Defektmensch« und eine »Ballastexistenz«, der das deutsche Volk Unsummen koste, und deshalb sollte er »zu seinem eigenen Vorteil« in ein Heim oder Arbeitslager kommen, was Genaues wußte man nicht. Herrmann überlegte, ob der Führer vielleicht auch solche Unglückswesen wie sein Mädchen in die Rasselehre aufnehmen könnte. Dann wäre das Kind ein Untermensch wie ein Jude. Was würde dann nur aus ihm?

»Das Mädchen ist arisch und gesund«, sagte Herrmann mit fester Stimme, »und was wir in Berghaupt glauben, das sollt der Führer lieber nicht erfahren. Nicht daß das ganze Dorf noch unter die Rassengesetze fällt.« Der Kutzberger wunderte sich etwas über Herrmanns Gesprächigkeit, strich mit dem Zeigefinger über sein Hitler-Bärtchen, bot Herrmann eine Zigarre an und tippte gedankenverloren mit den Fingern auf das Hakenkreuz der Schreibtischunterlage. Der Halbritter hatte recht,

dachte der Kutzberger, wenn es ihm dabei auch bestimmt nur um sein Madel ging, denn bisher war ihm der Halbritter politisch noch nie positiv aufgefallen. Der Kutzberger glaubte zwar nicht, daß sein reinrassig-arisches Dorf in Berlin unter irgendwelche neue Gesetze fallen würde, aber lächerlich würden sie sich machen, dachte der Kutzberger, wenn der Führer, dem es um das immerwährende Reich und viel mehr ging, von einem solchen Aberglauben erfahren würde.
Er bot Herrmann daraufhin einen Schnaps an, das Thema Anntraud, Unglück und offizielle Anzeige war vom Tisch, und während die beiden Männer die Zigarre fertig rauchten, erklärte der Berghaupter Bürgermeister seinem Gegenüber, wie er die Amtsstube noch weiter nach arischen Gesichtspunkten zu modernisieren gedenke, also dort zum Beispiel, wo der weiße Fleck an der Wand war, wo früher das Kruzifix und eine Silberdistel gehangen hatten, wie er an eben jener Stelle plane, die Büste eines reinrassigen Ariers aufzustellen, links und rechts davon eine Hakenkreuzfahne, und, das Besondere an dem ganzen, Moment … der Kutzberger winkte Herrmann mit blitzenden Augen näher zu sich über den Schreibtisch und flüsterte fast, damit nur ja niemand seine geheimen Pläne zu früh erfahren würde. Also, das Besondere daran: unter der Büste würde er einen Mini-Galgen positionieren, an dem eine Kerze in Form eines Mini-Juden hinge. Immer, wenn man dann die Kerze beziehungsweise den Juden anzünden würde, würde die Büste des Ariers besonders schön erleuchtet. Das einzige Problem sei, so eine Judenkerze zu ziehen, wer bilde diese Rasse schon gerne ab. Auf die Idee hätte ihn übrigens seine Frau gebracht, die ihm in dekorativen Dingen haushoch überlegen sei, obwohl man über seine Familie im allgemeinen ja behaupten würde, sie seien nur einfache Bauern. Der

Kutzberger klopfte sich dabei auf die Schenkel und lachte, hörte aber bald damit auf, weil Herrmann nicht mitlachte.
Jedem anderen Dörfler hätte der Kutzberger dies als eine Gesinnung gegen ihn und den Führer ausgelegt, aber der Halbritter, das wußten ja alle, war einfach einer, der sich auf nichts einließ, der sich für keine Sache begeisterte. So verabschiedete der Bürgermeister den frischgebackenen Vater mit den besten Wünschen für die Zukunft, um die es mit dem Führer ja glänzend stehen würde.

Die sportliche Eibner-Theres mit dem Pferdeschwanz, der großen Nase und dem Feuermal am Hals stellte nach zwei Wochen im Haus der Halbritters das Bett der Wöchnerin in die Küche, damit sie bei den gemeinsamen Mahlzeiten nicht so abseits lag. Das hatte den Vorteil, daß Agnes ihr beim Kochen zusehen konnte und ihr erklärte, daß Majoran in Fleischpflanzerl gehörte, Bratkartoffeln nicht vorher gar gekocht werden durften, Salat nach dem Waschen getrocknet serviert werden sollte und das Gulasch am besten schmeckte, wenn man es stundenlang in Wein köcheln ließ. So lernte Theres von der geduldig erklärenden Agnes in diesem Winter und Frühjahr das Kochen und die Halbritterin gewöhnte sich bald an die Fremde im Haus, die morgens kam und nachmittags wieder ging. Bis Herrmann abends von der Arbeit kam, konnte sie dann das Kind alleine versorgen, liegend die Windeln wechseln oder auch Fingerspiele mit ihm machen.

Anntraud wuchs gut heran, was Gerlinde, die oft vorbeischaute, auch darauf zurückführte, daß Theres sie jeden Tag im Kinderwagen mit an die frische Winterluft nahm. Bloß die Wöchnerin, die mittlerweile aus der üblichen

Schonzeit hätte heraussein müssen, wollte und wollte sich nicht erholen. Doktor Brand konnte keine organischen Ursachen feststellen, an Freuds Theorien glaubte er zu Gerlindes Verdruß nicht, und so wartete man ab. Agnes' Blick ging vom Krankenbett aus zu den Obstbäumen im Garten, die erst die Last des Schnees abschüttelten, dann karg in der ersten Frühlingssonne standen, schließlich Knospen trieben und bald von Amseln als Nistplatz ausgesucht wurden. Eifrig holten die Vögel Gräser und Strohteile, fügten alles mit Lehm zusammen und hatten binnen ein paar Tagen ihre Nester gebaut. Nur zwei Wochen hockten die Amseln darin und verscheuchten mit wildem Gezeter alle anderen Vögel, die sich ihnen näherten. Dann schlüpften Junge aus den blauen Eiern, und die Amselmütter schwärmten eifrig aus, um Regenwürmer, Larven und anderes Kleintier zu erbeuten und ihre Brut damit zu füttern. Auch das dauerte kaum mehr als vierzehn Tage, dann waren die Jungen über Nacht weg.
»So schnell geht das bei denen«, sagte Agnes seufzend zu ihrem Säugling, der sie daraufhin anlächelte, brabbelte und mit den Händen nach ihren Haaren griff, die Agnes aller Krankheit zum Trotz doch noch jeden Tag zu einem Schopf zusammenband. Löste sich eine Strähne daraus, so spielte das Mädchen gerne und immer wieder damit, zog ein wenig, nahm sie in den Mund oder schaute sie einfach nur stillvergnügt an. »Wie ein normales Kind«, dachte Agnes dann manchmal.

So wurde es Sommer, und Theres hatte immer weniger Zeit für den Haushalt der Halbritters, denn sie hatte sich in den Kopf gesetzt, an den Olympischen Spielen in Berlin teilzunehmen, und trainierte dafür täglich mit den einfachsten Mitteln Hochsprung, Weitsprung aus dem

Stand und 100-Meter-Lauf. Unter das Balkengestell mit dem Holzstecken, das ihr Bruder Josef für sie gezimmert hatte, legte sie eine alte Matratze und sprang täglich, um die Latte erhöhen zu können; sie sprintete schon morgens vor der Arbeit durch das Birkenhölzchen und übte nachmittags immer wieder den Anlauf, den Absprung und das Fallen für den Hochsprung sowie Weitsprung aus dem Stand im Kindersandkasten.

Es zahlte sich aus, daß sie auch im Winter versucht hatte, sich in Form zu halten, dafür Ski und Schlittschuh gefahren war und daheim in der warmen Stube geturnt hatte. Zunächst hatten alle über ihren Ehrgeiz gelächelt, und nicht selten bekam sie zu hören, daß Leichtathletik doch nichts für Weiber sei, wie ein Mannsbild würde sie mit ihren Muskeln bald aussehen und welcher Mann wolle schon ein Weib in einem Mannskörper. Doch Mutter, Vater, Geschwister und Verwandte beugten sich dem Ehrgeiz der jungen Frau. Gerlinde besorgte ihr aktuelle Magazine, die über die Zulassung von Weibern zu den neuen olympischen Disziplinen berichteten, und als der Führer die deutschen Frauen eigens aufforderte, der Heimat auch im sportlichen Bereich zur Ehre zu gereichen, als das Olympische Komitee Leichtathletik für Damen zuließ, da gab es für Theres kein Halten mehr, und nun wurde sie sogar in ihren Bestrebungen unterstützt. Ihr zwei Jahre älterer Bruder Josef lief morgens neben ihr, um sie anzuspornen. Die Mutter erließ es ihr, nachmittags auf die zwei kleinen Geschwister aufzupassen, damit sie trainieren konnte, und der Kutzberger bezahlte aus einem Sonderposten der Amtskasse die Bahnfahrt nach Berlin zur Vorentscheidung.

Dabei schied Theres dann aus. Acht Frauen durften für den Führer im 100-Meter-Lauf starten, sie war auf Platz Nummer neun gelandet, direkt hinter einer Jüdin, die

Hitler zu den Spielen zugelassen hatte, was Theres ziemlich wurmte. Im Hochsprung und im Weitsprung aus dem Stand war sie erst gar nicht unter die ersten zwanzig gekommen.
Tränen flossen, als Theres nach der Qualifikation wieder heim nach Berghaupt kam und den Dörflern von dieser Niederlage erzählte. Der Vater tröstete sie und meinte, daß Hitler das mit den Juden, die sie um die Olympia-Teilnahme gebracht hatten, schon noch »richten werde«. Theres hoffte nun darauf, daß eine der ausgewählten Sportlerinnen ausfiel und sie nachrücken könnte. Sie wollte nicht aufgeben, sie war eine deutsche Kämpferin. Begierig las sie jeden Artikel über neue Verordnungen und Gesetze gegen Juden, sprach auch mit dem Pfarrer über diese unheilvolle Religion und fiel dem Bürgermeister Kutzberger mit »ihrer deutlichen Ablehnung dieser Rasse« gefällig ins Auge. So setzte sich der Berghaupter Gemeindevorsteher für die junge Sportlerin ein, schrieb einen Brief an den Führer, warum denn ausgerechnet Juden für Deutschland starten sollten, ob das den deutschen Mädchen nicht viel mehr zustehen würde. Daraufhin bekam der Kutzberger die Antwort, daß er sich in des Führers Anordnungen und Vorsehungen nicht einmischen solle, sich lieber um den Dreck vor der eigenen Haustüre kümmern sollte, woraufhin der Kutzberger noch einmal zurückschrieb, daß es in seinem Dorf »buchstäblich« keinen Dreck gäbe, Berghaupt zu hundert Prozent judenfrei sei und er nicht verstehe, warum man sich neuerdings wieder so nachlässig gegenüber diesem Weltproblem zeige, warum die Tafeln an den steilen Straßenkurven zu Berghaupt hinauf »Juden fahrt hier schnell« kürzlich abmontiert worden waren. Die »Defektexistenz« in Berghaupt in Gestalt des Eibner Willis verschwieg der Bürgermeister in seiner Schilderung des vorbildlichen Dor-

fes, denn er wollte nicht so recht einsehen, warum der Depp ein Ballast sein sollte, wo er doch den Bauern und Steinbrucharbeitern oft und gerne bei der Arbeit half. Außerdem war er der Bruder der Theres.

Am 31. Juli 1936, einen Tag vor der feierlichen Eröffnung der Spiele durch den Führer, kam schließlich ein Telegramm aus Berlin. Theres solle unverzüglich ins olympische Dorf anreisen, zwei deutsche Sportlerinnen seien ausgeschieden, die eine hatte ihre Schwangerschaft verheimlicht, der anderen erlaubte der Ehemann die Teilnahme nun doch nicht. Theres' Vater, der Postbote, brachte ihr das Telegramm vorschriftsmäßig sofort ins Haus der Halbritters, Theres wirbelte vor Freude die kleine Anntraud durch die Luft, ließ das halb fertig zubereitete Essen stehen und verabschiedete sich schnell von Agnes, die ihr versprach, alle Daumen zu drücken. Sie packte schnell das Nötigste, und der Kutzberger fuhr sie in seinem Automobil zum nächsten Bahnhof in Neumarkt.

Die Eibners, die Eltern der Theres, schafften sich daraufhin ein Radio an, und auch alle anderen im Dorf verfolgten gespannt die Spiele und die Berichte darüber. Pfarrer Moser ließ die Abendandacht in diesen zwei Wochen ausfallen, die Berghaupter Kühe wurden zwei Stunden früher als sonst gefüttert und gemolken, im Steinbruch fielen die Sonderschichten aus, denn alle wollten abends die packenden Reportagen hören und verfielen in einen zunehmenden Jubel, noch ehe Theres gestartet war, denn Deutschland holte eine Medaille nach der anderen. Zum ersten Mal fühlten sich die Berghaupter als Teil und Teilnehmer eines Reiches außerhalb ihrer selbst.

Agnes erhoffte sich von dem Aufruhr um Theres, daß der alte Aberglaube damit endlich in Vergessenheit geriete. Geredet wurde zwar im ganzen Dorf darüber nicht, aber Agnes war sich sicher, daß jeder an das Unglück dachte, wenn er Anntraud sah. Zugleich aber wußten die Halbritters mit Theres' Aufbruch nicht mehr, wie es weitergehen sollte. Schon lange war klar gewesen, daß die Haushaltshilfe nicht mehr lang bleiben konnte, denn die Ersparnisse, die Agnes durch ihre Zuarbeit als Wäscherin verdient hatte, waren fast aufgebraucht. Immer noch hatten die Eheleute gehofft, Agnes würde sich doch endlich erholen. Am Abend, nachdem Theres abgereist war, und der Halbritter das stehen gelassene Mittagessen selbst noch fertig kochte, so gut es eben ging, sagte er: »So kann es nicht mehr weitergehen. Es muß was passieren.« Agnes nickte und weinte. Wenn Herrmann von sich aus etwas ansprach, dann mußte es wirklich weit gekommen sein. Denn ihr Mann sagte unaufgefordert noch nicht einmal, ob ihm das Essen schmeckte oder nicht, ob die Arbeit gut oder schlecht verlaufen war, ob ihm die blaue oder die kristallene Vase besser gefiel, geschweige denn, ob er glücklich oder traurig war. Erst nach einigen Ehejahren war Agnes in der Lage, leichten Abweichungen der Stimme, der Art seines Blickes und der Haltung seiner Hände zu entnehmen, was ihr Mann gerade fühlte oder dachte.

Agnes sah draußen die Amseln nun schon zum zweiten Mal in diesem Jahr ihre Jungen ausbrüten und sagte: »Besser, ich wär gar nicht mehr, ich bin doch bloß eine Last.« Tränen tropften auf das neben ihr schlafende Kind. »Das sagst du mir nicht mehr«, erwiderte Herrmann ziemlich ungehalten, woraufhin Agnes nur noch mehr weinen mußte. Herrmann blickte seine Frau hilflos an, setzte sich schließlich zu ihr auf die Bettkante und streichelte ihr über das Haar, das in den vergangenen Monaten immer dünner geworden war, so wie Agnes selbst. Anntraud wachte auf, sah ihren Vater und quietschte vor Freude. Herrmann lächelte das Mädchen an, kitzelte es kurz an der Brust und nahm es dann auf den Arm.

Er ging mit dem Kind im Arm zum Küchenfenster und sah geistesabwesend hinaus, wie damals, als er auf das Eintreffen der Hebamme gewartet hatte. Nur daß jetzt Sommer war, die Scheiben nicht mehr beschlugen, der Geruch von frisch geerntetem Heu ins Haus strömte, vom Dorf her die Stimme des Berliner Sportreporters zu hören war – und in seinem Haus ein Kind lachte und seine Frau weinte.

Agnes schien seine Gedanken erraten zu haben.

»Über ein halbes Jahr ist es jetzt her. Da hat unser Unglück angefangen.«

Herrmann drehte sich langsam um, schob das Kinn leicht vor, legte den Kopf etwas zurück und kniff die Augen zusammen, wie um seine Frau besser fixieren zu können.

»Wenn du mit dem Unglück das Mädchen meinst, dann bist du keine Mutter nicht«, sagte Herrmann mit bedrohlich ruhiger Stimme. »Und hör endlich mit der Jammerei auf. Das macht uns alle noch ganz narrisch.« Agnes stockte der Atem. Das war schlimmer als ein Schlag. Herrmann legte das Kind zu ihr, ging aus der Küche, sie hörte ihn nach seiner Jacke greifen, dann fiel die Haustür ins Schloß.

Herrmann ging ins Wirtshaus, setzte sich allein an einen Tisch, hörte dem Radio zu und trank ein Bier nach dem anderen. Betrunken kam er heim, sah nicht mehr nach seiner Frau und legte sich ins Bett. Das hatte er noch nie getan, und Agnes war in dieser Nacht angst und bange, daß ihr Mann sie nun verstoßen hätte.

Am nächsten Morgen räumte Herrmann schweigend das Geschirr vom Vortag auf, wusch seine Frau, wickelte das Kind, richtete sich eine Brotzeit und sagte versöhnlich: »Ich laß mir was einfallen. So geht es nicht mehr weiter.« Agnes lächelte ihren Mann dankbar an und streichelte die Kleine, die sich kaum mehr im Bett halten ließ und alles Greifbare auf dem Küchenboden untersuchte.
Nach Rücksprache mit Doktor Brand beschloß Herrmann, seine Frau zu einer teuren Kur in die Schweiz zu schicken. Gerlinde sagte zu, sich derweil um Anntraud zu kümmern. Die Eibners, die Wagners und sein Kollege im Steinbruch, der Loibl Hias, liehen Herrmann das dafür notwendige Geld. Als Pfarrer Moser davon erfuhr, ließ er am Sonntag in der Kirche für die Halbritterin sammeln – und traute seinen Augen kaum. Fast dreihundert Reichsmark kamen zusammen, so viel wie noch nie in einer Kollekte, das Fünffache der höchsten Weihnachtssammlung, die es in Berghaupt je gegeben hatte. Herrmann wollte das Geld zunächst nicht annehmen, der Pfarrer wies ihn jedoch darauf hin, daß die Berghaupter sich damit ihr schlechtes Gewissen gegenüber dem Unglückskind freikaufen wollten und da sei es mehr recht als schlecht, wenn der Halbritter es für seine Frau und auch sein Kind annehme. Und außerdem, sollte er einmal zu Geld kommen, so könne er es ja auch wieder zurückzahlen und für christliche Zwecke spenden.
An dem Tag, als Theres für das Deutsche Reich starten sollte, holte ein Krankentransporter Agnes morgens ab. Gerlinde, die verschlafen hatte, kam gerade noch rechtzeitig, um Agnes zu versprechen, daß die kleine Anntraud bei ihr in guten Händen sei und sie sich keine Sorgen machen brauche. Der Eibner, der gerade die Post austrug, sah Herrmann stumm von seiner Frau Abschied nehmen und verwickelte ihn in ein Gespräch über un-

leserliche Anschriften, um ihn abzulenken, bis der Loibl Hias auf seinem Weg zur Arbeit zum Haus der Halbritters kam. Der Hias, der immer eine Schiebermütze trug und den der Eibner nicht nur aus politischen Gründen nicht leiden mochte, kam bald – wie früher schon öfter – auf die Experimente mit dem Sprengstoff und das erfinderische Geschick des Halbritters zu sprechen. »Als Kollege und als Experte«, so meinte der Loibl Hias, wisse er, daß der Herrmann dabei großes Talent zeige, und aus dem solle er unbedingt etwas machen. Herrmann dachte zum ersten Mal ernsthaft über den Vorschlag seines Kollegen nach. Am heutigen Abend wollte er zwar noch zuhören, wie die Theres lief, aber ab morgen würde er jeden Tag nach Feierabend im Weiher, unter Wasser, systematisch neue Zusammensetzungen explosiver Stoffe testen. Damit kam der Halbritter schneller zu Geld, als er je geglaubt hatte – und Berghaupt zu einem Ruhm, den die Theres nicht hatte erreichen können, denn als sie kurz vor dem Lauf den Führer leibhaftig neben sich stehen sah, als er ihr tief in die Augen blickte und dem Fräulein Theres wünschte, sie möge ihm alle Ehre erweisen, da fiel die Berghaupterin in Ohnmacht, verklemmte sich dabei so unglücklich ihren Fuß zwischen zwei Latten, daß sie sich den großen Zeh brach und folglich nicht mehr laufen konnte.

5.

Nach dem Tod seiner geliebten Kunigunde und der Hochzeit seiner Tochter Agnes, die er nun in Herrmanns guten Händen wußte, war John Hunt im Jahre 1931 zu seiner – wie er sagte – letzten Expedition aufgebrochen. Da es über Indien mittlerweile eine ganze Flut hervorragender Forschungsergebnisse gab, war der hagere Alte nach Afrika aufgebrochen, genauer nach Mocambique. Über das ostafrikanische Land, eine portugiesische Kolonie, gab es keine nennenswerten wissenschaftlichen Arbeiten, und John beobachtete über Jahre hinweg mit Hingabe die Menschen, Sitten und geologischen Gegebenheiten in abgelegenen Dörfern auf den Granitplateaus nördlich des Sambesi. Er hatte tatsächlich drei Stämme gefunden, die niemals zuvor mit Fremden in Kontakt gekommen waren; die Londoner Universität unterstützte John dabei in einem Modellprojekt und schickte einmal jährlich Geld, bis die Zahlungen plötzlich ausblieben. Doch ein Stammeskönig unterstützte John weiterhin, weil er in dem weißen Mann einen vom Himmel gefallenen Stern sah, der seinen Leuten Glück brachte. In der Abgeschiedenheit Afrikas arbeitete John mit dem Eifer eines Wissenschaftlers, dessen Zeit bald ablief.
So kam es, daß der mittlerweile siebzigjährige John vom

Zweiten Weltkrieg erst erfuhr, als die Deutschen schon in die Sowjetunion einmarschiert waren, denn Mocambique war – wie Portugal – neutral geblieben, und zu den Dörfern im Hinterland drangen weder Zeitungen noch Rundfunkmeldungen. John war in die Hauptstadt Lourenço Marques gefahren, um Papier zu besorgen, das ihm, drei Jahre nach dem letzten Einkauf, ausgegangen war. Ungläubig starrte er auf die Schlagzeilen der Zeitungen, suchte daraufhin sofort den englischen Botschafter in der Stadt auf und erfuhr so von Hitler, den Nazis und dem Krieg. John verstand nicht, warum Agnes, von der er hin und wieder kurze Briefe bekam, ihm nichts darüber geschrieben hatte. Nur einmal hatte sie erwähnt, daß Österreich an Deutschland »angeschlossen« wurde, und von einem neuen Friedensvertrag zwischen Deutschland und England geschrieben. John sah auf der Landkarte des Botschafters, welche Länder die Deutschen besetzt hatten, er sah die endlosen Fronten entlang der Gebiete und mußte hören, wie die Deutschen Hitler verehrten, daß der Krieg sich bis Nordafrika ausgedehnt hatte, London bombardiert worden war und die Nazis nun auch die Sowjets überfallen hatten. John beantragte sofort seine Ausreise, ließ seine Unterlagen nach London schicken und klammerte sich wider besseres Wissen an die Hoffnung, daß sein Dorf, Berghaupt, mit alldem nichts zu tun hätte, vielleicht wieder isoliert wäre. Mit Hilfe der militärischen Beziehungen des Botschafters kam John in einem Flugzeug schnell nach Europa und konnte, weil er ein Staatenloser war, mit einer Sondergenehmigung nach Deutschland einreisen.

In München, wo John einen halben Tag auf den Zug nach Neumarkt warten mußte, sah er am Hauptbahnhof die Plakate mit blonden Männern und Frauen, die um »Lebensraum und Freiheit« kämpften. Im Wartesaal jeder

Klasse hing ein Schild: »Erst siegen, dann reisen«, dessen Sinn sich John erst nach einem zufällig mitgehörten Gespräch erschloß: Die Deutschen sollten in den Krieg ziehen und nicht privat reisen. John sah Fünfzehnjährige in Uniformen durch die Bahnhofshalle marschieren und laut singen »Führer befiehl, wir folgen dir«. Er beobachtete, wie Männer, Frauen und Kinder, die an der linken Brust einen gelben Judenstern trugen, von SS-Männern zu einem Waggon gebracht wurden, die Köpfe gesenkt, kaum einen Blick zur Seite wagend. John verließ den engen Wartesaal, ging in die Stadt, kaufte sich Zigaretten, hörte Verkäufer und Käufer von »Endsieg« und »Untermenschen« reden, sah eine vornehme Dame den »Stürmer« mit Fratzen von »Parasiten« lesen, entdeckte in der Buchhandlung die vergilbte Liste der zu verbrennenden Bücher und sah zwei Jungen sich um ein Stück Kohle prügeln. Johns Kopf weigerte sich, diese Beobachtungen einzuordnen. Er wollte zum Glaspalast. Als er dort ankam, hieß es, er sei abgebrannt, an seiner Stelle das Haus der Kunst in der Prinzregentenstraße erbaut worden. John ging zu diesem »Haus der Kunst« mit protzigen Säulen, ausgehängten Hakenkreuzfahnen und Propagandaplakaten. Als Uniformierte der SS dort zu einer Parade aufzogen, ging John ein paar Schritte weiter und konnte sein klopfendes Herz beruhigen: Wenigstens der Englische Garten war noch wie früher.

Im Zug nach Neumarkt blickte er ins Leere und versuchte, das Gesehene in einen vergleichbaren ethnologischen Zusammenhang zu bringen, doch es gelang ihm nicht.

Von Neumarkt aus versuchte John so schnell wie möglich nach Berghaupt zu kommen, bekam aber keinen Wagen und ging deshalb die zwanzig Kilometer zu Fuß. Auf dem Weg sah er hauptsächlich Frauen auf den Feldern arbeiten. Die wenigen Männer, die dort Kartoffeln ernteten, waren entweder einheimische Greise oder junge Kerle, die er nicht kannte und von denen er später erfuhr, daß sie als Zwangsarbeiter aus dem Osten, hauptsächlich aus Polen, hierher gebracht worden waren.

Kurz vor Berghaupt traf John die Kutzbergerin beim Erdäpfelklauben auf ihrem Feld. Die Kutzbergerin hielt sofort in der Arbeit inne, als sie ihn sah, und ging zur Straße, um den »guten, alten John« zu begrüßen. Von ihr erfuhr der Alte, daß sie selbst zwei Monate nach seiner Tochter Agnes auch niederkommen war und die gesunden Zwillinge Brunhilde und Sieglinde bekommen hatte, nur ein Jahr darauf noch ein Kind »nachgelegt« hatte und jetzt schon wieder Nachwuchs unterwegs sei, ganz im Sinne Himmlers, der eine höhere Geburtenrate zur nationalen Pflicht erklärt hatte. Alle sind gesund, so die Kutzbergerin weiter, auch sein Enkelkind, die Anntraud, nur die Agnes, seine Tochter, die ist ausgerechnet jetzt nicht da, was heißt ausgerechnet jetzt, immer wieder ist sie weg, in der Schweiz auf Kur, sie will einfach nicht gesund werden. Aber mit dem Herrmann als Schwiegersohn, da hat der John ein großes Glück, so einen tüchtigen Schwiegersohn kann man sich nur wünschen. Ja, ob der John das überhaupt weiß, daß der Herrmann seine neuen Sprengstoffzusammensetzungen patentieren hat lassen, und Lizenzen schon bis nach Berlin hinauf verkauft hat, daß er ein richtiger Fabrikant in Neumarkt geworden ist und längst nicht mehr im Steinbruch arbeitet? So wichtig ist seine Arbeit, daß der Führer ihn vom Kriegsdienst freigestellt hat, wie ihren Mann übrigens auch, der nun schon seit 1933 Bürgermeister von Berghaupt ist. Anfangs, ja, da waren viele Berghaupter mit dieser Wahl nicht einverstanden, aber mittlerweile sind alle fünfhundert Berghaupter in der Partei, bis auf Gerlinde, den Pfarrer, den Doktor, die Eibnerin und die

Agnes. Und der Loibl Hias, der ehemalige Kollege von Herrmann, ein ewiger Sozi oder Anarchist oder so was, den müßte der John eigentlich noch kennen, der immer die Schiebermütze aufhat und so links ist, daß er gar mit der linken Hand schreiben muß, der hat jetzt auch verstanden, welche Vorsehung der Führer ist. Der ist ja schon immer ein Roter gewesen, der hat doch erst sein Maul aufgerissen, im Wirtshaus öffentlich gesagt, daß der Führer ein »rechter Depp und Verbrecher« ist, der hält nun sauber seinen Mund, nachdem er zwei Jahre in einem »Konzertlager« war.

John blickte die dicke Kutzbergerin, die sich ihm mitten in den Weg gestellt hatte und auf eine Hacke aufstützte, fassungslos an, was diese dahingehend deutete, daß er ihren Spaß nicht verstanden hatte. Sie rieb an ihrer Warze über dem Doppelkinn und erklärte ihm daraufhin, daß mit »Konzertlager« ein »Konzentrationslager« gemeint sei. Dann kam sie wieder auf den Loibl Hias zurück.

Das nehmen die Leute im Dorf ihrem Mann immer noch übel, daß er die Unverschämtheit vom Loibl Hias gegenüber dem Führer angezeigt hat, na ja, in seiner Position als Bürgermeister wird ihr Mann auch einfach beneidet, so ist das bei Leuten, die sich trauen, Verantwortung für ihre Gemeinde zu übernehmen, um den Ariern eine Zukunft zu sichern.

Aber jetzt kämpft der Hias wenigstens für das Vaterland in Rußland, wie fast alle anderen tapferen Männer aus Berghaupt. Wie schön hat doch der Eibner Josef neulich seiner Mutter geschrieben: »Mit meinem ganzen Herzen bin ich bereit, für das Vaterland zu sterben.« Bloß die Eibnerin, die denkt nur an sich und fürchtet andauernd um das Leben ihres großen Buben. Dabei sagt es ja unser Führer deutlich: Wir sind kurz vor dem Endsieg, lang kann das nicht mehr dauern. Die Eibnerin, diese Person,

die jeden Tag in die Kirche geht und andauernd von Nächstenliebe spricht, ausgerechnet die tut so mit ihren Buben herum und bringt doch keine Kinder mehr zur Welt, obwohl sie mit ihren siebenundvierzig Jahren das bestimmt noch könnte, denn die ist sicher noch nicht in den Wechseljahren. Und dazu hat sie die erwachsene Tochter Theres, die gut und gerne die Kleinen hüten könnte. Das versteht sie, die Kutzbergerin, sowieso nicht: Der Mann der Eibnerin ist politisch eins a, auch die großen Kinder Theres und Josef, bloß sie stellt sich mit ihrer Frömmelei gegen den Mann und das ewige Reich und zieht die kleineren Kinder Max und Paul mit sich in die Kirche. Dabei ist es doch ihre schiere Eigensucht, daß sie dem Führer keine Kinder mehr schenken will, denn ohne Schwangerschaften und Entbindungen kann man sich halt ein schönes Leben machen. Dabei kennt sie, die Kutzbergerin, ganz andere Weiber, wie die Agnes zum Beispiel, die mit sechsunddreißig Jahren trotz ihrer Schwäche noch ihr erstes Kind gekriegt hat. Wenn die Eibnerin noch nachlegen würde und ein paar Buben kriegen würde, dann müßte sie nicht so ein G'schieß um ihren Großen im Krieg machen und täglich in der Kirche für ihn beten.
Ach, ja, die Kirche, so die Kutzbergerin weiter, der Pfarrer Moser nämlich, ganz ähnlich wie der Hias, der predigt jetzt auch nicht mehr so dreist daher, nachdem man dem Neumarkter Kaplan die Zunge abgeschnitten hat, der Moser hält sich jetzt ebenfalls zurück. Ihr Mann, der Bürgermeister, hat ein vorbildliches Dorf, ja, sogar das Propagandaministerium hat neulich ganz stolz von Berghaupt berichtet, allem voran wegen Herrmann natürlich, dessen Sprengstoff bald im ganzen Reich in den Steinbrüchen und Bergwerken eingesetzt werden soll, denn der Herrmann hat da etwas entwickelt – genau versteht

sie es ja nicht –, womit man ganz gezielt etwas explodieren lassen kann, ohne daß zum Beispiel umliegende Teile unbeabsichtigt dabei kaputtgehen wie beim herkömmlichen Sprengstoff. Sie persönlich hat ja immer schon geglaubt, daß in dem Herrmann ein großer Erfinder steckte, lang bevor man im Radio ihn und seinen Eifer vorgestellt hat. Aber da mußte halt erst der Führer kommen, bis solche Versuche allgemein als Arbeit und nicht als Spinnerei angesehen wurden. Und umgekehrt hat sie gesehen, was sogenannte Künstler als, ts, Arbeit ansehen. Drei oder vier Jahre ist das jetzt her, da war sie mit ihrem Mann in München bei der Eröffnung des Hauses der Kunst gewesen, wo die »Entartete Kunst« gezeigt wurde. So ein Geschmiere! Sie hat ja, in aller Bescheidenheit gesagt, schon immer ein Gespür für Kunst und Dekoration gehabt, ja, die Amtsstube ihres Mannes soll sich der John mal anschauen, wie sie nun eingerichtet ist. Sogar die Neumarkter haben sich diese Art der Einrichtung von ihnen abgeschaut, in Neumarkt hat nun übrigens ein Kino eröffnet, in dem Farbfilme gezeigt werden, ein ergreifendes Erlebnis, nebenbei bemerkt.
Gelinde geht da natürlich alle Augenblick hin, na ja, als unverheiratetes Fräulein kann sie sich das auch leisten, und selbstverständlich geht sie dann auch gleich immer zum Friseur und lackiert sich die Fingernägel, aber, unter uns gesagt: die Gerlinde, dieses Luder, die wird es auch noch merken, seit Jahren hat sie ein g'schlampertes Verhältnis mit dem Doktor, den der John eigentlich nicht mehr kennen kann, weil er erst nach seiner Zeit aus Berlin gekommen ist, aber die Gerlinde, die geniert das nicht mal. Aber irgendwann, wenn sie keiner mehr heiraten will, dann wird sie es schon merken, was sie da so treibt. Ganz zu schweigen übrigens davon, daß sie ihrer nationalen Pflicht, dem Kinderkriegen, nicht nachkommt und

statt dessen noch unverschämt daherredet, wie neulich. Da sagt ihr doch die Gerlinde mit so einem bestimmten Grinsen frech ins Gesicht, warum eigentlich der Führer selbst keinen Nachwuchs kriegt, ob er es nicht als seine Pflicht ansieht, seine Ober-Übermenschlichkeit in Form von kleinen Ober-Übermenschen weiterzugeben. Oder möchte er seine Kinder dann nicht in den Krieg schicken, beziehungsweise, und das hat ihr Gerlinde wortwörtlich ins Ohr geflüstert, ob er am End nicht andersrum ist, weil er noch nicht mal heiratet. Sie, die Kutzbergerin, hat das nicht angezeigt, da kann die Hebamme froh sein, aber nur deshalb, damit ihr Mann nicht wieder so angefeindet wird wie nach der Geschichte mit dem Loibl Hias, wo es hinterher hieß, daß der Loibl Hias »trotzdem einer von uns ist und nicht ins Lager gehört«. Aber die Unerhörtheit der Äußerung von Gerlinde, die geht ihr nicht aus dem Kopf, das ist ja so als würde man fragen, warum der Heilige Geist nicht verheiratet ist. Obwohl natürlich die Frage ist, ob es den Heiligen Geist überhaupt gibt. Und damit fällt ihr schon wieder was von Gerlinde ein, schon wieder so ein Querulantentum. Das muß man sich mal vorstellen, diese Person, die noch nie etwas von der Kirche gehalten hat, diese Gerlinde, hat sich doch nun gleichzeitig mit ihrem Patenkind Anntraud taufen lassen, aber nur, und dessen ist sie sich sicher, aus Protest gegen den Führer, der die Kirche nicht mag, wahrscheinlich weil er selbst ein Prophet ist.

Aber eines muß man der Gerlinde lassen, daß sie sich rührend um die arme Anntraud kümmert, wie die Theres auch, denn der Herrmann arbeitet ja wegen der Sprengerei so viel, und die Agnes ist ja mehr auf Kur als daheim. Aber die Anntraud, die wächst wirklich schön heran, ganz nach dem Opa kommt sie …

Plötzlich aber fiel der Kutzbergerin ein, daß John ja ein Engländer und somit ein Feind war. Sie kratzte sich erschrocken an ihrer Warze und wußte nicht mehr so recht, ob sie mit ihm überhaupt hatte reden dürfen, ob sie vielleicht nicht sogar Geheimnisse an den Feind verraten hatte. Die Kutzbergerin bekam einen roten Kopf und begann zu schwitzen, verabschiedete sich mit einem kurzen Gruß und sammelte wieder Kartoffeln in ihren Korb.

John hatte in den vergangenen zehn Jahren viel von dem Berghaupter Dialekt vergessen und nur die Hälfte der Kutzbergerin-Rede verstanden. Trotzdem war ihm dabei so schlecht geworden, daß er sich fast übergeben mußte. Er blieb noch kurz mit offenem Mund stehen, dann machte er sich schnell auf den Weg zu seinem alten Haus.

II.
Das Kind

1.

Der Mann, der in Berghaupt ankam, als Anntraud auf ihren sechsten Geburtstag wartete und in der nachmittäglichen Herbstsonne auf der unteren Dorfstraße gerade die Katze Mizzi im Laub suchte, gefiel ihr auf Anhieb. Unter seinem Mantel trug er ein buntes Hemd, das aus unzähligen Flicken zusammengesetzt war, darunter eine grüne Hose, die nur bis zu den Knien ging, aber nicht wie eine Lederhose abgebunden war, sondern völlig lose um die Beine flatterte. Er hatte einen so langen Bart wie Moses auf dem Bild in der Kirche, und vor allem hatte er in einem Rucksack etwas bei sich, was Anntraud sofort interessierte: zwei Trommeln, auf die sie auch gleich schlagen durfte. Der alte Mann, der sie fragte, ob sie die Anntraud, die Tochter der Agnes, sei und sich ihr daraufhin wie einem Erwachsenen als ihr »Grandpa oder Opa« vorstellte, zeigte ihr sogar, wie man mit den Fingerspitzen und Handballen auf diese Trommeln hauen mußte, damit es richtig laut wurde. Auch beantwortete ihr der Alte sofort – in einer komischen deutschen Sprache – alle Fragen, und Anntraud erfuhr, daß die Trommeln aus Afrika waren, daß er sie von einem Häuptling geschenkt bekommen hatte und daß es also auch in Afrika Häuptlinge gab, nicht nur bei den Indianern, wie sie bisher immer geglaubt hatte. Der obere Teil des Instruments hieß »Schlagfell«, erklärte ihr der Opa und fügte lächelnd hinzu »ein Schlagfell darf man schlagen«, als hätte er ihre Gedanken erraten, denn sie wußte zuerst nicht, ob sie nun darauf hauen durfte oder nicht. So trommelte sie mitten auf dem Dorfweg zum Klatschen des Opas, der es im Gegensatz zu den anderen Erwachsenen nicht eilig zu haben schien.

Jäh unterbrach Gerlinde, vor deren Haus sie ihren Opa getroffen hatte, diesen Spaß. »Seid's narrisch?« herrschte sie John und Anntraud an, in dem gleichen Tonfall wie sie Anntraud neulich ausgeschimpft hatte, als sie die Hände vor dem Essen nicht gewaschen hatte oder fast ihre Kleiderkarte im Bach versenkt hätte. Dann sah Gerlinde dem Opa genauer ins Gesicht, rief erfreut »John«, packte ihn und die Trommeln und zog den alten Mann zu sich ins Haus. Die Patin sah sich kurz nach allen Seiten um, sagte zum Opa, daß Negermusik unter Strafe stehe, und schickte Anntraud los zum Spielen, denn sie müsse dem Großvater sofort etwas Wichtiges erklären.

Anntraud war wütend. Jetzt hatte sie endlich auch einen Opa und noch dazu einen so schönen, da wurde sie wieder weggeschickt. Sie schlich sich unter das Küchenfenster von Gerlinde, wo immer ein Leiterwagen stand, unter dem sie sich verstecken konnte, ohne gesehen zu werden, und wo sie alles hören konnte, wenn die Erwachsenen bei offenem Küchenfenster redeten.

Anntraud hatte hier schon häufiger gelauscht, denn immer öfter schickte sie die Patin in letzter Zeit weg, vor allem, wenn sie den Loibl Hias im Fronturlaub, Pfarrer Moser oder die Eibnerin traf. Früher hatte sie nur zum Spielen rausgehen sollen, wenn der Doktor da war. Dabei hatte sie beobachtet, daß Gerlinde dann oft mit ihm in ihr Schlafzimmer verschwand. Mit den anderen ging sie nie in diese Kammer, da hockte sie nur in der Küche herum. Manchmal schalteten sie das Radio ein, und Anntraud hörte fremde Sprachen, die sie nicht verstand. Sie wußte aber, daß die Erwachsenen etwas Verbotenes taten, sie hörten einen Feindsender. Manchmal unterhielten sie sich auch nur über den Krieg, den Hunger, die Partei, über Soldaten, über den Führer und machten Witze, die Anntraud nicht verstand. Wenn das Gespräch auf die »Drecksau« kam, freute sie sich. Sie wußte, daß der Kutzberger damit gemeint war und damit auch seine Familie. Denn Anntraud hatte zwar gelernt, daß die Polen, die Franzosen, die Engländer, die Russen, die Amerikaner und vor allem die Juden die Feinde der Deutschen waren, aber in ihrem Reich hatte sie nur einen einzigen Feind: die gleichaltrigen Kutzberger-Zwillinge, die sie ständig ärgerten, vom Spielen ausschlossen und verspotteten.

Gerlinde hatte ihr eingeschärft, von den Erwachsenen-Gesprächen nur ja nichts weiterzuerzählen, speziell wenn es um »Politik« ging. Dabei wußte Anntraud nicht genau, was eigentlich alles zu Politik zählte: die fromme Eibnerin hatte neulich die Predigt von Pfarrer Moser »deutlich politisch« genannt; der Papa sagte, der Kutzberger übertreibe es mit seiner »Politik«; Pfarrer Moser wiederum meinte gerne »heutzutage ist alles politisch«. Anntraud hatte beschlossen, am besten gar nichts weiterzuerzählen, und von der Mama hatte sie ohnehin gelernt, Geheimnisse für sich zu behalten, zum Beispiel wenn die Mama heimlich für den Papa eine Überraschung vorbereitete. Auf jedes Geheimnis, das man ihr anvertraute, war Anntraud stolz. Die mit angehörten Gespräche unter Gerlindes Küchenfenster zählten nur halb zu den Geheimnissen, denn sie waren ja bloß erlauscht. Deshalb, so dachte sich Anntraud, durfte sie sich daraus auch manch-

mal ihre eigene Munition gegen die Zwillinge Brunhilde und Sieglinde zurechtlegen, die ihrerseits mit ihren Geheimnissen von ihrem Bürgermeister-Papa und ihrer dikken Mama immer so angaben.
Wenn sich kein Gespräch über die Kutzbergers ergab, dann wurde es ihr schnell langweilig, dann verließ Anntraud ihren Lauschposten wieder und zog weiter zum Wirt oder zur schönen Wagner-Bäuerin und dem Polen, bei denen die Kinder im Stall und Stadel spielen durften. Oder sie ging ins Pfarrhaus, wo Pfarrer Moser ihr aus der Bibel vorlas und ihr dabei meist ein Zuckerbrot machte. Oder sie ging zur Theres, aber von der wurde sie nun auch immer öfter rausgeschickt, denn wenn der Führer im Radio seine Ansprachen hielt, dann durfte sie dabei nicht stören, sondern mußte stillsitzen, kein Wort sagen, bis die Ansprache endete, danach den rechten Arm ausstrecken und »Sieg heil« rufen. Bei Gerlinde war dies wiederum gar nicht gern gesehen, einmal hatte sie das durcheinandergebracht, kurz vergessen, daß sie nicht bei der Theres war, »Sieg heil« nach der Ansprache gerufen und den Arm ausgestreckt. Die Patin hatte sie streng angeschaut und gesagt, daß sie doch lieber den Arm unten behalten und die Finger in die Nase stecken sollte – woraufhin der Doktor laut lachte.

Wenn hingegen die Mutter daheim war, wurde das Radiogerät fast nie eingeschaltet, denn die Mama sagte immer »von der ganzen Politik will ich gar nichts wissen«. Wenn die Mutter nicht da und auf Kur war, dann wünschte sie sich die Mama jeden Tag zurück. War sie dann in Berghaupt, wünschte sie sich die Mutter oft schnell wieder auf Kur, denn sie war viel strenger mit ihr als der Papa, Gerlinde oder Theres. Da durfte Anntraud beim Essen nicht reden, mußte früh ins Bett und sich jeden Tag vor dem Frühstück das Gesicht waschen und die Haare kämmen. Außerdem mußte sie der Mutter oft zur Hand sein, mal die Einweckgläser aus dem Keller holen, mal den Stubenschrank abstauben oder – das machte noch die meiste Freude – zum Kolonialwarenhändler einkaufen gehen. Die Mutter sagte immer, sie solle gehorchen lernen, auf Eigensucht verzichten, und daraus würde ihr die größte Freude erwachsen. Anntraud leuchteten die Worte der Mutter nicht ein. Wenn sie gerade mitten im Spiel war und einkaufen gehen sollte, dann verstand sie nicht, welche »Freude« ihr das bereiten sollte.

Am schlimmsten aber waren die Stunden, in denen die Mutter ihr das Häkeln beibrachte, das sie nicht leiden konnte, weil ihre Finger einfach nicht so mitspielten, wie sie es gerne gehabt hätte, wenn sie wieder mühsam eine Masche suchte, wenn die Mama auch noch erwartete, daß sie sich für den Unterricht bedankte, bevor sie am End doch noch »plötzlich gehen« müsse. Anntraud wußte genau, was damit gemeint war: daß die Mutter jederzeit sterben konnte. Anntraud wollte nicht, daß ihre Mama sterben sollte, diese schöne Frau mit den dunklen Haaren, den grünen Augen und der hellen Haut, die so edel wirkte auf ihrem Bettlager in der Küche, die Mutter, die sie so zärtlich anschaute, an die sie sich drücken konnte und von der sie gestreichelt wurde, wenn sie weinte, die Mama, mit der sie die schönsten Geheimnisse teilte. Aber die Kutzberger-Zwillinge hatten es ihr schon lange gesagt und wiederholten es fast täglich: Die Mutter war krank, seitdem die Anntraud auf der Welt war, und an diesem ganzen Unglück war sie schuld, denn sie war das Unglückskind.

Wenn die Mama daheim war und es ihr gerade wieder etwas besser ging, wenn Anntraud vorher mit ihr über etwas gelacht oder mit ihr geschmust hatte, dann machten ihr die Spöttereien der Zwillinge manchmal gar nichts aus. War die Theres im Haus, war die Stimmung hingegen oft wieder gedrückt, obwohl die Mama und die Theres oft sagten, wie gut sie es doch hätten, sie hätten zu essen, zu heizen und Anziehsachen, im Gegensatz zu vielen Städtern, aber schließlich, so meinte die Theres immer, werde mit dem Führer sowieso alles gut. Das schien die Mama nicht recht zu glauben, sie antwortete nichts darauf, nur manchmal, daß sie davon nur leider auch nicht gesund würde, was die Theres seufzend bejahte und dann meist stumm im Haus weiterarbeitete. Der Theres schien es nicht zu gefallen, daß der Führer nicht alles heilen konnte, und dann wurde sie sehr ernst, obwohl man sonst mit ihr großen Spaß haben konnte, denn die Theres brachte ihr nicht nur Wettlauf und Hochsprung bei, sie zeigte ihr auch das Fahrradfahren, das Anntraud nun im Gegensatz zu allen anderen Kindern, die noch nicht zur Schule gingen, beherrschte. Von einem Absatz der Waschküche im hinteren Garten konnte sie auf das Rad steigen und mit diesem Schwung viele Runden durch das Dorf fahren, bloß beim Absteigen mußte sie zuvor einen geeigneten Platz auskundschaften, denn die Füße reichten zum Bremsen nicht auf den Boden.

Einmal war sie mit dem Fahrrad der Theres neben dem Bierkutscher sogar bis nach Sulzkirchen hinüber gefahren, der Becker-Sepp hatte sie dann in seinem Pferdewagen mit zurückgenommen, denn den steilen Rückweg traute sie sich nicht zu. Neuerdings übte sie mit dem siebenjährigen Eibner Paul, auf dem Weg im Birkenhölzchen Schnellfahren, denn sein Papa hatte ihm aus einem alten Fahrrad und verschiedenen Kleinteilen, die sich im alten Stadel fanden, eine sogenannte Kinderfahrmaschine zusammengebaut – ein kleines Gefährt mit zwei Rädern hinten und einem vorne. Paul hätte zwar lieber ein rich-

tiges Fahrrad gehabt, wie die Anntraud, die es sich immer von der Theres ausleihen durfte, aber schließlich freute er sich doch, vor allem nachdem die Großstadtkinder bei den Eibners einquartiert worden waren. Darunter war nämlich ein siebenjähriger Auersbacher, der Paul um das Gefährt beneidete und ihn deshalb bewunderte. Das war für Anntraud immer eine unerfreuliche Zeit, denn der Paul spielte lieber mit dem Auersbacher als mit ihr und Anntraud wünschte sich, daß der Krieg bald vorbei wäre, damit der Auersbacher wieder heimgeschickt wurde.
Als die fromme Eibnerin, die Mama von Theres und Paul, einmal mitkriegte, daß sie den Auersbacher nicht leiden konnte, ermahnte sie Anntraud recht streng und sagte, daß der Bub jetzt viel lieber daheim bei seiner Mutter in Auersbach wäre und daß sie, die Anntraud, sowieso Glück habe, weil ihr Papa nicht in den Krieg ziehen mußte. Daß aber ihre Mama fast immer auf Kur und krank war, das erwähnte die Eibnerin nicht. Dabei wäre es Anntraud viel lieber gewesen wäre, wenn es bei ihr wie bei allen anderen gewesen wäre, wenn ihr Papa im Krieg und ihre Mama gesund daheim gewesen wäre. Das konnte sie der Eibnerin aber nicht sagen. Überhaupt konnte sie niemandem erzählen, was sie sich in Wahrheit wünschte, denn schließlich war ja sie an dem ganzen Unglück schuld, wie die Zwillinge ihr täglich vorsagten. Manchmal, wenn sie den Spott gar nicht mehr aushielt, ging sie in die Kirche und versuchte, die rote Madonna zum Schweben zu bringen. Gerlinde hatte ihr einmal erzählt, daß es Menschen mit besonderen Kräften gab, die bloß mit der Kraft ihrer Gedanken Dinge bewegen konnten. Anntraud war davon überzeugt, daß man sie nicht mehr als Unglückskind ansehen würde, wenn in der Kirche die Madonna durch ihre Kraft schwebte. Und so kam sie immer wieder, konzentrierte sich auf die Mutter Gottes und

sagte mit innerer Stimme »schweb, schweb«. Pfarrer Moser, der sie dabei nur »beten« sah und nichts von ihrem Geheimnis wußte, lobte sie für die vielen Kirchenbesuche und steckte ihr dafür oft etwas Süßes zu.

Jetzt lag Anntraud unter dem Leiterwagen und hörte genau zu, was Gerlinde ihrem Opa zu sagen hatte, während die Patin ihm einen Tee kochte und ihm das Gebäck, das es sonst nur sonntags gab, anbot. Zum ersten Mal glaubte Anntraud zu verstehen, was die Erwachsenen mit »Politik« meinten, denn die Patin erklärte, daß John nur ja kein Wort darüber verlieren sollte, was er sich hier politisch so denke, sonst stünde er mit einem Bein in einem Lager. Der Großvater sagte, zuerst hätte er die Kutzbergerin für geisteskrank gehalten, aber die dürfe ja frei auf dem Feld herumlaufen und sich auch noch hemmungslos vermehren, dagegen sei der ganze alte Berghaupter Aberglaube ja ein Witz. Das wollte sich Anntraud merken, das wollte sie den Zwillingen im Spottvers sagen. Gerne hätte sie noch weiter belauscht, was der Opa mit Gerlinde alles zu besprechen hatte, aber immer mehr Ameisen krabbelten auf ihren Körper und kitzelten sie so sehr, daß sie lieber ihr Versteck verließ, vom hinteren Garten zur unteren Dorfstraße schlich, wo prompt schon die Kutzberger-Zwillinge auf sie warteten. Anntraud vermutete, daß die Mädchen mit den langen blonden Zöpfen in den rosa Kleidern gleich wieder mit dem Spottlied anfingen, doch sie kamen freundlich auf Anntraud zu.

»Der ist fei ein Feind, dein Opa, hat die Mama gesagt«, sagte Sieglinde, die immer mehr als Brunhilde redete.

»Der kennt einen Häuptling in Afrika, der kein Neger ist. Und von dem hat er geheime Waffen dabei«, erfand Anntraud schnell, »da müßt ihr aufpassen.«

Die Kutzberger-Zwillinge waren entsprechend beeindruckt und zogen sich vorsichtshalber in den Garten des Nachbarhauses zurück. Von dort aus konnten sie sehen, wann der Alte Gerlindes Haus verlassen würde. Anntraud hüpfte ihnen über ein paar Pfützen hinterher, froh gelaunt, weil sie dieses Mal nicht gleich verspottet worden war, sondern vielmehr eine geheime Nachricht weitergeben konnte.

Doch die Mädchen mußten warten, bis der Großvater Gerlindes Haus verließ, und so beschlossen sie, Vater, Mutter und Kind zu spielen. Darüber gerieten sie in Streit, Anntraud wollte nicht schon wieder Kind spielen, das vom Vater, also der Sieglinde, Tatzen bekam. Und so kippte die gute Stimmung zwischen ihnen so schnell um, wie sie gekommen war; die Zwillinge stellten sich breitbeinig nebeneinander hin, deuteten mit dem Zeigefinger auf Anntraud und riefen: »Rote Hex mit Brema-Schieß! Hast es mit dem schwarzen Rab, bringst dei Mama noch ins Grab. Bist unser aller Unglück hier, doch was können wir dafür!« Anntraud hätte am liebsten zugeschlagen, aber die Zwillinge waren zu zweit. Sie kämpfte mit den Tränen, ließ die Kinder den Spottvers so lange wiederholen, bis sie genug hatten, und sagte dann mit fester Stimme: »Mir doch egal. Dafür ist eure Mama in Wahrheit geisteskrank, und das mit dem Unglück ist bloß ein Witz gewesen.«

»Stimmt ja gar nicht, stimmt ja gar nicht«, tönte Sieglinde, doch Anntraud grinste sie fest an.

»Doch, das weiß ich genau. Das sieht man bloß nicht. Das kommt von ihrem dicken Bauch, da steckt das Geisteskranke drin.«

Das traf die Zwillinge, sie verstummten, und Brunhilde bekam plötzlich Angst. »Aber dann kommt sie ja in ein Heim wie der Eibner Willi, wenn sie geisteskrank ist.«

»Genau«, sagte Anntraud. »Ich hab jetzt einen Opa, aber ihr bald keine Mama mehr.«
Anntraud hatte es damit geschafft, die Zwillinge zu vertreiben. Nicht sie lief weinend davon, sondern die blonden Mädchen hatten jetzt Tränen in den Augen und rannten zur oberen Dorfstraße hinauf.

Anntraud freute sich über diesen Triumph. Kurz danach hatte auch der Großvater mit Gerlinde fertig geredet, und beide kamen aus Gerlindes Haus. Anntraud lief dem Alten entgegen, der ihr über den Kopf streichelte und sie hochhob. Dabei sagte er, daß sie ganz schön kräftig und groß sei. Gerlinde bemerkte, wie ähnlich sich doch die beiden seien, das sehe man erst jetzt. Auch der Opa hatte Sommersprossen, rötliche Haare, einen schön gewölbten Hinterkopf und eine gerade Nase wie sie. Daher kamen also ihre Sommersprossen, wegen deren sie immer einen Hut im Sommer tragen mußte und von den Kutzberger-Zwillingen als »Brema-Schieß« verspottet wurde.
»Bleibst du jetzt bei uns?« fragte ihn Anntraud. »Oder bist du unser Feind?«
»Mal sehen«, sagte John und lächelte sie an.
»Darf ich noch mal trommeln?« fragte Anntraud.
»Nein«, sagte Gerlinde, »wenn du größer bist, dann geht das vielleicht wieder.«
»Ich schenk sie dir«, sagte der Opa, und Anntraud wußte sofort, daß sie die Trommeln als Geheimwaffe gegen die Kutzberger-Zwillinge einsetzen würde.

Alle drei gingen durch das Dorf, Anntraud an der Hand des Großvaters, der von allen Seiten freundlich gegrüßt wurde, sich aber immer mit der »langen Reise« entschuldigte und nicht länger mit den Leuten sprechen wollte. In Johns altem Haus, Anntrauds Zuhause, wartete man nun auf den Feierabend von Herrmann, Gerlinde kochte, und der Opa erzählte von dem Häuptling, er zeigte ihr, wie man dort tanzte, und verrenkte den ganzen Körper wie ein Wilder.

»Der Führer hat aber gesagt, wir dürfen keinen Negertanz mehr machen«, sagte Anntraud, die ihrem Großvater nun wie Gerlinde die »Politik« erklären wollte, auch wenn sie immer noch nicht wußte, ob er ein Feind war.

Johns Miene verdüsterte sich, er schüttelte den Kopf und sah sie und Gerlinde entsetzt an. Er sagte: »Auch die kleinen Kinder schon, das darf doch nicht wahr sein.«

Gerlinde zuckte hilflos mit den Schultern. »Wenn es nur das Tanzen wäre«, meinte sie, und Anntraud verstand wieder einmal nicht, worum es eigentlich ging. Sie nahm die Trommeln und versteckte sie vorsorglich auf dem Speicher, »denn heutzutage kann man nie wissen, was noch alles auf einen zukommt«, wie die Erwachsenen sagten. Das war gut so, wie Anntraud bald darauf feststellte, denn vom Speicher aus hörte sie den größten Krach, den sie je mitbekommen hatte, sie hörte ihren Vater Worte sagen, die ihr immer verboten worden waren. Und vor allem hörte sie ihren Papa sehr laut werden, was weder zuvor noch später jemals wieder der Fall war.

Der Vater stritt sich fürchterlich mit dem Großvater, Gerlinde mahnte beide immer wieder, doch leiser zu sein und nicht so herumzuschreien. Anntraud dachte daran, daß ihr immer geheißen wurde, den Eltern zu gehorchen, aber der Papa durfte den Opa anschreien, etwas, wofür sie ziemlich geschimpft bekommen hätte. Sie traute sich nicht die Speichertreppe herunter, sie hörte John brüllen, daß es ja nicht zu fassen sei, daß seine Tochter und ihr Mann solche Nazis seien und Herrmann noch dazu Sprengstoff für diese Mörderbande herstelle, der Vater brüllte, daß er nur anständig arbeite, damit seine, Johns

Tochter, endlich gesund werden könne, und der Großvater schrie, daß er Agnes und Anntraud besser mit nach England nehmen solle, der Vater schrie zurück, wie er sich das wohl vorstelle, wenn er sich selbst nicht einmal ernähren könne, ob seine Leute, also Anntraud und Agnes, dann in England verrecken und verhungern sollten, wenn der John schon nicht mehr wisse, was heute Tatsache sei, dann solle er seine Familie in Ruhe lassen, wie die ganzen letzten zehn Jahre, wo er sich auch nicht gemeldet und keinerlei Verantwortung für seine Familie gezeigt hätte.
Anntraud kaute auf dem Speicher an den Fingernägeln. Sie fürchtete sich davor, von ihrem Großvater zu den Feinden nach England mitgenommen zu werden, die sie sich nicht genau vorstellen konnte. Nur einmal hatte sie in einem Jungvolk-Heft so eine Fratze mit Tigerzähnen gesehen, und Theres hatte gesagt, das sei unser Feind. Sie fürchtete sich aber auch vor dem Vater, der so außer sich war.

Anntraud schlich sich davon, in die Kirche. Sie starrte die rote Madonna an, wiederholte lautlos »schweb, schweb« und richtete all ihre Gedanken auf die Mutter Gottes. Aber die Statue bewegte sich auch dieses Mal nicht und blieb wie immer auf dem Sims in der Kirchennische stehen.

Als sie wieder heimkam, brüllten der Vater und der Großvater nicht mehr herum, alle aßen schweigend zu Abend, was aber fast noch unheimlicher war. Ihr Opa, so wurde ihr gesagt, könne nur diese eine Nacht bleiben, Gerlinde werde ihm in der Wohnstube ein Bett herrichten, morgen früh müsse er schon wieder abreisen, um weiter zu forschen. Anntraud glaubte den Erwachsenen

nicht – der Opa ging wieder, weil er sich mit dem Papa so gestritten hatte, aber sie sagte nichts zu dieser Lüge.
Der Vater war schon zur Arbeit gegangen, als der Großvater am nächsten Tag nach dem Frühstück vom Pferdewagen des Becker-Sepp abgeholt wurde. John küßte Anntraud auf die Stirn, streichelte ihr übers Haar und steckte ihr heimlich einen Brief zu, den sie lesen sollte. Er hatte wohl vergessen, daß sie noch nicht zur Schule ging und die Buchstaben noch nicht kannte. Anntraud versteckte den Brief bei den Trommeln auf dem Speicher und erzählte, wie versprochen, niemandem davon, denn sie konnte Geheimnisse für sich behalten, sogar, wenn sie vom Feind stammten, und selbst dann, wenn sie verhört wurde wie ein paar Tage später.

Für eine Weile stellten die Kutzberger-Zwillinge ihre Spottverse ein, und Anntraud konnte sich frei durchs Dorf bewegen, ohne befürchten zu müssen, daß ihr hinter einem Baum oder einem Haus Brunhilde und Sieglinde auflauerten. Dann aber kamen die Zwillinge zu ihr mit einem Grinsen, das nichts Gutes erwarten ließ. Der Kutzberger und seine Frau wollten mit Anntraud reden, deshalb holten die Mädchen sie ab. Anntraud erschrak, wenn gleich zwei Erwachsene mit ihr reden wollten, dann mußte etwas Schlimmeres passiert sein, denn normalerweise schimpfte immer nur ein Vater oder eine Mutter. Sie ging hinter den Zwillingen her und überlegte fieberhaft, was die Kutzbergers wohl von ihr wollten, doch sie kam nicht darauf.
Mit dem Tatzenstock in der Hand stellte die Kutzbergerin sie dann zur Rede. Der Bürgermeister, ihr Mann, stand neben ihr, und hinter den Erwachsenen standen die Zwillinge und die Schwester Ilse, sie sahen schadenfroh zu.

»Wer hat gesagt, daß ich geisteskrank bin?« fragte die Kutzbergerin drohend. Die Antwort darauf schien den Kutzberger am meisten zu interessieren.
Anntraud überlegte kurz, sie wollte ihren Großvater nicht verraten. »Der Feind«, erwiderte sie schließlich.
»Also keiner aus Berghaupt?« fragte die Kutzbergerin nach.
Anntraud schüttelte den Kopf, woraufhin sich die Gesichtszüge der Kutzbergerin entspannten.
»Die Feinde sagen viel, Anntraud«, meinte sie mit einem gütigen Lächeln. »Die neiden uns bloß alles, vor allem den Führer. Glaub ihnen einfach nicht.«
Anntraud nickte, die Zwillinge wirkten enttäuscht nach den freundlichen Worten der Mutter. Anntraud wartete noch einen Moment und konnte kaum glauben, so schnell einer Bestrafung entkommen zu sein. Dem Kutzberger schien das auch zu kurz, und er erhob noch einmal die Stimme.
»Schau mal, Anntraud, du hast es nicht leicht mit deiner kranken Mutter. Aber der Führer wird auch ihr noch helfen mit neuer Medizin. So wie er uns allen zu einem besseren Leben verhilft. Wir kriegen mehr Lebensraum, wir werden entjudet, wir haben das tausendjährige Reich. Der Führer hat einen Pfändungs- und Kündigungsschutz eingeführt, besteuert Sonder- und Nachtschichten nicht mehr, hat die Bier- und Tabaksteuer gesenkt, und wir zahlen praktisch keine Kriegssteuer wie …«
»Geh, das versteht's doch noch nicht«, unterbrach die Kutzbergerin ihren Mann, der sich gerne reden hörte. Da hatte die Kutzbergerin freilich recht, denn Anntraud konnte sich weder unter »Steuern«, noch unter »Pfändung«, noch unter »Lebensraum« etwas vorstellen.
»Geisteskrank«, so fügte die Kutzbergerin hinzu, »ist der Eibner Willi. Mein Mann hat ja so lang versucht, ihn zu

halten, aber so eine Defektexistenz kostet uns einfach zu viel, die sind besser in einem Heim. Und für die meisten ist der Gnadentod sowieso besser.« Anntraud nickte. Sie wußte, daß der depperte Eibner-Bub in einem Heim untergebracht war. Pfarrer Moser hatte sich darüber in einer Predigt fürchterlich aufgeregt.

»Sag das also mit der Geisteskrankheit nicht einfach so«, mahnte die Kutzbergerin nun wieder streng, »das könnte bös enden.«

Die Zwillinge sahen Anntraud gespannt an. Sieglinde meldete sich zu Wort.

»Ich möchte auch mal was sagen«, meinte sie. »Die Anntraud ist doch unser Unglück. Wenn wir sie noch unglücklicher machen, haben wir noch mehr Unglück.«

Vater und Mutter Kutzberger nickten kurz, die Kutzbergerin murmelte etwas wie »gescheites Mädel«. Dann aber schüttelte die Kutzbergerin mit Blick auf Anntraud den Kopf. »Wer sagt denn so einen Schmarrn mit Unglück?«

Der Kutzberger selbst beeilte sich, hinzuzufügen, daß kein Arier ein Unglück sei. Sieglinde riß empört den Mund auf: »Aber du selbst hast doch g'sagt, daß ...«

»Eine Ruh is«, herrschte sie der Kutzberger an.

»Und die Mama ...«, sagte Brunhilde.

»Hab ich nicht g'sagt, daß ihr staad sein sollt? Runter in den Keller!« Der Kutzberger schrie laut.

Jetzt mußte Anntraud grinsen, setzte aber dann gleich wieder eine ernste Miene auf, schließlich wollte sie dafür nicht auch noch geschimpft werden oder gar Tatzen bekommen. Die Zwillinge gehorchten und gingen.

»So ein Schmarrn!« wiederholte die Kutzbergerin noch einmal und schickte Anntraud heim. Anntraud spürte zwar, daß sie log, aber für viele Monate hatte sie damit über die Zwillinge gewonnen, und als diese wieder einmal mit dem Spottvers ansetzen wollten, drohte Anntraud damit, dies ihren Eltern zu sagen, woraufhin die beiden sofort verstummten.

Johns Besuch hatte aber noch eine andere Folge. »Unter größten Bauchschmerzen«, hatte der Bürgermeister Kutzberger dem Vater auf dem Dorfplatz gesagt, habe er den Besuch von John nach Berlin hinauf melden müssen. Jeder Ausländer sei grundsätzlich ein Feind und als solcher ein möglicher Spion. Die Geschichte Berghaupts sei im tausendjährigen Reich nicht mehr von Bedeutung, wiewohl er auf die Wiederaufbauverdienste von John gebührend hingewiesen hätte.
Anntraud stand neben dem Vater, der sie an der Hand hielt, während der Bürgermeister dies erklärte, aber die Erwachsenen dachten wohl nicht mehr an sie. Der Kutzberger wurde immer unruhiger während des Gesprächs, die Augen des Vaters verengten sich zunehmend, und er drückte ihre Hand immer fester, bis es richtig weh tat, aber sie traute sich nicht, es zu sagen.
»Daraufhin«, so der Kutzberger ausnahmsweise einmal respektlos, sei »denen da oben« offenbar aufgefallen, daß Herrmann ja mit einer halben Engländerin verheiratet war. Das hätte zwar sicher nicht gereicht, um ihm seine Fabrik zu schließen. Aber ein »preußischer Intrigant«, mit einem Freund im Führerhauptquartier, hatte es verstanden, die Sache geschickt für sich zu nutzen. Er hatte angefragt, ob sich denn alle sicher seien, daß Herrmann einen arischen Sprengstoff herstelle, ob er nicht am Ende heimlich für den Engländer arbeite. Außerdem wisse man nicht, ob der englische Schwiegervater nicht vielleicht ein Jude sei, schließlich sei von ihm kein Ariernachweis zu bekommen. Und so hätte nun eine Überprüfung stattgefunden.
Der Kutzberger zupfte bei den ganzen Ausführungen

immer wieder sein Hitler-Bärtchen, kratzte sich an der Stirn unter der SS-Kappe und wippte mit den Beinen unruhig hin und her. Anntraud dachte daran, daß sie beim Essen immer ganz still und ruhig sitzen mußte, daß die Erwachsenen bei verschiedenen Ansprachen immer von ihr verlangten, ruhiger zu sein, und schimpften »zappel nicht so rum«. Der Kutzberger aber durfte das ungehindert tun. Der Vater hingegen wurde äußerlich immer regloser, außer daß er ihre Hand immer fester drückte, was er aber offenbar nicht einmal selbst bemerkte.

»Jetzt bist genau überprüft worden«, fuhr der Kutzberger weiter. »Aber ich hab wenigstens eine Verhaftung verhindern können, wegen meiner guten Beziehungen. Ich sag's noch mal, Herrmann: Ich hab das melden *müssen!*«

»Und die Fabrik?« fragte der Vater.

»Die muß zumachen, ohne dich hat sie ja sowieso keinen Sinn, du bist doch ihr Kopf!« meinte der Bürgermeister.

Der Vater schwieg und starrte den Kutzberger an.

»Herrmann, ich hab das melden *müssen,* verstehst, das hätt mich Kopf und Kragen kosten können!« wiederholte der Bürgermeister.

»Schon gut« sagte der Vater, drehte sich mit Anntraud um und machte sich auf den Heimweg.

Aber Anntraud spürte, daß dies alles gar nicht gut war.

Am Tag darauf wurde ihr Papa eingezogen, und Anntraud stand ohne Vater und Mutter da. Zuerst dachte sie, dies sei gar nicht so schlimm, jetzt müßte sie niemandem mehr so richtig gehorchen, aber schon im nächsten Moment wurde ihr recht unheimlich, so daß sie nun beim Abschied die Hand des Vaters so fest wie möglich drückte.

2.

Ende August 1943, zwei Wochen bevor Anntraud in die Schule kommen sollte, kam der Auersbacher Gottlieb nun »endgültig« nach Berghaupt. Der Neunjährige, der zuvor schon Dauergast bei den Eibners gewesen war, zog nun ganz zu seiner Tante und sollte auch in Berghaupt zur Schule gehen, denn in der fernen Großstadt gab es zu oft Bombenalarm. Der Auersbacher erklärte es der siebenjährigen Anntraud: Morgens, wenn er zur Schule ging, heulten die Sirenen, die Kinder rannten, so schnell sie konnten, in einen Bunker oder warteten zusammen mit den Erwachsenen in einem Keller oder notfalls manchmal auch nur unter einem Baum den Angriff ab. Dann machten sie sich wieder auf den Schulweg, versteckten sich erneut, und oftmals war er erst um zwölf Uhr in seiner Klasse angekommen, denn sein Schulweg war ungefähr so lang wie die Straße von Berghaupt nach Sulzkirchen. Der Auersbacher erzählte Anntraud auch, daß das ganze Reich bombardiert wurde, und er in der Stadt gehört hatte – freilich sagte er nicht von wem –, daß die Deutschen den Krieg noch verlieren würden, den totalen Krieg, ob sie von dem überhaupt wisse, denn hier in Berghaupt hatte er noch keinen einzigen Flieger gesehen.

Anntraud kletterte vom Baum und setzte sich gekränkt auf den Leiterwagen in Gerlindes Hinterhof, wo sie mit dem Auersbacher Jakobi-Äpfel von den Bäumen holte. Immer mußte der Großstädter etwas wissen, von dem sie noch nie gehört hatte. Gottlieb machte ebenfalls eine Pause und aß einen Apfel nach dem anderen, denn immer wenn er aus der Stadt kam, hatte er großen Hunger. Die Eibnerin schmierte ihm zwar meist zuerst ein dickes Butterbrot, doch das reichte Gottlieb offenbar nicht, er schwärmte ins Dorf aus und fragte bei allen möglichen Leuten nach, ob sie Hilfe bräuchten, in der Hoffnung dafür etwas Eßbares zu bekommen.
Anntraud sagte dem Auersbacher, daß sie schon über sieben Jahre alt sei und in zwei Wochen in die Schule käme, daß sie natürlich wisse, was der totale Krieg sei, der hätte ja schon im Fasching angefangen. Tatsächlich hatte sie die ergreifende Rede des Ministers Goebbels darüber bei Theres im Radio gehört. »Wollt ihr den totalen Krieg?« hatte Goebbels immer wieder gefragt, und begeistert hatten alle »Ja« geschrien. Dabei war Theres in ihrem Faschingskostüm einer Wilden vom Sessel aufgesprungen und hatte mitgeschrien vor dem Radio, das hatte Anntraud geärgert, denn sie selbst mußte immer still sitzen bleiben bei den Ansprachen. Schließlich war Theres' Mutter, die fromme Eibnerin, gekommen, hatte den Kopf geschüttelt und das Radio abgestellt. Aber das war wieder eines der geheimnisvollen Gesetze, die Anntraud nicht verstand und worüber sie mit dem Gottlieb reden wollte.
Der Auersbacher hatte auf einen Wurm im Apfel gebissen und traute sich nicht, die Bissen auszuspucken.
»Da hinten, da kannst hinspucken«, sagte ihm Anntraud.
Der Neunjährige mit seinen Steckerlfüßen nickte Anntraud dankbar zu und rannte zum Komposthaufen. Ann-

traud wußte zwar, daß die Städter oft nichts zu essen hatten, aber daß die Erwachsenen verboten, Würmer auszuspucken, das hatte sie nicht geglaubt. Und sicher hatten das die Großen verboten, denn der Auersbacher Gottlieb hielt sich an alle Anweisungen der Erwachsenen, ihm schien das Gehorchen eine Freude zu verschaffen, von der die Mama immer sprach. Wenn ihm seine Tante, die Eibnerin, befahl, beim Gebetläuten daheim zu sein, dann brach er mitten im Spiel ab und rannte sofort nach Hause zurück. Wenn Gerlinde verbot, nicht durch die Gemüsebeete zu gehen, dann machte der Auersbacher einen weiten Bogen darum. Wenn Moser aus dem Pfarrhaus auf den Dorfplatz schrie, die Kinder sollten endlich eine Ruhe geben, Kästchen könnte man auch leiser hüpfen, dann flüsterte er nur noch.

Der Auersbacher schien keine Probleme mit Anweisungen zu haben, er hielt sich einfach an alle. Wobei die Gebote und Verbote für Kinder noch relativ klar und deutlich waren, wie Anntraud dachte. Einig waren sich alle Erwachsenen darin, daß man bei Tisch stillsitzen mußte, daß Mädchen und Buben leise zu sein und nicht ungefragt ihre Meinung zu äußern hatten, daß sich Nase bohren und in Wasserlachen herumspringen nicht gehörte – aber bei vielen anderen widersprachen sich die Großen andauernd, behaupteten mal dieses, mal jenes, je nachdem, wen sie gerade trafen.

Pfarrer Moser predigte, »man soll die Feinde lieben« und »du sollst nicht lügen«. Bei Gerlinde in der Küche sagte er dann einen Tag später »der Feind gehört mit allen Mitteln bekämpft, und wenn man lügen muß«. Zuerst dachte Anntraud, er würde alle Gegner der Deutschen meinen, also auch die Engländer und ihren Opa, aber dann fügte der Pfarrer hinzu, daß der »Feind in den eigenen Reihen«

der schlimmste sei, und sagte wortwörtlich, daß der Hitler, womit er also respektlos den Führer meinte, »vom Teufel gesegnet ist« und das einzige Heil bei Gott liege. Kurz darauf grüßte er aber den Kutzberger mit »Heil Hitler« und stimmte ihm zu, daß man mit dem Führer zum Endsieg kommen würde.

Eigentlich war Anntraud ganz zufrieden mit der Situation. Ihr Vater war zwar im Krieg und nur zu Fronturlauben daheim, aber ihre Mutter war wieder fast gesund geworden, »wie durch ein Wunder«, wie die Mama sagte. »Durch Gottes Hilfe«, wie Pfarrer Moser sagte, »dank der fortschrittlichen Medizin des Führers«, wie der Kutzberger sagte, »weil sie wirklich gesund werden wollte«, wie Gerlinde sagte. Die fast geheilte Mama schien Anntraud genauso hübsch wie die schöne Wagnerin, wohingegen der Papa, seitdem er im Krieg war, gar nicht mehr so lustig wie früher war. Er machte in den Urlauben zwar immer noch seine Tricks und Späße mit ihr, aber mittendrin, beim Mittagessen zum Beispiel, war es plötzlich, als würde er sein Gesicht austauschen. Dann starrte er nur noch finster vor sich hin, bis die Mama die Hand auf seinen Arm legte, ihn liebevoll anlächelte und der Papa wieder weiteraß.
Aber wenigstens war es bei ihr daheim nun so wie in fast allen Familien, die Mutter war daheim, der Vater im Krieg. Und sie war nicht mehr allein ohne Eltern, denn bei dem ständigen Wechsel zwischen Gerlinde und Theres hatte sie irgendwann nicht mehr gewußt, an wen sie sich halten sollte, jede der beiden sagte ständig das Gegenteil dessen, was die andere behauptete. Wenn die Theres auf sie aufpaßte, dann sollte Anntraud lernen, sich ihrer und des Führers Meinung anzuschließen, was zum Beispiel Spielzeug betraf. Anntraud sollte am besten mit

der Puppe und dem Puppenwagen spielen, denn, so Theres, der Führer sei sicher der Meinung, dies sei die rechte Beschäftigung für ein Mädchen. Gerlinde hingegen legte Wert darauf, daß Anntraud sie nicht fragte »was soll ich spielen?«, denn die Patin meinte, Kinder sollten selbst etwas finden und sich nicht »bedienen« lassen, schon gar nicht von »Meinungen von oben«. Pfarrer Moser und Theres waren sich zwar einig, daß man ständig Opfer zu bringen hatte, aber der Pfarrer sagte »für Gott«, die Theres »für den Führer«. Gerlinde wiederum schimpfte auf die »Opferlämmer«. Seitdem die Mama wieder daheim war, fühlte sich Anntraud wieder sicherer, da wußte sie wenigstens tagtäglich, woran sie war, und mußte nicht immer ihre Einstellung wechseln – jetzt wollte sie diese geheimnisvollen Gesetze der Erwachsenen begreifen.

»Ich komm in die dritte Klasse«, sagte der Auersbacher, nachdem er den Wurm ausgespuckt, sich zu Anntraud in den Leiterwagen gesetzt hatte und seine mageren Beine in den kurzen Lederhosen über die Latten baumeln ließ. Wenn die Anntraud sich einfach hinsetzte, dann war es wohl erlaubt, auch eine Pause zu machen.

»Weiß ich schon«, antwortete ihm Anntraud knapp, während ein kühlerer Wind aufkam und die beiden Obst essend auf die sonnigere Seite des Leiterwagens rutschten. Anntraud hatte längst schon im Kopf alle Kinder aufgelistet, mit denen sie bald täglich in einem Klassenzimmer sitzen sollte, denn in der Schule wurde in zwei Räumen und Gruppen unterrichtet: Klasse eins bis vier und Klasse fünf bis acht. Die Jüngeren hatten den Schulraum im Erdgeschoß, die Älteren im ersten Stock. Anntraud hatte in den Ferien die Räume genau anschauen können, denn die Theres sollte überraschenderweise die neue Lehrerin für die Kleinen werden, nachdem der alte Lehrer Schmitt doch noch hatte einrücken müssen und die Sache mit der schönen Wagnerin, der Schwester des Lehrers, nicht geklappt hatte.

Warum die junge Wagnerin nicht Lehrerin wurde, fragte der Auersbacher nach, denn allen Kindern gefiel die Mittzwanzigerin mit den blonden Locken, den großen Augen, der schlanken Taille, dem großen Busen und dem herzlichen Lachen. Sie war die Schönste im Dorf, darüber gab es keine Debatten.

»Das ist auch so eine Sache, die ich nicht ganz versteh«, sagte Anntraud und berichtete Gottlieb dann von der Wagnerin, die eine Oberschule für Mädchen besucht hatte, bevor sie den Wagner-Bauern geheiratet hatte. »Die ist ihrem Mann eine Nummer zu groß«, sagte die Eibnerin, »die soll sich mal benehmen«, sagte die Kutzbergerin, »die ist geschlagen mit ihrer Schönheit«, sagte Gerlinde.

Auf jeden Fall war der Wagner-Bauer ständig eifersüchtig auf sie, schickte seine Mutter oder seine Schwestern immer der jungen Frau hinterher. Der Wagner selbst war nun schon lange im Krieg, die Familie hatte einen polnischen Arbeiter bekommen, den Janek, mit dem sich Anntraud und die anderen Kinder gut verstanden. Ja, das Haus der Wagners war ein beliebter Ort der herumziehenden Kindergruppen, sie durften dort lärmen, sich immer einen Schluck Milch nehmen, auch »Hühner jagen« spielen und essen, ohne vorher Hände waschen zu müssen. Wenn die strenge Schwiegermutter der Wagnerin nicht da war, spielte der Janek sogar manchmal mit, setzte die Kinder auf Kühe oder gab einen Clown, der angeblich einen Luftballon im Mund hatte, diesen aber nicht wieder aus dem Kopf herausbekam und dabei seine Backen aufblies. Er konnte sogar mit den Ohren wackeln, wenn er »unsichtbaren Floh fangen« vorspielte.

Weil die schöne Wagnerin wegen ihres dicken, schwangeren Bauches ohnehin nicht mehr richtig auf dem Hof mitarbeiten konnte und einst die Oberschule besucht hatte, sollte sie nun die Ersatzlehrerin werden und die Familie dafür noch mal einen Polen oder Russen für den Hof bekommen.
Als der Wagner dann aber kürzlich auf Fronturlaub in Berghaupt war, sah auch er den gewölbten Bauch seiner Frau und freute sich zunächst. Doch irgendwann in den nächsten Tagen suchte er Gerlinde auf. Anntraud belauschte das Gespräch im Leiterwagen unter dem Küchenfenster der Patin.
»Das darfst aber niemandem weitersagen«, flüsterte Anntraud nun dem Auersbacher zu, der den nächsten Apfel im späten Sonnenschein verschlang. »Kannst Geheimnisse behalten?«
»Ich schwöre«, sagte der Auersbacher, hob die Finger dazu und Anntraud erzählte ihm, was sie gesehen und gehört hatte, auch wenn sie nicht alles an dem Vorgang hatte begreifen können. Soviel war für sie nun aber sicher: Die kleinen Kinder und der dicke Bauch vorher kamen davon, wenn ein erwachsener Mann und eine erwachsene Frau miteinander ins Bett gingen und zusammen schliefen. Zwar kamen dabei nicht immer Kinder heraus, wie an Gerlinde und dem Doktor festzustellen war, aber wenn es Nachwuchs gab, dann kam er davon.

Der Wagner-Bauer wollte in seinem Fronturlaub von Gerlinde wissen, ob das stimme, daß Kühe auch elf Monate trächtig sein könnten. Die Patin erwiderte, sie habe nur eine Ausbildung für Menschen, da müsse der Wagner schon einen Veterinär fragen. Sie selbst habe das jedenfalls noch nie gehört, normalerweise kalben Kühe nach neun Monaten. Warum er das denn wissen wolle? Nur

so, entgegnete der Wagner, rückte dann aber doch mit der Sprache heraus. Seine Frau behaupte, sie sei im zehnten Monat schwanger, das könne schon mal vorkommen, sage seine Frau und wolle ihn damit wohl für dumm verkaufen, denn er könne sich genau ausrechnen, wann er vom Fronturlaub daheim gewesen war und wann nicht. Die Stimme des Wagners klang dabei immer gepreßter, Gerlinde bot ihm einen Tee an, was sie stets tat, wenn sie jemanden beruhigen wollte, doch der Wagner wurde laut: Er wolle jetzt die Wahrheit wissen. Gibt es eine elfmonatige Schwangerschaft, ja oder nein? Die Hebamme redete sich heraus. Im Krieg sei das vielleicht möglich, da hätten auch schon Kinder überlebt, die in der 32. Woche, also im siebten Monat, geboren wurden. Gerlinde sah dabei zufällig aus dem Küchenfenster, sah einen Zipfel von Anntrauds Kleid unter dem Leiterwagen hervorschauen – was sie ihr später erzählte und womit Anntrauds Versteck aufgeflogen war. Der Wagner war mit dem Tee nicht zu beruhigen, seine Stimme klang immer aufgebrachter. Gerlinde bat ihn, um ihn abzulenken, um einen Gefallen, ob er denn nicht schnell die Tür im Keller anschauen könne, die gehe nicht mehr richtig zu.
Der Wagner ging in den Keller, Gerlinde rief Anntraud schnell zu sich ans Küchenfenster und hieß ihr in wichtigem Flüsterton, so schnell sie könne, zur Wagnerin zu laufen und ihr zu sagen, daß ihr Mann nun wisse, daß sie mit dem Polen im Bett gewesen war. Anntraud rannte zur Wagnerin, die mit dem Polen gerade im Stall beim Kühemelken war, und richtete die Sätze der Patin aus, wobei sie überlegte, wie dieses zusammen Schlafen wohl genau aussehen würde. Die schöne Wagnerin schrie »Jessas«, stieß den Milchkübel um und rannte weg, der Janek ihr hinterher. Anntraud sah die weiße Milch in den Mist fließen, die Kuh Fanni glotzte wie immer blöd, und Ann-

traud versteckte sich nun lieber auch vor dem Wagner im Heustadel.

Doch der Wagner hatte seine Frau und den Polen wohl noch in der Nacht gefunden. Am nächsten Tag war die Wagnerin grün und blau geschlagen und der Pole, so hieß es, für immer verschwunden. Darüber tuschelten die Erwachsenen, aber Anntraud und der Eibner Paul ahnten, was geschehen war, als der Mesner mitten in der Nacht im Friedhof ein Loch ausgrub, was Anntraud von ihrem Haus aus sah, und Pfarrer Moser am nächsten Abend heimlich eine Beerdigung ohne Leute veranstaltete, was der Eibner Paul, der länger als sie aufbleiben durfte, von seinem Haus aus sah. Die Kutzberger-Zwillinge wußten schließlich zu berichten, daß der Papa wegen des Polen wichtige Schreiben nach Berlin schickte, daß ihr Vater sagte, der Pole sei nun vermißt, so wie es zwei vermißte Berghaupter aus dem früheren Krieg gab.

Einige Tage nach dem Verschwinden des Polen stritten sich die Kinder im Dorf nicht. In ganz Berghaupt war es merkwürdig still. Dann ging alles wieder von vorne los, der Eibner Paul und die Anntraud hielten gegen die Kutzberger-Zwillinge zusammen, bis der Auersbacher wiederkam, und Anntraud befürchtete, erneut alleine dazustehen, weil der Paul dann lieber mit dem Auersbacher als mit ihr spielte. Doch zu ihrer Überraschung nahmen die größeren Buben sie jetzt in ihre Bande auf, und sie hatte zwei Verbündete gegen die Kutzberger-Zwillinge, was Anntraud für dringend notwendig hielt, auch in Hinblick auf den nahen Schuleintritt, wo die Kutzberger-Zwillinge dann neben ihr in den ersten Bänken sitzen würden. Seit Johns Besuch hatten Sieglinde und Brunhilde sie zwar nicht mehr so schlimm ärgern können, daß sie weinen mußte, aber ab und zu verspotteten sie Anntraud doch wieder mit den alten Reimen und schubsten sie hinterrücks.

Der Auersbacher schob jetzt den Leiterwagen samt Anntraud aus dem Schatten, damit sie weiter im abendlichen Sonnenschein sitzen konnten. Er wollte wissen, warum die schöne Wagnerin nach dem Vorfall mit dem Polen nicht mehr Lehrerin werden durfte. Anntraud zuckte mit den Schultern, sie konnte ihm diese Frage auch nicht beantworten. Vielleicht hatte es mit dem Kutzberger zu tun, der immer wichtige Schreiben nach Berlin hinauf schickte. Erhielt er darauf eine Antwort, verkündete er diese mit weihevoller Stimme im ganzen Dorf. So ein Schreiben war gekommen, bevor die Hauptstraße in einem feierlichen Akt mit Freibier für die Erwachsenen und Süßigkeiten für die Kinder in »Adolf-Hitler-Straße« umbenannt worden war; so ein Schreiben war gekommen, bevor er in einer »offiziellen Amtshandlung« die Kruzifixe aus der Schule hatte entfernen lassen, bis der alte Lehrer sie sich wieder zurückholte und ihm die Bilder vom Führer, die statt dessen im Schulhaus hätten aufgehängt werden sollen, in die Amtsstube brachte; so ein Schreiben war auch gekommen, als die Tanzveranstaltungen verboten wurden und bevor eine Sirene auf dem Gemeindehaus installiert wurde, die nun jeden Mittag zum Probealarm heulte; so ein Schreiben hatte kürzlich auch angekündigt, daß der fünfzehnjährige Bruder vom Eibner Paul, der Max, ebenfalls zur Ehre des Führers in den Krieg durfte, woraufhin die Eibnerin im Büro des Kutzbergers getobt hatte und die Kutzbergerin später erzählte, daß sie die Eibnerin nur deshalb nicht anzeigten, weil ihr Mann und die Theres »tragende Säulen« des Führers in Berghaupt seien.

»Verstehst du das?« fragte Anntraud nun den Gottlieb.
»Was meinst?« Er sah sie mit großen Augen an.
»Na ja«, begann Anntraud und suchte nach Worten. »Einmal sind sie für den Führer, dann wieder dagegen. Ich möchte gern wissen, was da dahintersteckt. Wann sie dafür und wann dagegen sind.«
Gottlieb zuckte mit den Schultern.
»Einmal gehen's in die Kirche und beten und sagen ›du sollst nicht töten und du sollst nicht lügen‹ und dann machen sie es doch. Wenn ich aber die Mama anlüg, was meinst, was da passiert?!«
Gottlieb nickte bestätigend. »Ich weiß auch nicht, das ist halt so«, meinte er schließlich.
»Vielleicht lernt man das in der Schule«, überlegte Anntraud. Das verneinte Gottlieb. »In Auersbach jedenfalls nicht.«

Theres sollte nun nach den großen Ferien die neue Lehrerin werden, und als erste »Amtshandlung«, so die Theres wörtlich, wollte sie im Schulhof einen kleinen Turnplatz anlegen. Anntraud durfte mit ihr zur Besichtigung des Geländes gehen, und Theres erklärte ihr, wo genau ein Sandkasten für Weitsprung und ein Lattengerüst für Hochsprung aufgestellt werden sollte. Die Theres holte auch die Kruzifixe wieder aus den Klassenzimmern heraus und hängte dort die Bilder vom Führer auf, worüber sich der Lehrer und der Pfarrer zuvor so lange mit dem Kutzberger gestritten hatten. Wenn es um den Wagner ging, da waren sich der Pfarrer und der Kutzberger hingegen wieder einig: Pfarrer Moser segnete ihn nach der Messe in der Kirche, bevor der Wagner wieder an die Front mußte. Er besprengte seine Uniform mit Weihwasser und erklärte den Kindern, daß der Wagner gegen die »gottlosen Bolschewisten« kämpfe. Selbst der Kutzber-

ger kam zu diesem Anlaß in die Kirche, über die er doch sonst ständig schimpfte.
Anntraud erzählte auch das dem Gottlieb und wollte es verstehen, aber den Auersbacher interessierte das nicht.

In Gerlindes Garten war nun kein sonniges Fleckchen mehr zu finden, die Kirchturmglocke läutete zum Abendgebet, und der Auersbacher sprang auf und ging heim zu seiner Tante. Anntraud steckte noch die letzten herumliegenden Äpfel in die Wanne, stellte sie Gerlinde ins Küchenfenster und machte sich dann schnell auf den Heimweg, denn die Mama wollte heute Dampfnudeln kochen, ihr Leibgericht. Dampfnudeln hätte sie jeden Tag essen können, vor allem die von der Mama, die viel besser schmeckten als die von der Theres oder gar von Gerlinde, die immer so trocken waren, daß sie die Bissen oft kaum schlucken konnte.

Alles kam wie erwartet. Anntraud lernte von der Lehrerin Theres lesen, schreiben und rechnen und war den Kutzberger-Zwillingen darin schnell haushoch überlegen; Anntraud lernte beim Morgenappell strammstehen und korrekt zu singen »Führer befiehl, wir folgen dir«. Ihre Freundschaft mit dem Eibner Paul und dem Auersbacher Gottlieb trotzte allen Anfeindungen der Kutzberger-Bande, aber die Madonna in der Kirche brachte sie nach wie vor nicht zum Schweben. Im November fror der Weiher zu und man konnte Schlittschuh laufen. Kurz vor Weihnachten kam der Papa zum Fronturlaub, Mama backte wunderbar riechende Plätzchen und ließ sie vom Teig naschen, das Christkind brachte ihr das gewünschte Puppenhaus samt Puppe, die Theres schenkte ihr dazu später noch ein kleines Bild vom Führer, das sie ins Puppenhaus hängte, und am ersten Weihnachtsfeiertag sollte es sogar eine Gans zum Essen geben. Nur aus der feierlichen Christmette wurde nichts, weil Pfarrer Moser ausgerechnet an Weihnachten zur Soldatenfürsorge eingezogen wurde.

Anntraud begriff nach wie vor nicht, warum die Leute je nach Gelegenheit so Verschiedenes sagten oder manchmal auch glattweg logen. Sie verstand nicht, nach welch geheimnisvollen Gesetzen ihre Berghaupter Welt aufgebaut war. Und so beschloß sie, es einfach den Erwachsenen gleichzutun und das zu sagen, wovon sie annehmen konnte, daß es die anderen erwarteten. Sie grüßte Pfarrer Moser mit »Grüß Gott«, Gerlinde mit »Servus«, Theres und den Kutzberger mit »Heil Hitler« und den Berliner Doktor mit »Guten Tag«. Gut, daß man daheim immer bloß »Guten Morgen« oder »Gute Nacht« sagte, denn sie hätte nicht gewußt, wie sie eigentlich Mama oder Papa hätte grüßen sollen.

3.

Der Krieg ist bald vorbei«, sagten die Erwachsenen. Anntraud hoffte, daß dies stimmte, denn sie brauchte neue Schuhe, und weit und breit gab es keine mehr zu kaufen, nirgends war mehr ein Schuster zu finden, der ihr aus dem Leder, das Mama mit einem Städter gegen Kraut eingetauscht hatte, welche hätte machen können. Jeden Tag mußte sie in die zu engen Halbschuhe schlüpfen und frieren, und jeden Tag sagte die Mama, sie solle noch ein wenig Geduld haben. Die abgetragenen Schuhe der anderen Kinder waren ebenfalls weg, die hatten die Flüchtlinge gekriegt, die bei den Bauern im oberen Dorf untergekommen waren, weil sie gar keine Sandalen oder Stiefel mehr hatten. Ihre eigenen Schuhe hatten sie bei dem langen Marsch von Schlesien bis hierher durchgelaufen.
Von den Kampffliegern, Bomben und Granaten, von denen Gottlieb und die Flüchtlingskinder so viel erzählten, bekam Anntraud nichts zu sehen.
Nur ein einziger Kampfflieger war während des Krieges über Berghaupt gesehen worden, nur ein einziges Mal heulte in Berghaupt die Sirene nicht nur zum Probealarm und die Dorfbewohner suchten in den Kellern Schutz, nur einmal schlug eine Granate ein und sie verletzte keinen Menschen, sondern verwüstete bloß die nebeneinan-

der am Friedhof liegenden Gräber der Familien Kutzberger und Eibner sowie das Kriegerdenkmal. Nur einmal wurde das Kind Anntraud mitten in der Nacht aus dem Schlaf gerissen, alle Berghaupter waren auf die Straße gelaufen, in der Ferne war ein roter Feuerhimmel zu sehen und die Erwachsenen erklärten entsetzt »Auersbach brennt, die Großstadt brennt!« Vergeblich wartete von da an ihr Auersbacher Freund Gottlieb auf eine Nachricht von seinen Eltern und Geschwistern. Jahre später wartete Gottlieb noch immer und hoffte, daß sie geflüchtet oder gefangen genommen waren, daß sein neuer Stiefvater ihm nur die Post von ihnen nicht zustellte oder die Eltern lieber noch abwarten wollten, bis sie ihn wieder zu sich holten. Anntraud hatte vom Paul erfahren, daß Gottliebs Eltern tot waren, aber niemand sagte das dem Auersbacher auf den Kopf zu, nicht einmal die Kutzberger-Zwillinge.
Kurz nachdem Auersbach brannte, stand der Vater plötzlich abends in der Tür, mit abgerissener Kleidung, drekkig, mit wildem Bart und mager. Dem Papa schossen Tränen in die Augen, als er die Mama und sie sah. Er küßte sie und die Mutter – und stank dabei fast so fürchterlich wie der Paul, der neulich in die Odelgrube der Wagners gefallen war. Doch Anntraud wollte sich den Zärtlichkeiten, die sie von ihrem Vater nicht kannte, nicht entziehen und ertrug den ekligen Geruch. Dann wurde sie von der Mutter zum Wasserholen in die Waschküche geschickt, viele Male schleppte sie kleine Wasserkübel ins Haus, und dem Vater wurde ein warmes Bad zubereitet. Mama kochte abends um elf Uhr noch richtig auf, die wertvollsten Vorräte im Keller wurden dafür verwendet, die Sonntagstischdecke aufgelegt und das Silberbesteck geholt. Mama schaltete das Radio ein, Papa drehte einen Feindsender her – und dann tanzten die Eltern zu Neger-

musik. Anntraud schaute ihren Eltern dabei strahlend zu. Sie hatte gar nicht gewußt, daß Mama und Papa tanzen konnten! Wie schön war es, die Eltern so zusammen zu sehen, und Anntraud durfte bis nach Mitternacht aufbleiben.

Am nächsten Morgen war jedoch vom Papa keine Spur mehr da. Anntraud lief im Haus herum. Die zerrissene Uniform war weg, die Stiefel waren weg, das Silberbesteck wieder im Kasten, die Sonntagsdecke wieder in der Truhe – und der Vater nirgendwo zu finden.

»Komm mal her«, sagte die Mutter und nahm Anntraud zu sich auf den Schoß. Das tat sie immer, wenn sie ihr etwas Wichtiges zu sagen hatte. Die Mutter erklärte ihr, daß der Vater sich verstecken müsse, daß sie niemanden davon auch nur ein Sterbenswörtchen sagen dürfe, das müsse ihr die Anntraud versprechen. Anntraud schwor das bei allen Heiligen und war froh, daß die Mama ihr dieses Geheimnis anvertraute und nicht wieder sagte: »Davon verstehst du noch nichts.« Sie war jetzt schließlich schon neun, in jenem April 1945, sie hatte schon Erstkommunionunterricht und würde bald mit dem Empfang dieses Sakramentes ein vollwertiger Christ werden. Wo der Papa war, wollte die Mutter nicht verraten, doch Anntraud wußte es sofort, es war das einzig mögliche Versteck, das in Frage kam, im Keller.

In den nächsten Tagen brachte sie dem Vater Essen und Trinken dorthin. Anntraud wurde gezeigt, wie sie sich »im Ernstfall« verhalten sollte. Der Vater würde sich dann in das leer geräumte Kartoffelloch legen und den Verschlag darüber schließen, Anntraud sollte den alten Vorleger darüber ziehen. Keiner sagte es ihr, aber die Neunjährige wußte Bescheid: Der Vater war desertiert, und darauf stand das Todesurteil.

Ein paar Tage später steigerte sich die allgemeine Unruhe in Berghaupt plötzlich zu einer hektischen Betriebsamkeit. »Die Amerikaner kommen«, sagte der Paul. »Da sind auch Neger dabei«, wußte der elfjährige Gottlieb. Anntraud dachte plötzlich wieder an die Trommeln des Großvaters, die seit dem Besuch auf dem Speicher lagerten, aber im nächsten Moment hatte sie diese wieder vergessen, denn der Kutzberger entfachte hinter dem Gemeindehaus ein Feuer, in das er alles mögliche schmiß, was er bisher wie der Pfarrer seine Monstranz gehütet hatte: Fahnen, Uniformen, Führer-Bilder, die ganzen unzählige Ausgaben von *Mein Kampf*, die bisher immer die Hochzeitsgeschenke des Gemeindevorstehers gewesen waren. Andere Erwachsene schlossen sich dem Treiben an, warfen ebenfalls Bücher, ganze Stapel vom »Stürmer« und Führer-Bilder in die Flammen oder entfachten selbst kleine Feuer in den Hinterhöfen.

Gerlinde, die vom oberen Dorf kam, stellte sich grinsend zum Kutzberger.
»Gibt's noch mal eine Bücherverbrennung zum krönenden Abschluß?« sagte sie zum Kutzberger, der daraufhin bedrohlich nah auf sie zuging.
»*Noch* bin ich hier der Bürgermeister und kann dich standrechtlich erschießen lassen, die Notgesetze gelten noch«, sagte er, doch Gerlinde ließ sich nicht davon beeindrucken und erwiderte: »Das wär aber schlecht, denn jetzt brauchst ein paar Leute im Dorf, die nicht in der Partei waren!«, woraufhin der Kutzberger »Jessas, die Parteibücher« rief und in sein Haus rannte.

Von weitem war das Panzerrollen und Schießen zu hören. Der Kutzberger und ein paar andere hängten weiße Tücher aus den Häusern, und die Kutzbergerin schnitt

ihren Zwillingen die langen, blonden Zöpfe ab und scherte ihnen die Haare so kurz wie Buben. Die Mädchen ließen das stumm über sich ergehen.
Theres hatte ein Führerbild in der Hand und wollte es nicht ins Feuer werfen. Als ihre Mutter, die Eibnerin, das sah, entfuhr ihr ein »dumme Kuh«, sie nahm ihr das Foto ab und schmiß es auf den brennenden Haufen. Die schöne Wagnerin hockte sich in den Misthaufen, bis der Rock voll mit Odel war, und schmierte sich braune Farbe ins Gesicht. Die beiden Flüchtlingsfrauen machten sich mit ihren Kindern auf den Weg ins Birkenhölzchen und erzählten dabei nicht nur den Erwachsenen, sondern auch den größeren Mädchen von den Russen. Anntraud wurde es mulmig, sie dachte an den Russen Stanislav, der nach dem Vorfall mit dem Janek zu den Wagners gekommen war und der immer so finster schaute. Alle Kinder fürchteten sich vor ihm.
Der Pfarrer stieg schließlich im Meßgewand auf den Glockenturm, und Anntraud lief schnell heim, stellte sich zu ihrer Mutter hinter das Küchenfenster, von wo aus sie beobachteten, wie die Amerikaner in Panzern und Militärwagen über die völlig leere Straße ins Dorf rollten. Als sie am Kirchplatz, direkt gegenüber dem Haus der Halbritters ankamen, begann der Pfarrer die Glocken zu läuten. Die Kutzbergerin lief mit weißen Tüchern in der Hand auf den Kirchplatz und jubelte den Amerikanern zu. Die Soldaten, darunter zwei Neger, stiegen aus den Wagen und Panzern und sicherten sich vorschriftsmäßig ab. Dann schrie die Kutzbergerin mehrmals mit »Schweinebraten« gegen die lauten Kirchenglocken an. Sie versuchte mit den Fingern anzudeuten, daß sie gekocht hatte, und winkte die Amerikaner zu sich ins Haus. Doch die Amerikaner beachteten sie nicht weiter. Die Mutter holte derweil den Vater aus dem Keller, und die amerika-

nischen Soldaten teilten sich in Grüppchen auf, sahen in alle Häuser und klopften bald auch an der Tür der Halbritters. Anntraud wunderte sich darüber, denn es hieß seit kurzem immer, die amerikanischen Soldaten hätten diesen und jenen Ort »im Sturm erobert«, und Anntraud hatte nicht erwartet, daß sie dabei höflich anklopfen würden.

Die Mutter öffnete – und redete mit den Soldaten, darunter einem Neger, auf englisch. Anntraud hatte gar nicht gewußt, daß ihre Mutter Englisch sprach! Die Amerikaner waren darüber anscheinend recht erfreut, sie setzten sich ins Wohnzimmer, und die Mama rief ihr zu, daß sie den Holundersaft und Gläser bringen sollte. Zurück im Wohnzimmer starrte Anntraud wie gebannt auf den Neger, der gar nicht so schwarz war, wie sie sich das immer vorgestellt hatte, dessen Zähne aber wunderbar weiß glänzten. Die Mutter forderte Anntraud auf, die Amerikaner anständig zu begrüßen, das hieß, sie sollte ihnen die Hand geben. Anntraud stellte die Getränke auf den Tisch, gehorchte, gab die Hand, sagte vorsichtshalber mal »Guten Tag« und lief anschließend schnell aus dem Wohnzimmer hinaus und sah nach, ob ihre Hand noch weiß war oder ob der Neger abgefärbt hatte. Dann holte sie die Trommeln vom Großvater und stellte sie auf den Wohnzimmertisch. Die Mutter sagte dazu ein paar erklärende Worte auf englisch, doch der Neger machte keine Anstalten, darauf zu spielen, wie Anntraud geglaubt hatte.

Später nahm die Muter einen Mantel und ging mit den Soldaten mit, denn sie sollte nun für alle übersetzen. Anntraud und der Vater warteten noch eine Weile im Haus, dann hielt Anntraud nichts mehr daheim. Sie wollte wissen, was draußen vor sich ging. Vor den Amerikanern

mußte man offenbar keine Angst haben, da hatten sich die Kutzbergers sauber getäuscht, lachte bald darauf auch Gerlinde, da hätten sie halt öfter den Feindsender zuvor hören sollen, bemerkte die Patin spitz und grinste. »Endlich, endlich«, sagte sie schließlich, »ist der braune Spuk vorbei«, und sie drückte Anntraud vor Freude fest an sich. Dann erklärte sie ihr ernst, warum sich einige Frauen und Mädchen im Dorf absichtlich so häßlich gemacht hatten, ergänzte ihre Ausführungen – nach Anntrauds sichtbaren Schreck – jedoch mit einer Aufklärung über Geschlechtsverkehr im allgemeinen und fügte hinzu, daß die Erwachsenen dabei schon ihren Spaß hätten.
Bei nächster Gelegenheit, so wußte Anntraud, würde sie das den Zwillingen erzählen und würde mit diesem Wissen auftrumpfen können, denn kürzlich hatten sie sich noch darüber gestritten, wie Kinder ganz genau gemacht würden, und die Zwillinge hatten ihr nicht geglaubt, daß es dabei wie bei den Rindviechern zuging. Brunhilde hatte gesagt, daß man Tiere nicht mit Menschen vergleichen könne, ebensowenig wie man einen Juden oder Polen mit einem Menschen vergleichen könne, also einen Übermenschen mit einem Untermenschen.

Jetzt sagte auch der Kutzberger plötzlich etwas ganz anderes, von Über- oder Untermenschen war nicht mehr die Rede, wie Anntraud kurz nach dem Besuch bei Gerlinde feststellte. Sie war wieder ins mittlere Dorf gegangen, um nichts von den Amerikanern zu versäumen. Der Neger, der bei ihnen im Wohnzimmer gesessen hatte, war auf dem Kirchplatz und dachte wohl, sie suche ihre Mutter, denn er deutete ihr mit Handzeichen an, in die Amtsstube des Kutzbergers zu gehen, wo die Mama übersetzte.

Auf dem Bürgermeisterstuhl hockte jetzt nicht mehr der Kutzberger, sondern ein amerikanischer Leutnant, daneben die Mama und ihm gegenüber der Kutzberger. Wo bis heute morgen das Führer-Bild gehangen war, zeigte sich nun ein vergilbter Fleck an der Wand, in dem eine getrocknete Silberdistel angebracht war. Der Leutnant schaute sie manchmal nachdenklich an. Während der Aussage vom Kutzberger blickte er auch freundlich zu Anntraud, die daraufhin den Kopf senkte.

Anntraud hatte gelernt zu schweigen, wenn die Erwachsenen über Politik redeten; sie hatte sich ihre eigene Ordnung unter den Erwachsenen zurechtgelegt, und dabei gab es tragende Säulen, die ihr immer sicher schienen. So gehörte der Gott zum Pfarrer und der Hitler zum Kutzberger. Doch plötzlich war alles ganz anders. Sie verstand vieles nicht, aber eines wußte sie genau: Der Kutzberger log wie gedruckt.

Vor allem das mit den Juden, sagte der Kutzberger gerade, damit sei er von Anfang an nicht einverstanden gewesen, aber was hätte er hier in Berghaupt denn dagegen machen sollen? Aber nicht, daß der Herr Leutnant nun glaube, er hätte Dreck am Stecken, in Berghaupt hatte es nie Juden gegeben und wenn einer da gewesen wäre, dann hätte er, der Kutzberger, sich persönlich dafür eingesetzt, daß er nicht schlecht behandelt würde, so wie er sich auch für den Eibner Willi eingesetzt hat, einen Behinderten, den die Nazis umbringen wollten, aber er persönlich habe das durch seine Beziehungen zu verhindern gewußt. Wenn man es genau nahm, habe er sich eigentlich nur deshalb zum Bürgermeister wählen lassen, um Schlimmeres zu verhindern. Nicht daß noch ein richtiger Nazi hier das Sagen gekriegt hätte. Er gebe ganz offen zu, auch in der Partei gewesen zu sein, aber nur auf Druck, das können sich die Amerikaner ja gar nicht vorstellen, wie gefährlich es gewesen sei, nicht zur Partei zu gehen, und schließlich habe er ja vier Kinder, die zu ernähren waren, ob der Leutnant denn auch Kinder habe? Ja, dann wisse er ja, wovon er spreche. Der Kutzberger hatte sich so in seine Rede hineingesteigert, daß er nicht nur einen roten Kopf bekam, sondern sogar sein dicker Nacken errötete.

Die Mama mußte manchmal kurz innehalten und nach einem Wort suchen, der Leutnant stand auf und sah sich die eine oder andere Stelle in der Amtsstube genauer an. Er fragte Mama etwas, das sie beantwortete, ohne es zu übersetzen. Der Kutzberger und Anntraud wurden daraufhin hinausgeschickt, vor der Amtsstube wartete schon die aufgeregte Kutzbergerin auf ihren Mann und klopfte mit ihrem Zeigefinger heftig auf ihre Oberlippe.

»Was ist?« fragte der Kutzberger.

»Den hast vergessen«, flüsterte die Kutzbergerin und deutete auf seinen Hitler-Bart.

»Jessas«, sagte der Kutzberger, schlug sich auf die Stirn und sagte zu Anntraud: »Hoffentlich geht das gut hinaus für uns alle, Madel.« Danach rasierte er sich den Bart ab.

Fast alle Erwachsenen des Dorfes wurden zu einer Aussage geholt, Mama war jeden Tag in der Amtsstube, und der Papa ging nun wieder wie früher in den Steinbruch zur Arbeit, obwohl sein Vorgesetzter und der Kollege Loibl Hias noch nicht aus dem Krieg heimgekommen waren und er nun allein dort arbeitete. Die Amerikaner schenkten Anntraud und den anderen Kindern Schokolade und Orangen. Und wenn Anntraud die Zwillinge mit ihren kurz geschorenen Haaren sah, dann mußte sie schadenfroh grinsen. Bald jedoch lachten die Amerikaner die Kinder aus, weil sie die Orangen samt den Schalen essen wollten. Gerlinde hörte auf ihrem Grammophon unaufhörlich die vorher verbotene Musik so laut, daß sie bis ins obere Dorf drang, und den Kindern wurde erklärt, daß dies nun keine Negermusik mehr sei, sondern Jazz hieße. Auch andere Wörter wie »Defektexistenz« oder »Volksparasit« sollten sie nun nicht mehr verwenden, den Namen »Hitler« nicht mehr erwähnen, auch nicht mehr damit grüßen. Sie sollten Lieder nicht mehr singen, die sie in der Schule gelernt hatten, nicht mehr zum Morgenappell antreten und immer freundlich zu den »Befreiern« sein, die bis vor kurzem noch die »Feinde« gewesen waren.

Anderes wiederum änderte sich nicht. Der Pfarrer hielt nach wie vor seine Sonntagsmesse, die Erwachsenen schimpften manchmal weiter mit »Arschloch« oder »Sau«, diese Wörter durfte man also noch gebrauchen. Anntraud paßte genau auf, wer was sagte, um eine neue Ordnung in ihrem Kopf aufstellen zu können.

Für den Kutzberger schien die Sache schließlich tatsächlich gut auszugehen, er wurde von den Befreiern nicht verhaftet. Nur einer wurde von den Amerikanern abgeholt: ihr Vater, der Herrmann. Die Mutter protestierte und wollte wissen, wie es zu diesem Befehl gekommen sei, der Leutnant erklärte ihr, und Mama übersetzte das für Anntraud, daß der Kutzberger gestern, als die Mutter ihren Waschtag gehabt hatte, einen anderen Übersetzer angefordert habe, denn er wisse ja nicht, was ausgerechnet die Agnes, die Frau des größten Nazis hier, den Amerikanern alles übersetze, denn der Herrmann sei unbestritten der »geistige Anstifter« in Berghaupt gewesen, was man an seinen Sprengstoffen, die bis nach Berlin hinauf verkauft worden waren und wer weiß zu was alles eingesetzt wurden, ja deutlich sehe.

Der Leutnant versicherte Agnes, daß er nach dieser Aussage zwar ihren Mann verhaften müsse, die Angelegenheit aber noch genau untersucht werde, schon allein deshalb, weil er dem ehemaligen Bürgermeister nicht traue. Agnes weinte beim Abschied vom Papa, Anntraud streichelte ihr übers Haar.

Danach ging Anntraud in den Keller, dorthin, wo sich der Vater vor zwei Wochen versteckt hatte. Sie setzte sich auf den alten Vorleger und starrte ins Leere, bis sie in ihrer Kleidertasche ein Stück Kreide fand. Sie malte damit sieben Kästchen auf den Boden und hüpfte sie ab. Sie dachte, wenn sie es siebenmal schaffen würde, die Rechtecke ohne Stocken durchzuspringen, dann würde ihr Papa bald wieder freikommen. Anntraud gelang es, aber sie mißtraute danach ihrem eigenen Sieg. Wenn schon die Ordnung der Erwachsenen, Berghaupts, der Feinde und der Welt von einem Moment auf den anderen zusammenbrechen konnte, sich gar in das Gegenteil des Vortages verdrehen konnte – wie konnte sie da noch sich selbst etwas glauben, was sie bloß nach ihren eigenen Gesetzen erhüpft hatte? Außerdem hatte Pfarrer Moser im Kommunionunterricht erklärt, daß Zeichendeutung ein Teil des Aberglaubens und also eine Sünde war. Was sollte sie eigentlich überhaupt noch glauben? Anntraud war es egal, daß die Amerikaner »Sieger« waren, im Gegenteil, ihr gefiel, was plötzlich im Dorf los war. Aber daß ihr Vater, dieser große und starke Mann, ein Verlierer sein sollte und deshalb in ein Lager kam, das paßte ihr ganz und gar nicht, das machte sie wütend, auf die Amerikaner und auf den Kutzberger, der doch viel mehr an den Führer geglaubt hatte als ihr Papa. Aber wenn die Mama, obwohl sie doch Englisch sprach, nichts dagegen unternehmen konnte, dann wußte auch sie nicht, was zu tun wäre. Anntraud war, als würden ihre Gedanken zu einem Scherbenfeld, in dem nur noch die Berghaupter Kirche stehen blieb. Sie wischte mit dem alten Vorleger die Kästchen vom Boden weg, versuchte erst gar nicht, die Madonna in der Kirche zum Schweben zu bringen, und ging einem harten Winter entgegen.

4.

»Der Winter auf 1946 war schlimm, aber der Winter auf 1947 war noch schlimmer«, begann die elfjährige Anntraud wahrheitsgemäß im Mai 1947 den Aufsatz zum Thema »mein schönstes Erlebnis«, den der einarmige Lehrer nun vor der ganzen Klasse vorlas, ohne zuvor eine Bemerkung darüber verloren zu haben. So wußte Anntraud zuerst nicht, ob er damit nun ein gutes oder ein schlechtes Beispiel für alle vorstellen wollte. Sie saß vor Gottlieb und Paul in der vorletzten Bank und schaute verlegen in den Schulhof hinaus, den der streunende Hund Waldi, von dem keiner mehr wußte, wem er eigentlich einmal gehört hatte, nach etwas Freßbaren durchsuchte.

Erst als die Kutzberger-Zwillinge ein paar Sätze später, an der Stelle mit den Schuhen, zu kichern begannen und der einarmige Lehrer sie streng verwies, sofort still zu sein, lehnte sich Anntraud entspannt in die Bank zurück und lauschte stolz ihren eigenen Worten aus dem Mund des Lehrers, während sich ihr Blick von Waldi löste und an den Ostbäumen hängenblieb, deren Blüten von Bienenschwärmen aufgesucht wurden.

»Der Winter auf 1946 war schlimm, aber der Winter auf 1947 war noch schlimmer«, begann der Einarmige noch einmal von vorne. »In den Städten herrschte großer Hunger. Bei uns gab es auch Not unter denen, die keine Bauern nicht waren. In dem Winter froren wir noch mehr als im letzten Winter und holten Holz aus dem Wald. Ich habe bloß Halbschuhe gehabt und deshalb beim Holzsuchen immer gefroren. Das schönste Erlebnis war, wie ich zum Geburtstag Winterstiefel geschenkt bekommen habe. Der Doktor hat sie besorgt, er hat meine Not mitbekommen, weil er ja jeden Tag wegen der kranken Mama bei uns ist. Der Papa ist noch im Arbeitslager, soll aber bald entlassen werden. Der Doktor hat auch für den Papa Schuhe bekommen. Wir haben sie in das Schuhregal im Gang gestellt. Im Sommer kommt auch mein Opa aus England. Dann gibt es bei uns wieder eine Erstkommunion, auf die ich mich sehr freue. Denn der Pfarrer Moser ist auch noch weg, in Nürnberg, als Seelsorger der deutschen Kriegsgefangenen und hat deshalb den Kommunionunterricht nicht mehr halten können. Wir leben in einer schlimmen Zeit. Aber ich denke oft, daß wir es nicht so schlimm haben wie die Juden damals. Die Amerikaner haben uns den Film ›Todesmühlen‹ aus den Lagern gezeigt. Wo die Juden vor der Vergasung die Kleider und Schuhe ausziehen mußten. Davon träume ich manchmal. Wir haben schwere Schuld auf uns geladen. Ich frage mich, welche Ordnung die Welt hat.«

Der Lehrer blickte in die Klasse, legte Anntrauds Aufsatz auf ihr Pult und schrieb mit seiner verbliebenen linken Hand »ausgezeichnet, eins« darunter. Die Schrift des Einarmigen sah fast so aus wie bei einem Schüler, denn er hatte erst vor drei Jahren gelernt, mit der linken Hand zu schreiben.

Anntraud konnte kaum glauben, eine Eins bekommen zu haben, denn die gab es in Deutsch eigentlich nie, diese

Note, und schon gar nicht vom Einarmigen. Anntraud wußte nicht, warum dieser Aufsatz nun besser als die anderen war, aber der Lehrer würde es sicher bald erklären. Sie hatte ihre Hausaufgaben wie immer gemacht, vielleicht etwas mehr Zeit als sonst darauf verwendet, weil Mama in ihrem Bettlager in der Küche schlief und Anntraud sie nicht dadurch wecken wollte, daß sie aufstand. Jetzt war es auch nicht mehr so schlimm, länger am Küchentisch zu sitzen, Schularbeiten zu erledigen und sich nicht zu bewegen, denn die warme Frühlingssonne wärmte das Haus, die Küche und die hagere Anntraud.
Und es war nicht mehr so traurig, die Mama mit ihrer hellen Haut und den feinen Gesichtszügen so krank im Bett liegen zu sehen, denn der Papa hatte mit Hilfe von Großvater John eine Neuaufnahme seines Entnazifizierungsverfahrens erreicht, wobei er von »belastet« zu »minderbelastet« zurückgestuft worden war und somit vorzeitig aus dem Arbeitslager entlassen werden sollte. Damit hatte es Anntraud mit ihm fast so gut wie die Kutzberger-Zwillinge, deren Vater nur als »Mitläufer« entnazifiziert worden und bei ihnen zu Hause war. Die Väter der Bauern-Kinder vom oberen Dorf waren alle vermißt oder in russischer Gefangenschaft, keiner wußte, wann und ob sie je wiederkommen würden. Andere Väter waren gefallen, der Auersbacher Gottlieb hatte neben dem Vater auch noch seine Mutter verloren und war nun von seiner Tante, der frommen Eibnerin, adoptiert worden. Dabei hatte Gottlieb unbedingt seinen Nachnamen, den seiner Eltern, behalten wollen, was erst aussichtslos schien, dann aber hatten die Behörden eine Ausnahme gestattet.
Stanislav, der Russe bei den Wagners, wollte hingegen nicht mehr heim, denn daheim hätte er als Vaterlandsverräter gegolten, bloß weil er in deutsche Kriegsgefangen-

schaft gekommen war. Das Angebot des Einarmigen, ihm Deutschstunden zu geben, lehnte er jedoch ab, was die Kinder schade fanden, denn es hätte ihnen gefallen, wenn ein Erwachsener auch zur Schule hätte gehen müssen. Stanislav, den »seinerzeit«, wie er gerne sagte, die Deutschen gut behandelt hatten, wollte lieber als Knecht am Hof der Wagners bleiben, als in seine Heimat zurückzukehren, was der elfjährigen Anntraud ein kleines Rätsel war, denn alle anderen erklärten als ihren »sehnlichsten Wunsch«, zurück in die Heimat zu kommen, Städter suchten eine »neue Heimat«, die Frauen und Kinder warteten darauf, daß die Männer zurück in die Heimat kämen. Die Flüchtlinge beweinten ihre »verlorene Heimat«, ehe sie weiterzogen und sich lieber in den Nachbardörfern als in Berghaupt eine »Ersatzheimat« schaffen wollten, denn, so hatte Anntraud Gerlinde einmal sagen hören: »Berghaupt ist sogar Fremden zu fremd. Nur ein Exot« – und damit meinte sie den Stanislav – »hält es hier mit uns aus.«

Die Eibnerin wiederum sagte, sie könne ihren behinderten Buben nun endlich bei sich beheimaten – und schikanierte ihn zugleich, indem sie ihm zeitweise den rechten Arm auf den Rücken band, denn der Depp Willi wollte einfach nicht aufhören mit »Heil Hitler« zu grüßen, was ihm wohl in den Jahren im Nazi-Heim antrainiert worden war.

Anntraud betete manchmal für den Eibner-Deppen, wenn sie mit den Gebeten für die Eltern fertig war und noch etwas Zeit übrigblieb. Dazu ging sie in die Kirche, kniete sich in die vorderste Bank, sah zur roten Madonna und blickte fest in ihre milden Augen, die ihr manchmal richtig menschlich vorkamen, so als wäre die Muttergottes nicht aus Stein. Manchmal wartete Anntraud auch auf ein Zeichen, ob die Madonna nicht doch zu weinen oder zu schweben anfangen würde, wenn sie nur fest genug betete. Denn das, so dachte Anntraud mittlerweile, fiel nicht unter die abergläubischen Zeichen, die Muttergottes würde sicher keine Träne weinen, wenn es sich um Aberglauben statt um echten Glauben handelte. Zudem hatte sie gehört, dass eine Frau aus einem Dorf hinter Auersbach am Karfreitag Wundmale hatte und eine Marienfigur echte Tränen weinte, wenn sie von ihr angebetet wurde.

Fest im Glauben zu stehen schien Anntraud nun gleich mehrere Vorteile zu haben. Zum einen beruhigte sie das Beten, wenn sie aufgebracht war, und versetzte sie in eine geborgene Stimmung in der unsicheren Welt. Zum anderen fühlte sie sich danach stark in der großen Gemeinschaft der Christen und begriff allmählich, was die Mama damit meinte, verzichten zu können – wenn sie von sich selbst absah und sich ganz Gott hingab, dann schützte er sie mit seiner Stärke und gab ihr Kraft. Und außerdem bot ihr das Gotteshaus noch einen anderen Schutz, denn seit dem Kriegsende nahm das Getuschel über sie und ihre Unglücksexistenz wieder zu. Keiner spottete mehr direkt, aber manchmal verstummte plötzlich das Gespräch, wenn sie zu den Leuten trat, die über das »Unglück« sprachen. Manchmal hörte sie aus dem Gemurmel heraus, daß man bange darauf wartete, welches Unglück wohl noch auf die Berghaupter zukommen würde, als ob sie mit dem verlorenen Krieg nicht schon genug gestraft wären. Das war das Beste an dem Führer gewesen – zu seiner Zeit hatte man mehr an ihn als an die Weissagung und ihre Unglücksexistenz gedacht und nur über seine Verheißungen und nicht über den Aberglauben gesprochen. Das Zweitbeste war, daß sie damals eigentlich alles Lebensnotwenige hatten – im Gegensatz zu den Städtern –, und nicht minder gut war gewesen, daß sie in dieser Zeit eine »ganz normale Familie« gewesen waren und keine mit einer kranken Mutter. Aber die Gesundheit der Mama war ein ganz eigener Punkt und hatte nichts mit jener Zeit zu tun, obwohl Gerlinde behauptete, daß Agnes »in der größten Not« stark wurde, ihre Kräfte aber nicht mobilisieren konnte, »wenn es andere Lösungen gab«.

Anntraud besuchte fast jeden Tag die Kirche, wofür Pfarrer Moser ihr sogar einen Brief aus Auersbach schrieb. Der liebe Gott werde ihr das einst danken, formulierte der Geistliche, wenn sie so fromm sei und es hoffentlich weiter bleiben würde. Die Eibnerin, die vorübergehend das Mesneramt übernommen hatte, bis die Männer wieder heimkehren würden, hatte dies Pfarrer Moser wahrscheinlich nach Auersbach geschrieben. Denn Anntraud begegnete der Eibnerin öfter abends beim Absperren der Kirche oder beim Glockenläuten, und die fromme Eibnerin lobte Anntraud, was sie doch für ein braves Madel sei.

Manchmal blieb Anntraud auch nicht viel Zeit zum Beten, denn neben den Hausaufgaben und der Haushaltsführung hatte sie fast jeden Tag einiges zu »besorgen« und kam schon gar nicht mehr zum Spielen. Der Großvater schickte regelmäßig Päckchen mit Zigaretten aus England – und das war ihr Glück. Sie konnte die Tabakwaren gegen Lebensmittel bei den Bauern eintauschen oder in Neumarkt Leinen für die Mutter organisieren und tat sich dabei sogar leichter als die Erwachsenen, die wegen Schwarzhandels bestraft werden konnten. Nur Schuhe waren nicht aufzutreiben gewesen, obwohl sie dafür nicht nur nach Neumarkt, sondern auch in alle Nachbardörfer gefahren war. Bei klirrender Kälte, eingehüllt in Decken, war sie fast jeden Nachmittag mit irgend-

einem Pferdewagen aus dem Dorf unterwegs, manchmal nahm sie auch der Doktor in seinem Automobil mit. Ein einziges Mal hatte sie überhaupt auf dem Neumarkter Schwarzmarkt Kinderstiefel gesehen, aber die hatte ihr ein älterer Bub vor der Nase weggeschnappt, und so ging sie immer nur eine halbe Stunde zum Bruchholzholen in den Wald, denn sie fürchtete, die Zehen könnten ihr abfrieren. Mit dem wenigen Holz wurde dann sparsam gewirtschaftet; wenn eingeschürt wurde, dann wurde auch gleich gekocht, und wenn sie unter Mamas Anleitung aus den wenigen Lebensmitteln, darunter fast jeden Tag Kraut, etwas Wohlschmeckendes »gezaubert« hatte, dann lief sie mit der inneren Wärme meist gleich los, um neues Holz zu suchen.
Die Erwachsenen sagten immer noch »endlich ist der Krieg vorbei«, aber im Krieg hatte sie nicht hungern und frieren müssen, und von den Berghauptern und Deutschen hatte es geheißen, daß sie Helden waren. Jetzt waren die Berghaupter und die Deutschen nur noch die Verlierer, die sehen mußten, wie sie zum Nötigsten kamen. Dabei hatte sich Anntraud an das »Organisieren« gewöhnt. Das Schlimmste war jedoch, daß ihr Vater in einem Lager war, von dem sie nicht wußte, ob er in Wahrheit nicht wie die Juden damals behandelt wurde und erst am Ende wieder die ganze Wahrheit ans Licht kommen würde, da konnte Gerlinde sagen, was sie wollte. Wer gab ihr die Garantie, daß nicht alles wieder unter anderen Vorzeichen von vorne anfing und man hinterher auch wieder auf der »falschen Seite«, der Amerikaner, gestanden hätte? Außerdem verstand sie nicht, daß ihr Vater bestraft worden, der Kutzberger aber schon wieder als Bürgermeister im Amt war. Anntraud suchte immer noch nach der geheimnisvollen Ordnung der Welt, aber alle sprachen nur von der »guten, neuen Zeit«, allen voran

der Kutzberger, der in einem feierlichen Akt »endlich wieder« die Adolf-Hitler-Straße in die Hauptstraße umbenannte und »ehrliche Tränen der Befreiung weinte«.

An ihrem elften Geburtstag dachte Anntraud jedoch nicht an all das, sie freute sich nur über Gerlinde, die ihr nicht nur einen Kuchen mit elf Kerzen, sondern auch ein rot eingepacktes Paket auf den Küchentisch stellte. »Das ist vom Doktor«, sagte ihre Patin, und Anntraud wünschte sich in diesem Moment, es möchten Schuhe, nichts als warme Schuhe sein. Ihre Erwartungen wurden noch übertroffen – es waren gefütterte Stiefel, ganz neue. Der liebe Doktor! Dabei war er schon länger nicht mehr der Freund der Patin, denn Gerlinde ging seit einiger Zeit mit einem Amerikaner, was den Doktor aber nicht zu stören schien, die Patin und er trafen sich trotzdem immer noch.

Aber jetzt, im Frühling, hatte sie eigentlich schon wieder ein Schuhproblem: die Winterstiefel waren einfach zu warm geworden für diesen milden Mai. Anntraud beneidete die Kutzberger Sieglinde für die rosa Lackschuhe, die aussahen, als hätten sie einmal einer Kinderschauspielerin gehört. Doch die Elfjährige wollte sich nicht beklagen, wenn sie wenigstens nicht mehr so frieren mußte wie im vergangenen Winter. Seufzend sah Anntraud draußen die Vögel und Bienen herumschwirren und dachte an die biblischen Worte: »Denn sehet, sie säen und ernten nicht und haben trotzdem zu essen und anzuziehen.« Wenn sie dem Vater im Himmel nur fest vertraute, dann würde er ihr auch helfen, sowohl beim weltlichen Kleiden als auch gegen das abergläubische Getuschel.

»Warum ist dir der Aufsatz so gut gelungen?« fragte der Einarmige und riß Anntraud damit jäh aus ihren Gedanken.
»Weil, weil … ich weiß es nicht«, sagte sie.
»Hat sonst jemand darauf eine Antwort?« fragte der Lehrer.
»Weil man keine Rechtschreibfehler hört«, scherzte Paul, der oft solche Sprüche parat hatte.
»Weil sie das mit den Juden geschrieben hat«, antwortete die Kutzberger Brunhilde, die vor ihr in der Bank saß und damit aussprach, was sich alle Kinder dachten: Wenn man beim Einarmigen etwas von den Juden und der Schuld schrieb, lobte er. Wenn man das Thema »Juden« hingegen bei der Theres, die die oberen Klassen unterrichtete, ansprach, dann schüttelte sie den Kopf und sagte »das hat doch keiner gewußt«. Theres war zudem viel strenger als der Einarmige, und bei ihr im Unterricht gab es ständig Tatzen. So hoffte Anntraud insgeheim, daß die Theres bald heiraten und diesen Beruf aufgeben würde, bevor sie im Herbst in die oberen Räume zu ihr aufrücken sollte, denn der Vater hatte es mit einem Brief aus dem Lager heraus abgelehnt, Anntraud auf ein Gymnasium zu schicken, wie der Einarmige ihrer Mutter empfohlen hatte. »Ein Mädchen braucht nicht eine so teure Ausbildung, die heiratet ja doch mal«, hatte der Vater geschrieben, und Anntraud war froh darüber, denn sie wollte nicht in ein Internat in eine Stadt zu Fremden ziehen. Die Theres jedenfalls, die nachmittags wieder ab und zu ins Haus zum Helfen kam, redete neuerdings immer öfter vom Heiraten, weil an eine Olympia-Teilnahme in ihrem Alter jetzt sowieso nicht mehr zu denken sei.

Der Einarmige ging nun zur Tafel, und Brunhilde nutzte schnell den Moment, um ihr etwas ins Ohr zu flüstern. »Du kannst aber gut nach dem Mund reden!« meinte sie grinsend. »Du brauchst dich nicht beschweren, daß du keine Schuhe nicht gehabt hast, am End hat dein Unglück uns überhaupt erst den ganzen Krieg eingebrockt.«
Anntraud entgegnete nichts, schluckte und biß die Zähne zusammen. Wenn jemand »gut nach dem Mund reden« konnte, dann waren es die Zwillinge selbst, wie gedruckt logen sie oft. Sie selbst versuchte doch bloß, »gefällig zu anderen zu sein«, wie die Mama ihr immer wieder geraten hatte.
Paul zischte ihr zu: »Die sind bloß neidisch auf deine gute Note«, aber Anntraud konnte das nicht glauben. Ihr Freund Paul hielt immer zu ihr und meinte es gut, aber sie war nun einmal dieses Unglückskind, daran war nichts zu rütteln und zu deuteln, wenn selbst die Erwachsenen daran glaubten und bloß meinten, Anntraud würde das nicht mitbekommen.

»Heut gibt's in Neumarkt ...«, flüsterte ihr Paul nach einer kurzen Pause weiter zu, bis der Lehrer alle wieder zur Ruhe ermahnte.
Anntraud schaute den Paul fragend an, sie hatte nicht verstanden, was es geben würde. Der Paul deutete große Frauenbrüste an, und Anntraud, die sich so sehr wünschte, endlich auch einen Busen zu bekommen, errötete. Der Lehrer hatte das wohl alles gesehen und schimpfte jetzt den Paul. Er solle sofort solche Anzüglichkeiten einstellen! Noch einmal, und er bekäme Tatzen. Paul nickte brav, und der Einarmige wollte gerade ansetzen, zu erklären, warum Anntrauds Aufsatz so gelungen war, als es an der Klassentür klopfte und ein fremder Mann in den Raum trat. Der Einarmige stellte den Unbekannten, der

trotz seiner Brille sehr hübsch aussah, als den neuen Lehrer der oberen Klassen vor.
»Das Fräulein Theres heiratet nämlich bald den Jimmy«, erklärte der Einarmige, und alle Kinder verstummten mit einem Schlag.
Der Jimmy war nämlich nicht nur ein Amerikaner, sondern obendrein auch ein Schwarzer. Und eigentlich, so wußten alle, durften Amerikaner und Deutsche nicht heiraten, und darüber hinaus hatten die Kinder nicht mitbekommen, daß die Theres und der Jimmy miteinander gingen, noch nicht einmal Anntraud hatte davon gewußt. Und wie hatte Theres noch vor kurzem über das »Ami-Flittchen« Gerlinde geschimpft! »Das Heiratsverbot wird in ein paar Tagen aufgehoben«, wußte der Lehrer, »Fräulein Theres hat jetzt schon eine Ausnahmegenehmigung«, fügte er hinzu.
Das war interessant, denn eine Ausnahmegenehmigung wurde eigentlich nur ausgestellt, wenn ein Fräulein schwanger war, also vorehelichen Geschlechtsverkehr gehabt und gegen das sechste Gebot verstoßen hatte. Darum also hatte sich die Theres so oft übergeben in letzter Zeit, darum sprach sie also so oft vom Heiraten; denn Anntraud wußte von Gerlinde, daß dies alles auf eine Schwangerschaft schließen ließ.

Endlich hörten die Kinder die Kirchturmuhr schlagen, sie wollten zur großen Pause hinausstürmen, doch der Einarmige hielt sie auf. Keiner hatte ihm bisher eine richtige Antwort darauf gegeben, warum Anntrauds Aufsatz so gut gelungen war.
»Anntraud beschreibt nicht nur, sie stellt eine Frage«, erklärte er schließlich. »Die Frage nach der Ordnung in der Welt ist entscheidend.« Anntraud wunderte sich darüber, denn sonst gaben die Erwachsenen auf solche Fragen un-

gern eine Antwort, »ja warum? Warum ist die Banane krumm?« hieß es dann oft. Sie nahm sich vor, nun in jedem Aufsatz nach einer Ordnung zu fragen, vergaß das aber schnell wieder und spielte im Schulhof Fangen.

Theres' Heiratspläne hatten für Anntraud unerwartet schöne Folgen: Sie sollte die Brautjungfer werden. Dazu brauchte sie natürlich ein feines Kleid und passende Lackschuhe. Jimmy konnte innerhalb von wenigen Tagen weißen Spitzenstoff, Seidenstrümpfe und weiße Schnallenschuhe besorgen. Die Eibnerin, Theres' Mutter, nähte aus dem Stoff nicht nur Theres' Brautkleid, sondern auch für Anntraud ein bodenlanges Kleid, um das sie alle Mädchen in Berghaupt beneideten, denn Anntraud trug diese Kleidung auch zur Erstkommunion, womit sie bei dieser Feierlichkeit alle anderen überstrahlte. Als »reine Braut Christi« betrat sie die feierlich geschmückte Berghaupter Kirche und verließ sie nach dem Empfang des Sakramentes als richtige Christin. Großvater John konnte zwar doch nicht kommen, weil er mit einer Lungenentzündung in einem englischen Krankenhaus lag, aber der Papa war entlassen worden, der Mama ging es wieder etwas besser, und beide Elternteile begleiteten sie bei diesem feierlichen Ereignis. Anntraud war, als würde ihr äußeres, strahlendes Gewand genau zu ihrem Inneren passen, denn sie wollte sich dem Herrgott vorbehaltlos hingeben.
Pfarrer Moser erwähnte sie oft als lobendes Beispiel im Religionsunterricht, was Anntraud dazu ansporntе, nur noch mehr zu beten und weniger zu sündigen. Das Sündigen war jetzt noch unangenehmer, seitdem sie in Vorbereitung auf die heilige Kommunion auch die Beichte ablegte. Denn im Gegensatz zu den Worten des Pfarrers empfand Anntraud dies nicht als »Erleichterung«, ihr

war es vielmehr recht peinlich, Pfarrer Moser von ihren Lügen und ungenügender Achtung der Eltern zu berichten. Im Beichtstuhl roch es immer etwas modrig, das Knieholz hatte scharfe Kanten, und Anntraud war stets erleichtert, wenn sie ihn wieder verlassen konnte. Zugleich traute sie sich aber nicht, Verstöße zu unterschlagen, denn der Herrgott sah ja alles. Erst als Pfarrer Moser einmal sagte, daß Kinder gar keine wirklich schlimmen Sünden begehen könnten, war Anntraud beruhigt – sie konnte also kein schweres Vergehen beim Beichten vergessen haben. Und am Tag der ersten heiligen Kommunion überstrahlte sie alle, und Pfarrer Moser zeichnete sie auch noch dadurch aus, daß er bei den Halbritters mit zu Mittag aß und nicht bei einem anderen Kommunionkind.

Dann aber rückte der Unglückstag näher, den die Weissagung benannte. »Kummt im versteckten Mond ein Kind im Himmelgrün, vergehn nicht bloß zwei mal sechs Jahr und ein schrecklich End ist da. Bringt den nächsten Seelen Tod, ruht nicht mal im Grab fürwahr.«
Je näher der Termin rückte, desto mehr hielt man zu Anntraud Abstand. In der Schule saß sie plötzlich allein in der Bank, in der Kirche blieben die Plätze neben ihr frei, und wenn sie durch Berghaupt ging, wechselte man schnell die Straßenseite. Anntraud konnte sich dieses Verhalten nicht erklären, viele Abende weinte sie abends leise in ihrem Bett und wußte nicht, warum sie plötzlich so geschnitten wurde. Immer wieder fragte sie sich, was sie getan hatte oder ob plötzlich die weltliche Lage wieder umgekippt war, sie nun eine Art »neuer Jude« oder »Defektexistenz« war. Pfarrer Moser und die Mutter schüttelten den Kopf, versuchten sie zu beruhigen, daß dies sicherlich nicht der Fall war, erklärten ihr aber das

ungewöhnliche Verhalten der Dörfler nicht. Nur Gerlinde, der sie sich schließlich anvertraute, entschloß sich nach einem kurzen Zögern, Anntraud die ganze Wahrheit zu sagen, und sprach ihr den Text der Weissagung vor. Das traf Anntraud zwar im tiefsten Inneren, half ihr aber auch, denn jetzt konnte sie sich wenigstens das Verhalten und die geheime Ordnung der anderen erklären.

5.

Am 6. Januar 1948, ihrem zwölften Geburtstag, schreckte Anntraud um vier Uhr morgens aus einem traumlosen Schlaf auf und schlüpfte schnell aus dem Bett. Die letzte Rauhnacht war im Vergleich zu den Dreikönigsnächten vergangener Jahre mild, die Sternsinger in ihren Königsgewändern hätten heuer nicht so frieren müssen, dachte Anntraud, während sie sich Wollkleid und Strümpfe anzog, das Kommunion-Spitzenkleid aus dem Kasten nahm und die Treppe nach unten ging. Im Wohnzimmer saß der Vater und zündete gerade eine neue Kerze an.

»Warst du die ganze Nacht da?« fragte Anntraud.

Der Vater nickte, sah sie stumm und versteinert an und blickte dann wieder zur aufgebahrten Mutter.

Auch Anntraud hatte nicht weinen können, als die Mama gestern für immer die Augen geschlossen hatte. Ihr war immer noch, als würde die Mama nur schlafen und nicht tot sein. »Sei brav«, hatte die Mutter noch zu ihr gesagt, »mach mir die Ehre und bleib ein anständiges Mädchen.« Sie hatte genickt und der Mama – ohne Worte – versprochen, dies einzuhalten.

Anntraud blieb eine Weile bei den Eltern, dann wollte sie mit dem Kleid in der Hand weitergehen, doch plötzlich

stand der Vater auf und legte die Hände auf ihre Schultern.
»Deinen Geburtstag feiern wir nach«, sagte er schließlich und bekam feuchte Augen.
Auch Anntraud traten Tränen in die Augen, und sie sah zur Mutter. Die Mama schien ihr schöner denn je im Kerzenschein auf ihrem Totenbett.
Anntraud ging mit dem Kleid zur Waschküche hinaus, schürte einen Kessel an und suchte das schwarze Färbemittel, das ihr Gerlinde, kurz nachdem der Doktor den Totenschein ausgestellt hatte, vorbeigebracht hatte. Die alten Winterstiefel paßten noch und waren ohnehin dunkel. Der Vater hatte einen schwarzen Anzug, den sie für die Beerdigung übermorgen nur ausbürsten mußte, so wie die Mama das vor ihrer Erstkommunion getan hatte.
Das Wasser im Kessel erhitzte sich allmählich, Anntraud achtete darauf, daß es nicht zu heiß wurde, und schüttete das schwarze Färbemittel hinein. Es zischte, es zischte wie die Stimmen anderer Kinder, die riefen: »Rote Hex mit Brema-Schieß! Hast es mit dem schwarzen Rab, bringst dei Mama noch ins Grab. Bist unser aller Unglück hier, doch was können wir dafür!« Eine innere Stimme sagte ihr die Weissagung auf, deren genauen Wortlaut sie nur einmal von Gerlinde gehört hatte, aber jedes Wort hatte sie sich gemerkt: »Kummt im versteckten Mond ein Kind im Himmelgrün, vergehn nicht bloß zwei mal sechs Jahr und ein schrecklich End ist da. Bringt den nächsten Seelen Tod, ruht nicht mal im Grab fürwahr.«
Das Wasser verfärbte sich schwarz, Anntraud legte das weiße Spitzenkleid von Theres' Hochzeit und der Erstkommunion in den Kessel und rührte es mit einem Holzstecken um. Der Wind pfiff leise durch den Türspalt des Waschhauses.

Anntraud dachte an die Verschläge, die die Berghaupter gestern vor ihren Fenstern angebracht hatten, nachdem sich der Tod der Mutter offenbar wie ein Lauffeuer herumgesprochen hatte. Der Eibner hatte sogar die Fenster des Postamts mit Holz gesichert, die Bauern Häuser und Ställe verrammt, der Mesner die Kirche versperrt. Die Leute hängten noch getrocknete Silberdisteln an die Häuser, dann »verreisten sie kurzfristig« und ließen nur das Vieh zurück, obwohl noch nie ein Berghaupter »kurzfristig verreist« war.
Den ganzen Tag war ein Hämmern und Schlagen durch das Dorf gedrungen, alle hatten es eilig, Koffer wurden gepackt und auf Pferde- und Leiterwagen verladen, Hühner und Kühe in die Ställe getrieben. Wenn Anntraud zu sehen war, wich man schnell zurück und vermied es, ihr in die Augen zu sehen.
Jeder Hammerschlag, jedes Davoneilen, jede verriegelte Tür verwies Anntraud auf ihre Unglücksexistenz, mit der sie nun zur Weissagung tatsächlich »die nächste Seele«, ihre Mutter, ins Grab gebracht hatte. Jeder Blick, der ihr auswich, verwies sie auf einen Ort, der nicht in Berghaupt, nicht in dieser Welt lag. Später hieß ihr das menschenleere Dorf zu verschwinden, nicht da zu sein, nicht zu leben.
Was würde ihr Dasein noch anrichten, denn es war nicht bloß von einer Seele, sondern von »Seelen« die Rede? Hatten am Ende sogar die Zwillinge recht, daß es dann niemals diesen Krieg, das anschließende Verlieren und Hungern gegeben hätte? Daß die Mutter ausgerechnet einen Tag vor der Weissagung gestorben war, schien ihr der endgültige Beweis dafür zu sein, daß sie verflucht war.
Anntraud zog mit dem Holzstab gleichmäßig das Spitzenkleid, das sich allmählich schwarz färbte, durch den

Kessel. Das Gaslicht erlosch, die Zwölfjährige entzündete es erneut. Dabei bemerkte sie, wie Blut über die Innenseite ihrer Oberschenkel rann. Das Blut kam aus ihrer Scheide, was sich Anntraud nicht erklären konnte. War das ein weiteres Zeichen? Sie wusch sich mit einem Tuch in der Waschküche. Es blutete weiter. Anntraud legte sich ein neues Tuch zwischen die Beine und kauerte sich in eine Ecke.

»Gegrüßet seist du, Maria«, betete sie, während sich ihr Bauch verkrampfte und schmerzte und sie in dieser Ecke des Waschhauses zunehmend fror.

Anntraud betete den Rosenkranz mechanisch weiter und dachte an Pfarrer Moser, der vor einer Woche mit einem Herzinfarkt ins Krankenhaus gekommen war. War das bereits ein Vorbote dessen, was noch kommen sollte? Wo war Gerlinde, die seit gestern nachmittag ebenfalls verschwunden war? War ihr etwas zugestoßen oder war auch sie vor Anntraud und dem Unglück geflohen? Und die Mama war tot. Immer wieder fiel ihr das ein, wie ihr früher stets zwischendurch eingefallen war, was sie noch in Neumarkt zu besorgen hatte.

Anntraud wusch das Kleid noch einmal, nachdem es die Farbe angenommen hatte. Die Sonne ging auf, etwas Schnee fiel und der Vater saß immer noch bei der toten Mutter, als Anntraud in die Küche kam, um das Kleid über dem Herd zum Trocknen aufzuhängen. Anntraud fragte ihren Vater, ob er frühstücken wolle, doch Herrmann verneinte. Der Vater wollte nun ins Bett gehen, versuchen, zu etwas Schlaf zu kommen. Er fragte sie, ob sie alleine zurechtkäme, und Anntraud nickte.

»Wirklich?« fragte der Vater nach.

Anntraud nickte. Daß der Vater nichts zum Tod der Mutter sagte, schien ihr ein weiteres Zeichen zu sein.

Die tote Mutter lag im Wohnzimmer, der Vater im Bett im Schlafzimmer. Anntraud schürte den Küchenherd an, legte ein neues Tuch in ihre Unterhose und hörte die Kirchturmuhr zur vollen Stunde schlagen. Ihr Blick fiel auf Mamas Kleiderkarte, die noch keinen einzigen Stempel hatte, weil nichts aufzutreiben gewesen war. Was sollten sie nun mit der Karte machen? Durfte sie an Stelle der Mutter Rock, Unterwäsche und Schuhe beziehen?
Anntraud setzte sich an den Küchentisch; wie konnte sie nur daran denken, der Mutter die Kleider wegzunehmen! Wie konnte sie in all dem Unglück nur an sich selbst denken? Kam der Fluch daher? Von ihrer Eigensucht, über die Pfarrer Moser so oft gepredigt hatte? Könnte die Mutter noch leben, wenn sie nicht so viel gesündigt und mehr gebetet hätte? Warum hatte die Mama gesagt »sei brav«? Weil Anntraud in Wahrheit so böse war? Auf jeden Fall könnte die Mama noch leben, wenn sie erst gar nicht auf die Welt gekommen wäre, denn seit ihrer Geburt war die Mutter krank gewesen. Konnte sie Schlimmeres verhindern, wenn sie nie mehr sündigen würde? Aber Anntraud konnte sich ihrer selbst doch nicht sicher sein, wie oft hatte sie sich nach der Beichte schon vorgenommen, nie mehr gegen Gottes Gebote zu verstoßen – und jedes Mal doch wieder das vierte und achte mißachtet, die Eltern nicht genügend geachtet oder gelogen. Und jetzt auch noch dieses Blut. War es die Strafe dafür, daß sie immer wieder die rote Madonna in der Kirche zum Weinen hatte bringen wollen? Die Gedanken überschlugen sich, Anntraud konnte sie nicht mehr richtig sortieren. Wie damals, kurz nach dem Krieg, lag alles als innerer Scherbenhaufen vor ihr, aber nun war nicht einmal mehr die Berghaupter Kirche stehen geblieben.

Über dem Küchenherd war das dünne Spitzenkleid innerhalb einer halben Stunde getrocknet. Anntraud bügelte es sorgfältig, holte frische Unterwäsche, zog das Kleid und einen Mantel an, ging zur Mama, zündete vor ihr eine neue Kerze an, faßte einen Entschluß und sagte leise: »Wenn Gott will, dann komm ich zu dir und bring hier niemanden mehr Unglück.« Ihr fiel noch ein, daß sie sich mit dem selbstgebrannten Holunderschnaps aufwärmen könnte, holte eine Flasche aus dem Keller und verließ das Haus.

Anntraud ging durch das menschenleere Dorf. »Heilig Drei König« war, aber keine Kirchenglocken läuteten, keine Sternsinger waren unterwegs, niemand ging ins Wirtshaus. Im Schnee waren die Spuren von Menschen, Fahrzeugen und Tieren zu sehen, im oberen Dorf trat Anntraud immer genau in die Stapfen eines Männerschuhabdrucks. Am Weiher, der heuer nicht zugefroren war, heulte ein Tier auf. Anntraud glaubte in den Lauten einen Wolf zu erkennen, war sich aber nicht sicher. Sie ging weiter zu den steinernen Zwölf Aposteln, trank einen Schluck Schnaps, der fürchterlich schmeckte, aber tatsächlich wärmte, wie die Erwachsenen stets behaupteten. Sie zog den Mantel aus, legte sich in den Schnee und wollte ausharren, wie Gott sich entscheiden würde, sie wollte ihr Leben »in Gottes Hand« legen, wie es in vielen Gebeten hieß, sie wollte damit Ernst machen und nicht bloß wie die Erwachsenen die Lippen dies sagen lassen.

Nach ein paar Minuten fror es sie jedoch so sehr, daß sie noch einmal vom Schnaps trank, Schluck um Schluck hinunterwürgte, bis alles vor den Augen verschwamm und sie schließlich das Bewußtsein verlor.

Anntraud wußte nicht, wieviel Zeit vergangen war. Draußen war es dunkel, sie lag in ihrem Bett, der Doktor, Gerlinde, Pfarrer Moser und der Vater standen um sie herum, als sie die Augen öffnete. Ihr war fürchterlich schlecht, sie dachte an die Schule, daß morgen die Winterferien vorbei wären, dann wußte sie gar nicht mehr, welcher Tag war, plötzlich fiel ihr wieder ein, was geschehen war.

»Spinnst du, Madel?« Gerlinde hatte als erste bemerkt, daß sie zu sich kam. Sie schimpfte weiter, streichelte ihr dabei aber zärtlich über den Kopf. »Das machst du mir nie wieder, hörst! Hättest sterben können.«

Der Vater kam zu ihr, drückte sie stumm. Tränen liefen über seine Wangen, er sah ihr fest und liebevoll in die Augen, schüttelte immer wieder den Kopf dazu. Anntraud erschrak über den weinenden Papa und fragte sich, was in der Zeit geschehen war, an die sie sich nicht erinnern konnte. Nachdem der Vater sich beruhigt hatte, sah sie Pfarrer Moser, von dem sie später erfuhr, daß er extra wegen ihr aus dem Krankenhaus geflüchtet war, streng an.

»Unser Leben liegt in Gottes Hand. Wer selbst darüber entscheiden will, begeht eine schwere Sünde, eine Todsünde, Anntraud!«

Anntraud mußte sich übergeben, ein Eimer stand neben ihr. Also hatte sie doch einen schweren Frevel begangen. Dabei hatte der Pfarrer doch gesagt, daß Kinder eigentlich gar nicht so schlimm sündigen können.

Gerlinde schien Anntrauds Gedanken zu erraten und sagte: »Herr Pfarrer, das sagen doch auch die Juristen, daß man nur gegen ein Gesetz verstoßen kann, wenn man es kennt!«

Moser blickte die Hebamme fragend an, dann verstand er ihren Satz offenbar, wendete sich Anntraud zu und sagte:

»Man darf nicht versuchen, sich selbst umzubringen, hast du das nicht gewußt?«
Anntraud sagte: »Das wollt ich doch gar nicht. Ich wollte bloß wissen, ob der liebe Gott sich für oder gegen mich entscheidet.«
Die Erwachsenen schwiegen daraufhin, der Doktor erklärte schließlich sachlich, daß sie knapp ohne größere Schäden überlebt hatte, gerade noch rechtzeitig hätten Gerlinde, Pfarrer Moser und der Vater sie gefunden und heimgebracht. Sie war völlig unterkühlt gewesen, der Alkohol hatte ihr jede Empfindung geraubt, er hatte sofort die entsprechende erste Hilfe einleiten können – ein Glück, er war zufällig in Berghaupt auf der Suche nach Gerlinde gewesen.
»Und ein Glück, daß keine Erfrierungen zurückbleiben«, fügte die Patin inzu.
»Sind die Leute wieder da? Ist was passiert? Hat es noch ein Unglück gegeben?« fragte Anntraud.
Die Erwachsenen schwiegen wieder und schauten etwas ratlos.
»Du wirst doch nicht wegen diesem Aberglauben …«, sagte Pfarrer Moser schließlich streng und hielt dann im Reden inne.
»Wer hat dir das gesagt?« fragte der Vater und kniff die Augen zusammen, wie immer, wenn er wütend war.
»Alle. Ich hab es immer schon gewußt, daß ich das Unglückskind bin«, sagte Anntraud ruhig.
Der Doktor schüttelte den Kopf. »Das ist doch nicht zu fassen! So ein Blödsinn! Die haben doch alle 'nen Sprung in der Schüssel! Ich faß es nicht! Da stirbt fast ein Kind deshalb!«
Gerlinde nahm Anntraud in die Arme und gab ihr eine Antwort: »Gar nichts ist passiert. Das ist doch bloß ein alter Aberglaube. Da kannst auch gleich an den lieben

Gott …« Mit Blick auf den Pfarrer unterbrach sich die Patin und fügte hinzu: »Und bald kommen sie alle wieder heim. Morgen werden's alle sagen, ich hab das eh nicht geglaubt.«
»Wirklich?« fragte Anntraud. Es würgte sie erneut.
Gerlinde wartete ab, bis Anntraud wieder ruhig atmen konnte. »Ja, wirklich. Und jetzt, Madel, das ist jetzt vorbei, ein für alle Male. Die zwei mal sechs Jahr sind vorbei.«
»Aber die Mama, die hab ich ins Grab gebracht«, sagte Anntraud.
»Nein«, sagten die Erwachsenen wie auf Kommando gleichzeitig. »Du bist nicht schuld.«
Anntraud wurde leichter.
Sie fragte die umstehenden Erwachsenen, ob sie das alles als Geheimnis für sich behalten könnten, was letzte Nacht geschehen war.
Ein jeder gelobte es feierlich – und alle hielten sich auch daran, wie sie später feststellte, denn die anderen Dörfler hätten nur allzu gern erfahren, was an jenem Tag und in jener Nacht geschehen war, aber niemand sagte es ihnen, »den Feigen«, wie Gerlinde sagte. »Den Räudigen«, wie Pfarrer Moser später einmal in einer Predigt andeutete, »die wegen eines Aberglaubens den wahren Gott verraten und geflohen waren«. Das gab Anntraud neues Vertrauen in die Welt. Nicht mehr sie war ein Unglück, sondern die anderen die Feigen – und vier wichtige Erwachsene stellten sich hinter sie, warfen die nächsten Tage all denen, die samt Kindern geflohen waren, verächtliche Blicke zu.

Gerlinde behielt recht: Alle im Dorf behaupteten nun, eigentlich nie an den »alten Schmarrn« geglaubt zu haben. Fast alle Berghaupter kamen zur Beerdigung der

Mutter und kondolierten nicht nur dem Vater, sondern auch Anntraud, dem »armen Kind«.
Die Zwölfjährige freute sich sogar manchmal darüber, das Berghaupter Unglück »besiegt« zu haben, somit also etwas »Besonderes« unter all den Dörflern zu sein. Insbesondere wenn die Kutzberger-Zwillinge ihr zu nahe kamen, drängten sich ihr diese Gedanken und ein gewisser Stolz darauf auf. Doch bei jedem Kirchgang – und an dem sonntäglichen Besuch der heiligen Messe hielt sie eisern fest – ließ sie sich von Gott, Pfarrer Moser und der Roten Madonna gerne ihre »sündige Eitelkeit« zurechtstutzen.
Der milde Winter wich bald einem warmen Frühling, wenig später kam ein neues Geld, und es gab wieder alles zu kaufen, Anntraud war in der Schule unter den Besten, obwohl sie »nebenbei« dem Vater den Haushalt führte. Täglich dachte sie an die tote Mutter und wurde dann sehr traurig – aber endlich war sie ein normales Mädchen geworden und kein Unglückskind mehr! Anntraud dankte dies dem Herrgott mit vielen Gebeten, einem tiefen Bemühen um Standfestigkeit im Glauben und einem christlichen Lebenswandel.

III.
Die Frau

1.

An einem strahlenden Maisonntag im Jahre 1955 ging die neunzehnjährige Anntraud, gegen die viele Jahre später wegen versuchten Mordes und Bildung einer terroristischen Vereinigung ermittelt werden sollte, in der Früh zum Milchholen zum Kutzberger. Wie jeden Tag besorgte sie dort – wie auch Pfarrer Moser und die Lehrersfrau – einen Liter frisch gemolkene Milch, schöpfte später den Rahm ab und verwendete den fettarmen Rest zum Kochen. Und wie fast immer ließ sich die eine oder andere Berghaupter Mutter – in Anbetracht der eigenen Töchter – bei ihrem Erscheinen zu der Bemerkung hinreißen, daß man auch gerne so ein anständiges, ordentliches und braves Mädchen hätte wie die Halbritter Anntraud.

In der Waschküche der Kutzbergers, wo die Bauersleute seit jeher das Milchgeschäft mit der Nachbarschaft abwickelten, roch es immer nach ranziger Milch, denn beim Umschütten lief oft etwas daneben und der Raum wurde nur einmal im Monat gründlich gereinigt. Wie fast jeden Sonntag wollten die Kutzberger-Zwillinge Anntraud dazu überreden, doch mit ihnen nach Neumarkt zu fahren, da dort nun immer öfter fesche Motorradfahrer aus Auersbach einen Halt machten.

»Geh, da mußt mitkommen, oder magst in Berghaupt versauern?« fragte Sieglinde, während sie die Milch umschüttete. »Da, schau.« Die blonde Gleichaltrige mit dem modischen Pagen-Haarschnitt hielt ihr einen glänzenden, neuen Lippenstift unter die Nase. »Den kannst auch hernehmen.«

»Ich weiß nicht, ob der so recht zu mir paßt«, entgegnete Anntraud.

Die Kutzberger-Tochter hielt ihn an Anntrauds Wange. »Doch, der paßt wie die Faust aufs Auge«, kommentierte sie mit dem Blick der gelernten Kosmetikfachverkäuferin. »Wie geschaffen für deinen blassen Teint und deine grünen Augen. Die mußt du betonen, diese Augen, wer hat die schon? Und zu deinen roten Haaren paßt die Farbe genau.«

»Ich red mal mit dem Papa«, meinte Anntraud achselzuckend, doch Sieglinde ließ das nicht gelten.

»Der geht doch sowieso zum Fußball, heut ist doch ein Heimspiel.«

Da hatte die Freundin freilich recht, Anntraud zögerte trotzdem und legte den Lippenstift auf die Ablage.

»Ja magst eine heilige Jungfrau werden?« fuhr Sieglinde fort. »In die Kirch gehst eh schon genug, dafür fehlt dir auf der anderen Seite was, wo du mal fesche Burschen kennenlernst.«

»Und dir fehlt die Seite mit der Kirche«, gab Anntraud gekränkt zurück und machte sich auf den Weg nach Hause, um dem Vater das Frühstück herzurichten, bevor sie in die Frühmesse gehen wollte.

Sie sah auf dem Heimweg den Eibner Willi, den Deppen, zum Dorfplatz kommen und wie so oft Krieg spielen mit Stecken aus Holz als Gewehre und Steinen als Granaten. Zwar hatte ihm die fromme Eibnerin über die Jahre hinweg tatsächlich den Hitler-Gruß abgewöhnen können,

aber das Kriegspielen gefiel ihm immer noch so gut, daß er alle Vorbeikommenden fragte, ob sie nicht mitmachen wollten, obwohl sich fast nie jemand dazu bereit erklärte, außer manchmal ein Kind, das ihn dann am Ende des Spiels meist totschoß, woraufhin der Depp dann furchtbar weinte, was wiederum alle Älteren im Dorf veranlaßte, den Willi zu trösten und später den Kindern ein Spiel mit ihm zu verbieten, damit sie sich hinterher nicht um ihn kümmern mußten.
»Spielst mit Katzen jagen?« fragte er nun auch Anntraud, aber sie verneinte, schickte den Willi heim und dachte an den »Deani«, einen Neumarkter Halbstarken, der den verstorbenen James Dean verehrte, sich deshalb so nannte und der kürzlich laut getönt hatte, »er kaufe doch keine Katze im Sack«, und alle anderen hatten vielsagend dazu gegrinst.

Daheim stellte sie die Milch ab, ging zum Spiegel in der Küche und schaute sich an: Die Sommersprossen, die sie so haßte, waren zwar im letzten Jahr durch das ständige Ausbleichen mit Zitronensaftextrakt etwas verblaßt, aber dadurch war die Haut auch trocken und rauh geworden. Zudem war ihr der ganze Körper einfach zu mager, der Busen zu klein, die Hüften hingegen zu breit. Da konnte der Papa sagen, was er wollte – sie hätte so ebene Gesichtszüge wie die Mama –, auch Gerlinde konnte sagen, was sie wollte – ein so fesches, junges Ding mit vollen Lippen, glänzendem Haar und einer so schmalen Taille würde alle beeindrucken –, Anntraud gefiel sich einfach nicht und hegte den Verdacht, daß die Kutzberger-Zwillinge sie nur deshalb mit nach Neumarkt nehmen wollten, um selbst mit ihrem vollen Busen, den blonden Haaren und der feinen Haut besser glänzen zu können. Bloß ihre fein geschwungenen Augenbrauen, an denen sie im

Gegensatz zu den Zwillingen gar nicht zupfte – ließ sie gelten, aber was waren schon Augenbrauen im Vergleich zum restlichen Körper?
Dabei konnte sie alle Schwachstellen mit ein paar geschickten Schnitten gut überspielen, denn über die Schneiderlehre hinaus hatte sie sich mit Sondermodellen aller Art beschäftigt und diese für sich selbst genutzt, was sogar die strenge Chefin lobte: Als erstes hat eine Schneiderin selbst gut gekleidet zu sein, hieß es, das sieht die Kundschaft zuerst. Und als Anntraud nach dem Gesellenstück den Neumarkter Betrieb verließ, um noch auf die Handelsschule zu gehen, da mußte sie der Chefin versprechen, sich regelmäßig bei ihr sehen zu lassen, denn selten hätte sie so eine Freude am Ausbilden gehabt wie bei ihr, der anständigen, zuverlässigen und korrekten Anntraud, die nicht so einen Schmarrn im Kopf hatte wie die anderen Mädchen mit ihren amerikanischen Filmen und halbstarken Burschen mit Elvis-Tollen.
Dafür aber, so dachte Anntraud jetzt betrübt mit einem Blick in den Spiegel, war sie schon neunzehn Jahre alt und noch immer nicht verlobt. Nur an einigen früheren Herbstfaschingen hatte sie Männer geküßt, aber dieser Brauch war mittlerweile eingeschlafen, diese Gelegenheit gab es also nicht mehr, und wahrscheinlich hatten die Burschen sie auch nur deshalb »genommen«, weil es finster war und ihr Gesicht dabei nicht zu sehen war. Noch nie war sie mit einem Mann richtig »gegangen«, noch keiner hatte ihr den Hof gemacht, auch wenn Sieglinde immer behauptete, sie würde das bloß nicht merken, weil sie nur Augen für die Heiligen in der Kirche hätte. »Merkst nicht, wie der Deani auf dich steht?« hatte Sieglinde nach dem letzten Besuch in Neumarkt gefragt, aber Anntraud merkte eher, daß der Deani bewundernd zum tiefen Ausschnitt der Freundin pfiff.

Anntraud schürte den Küchenofen ein, setzte die Milch auf und schmierte dem Vater ein Butterbrot. Sie ging zum Spiegel und probierte aus, ob sich die schulterlangen Haare nicht doch zu einem modischen Schopf aufstecken ließen. Nach ein paar Versuchen gelang ihr das tatsächlich, und sie lief in ihre Kammer, holte Haarklammern und fixierte die neu erfundene Frisur, so daß sie nicht mehr verrutschen konnte. Mit einem Taschentuch drückte sie ein Wimmerl am Kinn aus und gab über die wunde Stelle Puder.

Der Vater kam aus dem Schlafzimmer und setzte sich an den Frühstückstisch, Anntraud stellte sich dazu und legte ihm das Haushaltsbuch vor.

»Geh, Madel«, sagte er, wie jede Woche, »das rechne ich doch nicht nach! Das machst du schon!«

»Doch, Papa, bitte«, sagte Anntraud, »schau mal, was wir gespart haben.«

Herrmann sah in die Notizen und las. »Fünfhundert Mark, schön, das ist schon ein Batzen.« Er legte das Heft wieder hin, nahm einen Bissen, dann stutze er plötzlich und lächelte. »Ach so, das meinst!«

»Ja«, sagte Anntraud stolz. Fünfhundert Mark, genau so viel kostete eine Waschmaschine, auf die sie nun fast zwei Jahre hingespart hatten und die sie sich nun leisten konnten, als erste im Dorf, noch vor den Kutzbergern, die auch schon lange davon sprachen und mehr Geld hatten als sie, denn der Kutzberger bezog als Bürgermeister ein zweites Gehalt neben seinen Einkünften als Bauer.

»Dann kaufen wir sie morgen, gleich nach der Arbeit. Ich mach früher Schluß«, sagte Herrmann und bemerkte dabei die neue Frisur seiner Tochter.

»Gehst heut noch aus?« fragte er.

»Vielleicht fahr ich am Nachmittag mit den Zwillingen nach Neumarkt in die Eisdiele«, erklärte Anntraud.

»Ich bin sowieso beim Fußball«, erwiderte Herrmann. »Das schadet dir nichts, wenn du mal rauskommst.«
»Wie meinst das?« fragte Anntraud gekränkt.
»Wie ich es sag«, entgegnete der Vater und spürte nicht, wie er seine Tochter dabei an ihrer empfindlichsten Stelle traf.
Anntraud kämpfte gegen die Tränen. »Du meinst also auch, daß ich keinen mehr find?!«
»Schmarrn«, antwortete Herrmann ehrlich erschrocken über diesen Ausbruch und konnte sich keinen Reim auf das vorhergehende Gespräch machen. »So ein Schmarrn! Wie kommst denn da drauf?«
»Warum sagst du dann, daß mir das Ausgehen nicht schadet?« Anntraud schluchzte.
»Weil du eh so brav bist«, meinte der Vater, »du machst ja alles für die Mama mit.«
»Mach ich doch gern«, sagte sie, und das stimmte, denn der Haushalt machte ihr Freude und sie war stolz darauf, ihn seit ihrem fünfzehnten Geburtstag sauber zu führen, so daß sie weder eine Theres noch sonst eine Hilfskraft mehr brauchten. Außerdem gab es seit der Währungsreform wieder alles zu kaufen, so daß es gar nicht so schwierig war. Sie kochte, wusch, bügelte, putzte, und Gerlinde bemerkte einmal, daß es hier so schön wie bei der Agnes sei, so sauber wie sie es von ihrer Mutter kannte. »Daß sollten die Burschen mal sehen«, dachte Anntraud, »nicht bloß meine Sommersprossen«, und beruhigte sich allmählich wieder.
Herrmann stand auf und legte seine Hand auf ihre Schulter, zu mehr Zärtlichkeiten gegenüber seiner Tochter war er nicht fähig. Das war es, was Anntraud an der Mama vermißte: daß sie niemand in die Arme nahm, wenn sie traurig war. Sonst wollte sie sich nicht beklagen in ihrem Leben ohne Mutter, das sogar Vorteile hatte, denn sie

konnte ausgehen, wann immer sie wollte, wenn sie diese Freiheit auch nur selten nutzte. Zudem sah sie bei den anderen Mädchen wie den Kutzberger-Zwillingen, daß deren Mütter den Liebeskummer nicht ernst nahmen, wie sie es eigentlich von Müttern erwartet hätte, alle sprachen nur davon, wie gut sie es doch jetzt hätten in der heutigen Zeit.

»Schon gut, Papa«, sagte sie, stand auf und räumte ein wenig in der Küche herum, bis die Kirchenglocken läuteten. Anntraud zupfte die neue Frisur noch etwas zurecht, zog sich eine Jacke über und ging zur Frühmesse, damit sie hernach genügend Zeit zum Kochen hatte, denn es sollte Blaukraut mit Schweinebraten geben, und nach dem Hochamt hätte sie das nicht mehr zubereiten können, denn das gehobelte Kraut mußte zwei Stunden in Essig liegen, damit es richtig mild wurde, wie ihr Theres erklärt und hinzugefügt hatte, daß sie das alles von Agnes, ihrer seligen Mutter, gelernt hatte, wie sie seinerzeit bei ihnen im Haushalt ausgeholfen hatte.

Überhaupt sprach man im Dorf öfter mal über die Agnes und ihren mittlerweile in London an einer Lungenentzündung verstorbenen Großvater John – über die Nazizeit, den Krieg und die Hungerjahre wollte hingegen niemand mehr sprechen. Nur Gerlinde machte ab und zu noch spitze Bemerkungen darüber und konnte damit die Theres und den Kutzberger bis aufs Blut ärgern.

Mit ihren Sorgen um ihr Äußeres betrat Anntraud an diesem Maisonntag um zehn vor acht die Kirche, bekreuzigte sich fast mechanisch mit Weihwasser und ging auf die linke Seite in die Reihe der Fräuleins, die zwischen den Kindern vorne und den verheirateten Frauen hinten ihren Platz hatten. Sie bemerkte, daß die Wagnerin einen neuen Hut aufhatte, der ihr sehr gut stand, überhaupt war die

Bäuerin mit ihren dreiunddreißig Jahren immer noch so schön, daß neulich sogar ein Fotograf aus München gekommen war, um sie für den Titel eines Magazins abzulichten, auf dessen Erscheinen alle im Dorf warteten.

Anntraud kniete sich in die Bank, fror ein wenig, denn sie hatte die Kälte hinter den dicken Kirchenmauern unterschätzt, versuchte aber nun ihre Eitelkeit, ihre Sommersprossen und alles Weltliche zu vergessen und war sich plötzlich, als sie in Erwartung der heiligen Messe noch ein paar Momente der stillen Andacht hatte, ihrer Sache wieder sicher. Die Kutzberger-Zwillinge konnten so adrett sein, wie sie wollten, sie selbst wollte die Braut Jesu bleiben, rein und unberührt; wie konnten die Sieglinde und Brunhilde eigentlich nur damit angeben, mit wie vielen Männern sie schon »mehr« gehabt hätten? Hatten sie denn keine Religion und keine Ehre im Leib? Die Ehe war ein Sakrament, und genau dahin gehörte die leibliche Lust, wie der Glauben es gebot. Wobei Anntraud sich unter Lust, gar leiblicher Lust, nur wenig vorstellen konnte, am ehesten noch Lust auf einen Apfelstrudel oder Lust auf Gewinnen beim Kartenspiel mit dem Vater am Abend. Sie kannte eher das Gefühl der Befriedigung, wenn die Küche sauber geputzt war, wenn sie aus der Handelsschule eine Eins heimbrachte, wenn der Blumenteppich für Fronleichnam gelungen war oder wenn nach einem schönen Traum eine Woge der Entspannung ihren Körper durchlief, wofür die Neunzehnjährige aber keinen Begriff hatte, und selbst wenn sie einen gehabt hätte, dann hätte sie nicht darüber gesprochen.

Anntraud ärgerte sich darüber, wie sie sich von den Kutzberger-Zwillingen immer wieder in ihrer christlichen Einstellung verunsichern ließ. Sie hatte gelernt, sich anzupassen, wie es sich für ein Fräulein gehörte; sie redete mit einer Frau Doktor im Geschäft gewählter als mit dem Knecht Stanislav; sie erwähnte vor Gerlinde nicht extra Gott und den Glauben, bei Pfarrer Moser schüttelte sie aber den Kopf über die heutige Ungläubigkeit, mit der Eibnerin und der alten Kutzbergerin beklagte sie die »heutige Jugend«, mit den Zwillingen »die Engstirnigkeit der Alten«. Besuchte sie Gerlinde, zog sie sich elegant an, ging sie mit dem Vater zum Fußball, trug sie legere Kleidung, betrat sie die Kirche, war der Ausschnitt hoch geschlossen. In einem Punkt aber wollte sich Anntraud nicht anpassen, das war das sechste Gebot, und das war unmißverständlich so gemeint, daß die leibliche Liebe in die Ehe gehörte. Die Zwillinge sündigten nicht nur, sie forderten die anderen geradezu auf, es ihnen gleichzutun, und bezeichneten alle Mädchen, die keusch bleiben wollten, als »hinterwäldlerisch«. Anntraud aber dachte – wie Pfarrer Moser –, wer diesem Verlangen widerstehen konnte, der konnte letztlich allen Sünden trotzen, das war die Prüfung. Ganz weltlich wiederum dachte sie außerdem manchmal: Das war ihr »Kapital«, als Jungfrau unversehrt zu bleiben, so würde sie am Ende noch einen geeigneten und anständigen Mann finden.

Kurz vor acht und dem Beginn der heiligen Messe wurde Anntraud aus ihrem Gebet und ihren Gedanken gerissen – wirklich fast jedesmal schaffte es der Kutzberger, die Kirche lautstark zu betreten und damit alle Anwesenden zu stören. An Ostern kugelten die Eier und der Schinken aus der Tasche, ein anderes Mal fiel ihm sein Charivari krachend zu Boden, mal stolperte er über die Eingangsstufen, mal schrie er seine Töchter an, daß ihr Ausschnitt viel zu tief sei für die Kirche und sie sich schnell daheim noch einmal umziehen sollten, sonst wäre der Ausgang am Nachmittag »ersatzlos gestrichen«.

Die wartenden Gläubigen drehten sich kurz um, dach-

ten, ach, mal wieder der Kutzberger und achteten nicht weiter auf das Gepoltere im Hintergrund. Erst als der Pfarrer nach dem Einzug aus der Sakristei mit den Ministranten plötzlich beim Anstimmen des Eröffnungsliedes innehielt, nach hinten blickte und laut »Obacht« rief, drehten sich alle um und sahen, wie der im Gesicht rot angelaufene Wagner-Bauer den Kutzberger mit einem Schlachtmesser bedrohte. Der Kutzberger versuchte beruhigend auf ihn einzureden, sah, daß dies zu nichts führte, lief auf die andere Seite des Kircheneingangs, der Wagner ihm hinterher und der Kutzberger hob in seiner Not den einen Meter hohen steinernen Antonius vom Weihwasserkessel und lief mit ihm ins Freie, während der ihn verfolgende Wagner immer wieder »du Drecksau, dich krieg ich«, rief. Nach einer Schrecksekunde raunte die schöne Wagnerin der Eibnerin zu »paß auf die Kinder auf«, die Eibnerin wiederum der Anntraud »renn ihr nach«, und so rannte die Wagnerin ihrem Mann und dem Kutzberger ins Freie hinterher, ebenso wie Anntraud und ein paar andere Männer und Frauen.
Draußen hatte der Wagner den Kutzberger eingeholt und ging mit einem Schlachtmesser auf ihn los. Der Kutzberger wiederum schlug mit dem steinernen Antonius auf den Wagner ein und traf ihn am Kopf. Die Wagnerin rief »Aufhören! Hans! Hör auf!«, doch ihr Mann rief bloß zurück, ohne sie dabei anzusehen, »du kommst nachher dran!« und stach noch einmal auf den Bürgermeister ein, traf ihn diesmal in den Bauch, so daß der Kutzberger nach vorne fiel, dabei aber weiter den heiligen Antonius fest umklammert hielt. Vier kräftige Männer hielten den Wagner von hinten fest und konnten ihn davon abhalten, noch einmal auf den Bürgermeister einzustechen. Der Wagner schien dabei Bärenkräfte zu haben, so daß alle vier Männer fest zulangen mußten, um ihn halten zu

können. Pfarrer Moser rannte auch vor die Kirchentür, leichenblaß, mit zitternden Händen, und rief alle Anwesenden auf, zu beten, und zwar »für uns alle«, was Anntraud nicht so recht verstehen konnte, aber sie hatte auch keine Zeit mehr zum Nachdenken, denn sie lief zu Gerlindes Haus, um den Doktor zu holen, während ein paar Frauen zum Kutzberger eilten, um dem stark blutenden Bürgermeister Erste Hilfe zu leisten.
Anntraud war schnell bei Gerlinde und Brand, der Doktor wiederum ein paar Minuten später bei dem Kutzberger. Doch sosehr sich der Arzt auch bemühte – er konnte das Leben des Kutzbergers nicht mehr retten.

Bei der ersten und einzigen kriminalpolizeilichen Untersuchung, die es in Berghaupt bisher gegeben hatte, wurde gegen den Wagner zuerst wegen Totschlag und dann wegen zweifachen Mordes ermittelt. Die Hintergründe waren schnell gefunden, da der Bauer alles offen zugab: Jahrelang hatte ihn der Kutzberger, seitdem er selbst aus dem Krieg heimgekehrt war, um das »letzte Geld« erpreßt, da er von den Umständen, unter denen der Pole Janek damals verschwunden war, wußte. Der Bürgermeister hatte auch versucht, Pfarrer Moser mit hineinzuziehen, weil der Priester den Janek damals heimlich beerdigt hatte, also – so der Kutzberger – er damit ein Beihelfer zum Mord war, doch Pfarrer Moser hatte sich bis zu diesem Vorfall nicht beeindrucken lassen. Zugleich mußte der Wagner, so seine Aussage, mit ansehen, wie seine schöne Frau diesen Bastard, den sie von dem Polen hatte, also den ältesten Sohn Karl, verwöhnte wie kein anderes Kind. Der Karl sollte jetzt auf das Gymnasium kommen, weil er, wie seine Frau meinte, ja so gescheit war. Der Bub mußte auf dem Hof nicht mithelfen, weil er so »zart« war. Der Karl durfte nicht, wie die anderen Kinder, geschlagen werden, weil er so »empfindsam« war. Und er, der Wagner, mußte das alles mit ansehen, über Jahr und Tag, die Ausgeburt seiner Frau, dieses Luders. Und ausgerechnet wegen des Totschlags damals mußte er auch noch an diesen Kutzberger zahlen. Und damit nicht genug: Am letzten Samstag abend, kurz bevor der Wagner ins Wirthaus zum Schafkopf gehen wollte, sagte ihm seine Frau beim Bettenherrichten im Schlafzimmer offen ins Gesicht, daß ihr nun der Bürgermeister schöne Augen machte und daß er schon angedeutet hätte, daß er, der Kutzberger, bei ihrem Mann und ihr »noch etwas gut« hätte. Und das alles sagte ihm seine Frau mit einem Gesicht, als würde sie sich darauf freuen, mit dem Bürgermeister ins Bett zu steigen, so der Wagner. Der Bauer soff daraufhin die ganze Nacht durch, legte sich in der Früh zwei Stunden zum Ausnüchtern in den Heustadel und beschloß dann, dem Treiben des Kutzbergers und seiner Frau zuvorzukommen, koste es, was es wolle. Er nahm das Schlachtmesser und suchte den Bürgermeister, den er dann in der Kirche fand.

Im Dorf freilich glaubte man eine andere Version, nicht zuletzt, weil die Wagnerin sich an diesem Sonntag so besonders schön hergerichtet hatte. Über Jahre hatte der Wagner sie und die Kinder – auch den Karl – immer wieder grün und blau geschlagen. Der Bub vom Polen war tatsächlich ein blitzgescheites Kind, das der Lehrer gleich von der ersten in die vierte Klasse geschickt hatte. Und finanziell kam der Hof wegen der Erpressungsgeschichte nicht mehr auf die Beine. Die schöne Wagnerin, so Gerlinde zu Anntraud, »ist auch keine Blöde nicht«. Wenn sie ihrem Mann nur andeutete, etwas mit dem Kutzberger zu haben, dann konnte sie sich ausrechnen, daß dieser vor Eifersucht rasen und irgend etwas unternehmen wür-

de, was ihn ins Gefängnis brachte, womit sie ihn los wäre. Daß es freilich gleich tödlich ausging, damit hatte die Wagnerin ja nicht rechnen können, fügte Gerlinde an. Auch die Kutzbergerin favorisierte diese Variante, so blieb ihr wenigstens die Schande erspart, ihr Mann sei hinter der Wagnerin her gewesen.
Beide Bäuerinnen schienen unter dem Verlust der Männer – der eine war tot, der andere kam ins Gefängnis – nicht sonderlich zu leiden, denn die Wagnerin hatte ja noch den Stanislav zur Hand und die Kutzbergerin ihren fast erwachsenen Sohn und die Töchter, wobei die Zwillinge, wo es nur ging, sich um die Arbeit zu drücken verstanden und ohne den Vater im Haus bald außer Rand und Band gerieten, bis »Sieglinde so hoch fiel, wie sie hinaufgestiegen war«, wie es hieß. Anntraud hingegen fand sich in ihrer christlichen Einstellung bestätigt, an dem Mord konnte man sehen, zu was leibliche Lust außerhalb der Ehe führen konnte.

Die Berghaupter Männer besprachen nach der Wagner-Tat am gleichen Sonntag abend noch im Wirtshaus, wie der Vater später Anntraud erzählte, wer denn nun als neuer Bürgermeister in Frage käme, denn so viele Wahlmöglichkeiten gab es im Dorf nicht. Viele waren gefallen, andere vermißt, und die Verbleibenden interessierten sich alle nicht besonders für Politik, im Gegenteil, sie hielten Politik für ein dreckiges Geschäft, wie man nicht zuletzt an dem Kutzberger gesehen hatte. Noch während man in den nächsten Tagen überlegte, entschied sich die Sache dann wie von alleine durch den Loibl Hias, der eines Nachmittags als Spätheimkehrer zurück nach Berghaupt kam. Die russische Kriegsgefangenschaft hatte »den Kommunisten eines Besseren belehrt«, wie Pfarrer Moser in der darauffolgenden Sonntagspredigt feststellte, und den

Loibl Hias zu einem gemacht, »der die christlichen Werte gebührend schätzt«, so daß er auch mit der notwendigen Unterstützung des Geistlichen für dieses Amt rechnen konnte, obwohl der Loibl Hias die gar nicht gebraucht hätte, denn für die Berghaupter war er seit jeher einfach »ein Politischer«, ob er nun noch Kommunist, Anarchist, Sozi oder was auch immer war. Die Theorien waren den Dörflern egal, es zählte nur, daß er einer von ihnen war, und es paßte wie die Faust aufs Auge, daß der Bürgermeister nun tot war, denn seinerzeit hatte der Kutzberger ja seinen politischen Gegner, den Loibl Hias, mit der Anzeige über den »depperten Führer« nach Dachau gebracht. Kurz nach seiner Entlassung aus dem Lager war der Loibl Hias samt seiner Schiebermütze dann eingezogen worden.

Die Sache mit dem Bürgermeisteramt war Anntraud freilich recht egal, aber nicht der Loibl Hias selbst. Mit abgerissenen Kleidern, bis aufs Skelett abgemagert und völlig verwahrlost, war der Kollege ihres Vaters an jenem Mittwoch nach zwei Jahren Lager, fünf Jahren Krieg und zehn Jahren Kriegsgefangenschaft plötzlich vor seinem Elternhaus in Berghaupt gestanden und in Tränen ausgebrochen. Das Haus war mindestens ebenso verwahrlost wie er, die Eltern schon 1943 beerdigt, der Bruder gefallen und die in einem Nachbardorf verheiratete Schwester kürzlich an Tuberkulose gestorben. Anntraud kam gerade mit dem Bus von der Handelsschule heim, als sie den Vierzigjährigen dort zusammenbrechen sah, und nahm ihn kurz entschlossen mit zu sich nach Hause. Der Vater hatte nichts dagegen, den Kollegen vom Steinbruch bei sich aufzunehmen – und die neunzehnjährige Anntraud schien dem Loibl Hias nun wie ein »Engel«: Sie rasierte ihn, schneiderte Hosen und Jacke vom Vater für ihn um,

besorgte eine Schiebermütze, buk ihm Apfelstrudel und kochte Kartoffelsuppe.
»Riechst die frische Milch? Hörst unsere Kirchturmuhr schlagen? Und, die Sau vom Ober-Bauern, wie die grunzt!« sagte er zu Anntraud, und seine Augen strahlten. »Jetzt bin ich wieder daheim.« Wenn sie sich dann zum Essen setzten und mit dem Vater Gott für Speis und Trank dankten, bekam der Hias noch jedesmal feuchte Augen, und Anntraud bemühte ihre ganze Kochkunst, um den Hias wieder aufzubauen. So kam er innerhalb von vier Wochen fast schon wieder zu seinen alten Kräften, und die Ehre, daß alle wünschten, er möge das Bürgermeisteramt übernehmen, weckte zusätzlich neue Lebensgeister in ihm.

Die Kutzberger-Zwillinge fragten Anntraud an einem Sonntag erneut, ob sie mit nach Neumarkt in die Eisdiele käme, Anntraud entgegnete, daß sie sich um den Loibl Hias kümmern müsse.
»Der geht doch bestimmt in die Amtsstube und schaut sich Akten an«, entgegnete Brunhilde.
Anntraud stutze. »Euer Papa ist noch nicht mal zwei Monate unter der Erde, und ihr geht's schon wieder strawanzen.«
Brunhilde sah Anntraud ernst an. »Ja meinst, wenn wir hier in unserem Kaff rumtrauern, daß ihn das wieder lebendig macht?« Nach einer Pause fügte sie hinzu: »Warum gehst dann eigentlich nicht gleich ins Kloster, dann brauchst uns nichts mehr zu predigen!«
Das traf Anntraud, obwohl der Grund, nicht mitzukommen, jetzt ganz woanders zu suchen war, nämlich beim Loibl Hias. Immer wünschte sie sich in seiner Nähe, hoffte, daß er ihr wieder so lange und tief in die Augen sah, mehr als alles andere auf der Welt erträumte sie sich,

er möge sie berühren, vielleicht sogar küssen. Ihr gefiel nicht nur die lange gerade Nase und die hohe Stirn, die hervorstehenden Backenknochen und die breiten Schultern, sondern auch seine Linkshändigkeit und am meisten die Art, wie der Hias, seitdem er wieder zu Kräften gekommen war, sich bewegte: fest und elegant zugleich.

»Also, was ist, kommst jetzt heut mit?« fragte Brunhilde noch einmal. Anntraud beschloß, ihr das Geheimnis anzuvertrauen.
»Ich hab mich verliebt«, sagte sie.
Brunhilde riß die Augen auf. »Du? Gratuliere! In wen denn?«
»Kannst es dir nicht denken?« fragte Anntraud.
Brunhilde zählte alle in Frage kommenden Burschen Berghaupts und Neumarkts auf und kam nicht darauf.
»Darfst es aber niemandem sagen, versprochen?«
Brunhilde hob die Hand zum Schwören.
»In den Loibl Hias«, flüsterte ihr Anntraud ins Ohr.
Brunhilde ließ fast die Milchkanne fallen. »Ja spinnst du?« sagte Brunhilde empört. »Der ist ja ein alter Da-Da.«
»Na und?« erwiderte Anntraud. »Ein Älterer gefällt mir eben besser wie so ein Halbstarker.«
Das Gespräch der jungen Frauen wurde unterbrochen, weil die Kutzbergerin in die Waschküche kam. Die Bäuerin trug Schwarz, kratzte sich an ihrer Warze über dem Doppelkinn und seufzte, sie würde sich wünschen, auch so ein anständiges und braves Mädchen wie die Anntraud zu haben, die nicht wie ihre Töchter wahre Rennsäue seien, die nicht einmal die Trauerzeit für den Vater einhalten konnten. Und daß es die Halbritter-Tochter mit ihrer Sparsamkeit schon lange zu einer Waschmaschine gebracht hatte, worauf sie, die Kutzbergers, bis heute noch

sparen, aber ohne Mann im Haus, ohne Bauern am Hof, käme man einfach nur schwer auf einen grünen Zweig. Die jungen Frauen gingen nicht auf sie ein und warteten, bis die Kutzbergerin wieder außer Hörweite war.
»Wenns'd meinst, der Hias, hm …«, sagte Brunhilde schließlich, »aber wenn du den heiraten willst, dann würd ich mich vorher noch mal richtig in Neumarkt vergnügen.« Anntraud wußte nicht so recht, was sie mit den Worten von Brunhilde anfangen sollte, denn der Begriff »Vergnügen« war ihr fast ebenso fremd wie der Begriff »Lust«. Was sollte sie sich in Neumarkt vergnügen? Bei den Eisdielenbesuchen, wo sie immer nur als zweite Wahl zum Tanzen geholt wurde? Sie wollte sich nicht »vergnügen«, sondern sehnte sich nach der Liebe, der Einheit zweier Herzen, wie es in der Bibel beschrieben und auch in den Kinofilmen zu sehen war. Dabei hatte sie Angst vor den fremden Burschen in der Stadt Neumarkt, von denen man nichts wußte, außer dem, was sie behaupteten. Sie konnte sich aber auch nicht vorstellen, daß sich ein Berghaupter auf sie, das alte Unglückskind, einlassen wollte, und schließlich wußte sie nicht, ob ihr Körper den Ansprüchen der Männer überhaupt genügte.

Anntraud dachte auf dem Heimweg vom Milchholen, daß sie heute vielleicht trotzdem mit nach Neumarkt fahren würde, damit sie nicht andauernd an den Hias dachte, wenn dieser eh in der Amtsstube war, einfach nur, um sich abzulenken.

Als sie heimkam, war der Vater weg. Der Hias war gerade aufgestanden, und Anntraud wollte gleich das Frühstück herrichten.
Anntraud fiel versehentlich der Milchtopf aus der Hand, man bückte sich gleichzeitig danach, die Gesichter und

Hände berührten sich, der Hias zog sie an sich, sie küßten sich, sie umschlangen sich, sie streichelten sich, der Hias griff unter ihre Bluse, der Hias zog sie in ihr Zimmer, der Hias zog sie und sich aus, seine Zärtlichkeiten ließen ihren Körper beben, mehr, mehr, mehr – alles drängte sie zu diesem Mann, dieser Mann wollte schließlich in sie eindringen und Anntraud stieß ihn plötzlich von sich. »Maria!« rief sie. Fast hätte sie alles vergessen, was ihr heilig war.

Schnell zog sich Anntraud wieder an, rannte aus dem Haus, in die Kirche, setzte sich dort in eine Bank und wartete darauf, daß dieses Beben sie endlich wieder verließ. Sie schämte sich ihrer Nacktheit vorhin und wünschte sich gleichzeitig doch wieder zum Hias zurück. Sie wünschte sich die Mutter herbei, um sie fragen zu können, was das bedeutete, so von Sinnen sein zu können. Liebe – so nah an der Sünde – konnte das sein?

Als sie wieder heimkam, war der Hias mitsamt seinen Sachen verschwunden, und der Vater wartete in der Küche auf sie.

»Gibt's heut kein Mittagessen?« fragte er freundlich.

»Doch, doch«, sagte Anntraud und setzte einen Wassertopf auf den Herd.

Dabei mußte sie eine Weile nachdenken, was sie heute eigentlich hatte kochen wollen. Der Vater würde sicher bald fragen, warum der Hias plötzlich weg war, sie hatte bisher nicht an eine Erklärung gedacht und sich keine Antwort zurechtgelegt.

Doch Herrmann erzählte nur, daß er eine Schadstelle an der Sicherung im Steinbruch hatte reparieren können, setzte sich und sah tief in die Zeitung. Das tat er oft, wenn er eigentlich etwas Wichtiges sagen wollte, sich aber nicht traute.

»Der Hias ist gegangen«, brummte der Vater dann plötzlich wie nebenbei, »der kann nicht mehr bleiben.«
»Warum?« fragte Anntraud scheinheilig und schnitt den Speck klein, mit dem Rücken zum Vater, so daß er ihre Aufgeregtheit nicht sah.
»Er sagt, daß er sein Haus wieder herrichten muß.«
Anntraud schnitt stumm weiter und fragte sich, ob der Vater ihre Verliebtheit mitbekommen hatte. Die Vorstellung, daß der Hias nun nicht mehr bei ihnen wohnen würde, schnürte ihr die Kehle zu.
»Aber er kann doch noch gern bei uns wohnen, bis er wenigstens wieder einen Ofen hat«, meinte sie.
»Den Ofen hat er schon bestellt, bis zum Winter ist der längst da«, sagte der Vater, »und jetzt braucht er noch keinen nicht.«
»Aber im letzten September war es auch schon so kalt, daß wir einschüren mußten, weißt das nicht mehr?« entgegnete Anntraud und dreht sich um.
»Wenn niemand in einem Haus wohnt, dann verfällt es noch schneller«, sagte der Vater, ohne seinen Blick von der Zeitung zu heben.
»Und kochen kann er doch auch nicht, wer macht ihm denn jetzt das Essen?«
»Die Wagnerin, die ist ja seine Base, und die kocht gut, sagen die Leut.« Der Vater sah nicht von der Zeitung auf.
»Ja. Aber *ich* kann doch auch gut kochen.«
»Freilich kannst das, aber jetzt ist es halt mal so, wie es ist«, sagte Herrmann, blickte kurz zu Anntraud und hoffte offenbar, damit dieses Thema abgeschlossen zu haben.
»Was gibt's denn heut zum Essen?« fragte er.
Anntraud stand auf, antwortete knapp »Eintopf« und schaute durch das Küchenfenster auf den Dorfplatz hinaus. Der Pfarrer kam gerade mit seiner Milchkanne von

den Kutzbergers zum Pfarrhaus zurück, stolperte über den Bordstein, weil er schon das lange Meßgewand angezogen hatte, verschüttete ein wenig Milch, schimpfte vor sich hin, und Anntraud wußte von zahlreichen anderen Gelegenheiten, über was der Pfarrer schimpfen würde, ohne daß sie jetzt durch das geschlossene Küchenfenster ein Wort verstand. Der Geistliche würde sich wieder einmal darüber beklagen, daß sich für dieses Berghaupt und ihn einfach keine Pfarrhaushälterin finden ließ. Dabei war ihm freilich keine gut genug, und alle Dörfler wußten, daß der Priester in Wahrheit lieber alleine lebte als mit einer Haushälterin. Verhielt es sich mit ihr vielleicht auch so, daß ihr keiner gut genug war und sie deshalb keinen fand? Hatte sie den Hias vertrieben mit ihrer Keuschheit? Hatten die Halbstarken recht, daß man keine »Katze im Sack« kaufen wollte? Noch nie hatte sie so ein Gefühl für einen Menschen gehabt wie für den Hias, noch nie hatte sie sich so ohne Worte verstanden gefühlt, noch nie hatte ihr ein anderer Mensch das Gefühl gegeben, etwas ganz Besonderes zu sein. Hieß es nicht, »die Liebe gibt alles, die Liebe verzeiht alles«? Aber war es überhaupt Liebe, wenn der sündige Körper sich so aufdrängte?

»Na ja«, brummte der Vater schließlich, »billiger ist es auch, wenn er nicht mehr im Haus ist.«

Das empörte Anntraud. »Geht's dir ums Geld? Dann kann er ja Kostgeld bezahlen.«

»Das wär ja noch schöner, wenn einer bei uns bezahlen müßt«, sagte der Vater.

»Aber wenn er nicht zahlen darf, dann kann er ja nichts dafür«, sagte sie.

»Das ist jetzt so ausgemacht, und dabei bleibt's«, sagte Herrmann und sah sie nun an.

Anntrauds Stimme wurde höher, sie zeigte ihre Aufgebrachtheit nun offen. »Einfach so, hinter meinen Rükken?« Die Neunzehnjährige stellte sich damit, zum erstenmal, seit sie denken konnte, offen gegen den Vater. Herrmann spürte den Ernst und schob die Zeitung zur Seite.

»Es gibt einfach Sachen, dafür bist du noch zu jung, Madel, das kannst noch nicht verstehen«, sagte er, stand auf und wollte die Küche verlassen. Doch Anntraud stellte sich ihm in den Weg.

»Dann erklär es mir«, sagte sie fordernd.

»Der Hias ist ganz meiner Ansicht«, sagte der Vater.

»Und welche Ansichten sind das, wo ihr euch einig seid?« fragte sie.

»Daß das ganz einfach nicht geht«, sagte Herrmann und blickte sie fest an, sah ein, daß er mit Ausreden nicht mehr weiterkam.

»Was geht nicht? Was sagt der Hias?« Anntraud ließ nicht locker.

»Daß er viel zu alt für dich ist. Und bevor noch was passiert, geht er lieber.«

»Das hast *du* also mit ihm ausgemacht?!« Anntraud war außer sich. »Das ist ja wie beim Kuhhandel!«

»Der könnt dein Vater sein, Anntraud, verstehst du das nicht?« sagte Herrmann ein wenig hilflos.

»*Du* verstehst nichts, aber auch gar nichts!« sagte sie kopfschüttelnd.

Der Vater sah sie mit festem Blick an. »Doch, Anntraud, ich versteh mehr, als du glaubst. Das ist hochanständig vom Hias, den Platz für einen Jüngeren zu räumen!«

»Anständig vielleicht, aber gemein von dir, ihn rauszuwerfen!«

»Ich hab ihn nicht rausgeworfen«, sagte Herrmann ruhig.

»Und warum ist er dann weg?« fragte Anntraud und riß sich die Schürze vom Leib.

»Das kannst noch nicht verstehen«, sagte der Vater wieder, diesen Satz, den sie immer schon haßte.
»Dann probier es halt wenigstens, daß ich das verstehen kann. Oder willst mich dumm halten?« Noch nie waren ihr solche Sätze zum Vater über die Lippen gekommen.
»Wie du willst.« Der Vater sah verärgert aus. »Es ist halt so ...«, fing er an, suchte nach Worten, setzte dann aber bestimmt an: »Es ist halt so, daß einem Mann nach zehn Jahren Kriegsgefangenschaft eine Jede gefällt. Und der Hias sagt selbst, daß er in dieser Situation nicht beurteilen kann, wie ernst es ihm wirklich ist. Und er weiß, wie fromm du bist und daß er da nichts zerstören darf ... Das nenn ich Anstand.«
Anntraud schossen die Tränen in die Augen. Eine »Jede« hätte ihm also gefallen, also sogar sie! Sie ließ alles stehen und liegen und rannte nun schon zum zweiten Mal heute aus dem Haus. Herrmann sah ihr hilflos hinterher.
Bei Gerlinde kam Anntraud völlig aufgelöst an. Die Patin nahm sie in die Arme, ließ sie erst einmal weinen und fragte nichts, bis Anntraud ihr schluchzend erzählte, was vorgefallen war.
Gerlinde kam ihr nie mit so dummen Sprüchen daher wie »das verstehst erst später«, von der Patin fühlte sich Anntraud – außer in Glaubensfragen – immer verstanden. Auch jetzt wußte Gerlinde tröstende Worte: Wenn der Hias so leicht aus dem Haus gegangen war, dann sei es entweder mit der Liebe nicht so weit her oder eben seine Liebe sei so groß, daß er wegen seines Alters auf sie verzichtete. Auf jeden Fall sei die Situation durch »diese Umstände« schon selten verzwickt. Das leuchtete Anntraud ein und linderte ihren Schmerz ein wenig. Außerdem war die Patin der Meinung, daß Anntraud, in diesem Zustand, eine gescheite Ablenkung brauchte, freilich nicht die Neumarkter Eisdiele, wo Anntraud sich heute

nur noch häßlicher und kleiner gefühlt hätte, sondern vielmehr etwas ganz anderes.
Gerlinde schlug vor, einen Ausflug nach Auersbach zu machen, in die Eisdielen der Großstadt, zusammen mit dem Doktor – den man schon wegen des Wagens brauchte –, dann könne sie den Kutzberger-Zwillingen von richtig großen Eisdielen erzählen mit richtig großen Musikboxen und richtig feschen Burschen mit Elvis-Tollen.
»Ja«, schluchzte Anntraud, heute war ihr alles recht. Die Patin richtete das »Madel« mit dem Kamm, einem Tuch und Lippenstift noch recht hübsch zusammen. »Gerade wenn es einem schlecht geht, muß man nach außen was hermachen, das hilft!« sagte Gerlinde gerne. Der Doktor hupte schließlich am Dorfplatz, wo die Leute gerade die Kirche verließen, damit man die Gesellschaft nur ja auch aufbrechen sähe.

Als Gerlinde und der Doktor auf der Fahrt dann lauthals »Oh Mister Taliman, tali mi Banana« sangen, beruhigte sich Anntraud weiter. In Auersbach fuhr man gleich bei drei Eisdielen vor, hörte die neuesten Platten aus der Musikbox – und sang sie auf der Rückfahrt nach –, Anntraud schaute sich die allerneueste Mode der Mädchen ab und diskutierte die neuen Pastellfarben mit Gerlinde. Der Doktor zeigte ihr »nebenbei« beim Tanzen, wie sie sich bewegen und schauen sollte, damit die Jungs auf sie »scharf« würden. Anntraud lächelte verschämt dazu, probierte es aber aus , verspürte sogleich die Wirkung auf die jungen Männer und war verblüfft über die einfache »Technik«.

Es war schon finster, als sich die drei auf den Heimweg machten, der Doktor mußte sich auf die dunkle Straße konzentrieren, alle waren müde von dem langen Tag, und

Anntraud überlegte sich, welche Art von Beziehung eigentlich Gerlinde und der Doktor hatten. Als Kind hatte sie die beiden im Schlafzimmer verschwinden sehen, später hatte die Patin manchmal kurze andere Freundschaften mit Männern, aber Brand schien das nicht zu stören, im Gegensatz zum Wagner, der aus Eifersucht sogar den Kutzberger umgebracht hatte.
»Warum seid ihr eigentlich nicht verheiratet?« fragte sie schließlich.
Der Doktor und Gerlinde wechselten Blicke, dann nickte er der Patin zu und gab sein Einverständnis.
Gerlinde sah Anntraud an. »Das sag ich dir nur, wenn du mir versprichst, niemand davon was zu sagen.«
»Ich schwöre«, sagte Anntraud.
»Das kann den Doktor Kopf und Kragen kosten, wegen des Schwulenparagraphen.«
Anntraud sah sie fragend an, wußte nicht, was sie meinte.
Vom Fahrersitz aus erklärte ihr Brand, daß es auch Männer gibt, die Männer lieben, und auch Frauen, die Frauen lieben.
»Aber ...« Anntraud überlegte kurz, »liebst du denn nun Gerlinde oder Männer?«
»Ich liebe Gerlinde«, sagte der Doktor und drehte sich kurz zu den beiden um. »Aber ab und zu auch Männer, aber nur körperlich.«
Anntraud war verblüfft. Wie konnte man die körperliche und die geistige Liebe trennen? Die Patin schien ihre Gedanken zu erraten.
»Er läßt mir alle Freiheiten, die ich brauche, ich will keine Haushälterin für einen Mann sein, wie all die Ehefrauen. Ich kann ausgehen, mit wem ich will. Die wirkliche Liebe fordert nichts, sie gibt bloß.«
Das war ein Satz aus der Bibel, Anntraud wunderte sich, daß die ungläubige Gerlinde ihn verwendete.

»Die große Kunst«, so fügte der Doktor hinzu, »ist die, herauszufinden, wer man ist und was man wirklich von der Liebe erwartet, denn in der Liebe gibt es tausend Wege, und nur der, der genau zu einem selbst paßt, der ist der richtige.«
Das leuchtete Anntraud ein, aber zugleich stellte sich damit die Frage, wie sie »sie selbst sein konnte«, wenn jeder etwas anderes von ihr erwartete und sie damit beschäftigt war, herauszufinden, was der andere wollte. »Sie selbst sein« bestand für Anntraud darin, anderen zu gefallen und gar nicht mehr daran zu denken, was »sie selbst« war, den Egoismus aller Menschen abzulegen, den eigenen Willen nicht mehr so wichtig zu nehmen und sich Gottes Gesetzen unterzuordnen.
»Das ist alles nicht so einfach, wie manche uns weismachen wollen«, fügte Gerlinde hinzu. »Aber bitte halt deinen Mund. Es reicht, daß die Nazis Schwule ins Lager gesteckt haben.«
Anntraud begriff nicht ganz, was sie damit meinte. Erst später fiel ihr ein, daß geredet wurde, der Doktor sei seinerzeit wegen des »Schwulenparagraphen«, auf den damals Lager stand, von Berlin in das Nachbardorf Sulzbürg gekommen, um »seiner eigenen, unheilvollen Leidenschaft zu entgehen«.

Selbstverständlich würde Anntraud kein Sterbenswörtchen davon verraten, warum auch, und das besondere Verhältnis zur Patin und dem Doktor verbot sowieso jedes Geratsche. Aber die Sichtweise der beiden stimmte sie nachdenklich, sie konnte sich gar nicht erklären, warum. Sie stand doch fest im Glauben, und eigentlich war es ihr nur um den Loibl Hias gegangen, aber plötzlich ging es um viel mehr im Leben, und diesen Gedanken hing Anntraud bis zum Ende der Autofahrt nach. Beim Abschied nahm Gerlinde sie in den Arm und sagte, sie, Gerlinde, sei sich sicher, daß Anntraud noch einen lieben und wunderbaren Mann finden würde.

Damit kam Anntraud an diesem Abend getröstet ins Haus zurück, der Vater fragte – ehrlich besorgt – nach, ob alles in Ordnung sei, sie nickte und ging ins Bett. Vor dem Einschlafen betete sie zur Maria Mutter Gottes, daß Gerlinde recht hätte und sie nicht zu den wenigen zählen würde, die keinen Mann finden. Und der Schmerz um den Loibl Hias legte sich tatsächlich schneller, als Anntraud geglaubt hatte, allerdings auch nicht so vollständig, wie sie gedacht hatte. Noch Monate nach dem Vorfall gab es ihr immer einen Stich ins Herz, wenn sie sich begegneten. Der Loibl Hias seinerseits wich ihr sofort aus, wenn er sie auch nur von weitem sah. Gerlindes und des Doktors Ansichten konnte sie sich jedoch nicht anschließen. Die Ehe sollte ihr eine heilige Ordnung bleiben, das wußte sie jetzt.

Aber sie hatte seitdem keine Angst mehr vor dem Tanzen, sie ließ sich auch von den Burschen nicht mehr einschüchtern, vielmehr suchte sie sich genau aus, von wem sie sich ausführen und heimbringen ließ. Dabei fand sie unter den Halbstarken keinen, der auch nur annähernd ein Gefühl wie der Loibl Hias in ihr erzeugen konnte. Bald liefen ihr die Burschen – zum Verdruß der Kutzberger-Zwillinge – regelrecht hinterher, und Sieglinde führte das – nicht ganz zu Unrecht – darauf zurück, daß Anntraud nur mit ihnen spielte, weil sie kein echtes Interesse an ihnen hatte, sondern nur »an den Heiligen in der Kirche«. Das stimmte nicht ganz, denn Anntraud sehnte sich nach nichts mehr als nach der großen, wahren Liebe, nach einem braven Mann zum Heiraten und einer Leidenschaft wie mit dem Loibl Hias – aber innerhalb der katholischen Gebote.

Als die Kutzberger Sieglinde bald darauf von einem Spezl Deanis schwanger war und er sie sitzenließ, die Kutzbergerin tobte und ihre Tochter in den Keller sperrte, da sah sich Anntraud in ihren Ansichten bestätigt und mußte sich selbst ermahnen, nicht zu schadenfroh zu sein. Denn die Sieglinde, soviel stand fest, würde mit einem unehelichen Kind so schnell keinen mehr finden.

Drei Jahre später traf Anntraud einen jungen Mann, der Keuschheit ebenso wie sie schätzte. Der Auersbacher Gottlieb, ihr Kinderfreund, der von seiner Tante, der Eibnerin, nach dem Krieg adoptiert worden war, aber seinen Nachnamen Reiser dabei hatte behalten können, kehrte im Dezember 1959 nach Berghaupt zurück, um die Postbotenstelle seines Ziehvaters, der in Rente ging, zu übernehmen. Bisher hatte er als Postler in einem Dorf nahe Auersbach gearbeitet, nun aber erfolgreich seine Versetzung nach Berghaupt beantragt.
Der Gottlieb hielt nicht viel von Elvis-Tollen, Rock and Roll oder James Dean, dafür aber um so mehr von Freddy Quinns Schlagern, Filmen mit Karlheinz Böhm und der Kirche.
Im Dezember 1959 verlobten sich Anntraud und er zur Freude von Herrmann und der Eibner-Familie. Für den 14. Mai nächsten Jahres wurde die Hochzeit anberaumt. Gottlieb konnte »warten«. Und Anntraud konnte ebenfalls warten, es fiel ihr leicht, denn ihr Körper fühlte sich zu Gottlieb nicht annähernd so hingezogen wie zum Hias, worüber sie sich aber keine weiteren Gedanken machte. Und so ging sie als strahlende Jungfrau in Weiß und in aller Reinheit zum Traualtar, den der Pfarrer für

eine Hochzeit noch nie so schön hatte schmücken lassen.

Sechs Wochen später schickte die Kutzberger Sieglinde, die nach der Entbindung von einem gesunden Buben eine Stellung im zweihundert Kilometer entfernten Berngries angenommen hatte, eine Postkarte. Auf deren Vorderseite war eine Kirche abgebildet, auf der Rückseite standen herzliche Grüße mit der Bemerkung, daß sie in diesem Gotteshaus einen Großbauern geheiratet hatte und nun ihr zweites Kind erwarte. Die Oberländer, so Sieglinde weiter, seien »ganz scharf« auf sie gewesen, denn hier wollte niemand »eine Katze im Sack kaufen«, also keine Frau heiraten, die noch kein gesundes Kind geboren hatte, denn – so die Bauern – wie sollte man sonst wissen, ob von ihr auch ein Hoferbe zu erwarten war? Die frischgebackene Ehefrau Anntraud ärgerte sich so sehr, daß sie die Postkarte kurzerhand in den Müll warf. Die junge Ehefrau war am Ziel ihrer Träume – aber das Ziel war kein Traum mehr. Anntraud war todunglücklich, ohne es sich wirklich eingestehen zu können. Am liebsten wäre sie der Sieglinde nach Berngries nachgezogen.

2.

Am Sonntag, dem 14. August 1960, als die vierundzwanzigjährige Anntraud auf den Tag genau drei Monate verheiratet war, konnte sie ihr Unglück auch vor sich selbst nicht mehr schönreden. In der Früh wartete sie darauf, daß ihr Mann aufstehen und ihr zu diesem dritten »Monatshochzeitstag« gratulieren würde. Eine Stunde zuvor war sie aus dem Ehebett geschlüpft, dem ehemaligen Schlafplatz ihrer Eltern, denn der Vater war in ihre alte Kammer gezogen und hatte »für die Jungen Platz gemacht«, wie er sagte. Gerne war Herrmann zu diesem Schritt bereit gewesen, denn einen passenderen und anständigeren Schwiegersohn als den Gottlieb hätte er sich für seine Anntraud nicht vorstellen können. Umgekehrt waren auch Anntrauds Schwiegereltern – allen voran die fromme Eibnerin – von der Wahl Gottliebs begeistert gewesen. Eine passendere und anständigere Schwiegertochter hätten sie sich für den Gottlieb nicht vorstellen können. Herrmann hatte es in der Kirche beim Jawort sogar Tränen in die Augen getrieben, die Eibnerin heulte Rotz und Wasser, Gerlinde betrachtete die Heiligen im Gotteshaus unter kunsthistorischen Gesichtspunkten, um nur ja nicht noch sentimentaler zu werden, und Pfarrer Moser berichtete abends seinem Herrgott, daß er dieses Sakrament noch nie so gerne gespendet hätte und er für dieses Ehepaar wohl nicht extra beten müsse. Das ganze Dorf war sich einig, daß der Gottlieb und die Anntraud wie füreinander geschaffen waren.

Seit jenem Glanz und der Feierlichkeit der Hochzeit war es Anntraud jedoch, als würde sie mit jedem Tag unaufhaltsamer in ein dunkles Loch rutschen, dabei sollte sie doch eigentlich glücklicher denn je sein. Die einzige, mit der sie darüber hätte reden können, nämlich Gerlinde, war in Rimini im Urlaub, und so lachte Anntraud immer weniger, was aber keinem aufzufallen schien.

Sie hatte an diesem 14. August in der Früh ihr weißes Sonntagskleid mit den bunten Punkten und der etwas tiefer gesetzten Taille angezogen, so daß das Rockteil auch ohne Petticoat schön abstand; sie hatte sich die Haare kunstvoll nach oben zusammengesteckt und sogar einen Hauch von grünem Lidschatten aufgetragen – aber eben nur so viel, daß ein Mann das nicht bemerken und nur den Glanz der Augen feststellen würde, wie sie in einem Magazin von Gerlinde gelesen hatte – sie hatte sich genauso hergerichtet, wie sie ihrem Mann wohl am besten gefallen würde, denn sowohl zu dem gepunkteten Kleid wie auch zu dem Haarschopf hatte er ihr schon Komplimente gemacht. Von der Schminke sollte der Gottlieb nichts ahnen, er war »generell dagegen«, wie er einmal gesagt hatte, daß sich seine Frau »Farbe ins Gesicht schmierte«.
Anntraud hatte Milch geholt, das Frühstück für den Mann und den Vater hergerichtet, Äpfel für die Nachspeise geschnitten, einen Teig angerührt und schaute nun auf die Kirchturmuhr, auf den Zeiger, wie er sich langsam

von einer Minute zur anderen bewegte. Noch eine Stunde bis zur Frühmesse, danach würde sie gleich das Wurzelwerk für den Sonntagsbraten kleinschneiden und den Backofen anschüren, nachmittags wäre sie gerne ins Kino nach Neumarkt gefahren, aber ihr Mann hatte gestern schon gesagt, daß er lieber das Heimspiel des FC Berghaupt mitverfolgen wollte, und auch der Vater freute sich, wenn sie mit zum Fußballplatz kämen. Danach würden alle bei ihrer Schwiegermutter vorbeischauen und mit ihr einen Kaffee trinken und Kuchen essen. Für abends würde sie eine kalte Brotzeit servieren, dann würde man Nachrichten hören, Gottlieb würde darauf drängen, bald ins Bett zu gehen, weil er als Postler ja schon so früh aufstehen müsse. In Wahrheit aber wollte er sicher wieder mit ihr schlafen, wie jeden Abend.

Anntraud hatte geglaubt, innerhalb der gottgewollten Ordnung der Ehe würde ihr Körper noch mehr beben als beim Loibl Hias. Sie hatte geglaubt, der Verzicht auf die körperliche Liebe vor der Ehe würde hinterher erst recht ein Feuer entfachen. Doch sie hatte sich getäuscht. Eine so wohlige Aufregung wie beim Loibl Hias war bei weitem nicht zu spüren. Es war ihr zwar nicht unangenehm, wenn ihr Mann sie berührte und küßte und in sie eindrang; manchmal war es sogar recht schön, wenn ihr Gottlieb die Zeit ließ, die sie brauchte. Aber Anntraud drängte es nicht danach, sie dachte manchmal, daß sie damit einfach ihre eheliche Pflicht erfüllte.

Das weitaus größere Problem bei der Sache war, daß Anntraud nach dem Akt noch nicht einschlafen konnte, weil es noch so früh am Abend war. Ihr Mann las im Bett danach noch die Zeitung, aber Politik interessierte sie nicht, aufstehen wollte sie auch nicht mehr, und so lag sie oft lange wach und dachte sich komplizierte Häkelmuster aus.

So verliefen die Sonntage, die noch am erträglichsten waren. Am Montag früh graute es Anntraud jedoch ganz besonders. Die Männer gingen zur Arbeit, ihre Aufgabe bestand darin, den Haushalt zu führen, all das zu erledigen, was sie vor der Hochzeit nebenbei gemacht hatte und es jetzt auf den ganzen Tag ausdehnen mußte. Gottlieb hatte schon bei der Verlobung betont, daß seine Frau nicht würde arbeiten müssen, er verdiente genug, und außerdem, so seine und Anntrauds damalige Ansicht, gehöre eine verheiratete Frau ins Haus. Anfangs hatte sie noch den Einkauf, die Wäsche, das Kochen, Bügeln und Putzen gleich in der Früh in zwei Stunden erledigt. Dann war sie herumgesessen, traute sich nicht aus dem Haus, um im Dorf nicht als faul zu gelten, und hatte nur auf die Rückkehr des Mannes und später des Vaters gewartet. Schließlich begann sie die Hausarbeit auszudehnen, jeden Tag die Stube zu wischen und abzustauben, damit die Zeit nicht so langsam verginge. Nachmittags ging sie einkaufen, in der Hoffnung, jemanden zum Reden zu treffen, und bald verglich sie das Mobiliar und die Sauberkeit der anderen Häuser mit dem ihrigen.

Anntraud hatte sich vorgenommen gehabt, nie zu einer »Ratschkathl« zu werden und andere Leute auszurichten, an diesen oder jenen Kleinigkeiten ständig etwas auszusetzen, sich darüber aufzuregen, wer nun in welchem Kleid zur Kirche ging, wessen Haushalt am schlampigsten geführt wurde und welche Torten am fürchterlichsten schmeckten. Doch nun wurden auch ihr all diese »Kleinigkeiten« wichtig, verbrachte sie doch den Tag damit, die passende Garderobe auszusuchen, die Böden ordentlich zu putzen und gut zu kochen. Ihr war, als würde im Dorf ein stiller Wettbewerb zwischen den Frauen geführt, den sie vorher nicht wahrgenommen hatte. Die Kutzbergerin legte Wert auf frisch geputzte Fensterscheiben, die Wagnerin auf blumig riechende Bettwäsche, die Eibnerin auf polierte Fußböden, die Ober-Bäuerin auf gestärkte Tischdecken und die Unter-Bäuerin auf gesundes Essen. Anntraud versuchte in allen Bereichen zu glänzen und allen Ansprüchen gerecht zu werden – aber es gelang ihr nie vollständig. Und obwohl sie nun alles doppelt so sorgfältig wie früher erledigte, wollte die Zeit nicht vergehen. Abends verspürte sie keine Befriedigung, alles für ihre »Lieben« getan zu haben.

Von Neumarkt, den Kollegen und der Chefin, bei der sie sich nach der Handelsschule wieder – mit einem höheren Gehalt – hatte anstellen lassen, mochte Anntraud gar nichts mehr hören, es versetzte ihr nur jedesmal einen Stich ins Herz. Sie vermißte die Kunden, sogar die ungeschickte Kollegin Inge, deren Fehler sie immer ausgebügelt hatte, sie vermißte die Befriedigung, wenn ihr ein Maßkostüm gut gelungen war und genau die Figur einer Kundin traf, sie vermißte es, ihr eigenes Geld zu verdienen und hatte jetzt bei jedem Lebensmitteleinkauf das Gefühl, die Scheine und Markstücke ihres Mannes auszugeben. Deshalb wollte sie auch keine Stoffe einkaufen und »für sich« etwas schneidern, wie Gottlieb vorgeschlagen hatte; die alte Nähmaschine ließ sie lieber ungeölt im Keller stehen, alles hätte sie doch nur schmerzhaft an ihre aufgegebene Anstellung erinnert. Anntraud ärgerte sich darüber, ihr letztes selbstverdientes Geld noch für neue Kochtöpfe ausgegeben, anstatt »für sich« etwas zurückgelegt zu haben. Doch im Dorf hieß es bloß: Die Anntraud hat es gut, die muß nicht arbeiten gehen und hat einen braven Mann.

Schließlich hatte sie Pfarrer Moser angeboten, ihm den Haushalt mit zu führen, da er ja noch immer keine Kraft gefunden hatte und sie das »wirklich leicht nebenbei« für ihn machen könnte. Doch der Priester hatte dankend abgelehnt. Sehr freundlich sei dieses Angebot von der Anntraud, aber als Ehefrau gehöre sie nun ins Haus zu ihrem Mann und sie sollte sich lieber nur dieser Aufgabe widmen; über die Jahre hätte er schon gelernt, mit der Situation zurechtzukommen, es würde wirklich reichen, wenn sie ihm weiter ab und zu ihre ausgezeichneten Zwetschgen-Rohrnudeln vorbeibringen würde.

An diesem Sonntag morgen war Anntraud gespannt, was ihr Gottlieb wohl zum dritten Monatshochzeitstag schenken würde, denn am 14. Juni hatte sie Seidenstrümpfe und am 14. Juli einen rosa Tropfstopp für die Kaffeekanne aus Porzellan bekommen. Gottlieb kam frisch gekämmt aus dem Schlafzimmer, fragte, ob Herrmann noch schlafen würde, und gab ihr, nachdem sie verneinte, einen Kuß in den Nacken. Anntraud wartete darauf, ein kleines Geschenk zu bekommen, doch ihr Mann setzte sich an den Frühstückstisch, freilich ohne mit dem Essen zu beginnen, denn man wartete immer auf den Vater.

»Riecht gut«, murmelte Gottlieb zu dem Duft von frischem Kaffee und Apfelkuchen in der Ofenröhre.

»Fang doch schon an, der Papa sagt auch immer, wir brauchen nicht auf ihn warten«, sagte Anntraud.

»Nein, nein.« Er schüttelte den Kopf und musterte dabei so unauffällig wie möglich ihren Körper, doch sie bemerkte die Blicke trotzdem.

»Was schaust denn so?« fragte sie und setzte sich auf einen Stuhl, um diesem Blick zu entgehen, dabei immer noch auf die Überraschung wartend.

»Bloß so«, erwiderte Gottlieb.

»Da ist doch was?« fragte Anntraud noch einmal und

überlegte, ob er den Lidschatten bemerkt hätte und ihn dies stören würde.
Ihr Mann aber schüttelte den Kopf, und offenbar war »wirklich nichts«, er musterte nur ihren Körper. Anntraud war der prüfende Blick unangenehm.

Sie dachte plötzlich an die Blicke des Loibl Hias seinerzeit und wünschte einen Moment, er säße hier nun an Gottliebs Stelle und sie würde wieder diese Aufregung spüren. Dabei war auch der Loibl Hias mittlerweile verheiratet, und zwar mit der Theres, die durch diese Hochzeit ihre Schwägerin wurde, was allerdings die fromme Eibnerin, Theres' Mutter und Anntrauds Schwiegermutter, nicht anerkannte. Denn die Theres war in den Augen der Eibnerin nach wie vor mit dem Amerikaner Jimmy verheiratet, auch wenn sie sich »weltlich« hatte scheiden lassen und mit ihrem Mischlingsbuben Mark aus Amerika zurück nach Berghaupt gekommen war, aber das zählte für die Eibnerin nicht, denn der Papst ließ keine Scheidungen und einfache Wiederverheiratung zu. Und zur standesamtlichen Hochzeit von Theres und dem Loibl Hias war die Eibnerin aus ebendiesem Grund nicht gekommen, was dazu führte, dass Theres aus der Kirche austrat, etwas, was es seit der Hitler-Zeit in Berghaupt nicht mehr gegeben hatte. Anntraud war froh, daß sie damals noch nicht mit dem Gottlieb verheiratet, sondern bloß verlobt gewesen war, denn dann hätte sie erstens den Loibl Hias heiraten sehen müssen und sich auch zweitens für oder gegen den Besuch der Hochzeit entscheiden und damit deutlich Stellung beziehen müssen. Die Eibnerin verurteilte »die Sünde« ganz offen im Dorf und vor ihrer Tochter – sie sagte, daß die Theres sie mit dem Kirchenaustritt auch nicht »in die Knie zwingen konnte«, und sie sprach seitdem kein Wort mehr mit ihrer Tochter, noch nicht einmal, wenn das Enkelkind Mark zu ihr ins Haus kam oder wenn sie sich am Grab von Willi trafen, dem im letzten Winter verunglückten Dorfdeppen und Bruder von Gottlieb und der Theres.

Im Weiher war er ertrunken, der Depp, und das ganze Dorf trauerte um ihn ganz besonders, seltsamerweise, denn eigentlich hatte keiner damit gerechnet, daß er überhaupt einundvierzig Jahre alt werden würde, irgendwie war er in Berghaupt immer mitgelaufen, war immer von den Kindern gehänselt worden, hatte den Erwachsenen oft geholfen und sie dann wieder mit seinen Kriegsspielen gestört. Bei seinem Sterben war fast das ganze Dorf anwesend, denn an jenem Dezembertag, kurz nachdem Anntraud und Gottlieb ihre Verlobung bekanntgegeben hatten, war das Eis am Weiher so schön gefroren, wie schon Jahre nicht mehr, und man konnte ohne störende Schneestellen auf dem spiegelglatten Eis Schlittschuh fahren. Der Eibner Willi blieb aber nicht im vorderen Bereich des Weihers, sondern rutschte sich zum hinteren Teil durch und, so hatten manche beobachtet, schlug ein größeres Loch in die Eisdecke, um die Fische zu sehen. Er wollte die Tiere anlocken und warf deshalb Steine und Brösel in das Loch, ein paar Kinder sahen eine Weile zu, gingen dann aber bald wieder zurück zu den anderen, denn es war ihnen langweilig, weil sich kein Fisch sehen ließ.
Plötzlich war ein Knall zu hören, das Eis brach rund um das Loch auf, wirbelte den Willi erst durch die Luft und dann über Eisstücke zurück ins Wasser. Die Männer der Freiwilligen Feuerwehr von Berghaupt waren sofort zur Stelle, sicherten sich mit Stangen und zogen den Willi aus dem Wasser. Aber er war schon tot, wahrscheinlich schon bei der Explosion gestorben, wie der Doktor feststellte,

der ebenfalls sofort zu ihm eilte. Was die Explosion betraf, so vermutete man Reste von den Sprengstoffversuchen Herrmanns aus dem Krieg, doch der Halbritter wies diese Gerüchte entschieden von sich, er hatte immer und zu jeder Zeit alle Stoffe gezündet, damit es eben später keine Zündungen mehr geben würde. Er verlangte eine Untersuchung der Sache, damit nichts an ihm »hängenblieb«, aber dagegen waren wiederum alle Berghaupter, was sollte sie schon bringen, so oder so hätte der Herrmann keine Schuld, denn im Krieg mußte halt ein jeder mitmachen, etwas, was sich die Jungen heute ja gar nicht mehr vorstellen könnten. Auch die fromme Eibnerin, die Mutter von Willi, sagte das zum Halbritter – aber nicht, weil wir jetzt verwandt werden, wie sie hinzufügte –, Gottes Wege seien eben unergründlich, und sie dankte dem Allmächtigen, daß ihr Bub überhaupt so lange hatte leben dürfen. So bestand auch Herrmann nicht mehr auf einer Untersuchung, aber die Stelle im Weiher wurde seither von allen Dörflern gemieden.

Anntraud seufzte, als sie daran dachte, schob jetzt, an diesem heißen August- und dreimonatigen Hochzeitstag, die Stühle in der Küche etwas seitlich in den Schatten, denn die Sonne durchflutete den ganzen Raum. Gottlieb rutschte ihr auf seinem Stuhl nach, so daß keines der Gesichter durch die grellen Strahlen geblendet war.

»Warum schaust *du* jetzt so?« fragte er.

»Ach, ich hab bloß an den Willi gedacht«, antwortete Anntraud wahrheitsgemäß, von der Vorstellung mit dem Loibl Hias erzählte sie natürlich nichts.

»Ja, der arme Willi«, sagte Gottlieb. »Dem wird es jetzt schon gutgehen«, meinte er weiter, und beide Eheleute schwiegen noch einmal kurz in Gedanken an den Deppen.

»Ich hab grad was überlegt«, meinte Gottlieb schließlich. »Wenn wir gut sparen und wenn der Herrmann einverstanden ist, dann könnten wir umbauen.«
»Wie? Umbauen?« Anntraud war überrascht, denn ihr Mann war hier eingezogen und hatte alles so hingenommen, wie es war, noch nicht einmal das Umstellen der Schlafzimmermöbel hatte ihn sonderlich interessiert.
»Das Bad ins Haus legen, die Waschküche auch. Dafür wär das Wohnzimmer ein bisserl kleiner, und auf die Speis müßte man verzichten. Schau, bloß eine Wand müßt da rein und natürlich die Anschlüsse.«
Anntraud hörte begeistert diesen Vorschlag und sprang auf. »Dann könnte man auch gleich die ganzen Rohre in die Küche legen, da hinten die Spüle einbauen und eine Arbeitsplatte dazwischen, so.« Sie deutete ihre Vorstellung mit weit ausgebreiteten Armen an. Kühlschrank und Spüle wären so zu verbinden und mit einer Arbeitsplatte darüber würde das Ganze fast wie eine richtige Einbauküche, die sie in Magazinen gesehen hatte, aussehen.
»Ja, auch, von mir aus«, sagte Gottlieb schulterzuckend. Über einen Küchenumbau hatte er noch nicht nachgedacht.
»Der Papa gibt uns da bestimmt was dazu«, meinte Anntraud, »und weißt was: Ich geh wieder arbeiten, dann haben wir das Geld noch schneller zusammen.« Ihre Augen strahlten, sie setzte sich auf Gottliebs Schoß und schlang die Arme um seinen Hals.
Gottlieb schüttelte abwehrend den Kopf und löste sich mit liebevollem Blick aus der Umarmung. »Das schaffen wir auch so, dafür mußt du doch nicht arbeiten gehen.«
»Warum denn nicht? Dann geht's doppelt so schnell!« konterte sie prompt und löste sich von ihrem Mann.

»Doppelt auch nicht gerade, so viel wie ich hast du auch nicht verdient.« Gottlieb wirkte leicht verärgert.
»Aber fast so viel wie du, und sparen kann ich auch. Und die Chefin, die nimmt mich mit Handkuß wieder, vielleicht legt sie sogar noch was drauf. Ich hab nämlich gehört, daß es mit der Inge alleine gar nicht gut läuft und sie keine andere Schneiderin findet.«
»Das hat doch keine Zukunft. Die Leut kaufen doch immer mehr in den Kaufhäusern Konfektionsware ein«, meinte Gottlieb.
»Zum Umschneidern gibt es immer was. Und Maßgewand wird man auch immer brauchen!« erwiderte Anntraud und nahm den Apfelkuchen aus der Röhre.
»Das sind bloß Vermutungen«, meinte Gottlieb.
»Von dir aber auch«, entgegnete sie. Beide schwiegen eine kurze Zeit. Anntraud stand wieder auf, um die Kaffeekanne etwas zu verrutschen. Sie wollte nicht so schnell aufgeben.
»Warum soll ich denn nicht arbeiten gehen, das Geld können wir doch gut brauchen«, setzte Anntraud erneut an, mit dem Rücken zu ihrem Mann. »Und wenn du meinst wegen des Haushalts – das schaff ich nebenbei, das hab ich vor der Hochzeit auch für den Papa gemacht. Kannst ihn ja fragen, ob es da an was gefehlt hat!« Sie wurde wieder energischer.
Gottlieb schaute beleidigt in die leere Kaffeetasse. »Und ich hab gemeint, wir wären uns mit unseren Ansichten einig, daß eine Frau ins Haus gehört«, sagte er schließlich.
»Schon«, Anntraud überlegte kurz, »aber eigentlich braucht es das doch erst, wenn Kinder da sind.«
»Aber das gehört sich auch so, daß die Frau daheim ist, wenn der Mann von der Arbeit heimkommt«, fuhr Gottlieb fort.

Anntraud verwünschte in diesem Moment den Beruf ihres Mannes, denn die Postboten fingen zwar in aller Herrgottsfrühe an, hatten aber dafür schon um zwei oder drei Uhr nachmittags Feierabend.
»Mir fällt die Decke auf den Kopf«, sagte sie schließlich leise und ehrlich.
»Ich bin aber dagegen. Und außerdem war es so ausgemacht«, erwiderte Gottlieb mit dem Tonfall eines letzten Wortes.
Anntraud ließ die Schultern sinken, setzte sich wieder und schaute ihrem Mann fest in die Augen. »Den ganzen Tag daheim, das kannst du dir gar nicht vorstellen, wie das ist. Ich wart bloß drauf, daß du heimkommst.«
»Und ist das so schlecht, wenn eine Frau sich freut, daß der Mann heimkommt?« Gottlieb wurde grantig. »Dann lassen wir das halt mit dem Umbau, war ja bloß so eine Idee.«
Jetzt sollte sie also gar nichts mehr in Aussicht haben, weder die Arbeit noch den Umbau. Anntraud wurde schlecht bei der Vorstellung, daß ihr Leben so weitergehen sollte. »Ich möchte bloß wissen, warum ich partout nicht arbeiten soll. Du tust ja grad so, als ob das ein reines Vergnügen wär!« sagte sie bitter.
»Das wird schon einen Grund haben, warum der Ehemann damit einverstanden sein muß, daß seine Frau arbeitet. Dafür gibt es das Gesetz«, sagte Gottlieb kühl. »Froh könntest eigentlich sein, aber nein, meine Frau hält sich vielleicht für was Besseres.«

Daß Gottlieb so zu ihr sein könnte, so etwas zu ihr sagen würde, damit hatte Anntraud nicht gerechnet, darauf wußte sie nichts mehr zu antworten. Aber weinen wollte sie auch nicht vor ihm. Sie drehte sich um und verbarg das Gesicht.

»Und außerdem denkst du gar nicht an das Wichtigste«, setzte Gottlieb noch hinzu.
»Was denn?«
»Eben, daß du das schon fragen mußt«, entgegnete er.
»Sag es wenigstens.« Anntraud konnte ihre gepreßte Stimmlage gerade noch halten.
»Ja, ob das mit den Kindern überhaupt noch was wird«, sagte er nach kurzem Zögern.

Das war nun endgültig zu viel – bloß weil sie noch nicht schwanger war, durfte sie also nicht arbeiten gehen. Aber wenn sie erst ein Kind erwartete, dann wäre es sowieso bald vorbei mit einer Anstellung. Anntraud war außer sich, holte tief Luft und wußte gar nicht mehr, wie ihr war. Da stand plötzlich der Vater in der Tür und alle setzten sich zum Frühstück. Ihr schnürte es die Kehle zu, was den Vater zu der scherzhaften Bemerkung veranlaßte, ob sie wohl in anderen Umständen sei.
Anntraud stand wortlos auf, schlüpfte in die Sandalen und rannte davon, hinein ins Fichtenhölzchen, weiter zu den Zwölf Aposteln. Sie setzte sich unter einen großen Baum in den Schatten und konnte nicht mehr aufhören zu weinen. »Mama, Mama«, schluchzte sie. »Ist das die Ehe? Wie eine Gefangene ist man.«
Von ferne hörte sie die Kirchenglocken zur Frühmesse läuten, aber die würde sie heute sicher versäumen. Und auch das Amt. Sie dachte an Sieglinde und Berngries. Da die Kutzberger-Tochter nun Großbäuerin war, würde sie sicher arbeiten dürfen, ja sogar müssen. Und kirchlich heiraten hatte sie trotz ihres unehelichen Kindes auch dürfen. Wo in der Bibel stand eigentlich, daß die Ehefrauen daheimbleiben müssen? Wer hatte dieses Gesetz geschrieben, daß der Ehemann die Arbeit der Frau erlauben mußte? Das waren weltliche Gesetze, gegen die man

vorgehen durfte! Nur wie sollte sie sich wehren? Konnte sie sich wirklich so gegen ihren Mann auflehnen, war das nicht wiederum unchristlich? Durfte sie sich eigentlich über ihre Lage beschweren? Noch während sie sich mit diesen Fragen beschäftigte und sich schwor, nicht eher nach Hause zu gehen, bis sie eine Antwort darauf gefunden hätte, stand Gottlieb plötzlich neben ihr, ohne daß sie ihn kommen gehört hatte.

»Kommst wieder heim?« fragte er. Und fügte nach einer kurzen Pause hinzu: »Von mir aus gehst auch wieder arbeiten, daran soll es nicht scheitern.«

Anntraud wunderte sich über ihren Mann und freute sich zugleich. Das hätte ihr Vater, der Herrmann, nie gemacht, nie im Leben, hatte er einmal gesagt, würde er einer Frau nachlaufen, um sie heimzuholen.

Anntraud nickte stumm, Gottlieb nahm ihre Hand, und gemeinsam gingen sie am Weiher und Fichtenhölzchen vorbei den Weg zurück, ohne noch einmal das Thema anzuschneiden. Die Vierundzwanzigjährige musterte dabei verstohlen das Gesicht ihres Mannes und bemerkte zum ersten Mal, daß ihr seine gerade Nase und die hohe Stirn eigentlich ganz gut gefielen.

Später besuchte man gemeinsam das Amt, mittags gab es den etwas zäh gewordenen Braten, dann ging man zum Fußballplatz und zur Eibnerin, fuhr in Anbetracht des heißen Tages sogar noch nach Neumarkt in die Eisdiele und legte sich spät schlafen.

Es stellte sich heraus, daß Gottlieb tatsächlich den dritten Monatshochzeitstag vergessen hatte, aber auch Anntraud selbst dachte erst wieder daran, als der Gockel vom Kutzberger sie am nächsten Morgen – offenbar in der Ahnung, daß er geschlachtet werden sollte – aus den Federn riß und die junge Ehefrau fröhlich aufstand, um gleich nach dem Frühstück nach Neumarkt zu fahren, um dort mit ihrer Chefin zu sprechen. Im Wagen des Doktors wurde ihr dabei so übel, daß er gerade noch rechtzeitig anhalten konnte, bevor sie sich übergab.

3.

Von September 1962 bis September 1963 war die Pfarrstelle in Berghaupt verwaist, weil Pfarrer Moser endgültig in Pension, in ein Regensburger Pflegeheim für Geistliche, gegangen war, nachdem er trotz Alterszucker, Herzbeschwerden und Gicht noch jahrelang die Stelle in »seinem Dorf« behalten hatte. Diese zwölf Monate sollten den Berghauptern eine gehörige Lehre sein, sich in Zeiten des Priestermangels auch für jede noch so fremde geistliche Betreuung dankbar zu erweisen, obwohl die Besetzung der Stelle mit dem Berghaupter Taugenbeck Karl schließlich ein glückliches Ende fand.

Die sechsundzwanzigjährige Anntraud war mittlerweile zweifache Mutter, im April 1961 hatte Gerlinde sie von einem gesunden Buben und nur ein Jahr darauf, im Juni 1962, von einem gesunden Mädchen entbunden. Bis zur ersten Niederkunft hatte sie noch in Neumarkt gearbeitet – dabei aber anfangs ihre Schwangerschaft verheimlicht, damit ihr nicht wie ihrer Vorgängerin gekündigt wurde. Mit dem von ihr dazuverdienten Geld hatte man den Grundstein für den Hausumbau gelegt, bei der Bank einen Kredit aufgenommen und den ursprünglichen Plan sogar um zwei Kinderzimmer erweitert, denn Gottlieb

träumte laut von einer großen Kinderschar und gab auf Anntrauds Nachfrage an, daß er dabei an zehn oder elf Kinder dachte, je nachdem, wie es käme.
Anntraud hatte ihn entsetzt angeschaut – so oft sollte sie also Schwangerschaften durchstehen, diesen fürchterlichen Zustand mit der permanenten Müdigkeit, Übelkeit und der Unbeweglichkeit des dicken Bauches; und noch mehr diese entsetzlichen Entbindungen, die sich bei ihr über fast vierundzwanzig Stunden hingezogen hatten. Dann hatte Gottlieb laut gelacht – die Zahl war nur ein Scherz –, es war nur ein »lauter Traum«, wie er sagte, denn mit seinem Postbotengehalt könnte er all diese Münder gar nicht stopfen. Anntraud hatte sich umarmen lassen und geschmunzelt.

Seitdem die Kinder da waren und es im Hause des Halbritters oft mehr »drunter als drüber ging«, so Gottlieb, neigte ihr Mann gern zu solchen Scherzen. Zwar rief er selbst laut um Hilfe, wenn eines der Kinder schrie, aber er war sichtlich glücklich, packte sogar im Haushalt mit an und ging einkaufen, wenn es nötig war. Meist verstand er nicht ganz, worin die eigentliche Schwierigkeit lag, zwei Kinder zu füttern, zu wickeln, zu beschäftigen, die Windeln und Kleidung zu waschen, Babywäsche zu nähen und zu stricken, das Haus zu putzen und täglich zwei gesunde warme Mahlzeiten zu servieren, aber Gottlieb vertraute seiner Frau, wenn sie nach der Arbeit zu ihm sagte, sie sei heute »zu nichts gekommen«. Er nahm den Einkaufszettel und besorgte alles.
Der Blick in die Gesichter seiner Kinder, die ihm viel ähnlicher als Anntraud sahen, erfüllte Gottlieb mit Stolz, und zum Streiten oder Nachdenken blieb ohnehin keine Zeit. Man war immer beschäftigt, mal schrie das eine Kind, mal das andere, mal zerbrach »Alexander, der

Große« – so Gottlieb – eine Bodenvase, mal riß Marion, die Kleine, eine Tischdecke samt Geschirr vom Tisch, mal hatte Alexander Fieber, mal Marion Durchfall. Oder man hatte sich gerade ins Bett gelegt, dann spie die Kleine die frisch überzogenen Betten voll. Und dabei war bei ihnen sogar der Opa mit im Haus, der vor allem an dem Buben Alexander einen Narren gefressen hatte und so ausgiebig mit ihm spielte, daß das Ehepaar schon befürchtete, das Kind würde verzogen werden, ja, Anntraud dachte schon jetzt mit Sorge daran, daß der Vater – nach einem Jahr Aufschub – bald in Rente gehen würde, dann wäre er den ganzen Tag daheim und würde ständig kommentieren: »Laß ihn doch, den Buben, der ist doch noch so klein.«
In diesem alltäglichen Trubel vermißte Anntraud auch ihre Arbeit nicht mehr – die Zeit der Anstellung in Neumarkt mit den gemütlichen Fahrten hin und zurück schienen ihr mittlerweile einem anderen Leben anzugehören. Jetzt galt es nur, jeden Tag zu meistern, seit eineinhalb Jahren hatte sie keine Nacht mehr durchgeschlafen, die Aufgabe war überwältigend, bei aller Anstrengung aber doch die schönste und größte Herausforderung für eine junge Frau, wie Anntraud meinte. Jetzt glaubte sie zu verstehen, was ihre Mutter und Pfarrer Moser mit der »Befriedigung durch Verzicht« gemeint hatten. Jetzt, so dachte sie, stand sie mit ihrem Leben auf der sicheren Seite des wahren Glaubens, der geordneten Verhältnisse, inmitten der Gesellschaft. Anntraud brachte dafür gerne Opfer und hegte keinen Verdacht, daß sie sich eines Tages auf diesem Weg vielleicht selbst verlieren könnte.

Sie wollte die Kinder gut erziehen, Mann und Vater dabei ein warmes Zuhause schaffen und dem Herrgott eine fromme Dienerin sein. Und so sah es Anntraud auch als

Herausforderung, als sie im Herbst 1962 bei der Sonntagsmesse an der Müdigkeit und der ausbleibenden Periode feststellte, daß sie wieder in anderen Umständen war. Wie sie den Alltag als Schwangere mit zwei so kleinen Kindern meistern würde können, war ihr noch ein Rätsel, aber Anntraud sagte sich, daß sie es schon irgendwie schaffen würde.

Eine Woche später fiel wegen Pfarrer Mosers Herzstörungen die Messe aus, ebenso am folgenden Sonntag, und der Geistliche gab schließlich schweren Herzens dem Drängen des Bischofs nach, legte sein Amt nieder und verabschiedete sich von seinem Dorf, um in das Regensburger Heim zu ziehen.
Anntraud sagte der Pfarrer persönlich »Auf Wiedersehen«, besuchte sie in ihrem Haus und gestand ihr, daß er sich von ihr ganz besonders schwer verabschiedete. Immerhin hatte er mit ihrem Großvater hier die erste Kirche nach der Wiederentdeckung gebaut, er hatte sein Leben hier im Kampf gegen den Aberglauben geführt und – so der Geistliche offen – jeden Abend für sie gebetet, seitdem sie auf der Welt war. Anntraud gab ihm Zwetschgenknödel mit nach Regensburg und wollte ihn eigentlich noch fragen, wie damals die Hochzeitsfeierlichkeiten zwischen ihren Großeltern John und Kunigunde verlaufen waren, aber da räumte Alexander den Wohnzimmerschrank mit dem guten Porzellan aus und Marion begann vor Hunger zu schreien. Anntraud schickte den Buben ins Kinderzimmer, nahm das schreiende Mädchen zur Beruhigung auf den Arm, bereitete nebenbei ein Fläschchen für es zu, sah dann, wie Alexander im Schlafzimmer die ganze Unterwäsche aus den Schränken riß, stellte den Buben in den Laufstall, bemerkte dabei, daß Marion in die Windeln gemacht hatte, entschuldigte sich kurz beim

Pfarrer, ging Marion wickeln und setzte sich dann wieder mit dem Mädchen im Arm zu Moser an den Tisch, wollte gerade ihre Frage stellen, aber Marion bekam dabei ihre Kaffeetasse zu fassen, zog daran und schüttete den Inhalt über Anntrauds Kleid. Die junge Mutter drückte dem Pfarrer schnell das Mädchen und die Flasche in die Hand, wollte sich umziehen gehen, bemerkte aber, daß es so ruhig, *zu* ruhig im Wohnzimmer war – tatsächlich, Alexander war nicht mehr da. Er mußte über die Gitter des Laufstalls geklettert sein, Anntraud suchte ihn im ganzen Haus, sah dann die Eingangstür einen Spalt offenstehen und rannte hinaus, voller Angst, ihr Sohn könnte auf die Straße gelaufen sein, denn fast jeder Berghaupter hatte mittlerweile ein Auto, und im Gegensatz zu früher mußte man heute mit den Kindern vor allem im Verkehr aufpassen. Schließlich fand sie Alexander, der die Straße überquert hatte, quietschvergnügt am Dorfplatz mit einer leeren Flasche spielen. Sie atmete erleichtert auf, schimpfte ihn dann gebührend und kehrte wieder zu Marion und Pfarrer Moser zurück, der das Mädchen inzwischen gut gefüttert hatte, aber einsah, daß unter solchen Umständen eine ruhige Unterhaltung unmöglich war.
Anntraud beschloß, ihm später einen Brief zu schreiben, und die Frage nach der Hochzeit ihrer Großeltern darin stellen, aber sie fand keine ruhige Stunde, die das Schreiben erfordert hätte. Wenn sie es nach der Tagesanstrengung schaffte, sich abends vor dem Schlafengehen noch einmal an den Küchentisch zu setzen und das Schreibzeug herauszuholen, kam der Gottlieb oder der Vater und wollten sich »gerne einmal wieder mit ihr unterhalten«, ohne daß ein Gespräch gleich von einem Kind unterbrochen würde. »Den Brief kannst ja morgen auch noch schreiben«, hieß es dann.
So kam Anntraud weder dazu, Pfarrer Moser ihre Frage

zu stellen, noch von Berghaupt zu berichten, wie sie es ihm versprochen hatte. Vor allem vom Sulzbürger Pfarrer, der die Vertretung in Berghaupt übernommen hatte, bis der Bischof die Stelle wieder mit einer eigenen Kraft besetzen würde, hätte sie ihm gerne geschrieben. Denn die Berghaupter lehnten den jungen Mann aus Norddeutschland, der nun vorübergehend jeden zweiten Sonntag im Dorf die Messe hielt, seit seinem ersten Gottesdienst ab. Der Sulzbürger hatte in seiner ersten Predigt gleich davon gesprochen, daß die Berghaupter in den Nachbardörfern als Eigenbrötler galten und daß Gott es nicht gutheiße, wenn man sich mit Stolz über andere erhebe. Wollten sie eine Mauer bauen, wie die DDR vor einem Jahr? Wollten sie sich verschließen vor den anderen wie die Kommunisten? Wollten sie es im kleinen so machen wie die Russen im großen, es wegen Kuba auf einen dritten Weltkrieg anlegen? Still hatten die Berghaupter sich das alles angehört, waren bis zum Ende der Messe im Gotteshaus geblieben – aber hatten sich an den folgenden Sonntagen der Kirche ferngehalten. Manchmal war seitdem nur die fromme Eibnerin, Anntraud oder Gottlieb in der Messe, wegen zwei Personen wollte der Priester aber nicht seine eigene Sulzbürger Gemeinde verwaisen lassen, und so stellte er die Gottesdienste ein und kam nur noch am Dienstag abend zu einer Andacht ins Dorf und bot dabei die Beichte an.

Heute abend, so dachte die sechsundzwanzigjährige Anntraud, als sie an einem sonnigen Oktobertag 1962 an den dreckigen Fensterscheiben des leerstehenden Pfarrhauses vorbeikam, würde sie Pfarrer Moser endlich schreiben, komme da, was wolle. Wenn sie jetzt schon keine Zeit dafür einrichten konnte, wie sollte das dann erst mit dem dritten Kind werden? Warum konnten weder Mann noch

Vater verstehen, wie »heilig« ihr eine Stunde für sich allein gewesen wäre? Denn auch wenn die Männer im Haus waren – sie war letztlich immer »zuständig« für die Kinder, von einer Sekunde auf die andere konnte etwas passieren, das sie aus ihrer jeweiligen Arbeit riß. Einzig und allein, wenn sie am Sonntag die Messe besuchte, war sie sich sicher, nicht gleich wieder durch irgendein Geschrei belangt zu werden. Aber die Gottesdienste fielen nun auch aus, dachte sie seufzend vor dem leerstehenden Pfarrhaus.

Anntraud hatte beide Kinder in den Kinderwagen gesetzt und war auf dem Weg ins Fichtenhölzchen, um dort Schwammerl zu sammeln, obwohl der Gottlieb ihr davon abgeraten hatte. Die Kinder könnten ja einen giftigen Pilz erwischen, hatte er gemeint, er hatte einfach immer viel zuviel Angst, ihr oder den Kleinen könnte etwas passieren. Dabei, so dachte Anntraud, und sagte das ihrem Mann natürlich nicht, waren die Pilze weitaus weniger gefährlich als andere Pflanzen, die es im Fichtenhölzchen gab. Denn Knollenblätterpilze waren dort noch nie gesehen worden, aber blauer Fingerhut und gelber Eisenhut wuchsen dort, beide Blumenarten waren so giftig, daß ein Kind schon daran sterben konnte, wenn es nur die prächtigen Blüten in den Mund nahm. Anntraud hatte das früher einmal von der Theres gelernt, dann wieder vergessen, nun aber in »Haushalt für die junge Ehefrau« gelesen. Das Buch hatte sie bei der standesamtlichen Eheschließung von der Gemeinde bekommen, und es fanden sich zahlreiche Tips und Tricks darin, die vor allem mit den Kindern »Gold wert waren«, wie sie zu sagen pflegte.

Auf dem Rehsteig war der Weg hinter dem Weiher über Wurzeln, Laub und Moos mit dem Kinderwagen zwar sehr beschwerlich, aber Anntraud hatte sich von vornherein viel Zeit für diese Unternehmung genommen, wollte sie doch abends ihren Mann mit seinem Lieblingsessen, nämlich Semmelknödel mit Schwammerl, überraschen. Der eineinhalbjährige Alexander quietschte vor Freude, wenn der Wagen so richtig durchgeschüttelt wurde, seine kleine Schwester Marion schlief tief und fest bei all dem Geruckle an der frischen Luft.

Das Glück schien an diesem Oktobertag mit Anntraud zu sein, denn schon bald fand sie im Fichtenhölzchen Trompetenpfifferlinge, Butter- und Steinpilze – an einer Stelle, wo sie noch nie welche gesehen hatte. Während sie die Schwammerl abschnitt, sorgfältig in den Korb legte und nach neuen Ausschau hielt, beobachtete sie zugleich, ob Alexander nicht einem Finger- oder Eisenhut zu nahe kam. Doch ihr Sohn untersuchte nur Zapfen und Sträucher, betastete das weiche Moos immer wieder und weinte, nachdem er sich an einem Himbeerstrauch die Hand aufgerissen hatte. Dann strahlte der Kleine wieder seine Mutter an, Anntraud erklärte ihm die verschiedenen Bäume, Sträucher und Vögel wie einem großen Kind, das schon mehr verstand, und sah diesem fröhlichen Wesen mit den blitzenden Augen für ein paar Minuten zärtlich zu. Sie küßte ihn, streichelte ihm übers Haar und wünschte sich, doch manchmal mehr Zeit für ihn übrig zu haben und nicht so oft sagen zu müssen: »Wart, erst muß ich die Marion wickeln. Wart, erst muß die Marion gefüttert werden. Wart, erst braucht die Marion ein Spielzeug.« Der Alltag mit den Kindern war wesentlich anstrengender, als sie sich das vorgestellt hatte, aber wenn sie einen Moment innehielt, so wie jetzt, und Alexanders Leben aufblühen sah, dann vergaß sie all diese Mühen; wenn die Kinder sie anlächelten, dann konnte sie die schlaflose Nacht verzeihen, und wenn sie Fortschritte machten –

wie Krabbeln oder die Flasche halten lernten –, freute sich Anntraud mehr darüber, als wenn sie selbst etwas erreicht hätte.

Anntraud sammelte wieder weiter, der Korb war schon halb gefüllt, plötzlich rief Alexander begeistert »da-da« und deutete auf ein Eichhörnchen, das gerade senkrecht eine alte Eiche hinauflief. Bald darauf rief er wieder »da-da« und deutete auf eine Eidechse, die nun ebenfalls versuchte, auf den Baum hinaufzuklettern – etwas, das auch Anntraud noch nie gesehen hatte. Wieder ein aufgeregtes »Da-da«: ein Buchfink und eine Amsel waren abgestürzt und tot neben dem Buben zum Liegen gekommen. Raben, Krähen und Geier begannen aufgebracht zu kreischen, sie stürzten sich wild durcheinander in den Himmel, ein Reh sprang über Alexander hinweg und rannte davon, ein Fuchs drehte einen Kreis um den Kinderwagen und stob dann ebenfalls davon. Der Himmel verfärbte sich schlagartig giftgrün.

Anntraud stockte der Atem, sie riß die schlafende Marion aus dem Wagen, packte Alexander, drückte die Kinder an sich, ging in die Hocke und lehnte sich mit dem Rücken an eine alte Eiche. Alexander hielt ebenso still wie Marion, wahrscheinlich, dachte Anntraud, spürten sie ihre Angst, ihren Schock, denn mit allem hatte sie gerechnet, aber nicht damit, daß die alte Weissagung mit dem grünen Himmel wieder über sie hereinbrechen könnte. Sie hielt die Kinder so fest wie möglich, dann hörte sie einen Donnerschlag. Anntraud überlegte fieberhaft, ob Neumond war, aber sie hatte nicht auf den Kalender geschaut. Plötzlich hagelte es daumengroße Körner.

So schnell wie das Unwetter gekommen war, war es wieder vorüber. Anntraud steckte die Kinder sofort danach in den Wagen, nahm den Korb und machte sich eilig auf den Heimweg – mit einem Mal war alles wieder da, die alten Spottverse der Zwillinge, der Tod der Mutter, dieses Gefühl, ein Unglück zu sein. Sie schimpfte ihren Sohn, er solle endlich still sein, hastig schob sie den Wagen und atmete flach. Zugleich versuchte sie, sich einzureden, daß es gerade eben ein Unwetter gegeben hatte, mehr nicht. Es half nichts. Sie spürte eine bedrohliche Enge in der Brust und eine Angst aufsteigen, die ihr die Kehle zuschnürte. Was war, wenn der alte Aberglaube wieder über das Dorf hereinbrach und sie zur Außenseiterin und Unglücksexistenz machte? Würde Gottlieb dann überhaupt noch zu ihr stehen? Was würde aus den zwei lebenden Kindern und dem Ungeborenen? Anntraud überlegte, ob mit der Weissagung »zwei mal sechs Jahr« nicht die bisher angenommenen zwölf Jahre, sondern vielleicht ihr Alter, nämlich sechsundzwanzig Jahre gemeint waren. »Schmarrn« hörte sie sich selbst plötzlich laut sagen, und Alexander sah sie fragend an, aber sie gab keine Antwort, wie hätte sie dem Kleinen auch erklären können, daß sie selbst eben dem alten Aberglauben verfallen war. »Schmarrn« wiederholte Anntraud innerlich noch einmal und gelobte, sich nie wieder davon einschüchtern zu lassen! Das war sie ihren Kindern, die eine gesunde Mutter brauchten, und ebenso ihrem Herrgott und dem wahren Glauben schuldig. Anntraud überlegte, ob nicht ihre eigene Mutter zu schwach im Glauben gewesen war und sie deshalb – auch wenn sie es nie offen gezeigt oder gesagt hatte – immer als Unglücksexistenz gesehen hatte.

Als sie ins Dorf kam, lagen zwar weder auf dem Kirchplatz noch vor ihrem Haus Silberdisteln. Anntraud wurde auch nicht geschnitten, sondern freundlich gegrüßt, und Gott sei Dank, so hieß es, sei ihr und den Kindern nichts passiert, denn der schönen Wagnerin waren auf dem Feld die Körner direkt auf den Kopf geprasselt, bis sie ohnmächtig geworden war. Die meisten Bauern hätten die Ernte bereits eingefahren, aber von zweien oder dreien sei jetzt wahrscheinlich die Hälfte zerstört. Anntraud seufzte mit über das Ereignis und ging schnell nach Hause. Dort wartete schon der Vater, der sich vom Steinbruch aus schnell auf den Heimweg gemacht hatte, um bei seiner Tochter zu sein und sie nicht noch einmal dem Aberglauben allein zu überlassen. Er sagte jedoch kein Wort dazu, und Anntraud überlegte, ob die alte Weissagung wie der alte Herbstfasching einfach in Vergessenheit geraten waren.

Kurz nachdem Anntraud die Kinder getrocknet und frisch angezogen hatte, bekam sie fürchterliche Bauchkrämpfe. Herrmann, der eigentlich gerade wieder zum Steinbruch zurückkehren wollte, weil doch alles in Ordnung war, holte auf ihre Bitte hin Gerlinde, die einzige, die außer dem Mann und dem Vater von der erneuten Schwangerschaft wußte. Die Hebamme versorgte ihr Patenkind und stellte fest, was Anntraud nach den schweren Blutungen befürchtet hatte: das Kind war abgegangen. Trotz der Schmerzen hatte Anntraud noch auf dem Kalender sehen können, daß heute Neumond war.

Für den nächsten Sonntag hatten die Berghaupter nach dem Sulzbürger Pfarrer geschickt, der sich nicht erklären konnte, warum alle Dörfler plötzlich zur Messe strömten, nur ausgerechnet die Frömmsten der Gemeinde, die Anntraud, der Gottlieb und die Eibnerin, nicht erschienen. Die Schwiegermutter half im Haus der Halbritters aus, weil sich Anntraud noch schonen sollte und zugleich kein weiterer Berghaupter erfahren sollte, daß ein Kind abgegangen war. Die fromme Eibnerin redete auf Anntraud ein, nur ja nicht selbst an den alten Schmarrn zu glauben, das sei eine Sünde gegenüber dem Herrgott.

Gerlinde erklärte ihr, daß im Schnitt auf eine gesunde Schwangerschaft ein Abgang käme, sie also noch nicht einmal das statistische Mittelmaß erreicht hätte. Gottlieb meinte, daß der Herrgott eben eine Pause fordere, und der Vater erinnerte sie daran, daß sich die alten Gesetze bereits erfüllt hätten, und Anntraud es sich schnell aus dem Kopf schlagen solle, den Abgang mit dem grünen Himmel in Verbindung zu bringen.

Weder am Tag noch in der Woche, noch in den Monaten darauf sprach man noch einmal von der Fehlgeburt. Doch der Himmel über Berghaupt wollte sich nicht beruhigen – im Dezember kam es zu einem schweren Unwetter, das den Stadel vom Wagner einriß, im Januar hagelte es erneut und dabei wurden mehrere Häuser und Fahrzeuge beschädigt, im März zerstörte ein plötzlicher Frost die Bodenkeimlinge, Anfang April riß ein Orkan gleich mehrere Dachstühle von den Häusern. Im Mai schlug der Blitz in das leerstehende Pfarrhaus ein, setzte es in Brand, und nur das sofortige Eingreifen der Freiwilligen Feuerwehr konnte verhindern, daß die Flammen auf die Kirche übersprangen. Die Frauen Berghaupts hängten nun wieder Silberdisteln an die Eingangstüren, die Stelle um die alte Eiche wurde gesäubert und Opfergaben zu den Großen Frauen gelegt. Zugleich waren sich alle Dörfler einig, daß man wieder einen Pfarrer brauchte. Einen Zusammenhang zwischen Anntraud und den Unwettern stellte man aber nicht mehr her.

Im September 1963 trat der Taugenbeck Karl, der älteste Sohn der schönen Wagnerin, dessen leiblicher Vater wahrscheinlich der Pole Janek war – den der Wagner seinerzeit umgebracht hatte und worüber es schließlich zum Mord an den Kutzberger gekommen war –, die Pfarrstelle in Berghaupt an. Die Wagnerin hatte den Taugenbeck in zweiter Ehe geheiratet, nachdem ihr Mann im Gefängnis verstorben war. Der Taugenbeck war ein milder Mann, hatte seinen Stiefsohn Karl gern auf das Gymnasium gehen und voller Stolz in München Theologie studieren lassen, denn der Karl war mehr als gescheit, der Klügste, da waren sich alle Dörfler einig, den Berghaupt je hervorgebracht hatte. Mit sechzehn Jahren hatte er schon nach dem Überspringen von mehreren Klassen das Abitur gemacht, und mit zwanzig Jahren hatte er fertig studiert. Nach einer kurzen klerikalen Probezeit war er in Regensburg zum Priester geweiht worden und hatte in Berghaupt feierlich seine Primiz gehalten. Vom Bischof hatte er nun die Ausnahmegenehmigung bekommen, in sein Heimatdorf zurückzukehren, obwohl man das gar nicht gerne sah, wenn ein Pfarrer zu seinen Leuten kam, die ihn von der Kindheit her kannten. Aber der Taugenbeck Karl hatte den Sachverhalt mit dem alten Aberglauben geschildert, und der Bischof hatte sich damit nicht nur die sonderbaren Berichte des Sulzbürger Pfarrers erklären können, sondern deshalb auch zugestimmt, weil der junge Geistliche als »Experte« in dieser Sache und damit als Autorität für die Dörfler nach Berghaupt zurückkam. Dabei bedauerte es man bis zum Kardinal hinauf, daß der kluge Taugenbeck in sein Dorf zurückwollte, wäre doch gerade von ihm eine glänzende theologische Karriere zu erwarten gewesen.

Im kirchlichen Nachlaß von Pfarrer Moser, den der Pfarrhausbrand nicht zerstört hatte und in den sich der Taugenbeck Karl sofort nach dem Amtsantritt vertiefte, fand er zahlreiche Notizen und Aufzeichnungen über die alten Bräuche und Unsitten sowie viele praktische Ratschläge für die Reiser Anntraud, geborene Halbritter, für die, solange sie lebte, jeden Tag ein kurzes Gebet verrichtet werden sollte, um das Dorf vor weiterem heidnischem Unglück zu schützen. Anfangs belächelte der junge Priester die detaillierten Berichte seines Vorgängers. Doch dann begriff er die theologische Tragweite dieses Heidentums und nahm sich vor, gegen die abergläubischen Gedanken und Sitten zu kämpfen, um die alten Götter endgültig zum Schweigen zu bringen.

4.

Mit den Jahren hatte Pfarrer Taugenbeck immer weniger gegen den Aberglauben, dafür aber zunehmend gegen die »linke Zeit« zu kämpfen, da die Berghauptler nach und nach die heidnischen Sitten und Gebräuche aufgaben oder vergaßen. Die Fernsehapparate, die bald in jedem Haus zu finden waren, trugen den Minirock, haschende Popsänger, sexuelle Aufklärer, »Blumenkinder« und Schweine schlachtende Künstler in alle Wohnzimmer. Taugenbeck war wie der Papst der Meinung, daß das »Vordringen des Erotismus in Deutschland« in direktem Bezug zu den Sozialdemokraten stand, die seit kurzem regierten. Der Taugenbeck Karl ertappte sich nun öfter bei dem Gedanken, die Stelle in seinem Dorf sei eine »Jugendsünde« gewesen, um wieviel effektiver hätte er doch von einer höheren Position aus gegen das »neue Heidentum« vorgehen können.
Anntraud blieb ihm in dieser sündigen Zeit mitsamt ihrer Familie eine treue Gläubige, empfing alle Sakramente wie die Beichte oder die heilige Kommunion regelmäßig und unterstützte ihn in weltlichen Angelegenheiten der Kirche, allen voran sorgte sie für einen prächtigen Blumenschmuck in seinem Gotteshaus. Je größer und selbständiger die Kinder wurden und Anntraud wieder mehr

Zeit ließen, desto liebevoller widmete sich seine Vorzeige-Christin dieser Aufgabe, und der Priester konnte mit Fug und Recht behaupten, in einem der schönst geschmückten Gotteshäuser der Umgebung sein Amt zu verrichten.
Anntraud sah ihre Kinder mit Freude gesund aufwachsen, führte mit Gottlieb eine ruhige Ehe, trug gerne beige Kostüme, sorgte für den alternden Vater, kochte immer ausgezeichneter und gründete den Verein »Unser Dorf soll schöner werden«. Zu den größten Aufregungen der vergangenen Jahre zählte ein Blindarmdurchbruch des damals sechsjährigen Alexanders, der Einsturz der alten Waschküche über Nacht und ein Urlaub in Italien. Mit Gottlieb war sie sich einig, daß die ganzen »egoistischen Strömungen« der Zeit wie die aufkommende antiautoritäre Erziehung nur zu einer schlechteren Welt führten und die Leute sich mehr in »Pflicht«, »Achtung« und »Demut vor dem Herrn« üben sollten.

Nach dem Abgang hatten sie und Gottlieb eine Zeitlang »aufgepaßt«, daß Anntraud nicht gleich wieder schwanger würde, dann hatten sie nicht mehr den Akt unterbrochen, aber es stellte sich auch keine weitere Empfängnis mehr ein. Vielleicht, so meinte Gerlinde einmal, sei durch die Fehlgeburt doch mehr zerstört worden, aber um das wirklich zu bestätigen, hätte sie sich in einem Krankenhaus untersuchen lassen müssen, doch das wollte Anntraud nicht. Gerlinde meinte: Die Natur lässt sich nicht planen. Gottlieb sagte, »der Mensch sollte sich nicht in Gottes Schöpfungsplan einmischen«, obwohl Anntraud manchmal ketzerisch dachte, daß Gott ein Mann war und also keine Windeln waschen mußte und gar nicht wissen konnte, wie anstrengend Kleinkinder sind.

Für den Hausumbau hatte die Familie sparen müssen und war nur ein einziges Mal in Urlaub gefahren, nach Italien, als die Kinder fünf und sechs Jahre alt waren. Hinterher waren sich die Eheleute einig, daß man sich dieses Geld künftig sparen könnte. Die lange Autofahrt war unbequem gewesen, das Essen so anders, man konnte dort mit niemandem in der fremden Sprache plaudern, das Meer würde immer das Gleiche bleiben, und das hatten sie ja nun gesehen, und überhaupt war es in Berghaupt einfach am schönsten.
Tatsächlich war das ganze Dorf regelrecht aufgeblüht, seitdem Anntraud den Vereinsvorsitz von »Unser Dorf soll schöner werden« übernommen hatte. Anntraud hatte sich – aber das verschwieg sie Gottlieb – als Hausfrau und Mutter nicht mehr ausgefüllt gefühlt, seitdem die Kinder zur Schule gingen. Da kam ihr die Initiative zur Dorfverschönerung gerade recht, von der sie zufällig im Radio gehört hatte. Schnell konnte sie die Kutzberger Brunhilde für das Vorhaben gewinnen. Man schrieb Briefe an Institutionen, setzte eine Satzung auf und ging zum Notar. Vor allem aber bewegten sie und die Kutzberger Brunhilde auch andere Frauen in Berghaupt dazu, an dem Wettbewerb teilzunehmen. Bald strichen die Männer Fassaden und reparierten Zäune, die Frauen bepflanzten die Gärten mit Nelken, Rosen, Jasmin, Geranien und Wein. Bis Anntraud dann die »durchschlagende Idee« hatte, doch statt der ganzen Zuchtpflanzen heimische Blumen und Kräuter in die Gärten, Balkone und Fensterbretter zu setzen. Damit würde man all die Konkurrenten hinter sich lassen, die Setzlinge und Samen waren kostenlos aus dem Wald und von den Wiesen zu holen und Berghaupt würde so »natürlich« bleiben.
Doch darüber kam es zu einem Krach mit der Kutzberger Brunhilde, die sagte, nie und nimmer würde sie das

ganze Unkraut anpflanzen, ob die Anntraud denn überhaupt kein Gespür für Schönheit hätte. Zwei Nächte konnte sie wegen dieser Beleidigung nicht schlafen, dann stellte sich die schöne Wagnerin demonstrativ hinter Anntraud, holte Gelben Eisenhut und Roten Fingerhut aus dem Fichtenhölzchen, pflanzte alles in alte Bierfässer und stellte diese vor ihr Haus. Die Kutzberger Brunhilde trat daraufhin aus dem Verein aus und lästerte, sooft und gut es ging, über die »Verschandelung«. Doch schon im ersten Jahr des Wettbewerbs, in dem nur rund die Hälfte der Berghaupter teilgenommen hatte, holten sie eine »besondere Auszeichnung«. Und Anntraud freute sich schon auf den nächsten Frühling, wenn sie ihren Vorgarten und Hinterhof als »wildes Paradies« neu anlegen würde. Nur Gottlieb würde wieder mosern, daß sie gar keine Zeit mehr für ihn habe – dabei saß er selbst Abend für Abend vor dem Fernseher oder beschäftigte sich mit seiner Briefmarkensammlung.
Anntraud führte das normale Leben, das sie sich so gewünscht hatte, und es gab nur eine Zeit im Jahresablauf, die sie nicht mochte: die zwischen Weihnachten und ihrem Geburtstag, denn mit »schönster Regelmäßigkeit« kam es an diesen Tagen zu einem Familienkrach, entweder am Heiligen Abend selbst oder an den Feiertagen, Silvester oder – wie einmal – an ihrem Geburtstag.
Anntraud haßte nichts mehr, als in eine Auseinandersetzung verwickelt zu werden und Stellung beziehen zu müssen. Das ganze Jahr über konnte sie unbefangen mit der Schwägerin Theres reden, saß man aber an Weihnachten zusammen mit ihr bei der Schwiegermutter, dann wußte Anntraud nicht, ob sie sich der Meinung der frommen Eibnerin anschließen und eine Geschiedene schneiden sollte. Das ganze Jahr über konnte sie mal diese oder jene Bekannte oder Verwandte treffen – ging es aber auf

Silvester zu, war zu entscheiden, mit wem man feiern sollte. Das ganze Jahr über erklärte sie den Kindern, wie sie sich bei wem zu verhalten hatten – bei der Schwiegermutter fromm, bei der Gerlinde weltoffen, bei der Theres ruhig ein bisserl modern. Je nachdem, wen sie besuchten, zog sie sich und die Kinder entsprechend gediegen, frech oder modern an. Je nachdem, wen sie zu Besuch erwartete, legte sie eine geblümte oder einfarbige Tischdecke auf. Je nachdem, ob sie mit dem Lehrer oder dem Pfarrer sprach, hielt sie Bildung für »wichtig« oder für »unnötig«. Dabei verstellte sich Anntraud noch nicht einmal, denn sie konnte mühelos verschiedene Standpunkte vertreten. Der einzige – und das war ihr größtes Geheimnis –, bei dem sie sich nach wie vor nicht anpassen mußte, es gar nicht konnte, weil sie bei ihm immer sie selbst war, war nach wie vor der Loibl Hias. Sie traf ihn bei verschiedenen Gelegenheiten in seiner Funktion als Bürgermeister und in ihrer als Vereinsvorsitzende, man traf sich bei privaten Verwandtenbesuchen, oder man sah sich zufällig am Fußballplatz, in der Kirche oder am Weiher. Die Blicke waren nicht mehr so tief wie früher, und an eine körperliche Annäherung hatte sie im Laufe der Jahre gar nicht zu denken gewagt; aber immer noch war es Anntraud, als könnte nur er eine Seite ihrer Seele verstehen, die anderen verborgen war. Spürte sie jedoch dieses Gefühl in sich aufsteigen, schob sie es schnell zur Seite, und niemand, vermutlich nicht einmal der Loibl Hias selbst, bemerkte etwas davon.

Während Anntraud an den Dezemberabenden 1970 Plätzchen backte und das ganze Haus mit dem Duft in weihnachtliche Stimmung versetzte, dachte sie an ihren fünfunddreißigsten Geburtstag und zerbrach sich den Kopf darüber, wer nun eingeladen werden sollte und wer nicht.

Beim Glasieren des Spritzgebäcks beschloß sie, nur Verwandte einzuladen, denn wenn sie die eine oder andere der jüngeren Frauen aus dem Verein eingeladen hätte, dann wäre die jeweils andere beleidigt gewesen. Für die Auswahl der Verwandten hatte sie jedoch auch nach der Fertigstellung der Spitzbuben, des Schwarz-Weiß-Gebäcks, der Mandelplätzchen, der Russischen Kekse und der Vanillehörnchen noch keine Lösung.
Anntraud legte die Plätzchen in gut schließende Blechdosen und versteckte sie ebenso wie die Weihnachtsgeschenke für die Kinder auf dem Speicher. Marion würde eine Spielesammlung und einen Hut, Alexander eine Modelleisenbahn, der Gottlieb eine Krawatte, der Vater ein neues Hemd und die Schwiegereltern Bowle-Stocher bekommen; die Geschenke hatte sie schnell zusammengestellt, alles war eine Woche vor Weihnachten bereits fertig. Nur mit der Gästeliste für den Geburtstag kam sie einfach nicht weiter, sie konnte sich den Kopf zerbrechen, wie sie nur wollte, sie kam zu keiner Lösung. Seit einiger Zeit war es mit der Verwandtschaft noch schlimmer geworden, da man sich andauernd über Politik stritt. Bei der Vorstellung, daß sie an ihrem Ehrentag wieder zwischen allen Stühlen sitzen sollte und aufgefordert wurde, sich der einen oder anderen Meinung anzuschließen und damit die einen oder die anderen vor den Kopf zu stoßen, seufzte sie und beschloß, noch während sie auf dem Speicher die Plätzchen und Geschenke versteckte, Weihnachten einfach noch abzuwarten, wo sich alle sehen würden. Danach würde sie entscheiden, wie und mit wem der harmonischste Ablauf zu erwarten war, auch wenn der Gottlieb meinte, es gehöre sich einfach, alle einzuladen. Aber ihr Geburtstag war schließlich kein Familienfest wie Weihnachten, er war eine weltliche Angelegenheit, bei der sie selbst entscheiden konnte, wer mit-

feiern durfte. Vielleicht sollte sie das Fest einfach zweiteilen? Die einen am Vorabend, die anderen am Tag selbst einladen? Anntraud verwarf diese Idee wieder, das hätte dem Gottlieb, dem schon eine Feier zu viel war, bestimmt nicht gepaßt.
Anntraud schob eine Kiste auf dem Speicher zur Seite, hier schien ihr das sicherste Versteck für die Geschenke, denn Alexander war oft im ganzen Haus unterwegs und hatte früher einmal vor dem Heiligen Abend beinahe die Legosteine im Schlafzimmerschrank entdeckt. Hinter der Schachtel sah sie im Schein der Lampe eine andere Kiste, von der sie nicht mehr wußte, was sie eigentlich enthielt. Wie oft hatte sie schon gesagt. Der Speicher gehört endlich aufgeräumt! Aber Gottlieb schien auf diesem Ohr taub zu sein. Anntraud öffnete die Holzkiste und entdeckte darin die alten Trommeln, die John ihr damals aus Afrika mitgebracht hatte. Sie konnte sich noch genau an die Begegnung mit dem Großvater erinnern, dieser bunten Gestalt. Mein Gott, dachte sie, jünger als der Alexander war sie damals gewesen, wie gut hatten die Kinder es doch jetzt, ohne Frieren und Hungern konnten sie aufwachsen. Die Trommeln, so überlegte Anntraud, könnte sie bei der nächsten Gelegenheit Alexander oder Marion weiterschenken. Sie legte sie wieder in die Kiste zurück und fragte sich, ob sie nicht einmal in England nachforschen sollte, ob sie dort nicht noch Verwandte hätte – soviel sie wußte, hatte John dort einen Bruder. Vielleicht hatte der ja wiederum Kinder bekommen, das wären dann ihre Tanten und Onkel. Wer weiß, was das für Leute wären, träumte Anntraud an diesem milden Dezemberabend im Schein der Gaslampe auf dem Speicher. Sie malte sich aus, mit dem englischen Königshaus verwandt zu sein, und fühlte in der Kiste etwas Weiches. Anntraud zog einen vergilbten, bereits geöffneten Um-

schlag heraus, auf dem ihr Name stand. Sie öffnete ihn und konnte die Schrift, die sie an die »Klaue« des Doktors erinnerte, kaum lesen. Außerdem war das Licht zu schwach, und Gottlieb rief nach ihr. Anntraud steckte den Brief in ihre Schürzentasche, nahm die Lampe und ging nach unten. Auf der Leiter fiel ihr wieder ein, daß John ihr damals einen Brief gegeben hatte, sie konnte sich deshalb so gut erinnern, weil sie sich furchtbar geärgert hatte, daß sie noch nicht lesen konnte. Dann hatte sie gewartet, bis sie es in der Schule endlich gelernt hatte, vielleicht sieben oder acht war sie gewesen, hatte unter größten Mühen diese Schrift entziffert – und doch den Inhalt des Schreibens nicht verstanden. Irgendwie mußte der Brief danach wieder in dieser Kiste gelandet sein.

In der Küche roch es noch nach Mandelplätzchen. Der Vater hatte sich eine Halbe Bier aufgemacht, eine Decke über die Beine gelegt und löste Kreuzworträtsel. In seiner Hand wackelte der Stift hin und her, Anntraud war wieder etwas besorgt, denn das Zittern nahm immer mehr zu, auch wenn er selbst sagte, das sei doch nichts, alt werde er halt. Fünfundsiebzig Jahre war er nun, zwar noch rüstig, aber doch so schwach, daß er manchmal mitten in der Unterhaltung einschlief. Früher hatte er noch auf die Kinder aufgepaßt, jetzt kümmerten sich die achtjährige Marion und der neunjährige Alexander mehr um den Opa als umgekehrt.
Gottlieb setzte sich ebenfalls an den Küchentisch und schnitzte an einem Stück Holz, aus dem der Tunnel für Alexanders Modelleisenbahn werden sollte. Aus dem Radio drangen Weihnachtslieder, und gerade als Anntraud in der Küche angekommen war, fiel ihr ein, daß sie vergessen hatte, die Christbaumkugeln und das Lametta vom Speicher mit herunterzunehmen. Sie wollte noch

einmal schnell hinauf, doch Gottlieb verbot ihr in »feierlichem Ernst«, daß sie den Dachboden bis zum Heiligen Abend nicht mehr betreten dürfe, Anntraud nickte und lächelte innerlich, ihr Mann hatte sich also das gleiche Versteck wie sie ausgesucht. Gleich morgen früh, wenn der Gottlieb in die Arbeit ging und die Kinder noch schliefen, würde sie nachschauen, ob sie etwas von seinem Geschenk erkennen könnte.

Gottlieb hatte sie ganz gemein, wie später scherzhaft festgestellt wurde, hereingelegt – das große Weihnachtsgeschenk war im Gartenschuppen versteckt gewesen, er hatte bewußt eine falsche Fährte auf den Speicher gelegt, damit sie dort suchen würde. An diesem Heiligen Abend glänzten Anntrauds Augen fast so wie die der Kinder: ihr Mann, ihr Vater und die Schwiegerleute hatten zusammengelegt für einen Farbfernseher, für sie! Im Dorf hatten bisher nur die Wagners einen Farbfernseher, dem eine »große Zukunft« vorausgesagt wurde. Gleich nach der Bescherung wollte Gottlieb das Gerät anschließen, aber mit der Antenne stimmte etwas nicht, worüber sich Herrmann und Gottlieb wesentlich mehr ärgerten als Anntraud, die, während die Männer herumtüftelten, in der Küche Sauerkraut, Bratwürste und Salat zubereitete, das traditionelle Essen am Heiligen Abend. Vergeblich bat Alexander seinen Vater immer wieder, ihm beim Verlegen der komplizierten Schienen zu helfen; Gottlieb hatte keine Zeit für seinen Sohn, denn erst sollte das Fernsehgerät funktionieren. Auch die Spielesammlung seiner Tochter Marion wollte Gottlieb nicht bestaunen, er war – ebenso wie der Opa – nur mit dem Apparat und der Antenne beschäftigt. Mehrmals rief ihn Anntraud zum Essen, doch ihr Mann hörte nicht. Zunehmend stieg in ihr ein Groll auf, weil er sich auch nicht um die Kinder

kümmerte, keine Antwort gab, wenn sie ihn etwas fragten. Die Würste wurden auch nicht besser, je länger sie vor sich hin brutzelten, und Anntraud schluckte ihren Ärger um des lieben weihnachtlichen Friedens willen hinunter.
Als Gottlieb Alexander deshalb anschnauzte, weil dieser einen technischen Tip geben wollte, kochte Anntraud vor Wut. Sie probierte vom Kraut, vom Salat, von den Würsten und überlegte dabei, ob sie in letzter Zeit nicht einfach zu viel schluckte, buchstäblich zu viel, denn sie hatte zehn Kilo zugenommen, wog fünfzehn Kilo mehr als bei ihrer Hochzeit und konnte manchmal mit dem Naschen gar nicht mehr aufhören. »Du hast doch schon einen Mann«, bemerkte Gottlieb scherzhaft zu ihren Pfunden und verstand einfach nicht, wie unwohl sie sich in ihrer Haut fühlte, auch wenn »eigentlich alles stimmte«, wie sie selbst sich sagte. Daß die Kutzberger Brunhilde noch viel dicker als sie geworden war, tröstete sie kaum.
Wirklich glücklich fühlte sich Anntraud mit den Kindern, wenn sie mit ihnen schmuste, wenn man über ein Mensch-ärgere-Dich-nicht-Spiel lachte, wenn sie ihr etwas Selbstgebasteltes schenkten, wenn man im Winter Schlittschuh lief und im Sommer im Weiher badete. Wenn Alexander vor Freude in die Luft hüpfte, weil er ein Tor geschossen hatte, wenn Marion ihr ein Herz aufmalte und dazu schrieb: »Beste Mama.« Wie ein Wunder der Natur schienen ihr die Kinder, wenn sie, wie jede Nacht, noch einmal vor dem Einschlafen zu ihnen schaute und sie zudeckte.
Mit Gottlieb dagegen war sie gar nicht mehr froh, er schien sich überhaupt nicht mehr für sie zu interessieren, vor allem nicht für das, was in ihr vorging. Langsam und ohne es zu merken hatte Anntraud es aufgegeben, ihm

noch etwas von dem zu erzählen, was sie bewegte, sei es nun ein neues Kochrezept, Sorgen im Verein, die schlechten Noten der Marion in der Schule oder einfach nur die Tatsache, daß sie sich ein neues Geschirr wünschte. Umgekehrt interessierte sie sich eigentlich auch nicht für den Ausbau seiner Briefmarkensammlung oder die Bundesligaspiele. Aber sie hielt die Familie zusammen, und ihr Mann sollte wenigstens an Weihnachten ihre heilige Ordnung achten oder zumindest an ihrem Leben Anteil nehmen, also beachten, daß sie nun Essen servieren wollte und die Kinder mit ihm die Geschenke ausprobieren wollten.

Anntraud dachte an ihren jungen Körper, den der Loibl Hias seinerzeit mit Küssen übersät hatte – und wollte diese Erinnerung wie immer weit weg von sich schieben, doch jetzt dachte sie ketzerisch, was wäre, wenn sie für den Hias täglich kochen würde, wenn die Kinder von ihm wären. Sie dachte an seinen eleganten Gang und seine blitzenden Augen, wenn er sich für etwas ereiferte, wie neulich, als er mehr Gemeindezuschüsse für das prämierte Berghaupt forderte.

Anntraud fragte sich, ob sie Gottlieb liebte oder nicht vielmehr den Hias. Denn nur bei ihm und den Kindern spürte sie den zärtlichen Wunsch, alles von sich selbst zu geben, und erhielt dafür eine Freude am Leben zurück. »Jetzt schlägt's aber dreizehn!« ermahnte sich Anntraud still. Was durfte sie an ihrem Mann wegen des Essens herumnörgeln, wenn sie selbst gerade ihre Ehe bezweifelte, sich einen anderen Mann herbeiträumte und in Gedanken sündigte?

Sie rief Gottlieb nach zwei Stunden nun »endgültig« zum Essen. Wenn er jetzt nicht sofort käme, dann würden sie einfach ohne ihn feiern, auch die Schwiegerleute würden bereits auf sie warten, ja, was denn das für ein Weihnachten überhaupt sei, da könne sie sich gar nicht mehr über das Geschenk freuen. Gottlieb sah sich gezwungen, vor dem technischen Problem zu kapitulieren, setzte sich grantig zu Tisch und ermahnte die Kinder ständig, alles aufzuessen. Schließlich ging man doch noch ohne Verspätung um acht Uhr, wie jedes Jahr, zu den Schwiegerleuten hinüber.

Dort warteten, wie immer, nicht nur die Schwiegerleute, sondern auch Gottliebs Bruder Paul, dessen Frau Helene, ihr sechsjähriges Kind Stefan, die Schwägerin Theres, ihr fünfundzwanzigjähriger Sohn Mark sowie der Schwager Loibl Hias. Stefan schrie vor Aufregung laut auf, als er seine Cousins sah, riß Alexander den Eisenbahntunnel aus der Hand, ergatterte Marions Spielesammlung und hüpfte damit davon. Die Eibnerin warf Anntraud entsprechende Blicke zu, auch später, als Stefan die Päckchen aufriß und sich nicht einmal bei seiner Oma dafür bedankte – Anntraud wußte, was ihre Schwiegermutter dachte, nämlich, daß der Stefan ein verzogener Fratz sei. Sein Vater Paul, Gottliebs Stiefbruder, hatte studiert und war Gymnasiallehrer in Regensburg geworden. Welchen Ruf er dort als Pädagoge hatte, wußte man in Berghaupt nicht. Sein eigenes Kind aber verzog er nach Strich und Faden, ganz nach dem Stil der neuen »antiautoritären Erziehung«, und wurde darüber hinaus nicht müde, diese Methode auch Anntraud zu predigen. Auch dieses Mal trieb er sie damit sofort wieder in die Enge.

»Das Christkindl kommt erst, wenn alle da sind«, beantwortete die Eibnerin die bange Frage ihres Enkelkindes Marion, ob sie zu spät gekommen seien.

»Stefan weiß schon, daß das Christkind nur ein Märchen ist«, sagte Paul darauf unvermittelt zu Anntraud. »Du

hast die Kinder ja sicher auch schon aufgeklärt«, fügte er in deren Anwesenheit hinzu.
»Geht doch spielen«, wies Anntraud Marion und Alexander an und hoffte, die Kinder hätten Pauls Äußerung überhört. Marion ging der Eibnerin nach, aber Alexander blickte seine Mutter kurz an und sah ihre Schamesröte aufsteigen.
»Was meint er mit Aufklärung?« fragte Alexander.
Anntraud begann zu schwitzen. Daß ihre Kinder noch an das Christkind glaubten, hielt der Paul sicher für altmodisch, aber Alexander bereitete es so eine Freude, sich darüber Gedanken zu machen – und Anntraud hatte erst gestern noch mit ihm darüber spekuliert, warum man es eigentlich nie zu sehen bekam.
»Laß doch«, sagte Gottlieb zu seinem Stiefbruder, und Anntraud wunderte sich darüber, denn normalerweise traute sich ihr Mann nicht, dem Akademiker zu widersprechen. »Solang sie noch daran glauben, kann man es doch lassen.«
»An was glauben?« fragte Alexander.
»An das Christkind«, antwortete Paul. »Das ist bloß ein Märchen, in Wahrheit kaufen die Eltern die Geschenke. Ich versteh nicht, warum man die Kinder für dumm verkaufen und nicht aufklären will.« Anntraud wäre am liebsten in den Erdboden versunken.
»Genau so unsinnig, wie an Gott zu glauben«, sprach Paul weiter, und Anntraud wußte nicht mehr, wie ihr geschah.
»Jetzt bist aber staad«, sagte die Eibnerin plötzlich laut mit funkelnden Augen. »Wenn du nichts glaubst, dann ist es deine Sache, aber missionier hier nicht in der falschen Richtung herum. Wir hätten dich wirklich nicht studieren lassen sollen!«
Die strengen Worte seiner Mutter ließen den Paul ver-

stummen, Alexander lächelte nun verschwörerisch seine Mutter an und wandte sich an den Onkel.
»Weiß ich doch schon längst, daß es das Christkindl nicht gibt«, sagte er, »aber das macht Spaß, wenn die Erwachsenen sich anstrengen, alles drum herum zu erklären. Die Mama erfindet da tolle Geschichten.« Verblüfft und erleichtert schaute Anntraud ihren Großen an und strich ihm liebevoll über den Kopf. Paul schien nach einer Antwort zu suchen, doch bevor er etwas sagen konnte, kam ihm Alexander mit einer weiteren Frage zuvor. »Und warum soll es keinen Gott geben, bloß weil es kein Christkind gibt? Es gibt ja auch Märchen und Zeitungsberichte zugleich!« Das schien den Paul zu beeindrukken. »Bist ein schlaues Bürschel«, sagte er zu Alexander. »Den müßt ihr wirklich aufs Gymnasium schicken«, riet er Anntraud, »hat er denn die Noten für einen Übertritt?« Sie nickte, Alexander war im Gegensatz zu Marion ein guter Schüler, der fast nur Einser heimbrachte. »Daß er dann auch so g'scheit daherredet wie du«, bemerkte die Eibnerin spitz. »So, und jetzt gehen wir alle ins Wohnzimmer, sonst stehn wir an Neujahr noch auf dem Gang herum.« Paul zog noch einmal die Augenbrauen hoch, hielt dann aber seinen Mund.

Anntraud hoffte, daß sich die Familienstreitigkeiten dieses Mal im Gang der Schwiegermutter erledigt hätten und sie nun ein friedliches Weihnachtsfest im größeren Kreis der Familie erwartete. Doch heute kam der Streit aus einer Ecke, aus der Anntraud ihn überhaupt nicht erwartet hätte.
Anntraud und Gottlieb setzten sich an den angewiesenen Platz, die Kinder wurden nach den Regeln der Eibnerin beschert – »das Christkind kam vorbeigeflogen« –, und die Erwachsenen tauschten die Geschenke aus.

Die Kleinen verzogen sich zum gemeinsamen Spiel, die Erwachsenen setzten sich an die feierlich gedeckte Weihnachtstafel mit der Tischdecke aus Brüsseler Spitze. Die hervorragenden Plätzchen der Eibnerin wurden gelobt, die Frauen fragten, nach welchem neuen Rezept das Spritzgebäck entstanden sei, die Männer versuchten die am Christbaum abgebrannten Kerzen zu erneuern und so zu positionieren, damit kein Ast Feuer fing. Über dieses außergewöhnliche Weihnachtsgeschenk für Anntraud gestaunt und über die Finte mit dem Versteck geschmunzelt; auch das neue Glühweinrezept wurde besprochen, die Männer gingen schließlich zum Skandal der Bundesliga über, und ein jeder schüttelte den Kopf über die Korruption im Sport; Mark lehnte sich gelangweilt im Stuhl zurück und zwirbelte an seinen Mischlingslocken herum; der Eibnerin fiel ein, daß man vergessen hatte, »Stille Nacht« zu singen, was sofort nachgeholt wurde, und die Männer debattierten kurz über die Schwierigkeit, einen Fernseher anzuschließen, was angesichts der Tatsache, daß die Amerikaner jetzt zum Mond flogen, eigentlich kein Problem hätte sein dürfen. Vater Herrmann, der ebenfalls mit zu den Eibners gekommen war, schlief nach dem zweiten Glas Glühwein im Sessel ein, bis er von den immer lauter werdenden Stimmen geweckt wurde.

Das Gespräch war auf den FC Berghaupt gekommen, der das letzte Heimspiel vor der Winterpause verloren hatte. Mark war, obwohl er als hervorragender Verteidiger gehandelt wurde, machtlos gegen die Schwächen des Sturms und die Fehler des Torwarts gewesen, mit einem 0:5 war die Berghaupter Elf vom Platz gegangen.
»Die Jungen haben keinen Kampfgeist mehr«, sagte der alte Eibner, der früher selbst ein aktiver Fußballer gewesen und mit seinen vierundsiebzig Jahren immer noch

eine sportliche Erscheinung war. »Der eine läuft gar nicht auf wegen einer Erkältung«, führte er fort, »und der kleine Wagner ist ja an Wehleidigkeit kaum zu überbieten. Diese ganze Verweichlichung, da sieht man doch, wohin das führt, kein Wunder, wenn sich die Bundesligaspieler so schmieren lassen.«

»Der hat eine Meniskusverletzung«, entgegnete Mark, wobei sich seine Augen zusammenzogen und seine weißen Zähne aus dem dunklen Gesicht blitzten, als er hinzufügte, »oder meinst du wieder, daß man mit uns allesamt den Krieg verloren hätte, noch bevor er angefangen hat, Opa?«

»Ich mein doch nicht dich, Bub«, entgegnete der Alte sanft seinem Enkel, auf den er wirklich stolz war, denn Mark war auch außerhalb Berghaupts der beste Fußballspieler weit und breit.

Die Eibnerin fügte beschwichtigend an: »Mei, der Mark tut sich halt auch leichter als die anderen, Musik und Sport, das können die Neger halt einfach besser«, und schenkte damit allen Glühwein nach.

Mark verdrehte die Augen: »Oma, ich bin kein Neger, ich bin ein Schwarzer.«

»Wie du meinst. Obwohl ich nicht versteh, was dann anders sein soll. Die Farbe bleibt doch gleich«, sagte die Eibnerin und streichelte ihm kurz über den Wuschelkopf.

Der alte Eibner schaute in die Runde. »Wie Menschen zweiter Klasse werden's behandelt, die Neger in Amerika.«

Auch die anderen schüttelten den Kopf, wirklich keiner schien zu verstehen, warum die Schwarzen in Amerika so schlecht behandelt würden.

»Wie unter dem Hitler«, sagte plötzlich der erwachte Herrmann, »da war ein Geisteskranker wie euer Willi auch nichts wert. Aber uns Deutschen wird ja immer alles vorgehalten.«

»Genau.« Der alte Eibner nickte mehrmals.

»Was hat denn das damit zu tun?« fragte Paul.

»Frag lieber nicht!« sagte der Loibl Hias und atmete tief durch. Er zögerte, wollte etwas sagen, verkniff es sich dann aber doch.

»Und die Russen mit ihren Lagern«, fuhr Herrmann unbeirrt fort, »das sind doch auch KZs, bloß uns gibt man immer die Schuld.«

Theres nickte Herrmann bestätigend zu, der Paul und der Hias sahen sich empört an, und Anntraud war, als würde es ihr den Boden unter den Füßen wegziehen. Schon einmal hatten sich die Männer bei diesem Thema dermaßen in die Haare gekriegt, daß die Frauen kurzerhand die Gesellschaft aufgelöst hatten, um Schlimmeres zu verhindern. Und jetzt mußte ihr eigener Vater damit anfangen! Anntraud wurde rot. Sie hoffte nur, daß man wenigstens nicht sie oder den Gottlieb auffordern würde, »auch etwas dazu zu sagen«.

»Der Hitler ist in seiner Einmaligkeit mit nichts zu vergleichen«, kam der Mark nun dem Paul und dem Hias zuvor. »Noch nie ist bisher in der Geschichte ein Volk so systematisch ausgerottet worden wie die Juden. Und alle haben mitgemacht, wir sind alle Täter«, fügte er hinzu.

»Bei uns hat es nie einen Juden gegeben«, sagte der alte Eibner.

»Und der Stalin?« ergänzte Theres. »War der einen Deut besser als der Hitler? Aber uns schiebt man die ganze Schuld zu! Und alles an dem Hitler war auch nicht so schlecht, wenn ich dran denke, wie ich für Olympia trainieren hab können; was der für die Frauen getan hat, das wär doch vorher gar nicht möglich gewesen.«

Dem Loibl Hias war anzusehen, daß er versuchte, sich

gegenüber seiner Frau zurückzuhalten. Paul sprang auf und meinte, daß der Mark schon recht hätte, der Faschismus unter Hitler sei einzigartig und die Autoritätsgläubigkeit der Deutschen sei dafür verantwortlich. Um so mehr versuche er, »seine Kinder«, und damit meinte er seine Schüler, anders zu erziehen, zur Freiheit, zum Frieden, zur Selbstbestimmung und Demokratie.
Anntraud konnte sich unter den Schlagworten nur wenig vorstellen, wünschte sich nur, die unheilvolle Debatte hätte bald ein Ende. Ihre Schwiegermutter schien ähnlicher Ansicht zu sein und versuchte mit »Kinder, heute ist Weihnachten, laßt doch das alte Zeug«, die Gemüter zu beruhigen.
Doch nun war der Loibl Hias zu aufgebracht, nein, die alten Geschichten sollten nicht in Ruhe gelassen werden, er wisse, wovon er spreche, schließlich hatte er mehrere Jahre seines Lebens in Lagern verbracht, und dort zu überleben sei kein Spaß gewesen, wirklich nicht, er kenne den Unterschied. Als Bürgermeister setze er jetzt alles daran, daß sich die Geschichte nicht wiederhole, daß es nie wieder zu so einem Deutschland, so einem Krieg, zu solchen Lagern käme – und man müsse höllisch aufpassen, wie man an den Leuten hier sehe! Der Eibner schnappte nach dieser Bemerkung nach Luft und stand erregt auf. Der Loibl Hias würde wohl die Dimension nicht mehr ganz begreifen, schließlich sei man hier in Berghaupt und nicht in Bonn.
Der tiefste Streit spielte sich jedoch ohne Worte im haßerfüllten Blickwechsel zwischen Theres und ihrem Mann, dem Hias, ab, und Anntraud konnte sich nicht vorstellen, daß ein Ehepaar mit so unterschiedlichen Ansichten zusammenpaßte.
Wahrscheinlich, so dachte sie, bleibt er nur wegen dem Mark bei ihr, denn der Loibl Hias liebte sein angenom-

menes Kind abgöttisch. Das war die einzige Erklärung, die Anntraud für diese Ehe fand.

Die Debatte wurde unterbrochen, weil Stefan laut weinend zu seiner Mutter kam und ihr zeigte, daß der untere Schneidezahn fehlte. Zuerst befürchtete Anntraud, daß Alexander seinem Cousin den Zahn ausgeschlagen hatte, aber dann stellte sich heraus, daß der Nachbarzahn ebenfalls wackelte und Stefan bloß sein Milchgebiß verlor. Die alte Eibnerin deutete dies als Zeichen der Schulreife und hoffte so, das Gespräch wieder auf ein anderes Thema zu bringen, doch kaum hatte sich Stefan beruhigt und war wieder zu den anderen Kindern gehüpft, da fing Herrmann wieder an.

»Da steckt doch sowieso der Jud dahinter«, sagte er, »jetzt kann er wieder Zwietracht bei uns säen.« Anntraud verstand nicht, warum ihr Vater neuerdings so über die Juden schimpfte, und schämte sich dafür. Sie dachte an die Filme über die Lager, die sie nach dem Krieg gesehen hatte. Sie mahnte leise »Papa!«, damit er nicht noch weitersprach, doch Herrmann scherte sich nicht darum; die Theres nickte ihm eifrig zu. »Ja, ja, das darf man in unserer schönen Demokratie nicht sagen, wo doch jetzt alles erlaubt sein soll und sogar der Kuppelparagraph abgeschafft wird. Aber wenn man die Wahrheit laut sagt, kann man sogar wegen Volksverhetzung angezeigt werden!« fuhr Herrmann fort.

»Und welche Wahrheit soll das sein?« fragte der Loibl Hias scharf zurück.

»Daß die mir mein Patent weggenommen haben und wir ihnen auch noch das Geld hinten und vorne reinstopfen, gar nicht mehr aufhören können sie damit, die Politiker, die Oberen, immer uns die Schuld zu geben.« Herrmann spielte darauf an, daß er versucht hatte, seinen in der

Nazizeit entwickelten Sprengstoff patentieren zu lassen, ihm aber gesagt wurde, daß er froh sein solle, wenn man »diese Geschichte« nicht weiterverfolgen würde, schließlich wüßte man nicht, für was seine Pulver seinerzeit wirklich eingesetzt worden seien. Kürzlich hatte Herrmann dann in einer Bergmannszeitung gelesen, daß die Israelis ein neues Gemisch erfunden hätten, mit dem man lokal begrenzte Explosionen auslösen konnte. Er war der Sache nachgegangen und hatte die Zeitung angeschrieben. Von der erfuhr er, daß die Zusammensetzung des Pulvers seinem ähnelte, wie er behauptete.
Jetzt wußte Anntraud wenigstens, warum der Vater plötzlich zu solchen Ansichten kam. Sie hatte zwar von dem Bergmannsblatt erfahren, aber nicht gewußt, daß Herrmann dies mit den Juden in Verbindung brachte. »Das kann doch auch Zufall sein, Papa«, sagte sie beruhigend.
»Zufall?« fuhr Herrmann auf. »Geh mir doch damit, der Jud war doch schon immer so, daß er uns das Geld aus der Tasche gezogen hat.« Theres nickte erneut, der Loibl Hias schüttelte empört den Kopf.
Die Eibnerin sagte wieder »Jetzt ist aber eine Ruh, jetzt ist Weihnachten«. Doch in dem Moment sprang Mark auf und rief, daß er nun gehen würde, es sei doch nicht zu fassen, wie viele alte Nazis es noch gebe.
»Du weißt ja gar nicht, wie das war«, herrschte ihn seine Mutter Theres an, »wir haben ja mitmachen müssen.« Doch Mark ließ nicht mit sich reden. »Du, Mama, du hast da freiwillig mitgemacht, und zwar ganz gern!«
»Wer sagt das?« fragte Theres gefährlich ruhig.
Mark zuckte mit den Schultern. »Das weiß doch jeder«, redete er sich heraus, doch die Theres blickte den Loibl Hias haßerfüllt an. Ihr eigener Mann hatte sich offenbar gegen sie gestellt und ihrem Sohn alles erzählt.
Mark drehte sich noch einmal um. »Da geh ich doch lie-

ber nach Amerika und kämpf für meine Rechte, als daß ich … ach!« Er schüttelte den Kopf, verkniff sich jedes weitere Wort und wehrte mit einer Handbewegung ab. »Da ist eh Hopfen und Malz verloren.« Dann hielt er noch einmal inne und sagte laut vor allen Anwesenden zu seiner Mutter: »Weißt was, ich such meinen Vater, wahrscheinlich hast da auch bloß gelogen, was ihn betrifft.« Er spielte darauf an, daß der Jimmy sich kein einziges Mal nach dem Mark erkundigt hatte, seitdem die Theres mit ihm von Amerika wieder nach Berghaupt gekommen war. Die Theres wurde fast so rot wie ihr Feuermal, jetzt schwiegen auch die Männer betroffen.

Die Eibnerin ging ihrem Enkelkind Mark in den Gang nach, und da alle schwiegen, war von dort aus jedes Wort zu verstehen. »Aber zur Christmette kommst schon, Bub! Mir zuliebe«, sagte sie. Dann fiel die Tür ins Schloß und Mark war weg. Die Theres hielt es offenbar neben dem Loibl Hias nicht mehr aus und setzte sich zu Herrmann aufs Sofa, wohin auch der alte Eibner umzog, so daß die eine politische Fraktion, wie Anntraud dachte, nun in der Polsterecke hockte, die andere am Eßtisch, als ob die Familie eine unsichtbare Mauer trennte. Bald stand auch der Hias auf und ging mit der Bemerkung, der Mark habe schon recht, alles müsse man sich von der Familie auch nicht bieten lassen.

Anntraud beschloß noch am selben Abend, zu ihrem Geburtstag keinen einzigen Verwandten einzuladen, diese Streitereien waren ihr entschieden zuviel. Ihr Mann stimmte ihr auf dem Heimweg mit der Bemerkung zu, da könne man sehen, zu was das »Politisieren« alles führe, zur Zerstörung des ganzen Familienfriedens.

Als sie in der Kirche auf den Beginn der Christmette wartete, überlegte Anntraud, mit wem sie am liebsten den Geburtstag verbringen würde. Sofort kam ihr der Hias in den Sinn, aber den konnte sie ohne seine Familie nicht einladen, und er und der Vater, der neuerdings auch so »politisch« wurde, hätten sich sofort wieder in die Haare gekriegt. Anntraud sah ihren Gottlieb, der neben ihr kniete, von der Seite an – er war schon der rechte Mann für sie! Noch während der Mette versöhnten sich die Eheleute im Herzen und im Gebet mit allen Menschen, baten um »Frieden in der Welt und daheim« zusammen mit Pfarrer Taugenbeck; Anntraud glaubte zu erkennen, warum sie den Gottlieb geheiratet hatte und nicht den aufbrausenden, ungläubigen Politiker Hias. Mit ihrem Mann verband sie viel mehr als eine Anziehung, nämlich eine gemeinsame Anschauung.

Gottlieb und Anntraud wurden nur noch gläubiger und friedvoller »im Herrn«, sie hungerten in der Fastenzeit, durchwachten die Gründonnerstagsnacht, lobten Gott an Ostern, Pfingsten und Mariä Himmelfahrt, erforschten vor der Beichte regelmäßig ihr Gewissen mit dem Glaubensspiegel und gingen nach der Freisprechung von den Sünden mit reiner Seele zur Kommunion, bis sich im Alltag dann doch wieder kleine Sünden einschlichen, so wie man nach einem Zahnarztbesuch zuerst akkurate Mundhygiene betrieb, Wochen und Monate später jedoch wieder nachlässig wie eh und je die Zähne putzte.

Seit jenem Weihnachten sehnte sich Anntraud auch kaum mehr nach dem Hias. Ihren fünfunddreißigsten Geburtstag feierte sie nur mit Mann, Vater und Kindern, die sich an diesem Tag alle sehr um sie bemühten, ihr das Frühstück am Bett servierten und sogar das Mittagessen kochten. Alexander schenkte ihr eine Kette mit einem Herzchen-Anhänger, in das er sein Foto gesteckt hatte. Über Wochen hatte er sein Taschengeld dafür gespart – und

Anntraud freute sich so sehr darüber, daß sie sich mit »mein Engel« dafür bedankte.
Am Morgen nach dem Festtag begann wieder der geregelte Jahresablauf. Am Sonntag ging man in die Kirche, am Mittwoch besuchte sie die Vereinsabende, am Donnerstag spielte Gottlieb im Wirtshaus Schafkopf, am Samstag wurde geputzt, gebadet und das Auto gewaschen. Anntraud schneiderte im Februar Kostüme für den Fasching, setzte im März Sämlinge, versteckte am Karsamstag Ostereier für die Kinder, bepflanzte an Pfingsten den Vorgarten und Hinterhof neu, genoß die Sommerferien mit den Kindern beim Baden im Weiher, fieberte im September dem Ergebnis des Vereins-Wettbewerbs entgegen, schmückte die Kirche zum Erntedank prächtig, kochte im Oktober Marmelade ein und gedachte an Allerseelen der Verstorbenen. An den Geburts- und Namenstagen bereitete sie ihren Lieben einen schönen Tag, band zum Advent einen grünen Kranz mit roten Kerzen und diskutierte Anfang Dezember mit Alexander augenzwinkernd über den Nikolaus, bis Marion eines Tages sagte: »Der Nikolaus, den gibt es doch gar nicht, das ist doch bloß der verkleidete Loibl Hias«, womit sie zweifelsohne recht hatte. Anntraud wußte nicht genau, ob sie sich nun über den »Durchblick« der Kinder – wie Alexander sagte – freuen sollte oder traurig hinnehmen mußte, daß ihre »Kleinen« nun groß wurden und sich unaufhaltsam von ihr weg, zu ihrem eigenen Leben hin, bewegten.
Schließlich aber mußten die Eheleute erfahren, um wie viel nachhaltiger, dauerhafter und endgültiger ein Familienfriede auch ohne »Politisieren« zerstört werden konnte.

5.

An einem Herbsttag fror das Leben der vierundvierzigjährigen Anntraud Reiser ein, ohne daß sie diesen plötzlichen Vorgang zunächst begriff. Alle lebendigen Zusammenhänge um sie herum lösten sich entweder zu einem Nebel auf, der sich immer wieder verflüchtigte, oder zu einzelnen, starren Bildern. Gott wurde zu Pfarrer Taugenbeck, wie er die legendäre Predigt über die Versöhnung von Glaube und Aberglaube hielt und dazu aufrief, die Silberdisteln als Hausschmuck zu verwenden – sein Gesicht dabei jetzt zu einer Fratze verzogen. Der Verein »Unser Dorf soll schöner werden« gerann zu den drei Urkunden, die hinter Glas im Gang der Reisers hingen und von zwei ersten bayerischen und einem zweiten deutschen Platz Zeugnis ablegten. All das Lachen, Weinen, die Gespräche, die Aufregungen, die Erfolge und Streitereien der Familie zogen mit der Nebelschwade davon. Ihr Leben und ihre Familie erstarrten zu dem Farbfoto, das auf Alexanders Abiturfeier von Gottlieb, ihr und den beiden Kindern gemacht worden war.

Anntraud versuchte, die Bilder im Kopf zu einem stimmigen Ganzen ihres Lebens zusammenzufügen: der grüne Himmel und ihre Mutter auf dem Krankenlager, der

Vater nach dem Schlaganfall auf dem Totenbett, Gerlinde, wie sie ihr die neugeborene Marion in den Arm legte, Gottlieb, der mit einem Bier abends vor dem Farbfernseher saß – nur ihren Alexander konnte sie nicht mehr sehen. Sein Bild war schwarz, sie mußte die Fotografien anstarren, um zu wissen, wie der Neunzehnjährige eben noch ausgesehen hatte.

Anntraud sah ihr Leben zerfetzt, wie den Körper ihres Kindes.

Die Sanitäter und Polizisten hatten die Leichenteile zusammengesammelt, alles in Särge gelegt, aber Anntrauds Lebensfetzen, die gefrorenen Bilder, ließen sich nicht mehr zusammensammeln, ebensowenig wie sich Alexanders Leichenteile wieder zu einem lebendigen Menschen hätten zusammenfügen lassen.

Nur dieser eine Film, der am Morgen des 27. September 1980 begann, lief wieder und wieder in ihrem Kopf ab, seit um vier Uhr in der Früh das Telefon geklingelt hatte. Gottlieb und sie waren davon aufgewacht, ihr Mann war aufgestanden und hatte wieder einmal über die Anschaffung »Telefon« geschimpft, die einzige technische Neuerung, die Anntraud im Gegensatz zum Farbfernseher, einem elektrischen Dosenöffner und einem Taoster wirklich schätzte.

Gottlieb antwortete in den Apparat knapp und verschlafen, dennoch erkannte Anntraud an der Stimmlage und der Wortwahl, daß jemand Besonderes am anderen Ende der Leitung sein mußte. Er kam zurück, setzte sich zu ihr an die Bettkante, knipste ihr Nachttischlicht an und sagte: »Das war der Ministerpräsident.«

Anntraud richtete sich auf und schaute ihn ungläubig an.

»Alexander ist tot«, sagte Gottlieb.

Anntraud dachte daran, daß die Himbeermarmelade, die

ihr Sohn jeden Tag am liebsten frühstückte, ausgegangen war.

»Auf dem Oktoberfest ist eine Bombe explodiert, den Alexander hat es tödlich getroffen. Die Susanne ist nur leicht verletzt. Sie hat ihn identifiziert. Es hat zahlreiche Tote und Verletzte gegeben«, berichtete Gottlieb.

»Unser Alexander?« fragte Anntraud ungläubig. Sie sah, daß Gottliebs Bauch so groß geworden war, daß es die Knöpfe des Schlafanzugs auseinanderzog, er also ein neues Nachtgewand brauchte – und verstand nicht, was ihr Mann sagte. Seit wann hatte er eigentlich so viele Haare auf dem Bauch?

»Er hat gesagt, der Ministerpräsident, daß er mit uns fühlt, er hat ja selbst Kinder. Daß er alles tun wird, um uns zu helfen. Und wenn er die Gesetze auf den Kopf stellen muß, aber die Mörderbande wird ihre Strafe kriegen.«

»Das ist aber hochanständig, daß er uns gleich anruft«, hörte sich Anntraud sagen. »Meint er die Terroristen der Baader-Meinhof-Bande?« fragte sie weiter. Soweit Anntraud das mitbekommen hatte, ermordeten die Terroristen immer nur »höhere Leute«, warum aber den Alexander, der war doch nur Berghaupter, hatte gerade erst sein Abitur gemacht und wollte seinen Zivildienst in München nächste Woche anfangen, weshalb er gestern früh mit seiner Freundin Susanne dorthin gefahren war. Seine Freundin kannte in München eine Wohngemeinschaft, wo ein Zimmer frei wurde. Aber Alexander war doch selbst ein »Linker«, wie Gottlieb immer mit zornigem Blick sagte, seitdem ihr Sohn zu den Parteiveranstaltungen der neu gegründeten Grünen fuhr. Und Alexander hatte doch noch über »diese Bierdimpfl« und »diese Kommerzveranstaltung Oktoberfest« geschimpft.

»Vielleicht waren dort Prominente«, schien Gottlieb

Anntrauds Fragen zu erraten, »und er ist mittendrin gestanden. Auf das Oktoberfest gehen ja auch die höheren Leute.«

»Und warum lebt Susanne dann?« fragte Anntraud.

Gottlieb nahm ihre Hand.

»Wir müssen jetzt stark sein«, sagte er. »Der Herrgott wird uns helfen.«

Wie sollte Gott, den sie jeden Tag um die Gesundheit und das Glück ihrer Kinder bat, jetzt helfen, dachte Anntraud. Er hatte sie den Blinddarmdurchbruch, das Wiederholen der sechsten Klasse auf dem Gymnasium und einen Vollrausch von Alexander durchstehen lassen. Neunzehn Jahre hatte sie immer zuerst für die Kinder gebetet. Wenn ihr Alexander nun aber tot war, dann brauchte sie auch keinen Herrgott mehr. Im nächsten Moment schämte sie sich der Gotteslästerung. Für einen kurzen Moment schien sie das Ausmaß von Gottliebs Worten zu begreifen. Sie dachte: Jetzt geht es darum, daß ich überlebe. Das muß ich schaffen.

»Was er fürs erste für uns tun kann, hat der Ministerpräsident gesagt, ist, daß wir den Leichnam von Alexander kriegen, ohne daß wir noch lange auf eine Freigabe nach der Obduktion warten müssen«, fuhr Gottlieb fort.

Anntraud sah auf die Postleruniform, die am Schlafzimmerschrank hing und die sie gestern abend frisch aufgebürstet hatte für den heutigen Arbeitstag des Mannes.

»Wann ist es passiert?« fragte sie.

»Gestern abend, kurz nach zehn«, sagte Gottlieb in einem Tonfall, als würde er über die Ankunft eines Telegramms berichten.

»Und warum ruft er dann erst jetzt an?« Anntraud dachte daran, daß sie zu diesem Zeitpunkt seelenruhig eingeschlafen war, nachdem sie die Uniform gebürstet hatte, seelenruhig an einem Freitagabend ins Bett gegangen war,

während ihr Kind starb und sie nichts, aber gar nichts davon gespürt hatte.
Gottlieb zuckte mit den Schultern. »Dafür wird es schon einen Grund geben«, meinte er.
»Ist die Marion da?« schoß es ihr durch den Kopf. Gottlieb nickte, doch Anntraud wollte es sicher wissen, ging in das Zimmer ihrer Tochter und sah sie dort schlafend in ihrem Bett liegen. Wie früher, als die Kinder noch klein waren und völlig geräuschlos schliefen, ging Anntraud zu ihr, hielt die Hand vor ihrem Mund, um ihren Atem zu spüren. Marion schlief tief und fest, sie spürte es am Hauch. Die Achtzehnjährige hatte wohl das Telefon nicht gehört, weil sie bestimmt wieder erst weit nach Mitternacht von der Neumarkter Disco heimgekommen war, weshalb es seit ihrer Volljährigkeit im Haus der Reisers regelmäßig Ärger gab. Der Alexander hingegen, so dachte Anntraud zärtlich, der kommt höchstens mal nach einer Parteiversammlung der Grünen spät heim, worüber zwar alle im Dorf außer dem Doktor, Gerlinde und dem Loibl Hias aus politischen Gründen den Kopf schüttelten, aber sie lag wenigstens nicht schlaflos im Bett und wartete wie so oft auf die Heimkehr eines Kindes. Nur gestern, da war sie seelenruhig eingeschlafen, obwohl beide Kinder weg waren.
Heimkehr? Kind? Wenn Alexander tot war, dann würde er ja nie mehr heimkommen. Sie würde nie mehr seinen Hauch spüren, wie jetzt Marions Atem.
Gottlieb saß immer noch, den Kopf in die Hände gestützt, an ihrer Bettkante, als sie wieder zurückkam.
»Vielleicht liegt doch ein Irrtum vor«, sagte Gottlieb. »Er wollte doch nicht auf dieses Oktoberfest gehen.«
»Die Susanne kann doch nicht leben, wenn der Alexander tot ist. Die sind doch zusammen dahingegangen«, hörte sich Anntraud sagen.

»Oder die Susanne hat einen Schock und hat ihn verwechselt«, überlegte Gottlieb.
»Der Ministerpräsident hat das bestimmt genau geprüft, sonst ruft er doch nicht an«, entgegnete Anntraud und schlug vor zu frühstücken.
Gottlieb nickte, ging mechanisch zu seiner Postbotenuniform und wollte sie anziehen.
»Du kannst doch heut nicht arbeiten gehen«, sagte Anntraud. »Außerdem müssen wir jetzt alles für eine Beerdigung arrangieren.«
Ihr Mann sah das ein und setzte sich wieder auf die Bettkante. Er schüttelte den Kopf.
»Wir hätten es ihm verbieten sollen, beim Bund wär er nach Auersbach gekommen«, sagte Gottfried.
Er meinte den Zivildienst, den Alexander in ein paar Tagen in einer Münchner Kinderklinik antreten wollte und weshalb er in der Hauptstadt noch alles mit der Wohngemeinschaft »klarmachen« wollte.
Über den Zivildienst hatten sich Gottlieb und Alexander ebenso wie über die Grünen so oft gestritten, denn für ihren Mann wurde sein Sohn damit zu einem »Revoluzzer«, ein anständiger Kerl gehörte seiner Meinung nach zur Bundeswehr. Anntraud hingegen hatte es gutgeheißen, daß ihr Sohn nicht zur Waffe greifen wollte, von Jesus hatte Alexander gesprochen, der auch Gewalt abgelehnt hatte, und immer wieder hatte er die Bibel zitiert: »Wenn dich jemand auf die rechte Wange schlägt, dann halte ihm auch die linke hin.« Pfarrer Taugenbeck hatte Alexander bei der Wehrdienstverweigerung vor Gericht unterstützt, obwohl ihr Sohn sonst nicht so viel vom Glauben hielt – das einzige, was ihr an Alexander wirklich mißfiel. Als er dann im Zuge der Verhandlung über den Ersatzdienst viel mit dem Pfarrer debattierte, hatte sie gehofft, er würde vielleicht doch noch gläubig werden.

Kurz war es Anntraud, als würde ihr jemand mit einem Dolch den Bauch aufschlitzen, sie spürte einen stechenden Schmerz. Sie hätte es verhindern müssen, daß er so politisch geworden war, zu den Grünen ging und Zivildienst machen wollte. Sie hätte es verhindern müssen, daß er gestern schon nach München gefahren war, daß er mit Susanne auf das Oktoberfest gegangen war – sie hätte ihm sagen müssen, daß er wie alle anderen jungen Männer vom Dorf zum Bund gehen sollte, in die Auersbacher Kaserne. Nein, dachte sie – und der Schmerz ließ nach – das ist nicht wahr, sie träumte nur. Bloß wenn es doch wahr wäre, was dann?

Später hatte Anntraud keine Vorstellung davon, wie lange die Eheleute im Schlafzimmer gesessen hatten, es wurde hell, aber keiner der beiden öffnete den Vorhang. Sie hatten sich schließlich angezogen, Anntraud sah ihren Mann im Sonntagsanzug vor sich, sich selbst in einem schwarzen Rock und einer schwarzen Bluse, die sie nach der Beerdigung vom Vater vor ein paar Jahren so oft getragen hatte. Dabei überlegte sie fieberhaft, ob man eigentlich am Todestag schon Schwarz tragen sollte oder erst ab der Beerdigung – sosehr sie sich auch anstrengte, sie konnte keine Antwort darauf finden, sich nicht an die Sitten erinnern, wußte nicht mehr, was sie am Todestag des Vaters getragen hatte. Den karierten Rock? Die schwarze Hose? Und außerdem: Sollte sie Schwarz tragen, ohne wirklich sicher zu wissen, daß Alexander tot war? Sie zog sich um, schlüpfte in das beige Kleid.
»Ich möcht da hinfahren«, sagte Anntraud schließlich.
Gottlieb sah sie mit abwesendem Blick an und nickte.
»Wir müssen frühstücken und die Marion wecken«, hörte Anntraud ihren Mann sagen. »Du mußt in Neumarkt anrufen und dich für heute entschuldigen, ist eh bloß

Samstag«, hörte sie sich selbst sagen. Gottlieb befolgte ihre Anweisung mechanisch und entschuldigte sich telefonisch beim Postamt in Neumarkt mit der vagen Aussage eines »Unglücksfalles in der Familie«. Anntraud schaltete die Kaffeemaschine ein, in die sie schon immer am Vorabend Filter und das Kaffeepulver richtete, damit Gottlieb, der als erster aufstand, sie nur noch einschalten mußte. Sie stellte Milch und Zucker auf den Tisch und verzichtete darauf, Teller hinzustellen, sie dachte: Gegessen wird doch heute bestimmt nichts nach dieser Nachricht. Dann starrte sie die vier Tassen, die sie gedankenlos auf den Tisch gestellt hatte, an. Sie würden nurmehr drei Tassen brauchen, nie mehr vier, Alexander würde nie mehr mit frühstücken, er war tot. Er würde nicht mehr mit zu Mittag essen, nicht mehr abends da sitzen, in keinem Herbst, Winter, Frühling oder Sommer mehr. Anntraud wurde schwindlig, sie setzte sich, dann räumte sie schnell die Tasse auf Alexanders Platz weg, damit Gottlieb sie nicht sah.
Gottlieb ging durch das Haus und zog die Vorhänge auf, wie er es immer vor der Arbeit tat, bis auf die Vorhänge in Alexanders und Marions Zimmer, die er nicht betrat, was Anntraud an den Geräuschen und Tritten auf dem Holzboden hören konnte. Anntraud ging ins Schlafzimmer, um das Bett zu machen, dann wollte sie Marion wecken.

Marion fragte nicht viel nach. Sie wollte auch mit nach München fahren, trank schnell ihren Kaffee und zog ihre Jeans mit den Flicken am Knie an, die Kleidung, die Anntraud sonst immer so störte. Jetzt dachte sie, ob wohl das Bein von Alexander abgetrennt worden war, wenn der Ministerpräsident doch von »Leichenteilen« gesprochen hatte. Im Nachhinein fragte sich Anntraud oft, warum man nicht das Radio eingeschaltet hatte, weder daheim noch im Auto, dabei hatte Gottlieb kürzlich erst ein besseres Gerät mit Kassettenrekorder in den Wagen einbauen lassen. Sie erklärte sich es später damit, daß man die Nachrichten einfach nicht hören hatte wollen.

Die Eibnerin sah ihren Sohn, die Schwiegertochter und das Enkelkind in den Wagen einsteigen, und Anntraud bemerkte an ihrem Blick, wie sie sich wunderte, denn keiner grüßte sie richtig, man fuhr nur schnell los. Gottlieb raste mit dem Opel erst durch das Dorf, dann über die Serpentinen den Berg hinunter, schließlich auf die Autobahn. Anntraud dachte, jetzt passiert gleich ein Unfall, aber es war ihr egal, ebenso wie vermutlich der Marion, die auch kein Wort sagte. Um zehn Uhr waren sie am Stadtrand von München, Gottlieb hielt an, kaufte an einer Tankstelle einen Stadtplan und suchte den Weg zur Theresienwiese; Marion half ihm, den Weg einzuhalten, sagte ihm, wann er abbiegen mußte, doch er verfuhr sich trotzdem mehrmals, weil es plötzlich keine Abbiegespur gab. Wie damals im Urlaub in Italien mußte man die richtigen Straßen erst suchen. Aber Gottlieb gab Marion nicht wie ihr damals die Schuld am Verfahren. Er kehrte auf der Stuttgarter Autobahn vorschriftsmäßig bei einer Ausfahrt wieder um, erneut wurde der beste Weg zur »Wiesn« gesucht.
Anntraud erinnerte sich an den Urlaub in Italien, wie Alexander in der rot-weiß gestreiften Badehose am Strand vor Freude über das Meer gejuchzt hatte, wie er sich bei den Kellnern immer Strohhalme ergattert und sich nachts zu ihr ins Bett gekuschelt hatte. Hätte er in seinem Leben nicht noch öfter ans Meer, das ihm so gut gefallen hatte, fahren mögen? Immer wieder war er, seitdem er sechzehn war, mit Interrail durch Europa gereist, immer wieder

ans Meer. »Ich übernachte im Tausend-Sterne-Hotel«, hatte er ihr einmal geschrieben, weil er im Freien seinen Schlafsack ausgepackt hatte. Und immer hatte Anntraud Angst gehabt, daß ihm in den fremden Ländern etwas zustoßen könnte, schlief immer erst dann wieder ruhig, wenn er wieder daheim war. Und gestern war sie seelenruhig eingeschlafen, obwohl ihm doch etwas passiert war, nicht im fernen Europa, sondern gar nicht so weit weg, in München. Etwas ist ihm passiert, dachte Anntraud.

Um elf Uhr kamen sie zur »Wiesn«, fanden dort keinen Parkplatz und umkreisten deshalb mehrmals das Oktoberfest.

Anntraud sah im Vorbeifahren am Haupteingang Müllarbeiter mit Wasser den Eingang reinigen, sie sah bei der zweiten Runde der Parkplatzsuche, wie rote Flecken auf dem Boden mit Wasser aufgespritzt wurden, rekonstruierte im nachhinein, daß damit das eingetrocknete Blut verwässert und entfernt wurde.

In einer Seitengasse hielt Gottlieb schließlich an und stellte den Wagen ab, obwohl er nicht genau wußte, ob hier ein Halteverbot galt.

Als man zum Haupteingang der Wiesn kam, war kein Blut mehr zu sehen, Besucher »aus aller Welt« – wie es immer in den Nachrichten hieß – strömten zur Wiesn, Männer, Frauen, Kinder – darunter viele Fußballfans, denn heute hatte der FC Bayern ein Heimspiel, wie Gottlieb wußte.

Anntraud hatte gedacht, hier Reste der Explosion zu sehen, den Leichnam ihres Kindes zu finden, den Ministerpräsidenten oder zumindest einen Pfarrer anzutreffen. Aber nichts deutete darauf hin, daß hier gestern eine Bombe explodiert war, sie hörte Menschen aus der Achterbahn schreien, andere an Schießbuden kreischen, es

roch nach Zuckerwatte, gebrannten Mandeln und gegrillten Hähnchen. Lachende Menschen strömten an ihr vorbei in das Volksfest hinein. Etwas konnte nicht stimmen. Anntraud wurde sich zunehmend sicherer, daß sich heute früh jemand einen furchtbar schlechten Scherz erlaubt hatte. Gottlieb meinte nun auch, daß ihm dies komisch vorkomme. Wenn hier gestern eine Bombe so viele Menschen getötet und verletzt hatte, dann könne doch heute nicht einfach das Oktoberfest so weitergehen. Anntraud dachte daran, daß sie später die Gelegenheit zu einem Wiesnbesuch nutzen würden, nachdem sich hoffentlich bald alles aufgeklärt hätte.
Marion entdeckte schließlich eine Würstelbude, die repariert wurde, das Dach war zerrissen. Vielleicht war dort etwas passiert? Als die drei dort hingehen und nachfragen wollten, hielten sie zwei junge Männer auf. Wer sie denn seien und was sie hier wollten? Gottlieb gab keine Antwort, denn er ließ sich von Fremden nie gern anreden; sie wollten einfach weitergehen, doch die beiden stellten sich als Kriminalkommissare der »Sonderkommission Theresienwiese« vor und zeigten ihre Polizeiausweise. Anntraud sagte ihnen, daß heute früh jemand bei ihnen angerufen hätte, jemand mit der Stimme des Ministerpräsidenten, angeblich sei ihr Kind hier letzte Nacht gestorben, woraufhin die Beamten sie baten, mit auf die Polizeiwache zu kommen. Wenn sie schon von der Polizei seien, so fragte Gottlieb nach, ob der Parkplatz in der Seitengasse auch in Ordnung wäre, er kenne sich nicht aus in München. Der jüngere der beiden mit dem Schnauzer nickte und meinte, das gehe auf seine persönliche Verantwortung, plötzlich blitzte es, jemand fotografierte sie. Der ältere Polizist schob den Fotografen weg, raunte ihm etwas ins Ohr, doch der Mann drückte erneut ab. Der jüngere Polizist mit dem Schnauzer

ging daraufhin bedrohlich auf den Fotografen zu, sagte, »Habt's ihr keine Ehr im Leib! Das sind die Eltern eines Toten«, dann zogen die Beamten die Reisers mit sich, hin zu ihrem Zivilwagen, man fuhr zu einer Wache, die zur Einsatzleitung der in der Nacht noch gegründeten Sonderkommission »Theresienwiese« eingerichtet worden war, wie die Polizisten erklärten.

Auf der Wache, in der eine bayerische und eine deutsche Fahne hingen, wurden sie gebeten, Platz zu nehmen, doch Anntraud ging einfach weiter, weg von dem ihr zugewiesenen Platz hinter einem Schreibtisch, hin zu einem großen Tisch am Ende des Raums, auf dem Fotos, Pläne und Zeichnungen lagen. Sie hörte jemanden »stop« rufen, ein Beamter versuchte sie halbherzig am Arm festzuhalten, doch sie ging einfach weiter, der Tisch zog sie wie ein Magnet an, und in ihrem Blick lag etwas Unbedingtes, das den Anwesenden stumm verbot, sich ihr in den Weg zu stellen.
Anntraud sah die Fotos mit Leichen und Leichenteilen zwischen wirr herumliegenden Trümmern, sie sah die Bilder von einzelnen Verletzten und Toten, aber auch von Gegenständen wie einem Verkehrsschild und Handtaschen. Sie sah, wie Rettungskräfte über Verletzte gebeugt waren, wie Polizisten den Eingangsbereich mit einem Band absperrten; Anntraud nahm in Sekundenschnelle all diese Bilder auf, sie suchte weiter und fand schließlich, was sie nicht hatte sehen wollen: das Foto ihres Alexanders, wie er tot auf dem Boden lag, der Körper zerschlitzt, das Kinn zerschmettert, ohne ein Bein. Anntraud nahm das Bild, drückte es an sich und ging langsam zum angewiesenen Platz zurück. Sie nickte Gottlieb und Marion zu: »Doch«, sagte sie nur.
Die Beamten wagten nicht, ihr das Ermittlungsfoto ab-

zunehmen, obwohl es eigentlich verboten war, Angehörige diese Bilder sehen zu lassen. Anntraud dachte immer, Gottes Wille geschehe, und versuchte sich zusammenzureißen, schließlich war man hier auf einer Behörde und die Polizisten »auf ihre Mithilfe angewiesen«, wie sie sagten.

Danach riß der Film in Anntrauds Kopf wieder ab. Nach einer Lücke sah sie Susanne mit stieren Augen vor sich im Krankenhaus liegen. Sie beobachtete sich im Wagen des jüngeren Kriminalers mit dem Schnauzer in Berghaupt ankommen, sie sah die leere Hauptstraße, die an diesem Samstag wohl niemand kehren wollte, sie sah, wie es finster wurde und Sterne aufgingen, sie dachte wieder an die Prophezeiung, es hieß ja »dann vergehen nicht bloß zwei mal sechs Jahr und ein schrecklich End ist da«, und weiter »bringt den nächsten Seelen Tod, ruht nicht mal im Grab fürwahr«. War das alles in ihr und ihrer Unglücksexistenz angelegt? Hatten die Alten recht? Und brachte sie Alexander am Ende noch um seine Grabesruhe? War es ihr Fluch, daß der Pfarrer, Gerlinde und der Vater sie damals gerettet hatten? Hatte sie in ihrem kindlichen Gemüt nicht doch recht gehabt, sterben zu wollen? Dann hätte sie später erst gar nicht die Kinder zur Welt gebracht, und wäre dann am Ende dieses schreckliche Unglück überhaupt passiert?
Oder war es eine späte Strafe Gottes dafür, daß sie vor vielen Jahren doch noch dem Loibl Hias erlegen war, gerade als sie geglaubt hatte, er würde sie nicht mehr anziehen? Nur ein einziges Mal war es passiert, in seinem Büro – Anntraud hatte es gebeichtet, sie hatte sich geschämt dafür, sie hatte gebüßt dafür. Nein, dachte sie, Gott würde sie dafür nicht so strafen.
Anntraud, die sich nicht erinnern konnte, wo Gottlieb

und Marion nun waren, nahm einen Rosenkranz in die Hand, aber sie konnte die Gebete nicht verrichten, immer wieder schnitten die drei Worte »Alexander ist tot« alle Zusammenhänge auseinander. Alles war plötzlich still, weder aus dem Haus noch aus dem Dorf hörte sie Geräusche.
Dann machte sich ihr Körper mechanisch ans Werk. Sie ging in Alexanders Zimmer, roch an seinem T-Shirt, das er einfach neben das Bett geworfen hatte, sie streichelte den Teddybären, den er immer noch von seiner Kindheit her im Bett hatte, sie schloß die Augen und atmete tief ein: Der Geruch ihres Sohnes war noch hier, er war nicht weg. Anntraud holte die Frischhaltefolie und stopfte alle Ritzen am Fenster damit aus, sie ging zur Tür, schloß sie von außen und stopfte auch um die Tür herum alle Lükken mit der Folie zu. Dieses Zimmer, beschloß sie, durfte niemand mehr betreten, es sollte immer so bleiben, wie es war, und den Geruch ihres Kindes, den wollte sie so lange wie möglich erhalten.

Im Fernsehen sah man abends Bilder, die Nachrichten waren voll von dem Attentat, der Bombe, den bislang elf Toten und rund zweihundert Verletzten. Der Ministerpräsident sprach direkt zur Bevölkerung, in allen drei Fernsehprogrammen gab es Sondersendungen; man aß nichts, das Telefon klingelte kein einziges Mal, kein Berghaupter klingelte an der Tür, man sah nur die Nachrichten und Bilder, bis alle Programme um ein Uhr beendet war; man ging ins Bett, schlief aber nicht, am nächsten Morgen holte Gottlieb alle Zeitungen, die er kriegen konnte, vom Neumarkter Bahnhof, man ging nicht zur Kirche, man wartete auf den Überführungswagen, Alexander kam in einem verzinkten Sarg an, mit dem Bestattungsunternehmen wurde ein Eichensarg ausgesucht und

alles für die Beerdigung besprochen. Anntraud funktionierte wie eine Marionette, von unsichtbarer Hand bedient.
Marion wollte nicht zum Leichtrunk mitkommen, weil sie eine »Totenfeier« für »abartig« hielt, sie suchte aber ein Foto für das Sterbebildchen Alexanders aus, zusammen wählte man die Blumen und Kränze aus, Blau war seine Lieblingsfarbe gewesen, aber blaue Blumen und Kränze gab es nicht im Programm des Neumarkter Bestattungsinstitutes, Anntraud wäre schon auf die Farbe Gelb umgeschwenkt, aber Marion schrie den Bestatter an, ob er »unfähig« sei, und der freundliche Herr willigte schließlich ein, sein Bestes zu tun, um alles in Blau aufzutreiben.

Am 1. Oktober 1980 wurde Alexander bei einer selten großen Beerdigung mit blauen Blumen zu seiner Großmutter und seinem Großvater ins Grab gelegt. Nein, nicht Alexander, dachte Anntraud, bloß seine Hülle. Ihr Kind würde immer bei ihr bleiben, immer weiter bei ihr leben im Gegensatz zu einem Gott, der so etwas zulassen konnte. Dem Pfarrer Taugenbeck, der in seiner Beerdigungsrede davon sprach, daß Gottes Wege, auch wenn sie den Menschen noch so grausam erscheinen, immer einen tieferen Sinn hätten, konnte sie kein Wort mehr glauben. Anntraud sah nachts in den Sternenhimmel, in Alexanders »Tausend-Sterne-Hotel«, und hoffte, seine Seele würde dort oben irgendwo funkeln und auf sie herabschauen. Für lange Zeit wünschte sich Anntraud tagtäglich, Gott möge sie erhören und sie in den Himmel zu Alexander holen. Aber Gott zwang sie zu einem Leben, dem sie nichts mehr abgewinnen konnte.

6.

Anntraud spürte eine einsame Kluft zwischen sich, Gott und der Welt. Zehn Jahre nach dem Tod ihres Sohnes hatte sie sich zwar wieder im Leben einrichten können, sich aber von Gott und ihrem Mann entfremdet. Sie spürte keinen Glauben mehr im Herzen, ging aber trotzdem weiter zur Kirche. Sie küßte Gottliebs Lippen nicht mehr gerne, tat es aber trotzdem, weil er ja ihr Mann war. Sie hielt sich an die christliche Ordnung der Gemeinde, aber die göttlichen Gebote waren zu bloßen Formeln verkommen. Auch sie war zu einer »Hülle ihrer selbst« geworden, wie die Leute manchmal sagten, und womit sie nicht nur meinten, daß sie so abgemagert war. Anntraud lächelte zu diesen Worten nur stumm in sich hinein. Waren nicht vielmehr die anderen bloß Fassaden, die nicht ahnten, wieviel Kraft es kostete, mit so einem stechenden, tiefen Schmerz zu überleben?

An einem Freitag nachmittag Anfang April 1990 ging die vierundfünfzigjährige Anntraud, deren Haare mit einem Schlag nach dem Attentat ergraut waren – wie jeden Tag –, zu Alexanders Grab, setzte blaue Primeln ein, goß sie auf, schob die aufgeworfenen Kieselsteine vom Grabesrand herunter und lächelte in Gedanken an ihn. Zwei Zitronenfalter ließen sich am Dach des Holzkreuzes nieder, beschnupperten kurz die Blumen und stoben wieder auseinander, in den Frühling hinein. Es war richtig gewesen, dachte Anntraud, ein Holzkreuz und keinen Grabstein auszuwählen, obwohl Holzkreuze ja eigentlich Kindern vorbehalten waren und Alexander bei seinem Abschied schon volljährig gewesen war, aber er blieb einfach ihr »großer Kleiner«. Nach dem Friedhofsbesuch machte sie sich mit einem handfesten Plan zur kleinen Dienststelle ihres Mannes auf, um ihn dort von der Arbeit abzuholen. Anntraud wunderte sich auf diesem Weg über sich selbst und ihre innere Stärke. Sie spürte wieder einen Drang, ihr Leben zu meistern und ihr neues Ziel zu erreichen.

Anntraud hatte es nicht für möglich gehalten, daß eingetreten war, was die Eibnerin ihr noch am Nachmittag der Beerdigung Alexanders gesagt hatte. Gleich nach dem Leichtrunk hatte die Schwiegermutter Anntraud mit zu sich nach Hause genommen, war mit ihr auf den Speicher gegangen und hatte ihr zwei Schachteln gezeigt. In jedem dieser Schuhkartons bewahrte sie Wäsche, Briefe, Kinderschuhe, ein Zigarettenetui, eine alte Schiefertafel und andere Gegenstände von ihren beiden Buben, die im Krieg gefallen waren, auf. Neben den beiden Schachteln stand eine größere Kiste, mit noch mehr Anziehsachen und Spielzeug. Darin hatte sie alles von ihrem »depperten Willi« aufgehoben, der im Weiher ertrunken war.
»Das heb ich mein Lebtag auf«, sagte die Eibnerin, »und ich denke immer noch jeden Tag an alle drei Toten, auch wenn ich drei lebendige Kinder hab, in der Früh, mittags und abends.« Sie sah Anntraud fest an und fügte hinzu: »Irgendwann kann man dran denken, und es tut nicht mehr so weh, daß man meint, das Herz müßt zerreißen. Mit Hilfe des Herrgotts.« Anntraud mußte manchmal an

die Worte der »Mama« – wie sie ihre Schwiegermutter nun nannte – denken; über Wochen, Monate und Jahre schienen sich nichts davon zu bewahrheiten, aber dann heilte die »Zeit«, wie es hieß, doch die schlimmsten Wunden.

Gleich nach dem Anschlag waren sie und Gottlieb jeden Tag in der Früh nach Neumarkt gefahren und hatten alle Zeitungen gekauft. Sie waren alle voll mit Berichten über das Oktoberfestattentat. Anntraud hatte alle Artikel ausgeschnitten und gesammelt. Schließlich wurden es immer weniger Berichte in den Zeitungen, außer wenn es neue Erkenntnisse und Spekulationen gab. Acht Monate nach Alexanders Tod war der Anschlag plötzlich wieder auf den Titelseiten, denn die Bundesanwaltschaft stellte die Ermittlungen ein, und der Generalbundesanwalt legte den Abschlußbericht vor: Ein junger Student aus Donaueschingen, der beim Bombenzünden selbst gestorben war, wurde als Alleintäter ausgemacht. Entgegen der ersten Vermutung des Ministerpräsidenten gehörte er nicht der RAF an, im Gegenteil, zwischenzeitlich war vermutet worden, er sei aus »rechten Terrorkreisen«; dann aber kamen die Juristen zu dem Schluß, daß der Mörder aus persönlichen Gründen so gehandelt hätte, daß es sich um einen Einzeltäter ohne politische Motive handelte.
»Das glaub ich nicht«, sagte Anntraud sofort. Sie hatte alle Berichte in den Zeitungen gelesen, die meisten mehrmals am Tag und mehrmals in der Woche, die Artikel hatten sich widersprochen. »Die können doch die Ermittlungen nicht einstellen!« empörte sie sich.
Doch Gottlieb zuckte mit den Schultern. »Das sind Beamte, die werden schon ihre Gründe haben.«
Anntraud widersprach, ihr Mann wurde grantig. Was wolle sie denn noch, alle hätten zusammengehalten, in

ganz Bayern war spontan Geld für die Opfer und Angehörigen gespendet worden, und sie hatten fünftausend Mark bekommen.

»Mit fünftausend Mark ist das für dich erledigt?« entgegnete Anntraud. »Daß unser Kind tot ist und noch nicht mal alle Mörder gefunden sind? Das hat der Ministerpräsident aber versprochen bei der Trauerfeier, und jetzt läßt er noch nicht einmal einen Gedenkstein aufstellen?!«

»Es war *ein* Mörder«, sagte Gottlieb und zog Anntraud etwas weg vom Kiosk des Neumarkter Bahnhofs, damit niemand diesen Streit mit anhören konnte, obwohl sie sich das alles nur im Flüsterton zuraunten. »Und außerdem ist des wurscht, ob einer oder mehrere. Alexander ist tot und wird von der ewigen Nachfragerei auch nicht mehr lebendig.«

Ihr Mann hatte dies nun schon mehrmals gesagt, von Mal zu Mal wurde er dabei zorniger. »Willst dich über Gott erheben? Dich in seinen Schöpfungsplan einmischen?« hatte er einmal hinzugefügt. Und ein anderes Mal hatte er sogar gedroht: »Wenn du nicht aufhörst, dann mach ich sein Zimmer auf.« Anntraud sah diesen Mann an, der ihr Ehemann und der Vater Alexanders war, diesen Mann, der ihren Alexander endgültig aus dem Leben entfernen wollte – und entgegnete nichts. Das Zimmer war ihr zu heilig, als daß sie eine weitere Drohung dazu hätte hören wollen.

Im ersten halben Jahr hatte niemand das Haus betreten dürfen, kein Verwandter, kein Bekannter und erst recht kein Fremder, denn Anntraud hatte befürchtet, jemand könnte in Alexanders Zimmer gehen, die Tür öffnen und damit seinen Geruch entweichen lassen oder gar etwas darin verändern. Gottlieb und Marion hielten sich an das Verbot, von Zeit zu Zeit tauschte Anntraud vorsichtig die Frischhaltefolie aus.

Später ließ sie dann doch wieder Leute ins Haus, sie sagte ihnen, dies sei Alexanders Zimmer und keiner dürfe es betreten. Sie dachte sich: Mir wurscht, was die Leute denken. Im Dorf wußte ohnehin jeder, daß die Anntraud das Zimmer ihres Sohnes »konservierte«, und lange hatte niemand ein Wort darüber verloren, noch nicht einmal die Kutzberger Brunhilde, die so gerne über alles und jeden lästerte. Die Berghaupter hatten Anntraud trauern lassen, wie sie wollte, sie hatten über dieses Zimmer und den »Geburtstagsbrauch« nur mit den Schultern gezuckt – an Alexanders Geburtstag ging Anntraud an sein Grab und »feierte« dort mit ihm, sie ließ blaue Luftballons in die Luft steigen, um ihm so zu gratulieren, da, wie sie sagte, die Post keine Briefe an seine derzeitige Adresse zustellte. Im großen und ganzen stimmte man aber dem Gottlieb zu, daß auch irgendwann einmal Schluß sein müsse mit der Trauer, daß das Leben weiterginge, daß die Anntraud sich nur selber schade, wenn sie immer und immer wieder an Alexander erinnern wollte und wie beim seinem Geburtstag so tat, als sei er noch am Leben. Zudem stimmte man ihrem Mann zu, daß der Herrgott für manche Prüfungen bereithielt, für andere nicht. Und manche sagten nach dem ersten Trauerjahr: Andere haben auch schon Kinder verloren, und sie hat ja noch eins – bis sich Marion eines Tages auf und davon machte.
Ihre Tochter war bald nach dem »Unfall« – wie sowohl Marion als auch Gottlieb den Anschlag nannten – wieder jeden Abend in die Disco gegangen, hatte trotzdem ordentlich das Abitur gemacht, war dann aber »an den Falschen geraten«. Sie hatte einen Freund im Nachbardorf Sulzbürg gefunden, bei dem verbrachte sie die Tage und zu Anntrauds und Gottliebs Entsetzen auch die Nächte; sie scherte sich nicht darum, daß Sex in die Ehe gehörte, sie kümmerte sich nicht darum, ein Studium oder eine

Lehre anzufangen, und sprach nur frech von einem »selbstbestimmten Leben«. Anfangs ließen die Eltern sie einfach gewähren, bis es schließlich hieß, sie würde Drogen nehmen, und das Ehepaar sich fragte, ob sie die Tochter zu sehr vernachlässigt hatten nach dem Tod ihres Bruders. Anntraud und Gottlieb stellten sie zur Rede, Marion erklärte, sie würde nur ab und zu kiffen, und schon war sie wieder weg, bei diesem Automechaniker, in dessen Werkstatt die Polizei später bündelweise Drogen fand und der Marion offenbar durchfütterte, denn von ihrem Vater erhielt sie keinen Pfennig mehr, solange sie nichts Anständiges anpacken wollte.
Durch den Nebel der Trauer hindurch machte sich Anntraud Sorgen, steckte ihr hin und wieder heimlich ein paar Mark zu, aber sie hatte nicht die Kraft, die Tochter wirklich zurückholen zu wollen. Dann kam Marion von alleine wieder heim, es war Schluß mit diesem Automechaniker, sie wollte jetzt an ihre Zukunft denken, verkündete sie.
Die Reisers freuten sich, Anntraud kochte die Lieblingsgerichte ihrer Tochter, fuhr mit ihr nach Neumarkt und bezahlte ihre neuen Anziehsachen, die sie zwar unmöglich fand, aber Marion war begeistert, und Anntraud hatte gelernt, daß Kleidung zweitrangig war. Man legte ihr Stellenanzeigen vor, forderte sie aber nicht mehr auf, mit in die Messe zu kommen, und saß abends wenigstens wieder zu dritt zusammen. Doch nach einer Woche fand alles ein jähes Ende.
Die Eheleute kamen vom Hochamt heim, die Tür zu Alexanders Zimmer stand sperrangelweit offen, und Marion »mistete aus«, wie sie sagte. Anntraud konnte erst nicht fassen, was sie sah – die Frischhaltefolie war weg, das T-Shirt am Boden fehlte, das Bett war gemacht, Bücher in einer Kiste gesammelt und andere Kleidungs-

stücke auf dem Boden verstreut. Anntraud schrie, Marion schrie zurück: in dieser Gruft hier würde es ja niemand mehr aushalten, alles, aber auch alles, sei nur noch Tod und toter Bruder, aber sie hätte auch ein Leben, auch wenn die Mutter nur noch sich und ihren eigenen Schmerz sehen würde.

Gottlieb gab Marion recht, fassungslos schob Anntraud ihre Tochter aus dem Zimmer, schloß die Tür und versuchte wieder alles so herzurichten, wie es vorher gewesen war. Als sie nach einer Stunde aus Alexanders Zimmer kam, hatte Marion ihren Rucksack gepackt. »Ich gehe«, sagte sie. »Ich kann hier nicht mehr leben.« Zuerst dachten die Eheleute, Marion sei wieder zum Sulzbürger Automechaniker gezogen, aber dann rief sie aus Auersbach an, von einer Freundin, bei der sie wohnte. »Ich gehe nach Australien«, sagte sie »als Au-pair für ein Jahr. Der Mark hat die Stelle für mich gefunden.« Ihr Cousin Mark war vor einiger Zeit von Amerika nach Australien gezogen, so war sie offenbar auf diese Idee gekommen. Anntraud bat sie, doch hier zu bleiben, sie sei doch ihr einzig noch verbleibendes Kind, aber Marion bestand darauf, sagte zur Mutter »sonst geh ich hier kaputt«, und Anntraud spürte in diesem Augenblick, daß sie die Wahrheit sagte. Sie verkniff sich die Bitte, »sich es ihr zu Liebe« noch einmal zu überlegen.

Einen Tag später brachten ihr Gottlieb und Anntraud noch Geld, den vergessenen Wecker, Parka und eine Tasche nach Auersbach. Anntraud umarmte ihre Tochter und entschuldigte sich bei ihr. Marion streichelte kurz über ihr Haar. »Ist schon gut, Mama«, sagte sie. »Der Unfall hat uns auseinandergerissen.«

Gottlieb sagte auf der Heimfahrt: »Jetzt ist sie auch noch weg.« In seiner Stimme schwang der Vorwurf mit, Anntraud sei daran schuld.

Aus dem einen Jahr Australien wurden schließlich zwei und drei, denn Marion hatte dort nicht nur zu studieren angefangen, sie hatte sich auch in einen Australier verliebt. Sie schrieb regelmäßig Briefe und regelmäßig telefonierte man; Gottlieb überwies jeden Monat das Geld, das sie erübrigen konnten. Und Anntraud vermißte ihre Tochter zwar, aber nicht so sehr wie ihren Sohn, denn Marion wußte sie am Leben, wenn auch nur weit entfernt.

Jetzt, in diesem April 1990, hatte die vierundfünfzigjährige Anntraud ein festes Ziel vor Augen: Sie wollte den Führerschein machen. Deshalb ging sie an jenem sonnigen Freitag nach dem Grabbesuch zur Dienststelle ihres Mannes, um ihn abzuholen und ihm ihr Vorhaben zu eröffnen.
»Für was denn das?« fragte Gottlieb erstaunt.
»Dann mußt du mich nicht immer extra nach Neumarkt fahren. Zum Zahnarzt oder zum Einkaufen«, sagte Anntraud.
Gottlieb, der eine Überraschung für seine Frau hatte, ließ einen Brief in seiner Jackentasche verschwinden, trennte eine Briefmarke für seine Sammlung ab und sortierte ein paar Formulare in die entsprechenden Regale. Er ging nie vor Feierabend, noch nicht einmal fünf Minuten früher, und Anntraud wußte, daß sie solange würde warten müssen.
Gottlieb überlegte dabei fieberhaft, was Anntraud wohl mit dem Führerschein im Sinn hatte. Er hatte sich diesmal gewappnet und schon im Vorfeld damit gerechnet, daß seiner Frau »wieder etwas einfiel«, je näher der Geburtstag von Alexander rückte, der schlimmste Tag im Jahreslauf, seitdem der Bub gestorben war.
»Dann mußt du nicht nach der Arbeit noch herumfah-

ren, kannst in Ruhe Zeitung lesen oder dich um deine Briefmarkensammlung kümmern«, fuhr Anntraud fort.
»Aber«, sagte Gottlieb, »so ein Führerschein, der kostet heute ganz schön. Das Geld könnten wir uns besser für den Videorekorder sparen oder für eine kleine Reise.«
Anntraud brauchte keinen Videorekorder, diese neuen Aufzeichnungsgeräte, für was denn auch, sie sah doch ohnehin kaum fern. Und wohin sollten sie reisen? Wie kam Gottlieb plötzlich auf so eine Idee?
»Du kannst ja wieder eine Vollkasko-Versicherung abschließen«, meinte Anntraud, »wenn es dir um den Opel geht.«
Das Auto war erst zwei Jahre alt, Gottlieb schloß immer nur für das erste Jahr nach einem Neuwagenkauf eine Vollkasko-Versicherung ab, danach fuhr er besonders vorsichtig.
»Da kriegst im dritten Jahr kaum mehr was, wenn was passiert«, entgegnete Gottlieb. »Für was brauchst ihn denn?«
»Das hab ich doch schon gesagt, praktischer wäre es halt.« Anntraud überlegte, ob ihr nicht noch eine bessere Lüge einfiele, ihr Mann ahnte wohl, warum sie den Führerschein machen wollte.
»Also mir macht es nichts aus, ich kann dich gut und gern nach Neumarkt zum Einkaufen fahren«, sagte Gottlieb und schloß jetzt Kasse und Schränke in der Dienststelle ab.
»Ich würd gern wieder was für den Verein machen«, fiel Anntraud nun ein, »dafür muß ich dann auch mal vormittags bei Verbandssitzungen in Auersbach sein.«
Gottlieb sah seine Frau freudig an. Das war ein gutes Zeichen, wenn sie wieder bei »Unser Dorf soll schöner werden« mitmachen wollte, nach diesen furchtbaren zehn Jahren wieder mehr unter Leute kommen und wie-

der eine Aufgabe haben würde. »Ja, dann … von mir aus!« sagte er. »Finanziell schaffen wir das schon.« Anntraud lächelte. Gottlieb legte den Arm um die Schultern seiner Frau. »Jetzt brauchen wir nämlich schon ein Geld«, fügte er geheimnisvoll hinzu.
»Warum?«
»Überraschung«, sagte Gottlieb, »ich sag es dir daheim.« Anntraud war gespannt, obwohl sie auf dem Heimweg nur daran dachte, daß sie mit dem Führerschein und dem Auto endlich die Freiheit haben würde, nach Auersbach zu fahren, dort in der Bibliothek auch überregionale Zeitungen, die in Neumarkt nicht zu kriegen gewesen waren, zu dem Attentat zu studieren. Vor allem würde sie auch heimlich nach München fahren können, zum Sterbeort ihres Alexanders. Mit dem Opferanwalt wollte sie sprechen und mit Susanne, seiner damaligen Freundin, die nun in München verheiratet war. Sie wollte all den ungeklärten Fragen nachgehen, etwas, das Gottlieb ihr bei Androhung von Scheidung verboten hatte.

Daheim vergaß Anntraud ihren heimlichen Triumph für eine Weile, denn das Ehepaar freute sich zusammen: Ein Brief von Marion war gekommen, sie wollte heiraten. Der Australier hieß Steve, war Rechtsanwalt und machte auf den Fotos und in den Erzählungen einen anständigen Eindruck. Jetzt brauchten sie Geld für einen Flug dorthin, und außerdem wollte man sich – darin waren sich Gottlieb und Anntraud einig – in Australien auch nicht mit einer zu geringen Aussteuer lumpen lassen.

Schließlich kam alles doch anders als geplant. Kurz nachdem Anntraud im zweiten Anlauf die Führerscheinprüfung bestanden hatte, stürzte Gottlieb beim Ausbessern des Hausdaches so unglücklich von der Leiter, daß er sich einen Wirbel brach und querschnittsgelähmt wurde. Der Postbote wurde frühpensioniert, und Marion verlegte deshalb auch die Hochzeit mit dem Australier Steve nach Berghaupt, denn eine solche Reise war für Gottlieb nicht mehr denkbar. Dabei stellte sich heraus, daß Steve tatsächlich so anständig wie beschrieben war. Er nannte Anntraud sofort »Mum«, also Mama, und die Eheleute waren sich nach dem Polterabend einig, daß er – obwohl sie beide kein Wort Englisch verstanden – eher unter Marions Fuchtel stand als sie unter seiner. Von Drogen hielt er gar nichts, dafür um so mehr von Tennis, und außerdem war er ein Familienmensch, was schon daran zu erkennen war, daß er der halben Verwandtschaft einen Flug nach Deutschland zur Hochzeit spendiert hatte. Seitdem es die ökumenische Hochzeit gab, war es auch kein Problem mehr, daß er ein Protestant war, und Steve schloß sich freiwillig der katholischen Zeremonie an, ja er war es, der auf eine kirchliche Hochzeit gedrängt hatte, denn Marion hätte, nach eigener Auskunft, auch bloß standesamtlich geheiratet. Früher, vor dem Attentat, hätte dies Anntraud ziemlich empört – jetzt nahm sie es einfach hin.

Gottlieb klagte nicht über sein Schicksal, auch Anntraud beschwerte sich nicht darüber, nun ihren Mann fast rund um die Uhr pflegen zu müssen. Anntraud dachte sich: Ich kann warten, und sammelte die spärlichen Informationen, die sie von Berghaupt aus über das Attentat kriegen konnte. Nur eines ärgerte sie später sehr: daß sie nicht früher auf das Internet und seine Möglichkeiten gekommen war, das die Jungen im Dorf bis zum Jahr 2004 fast alle hatten und von dem ihr Schwiegersohn schon bald nach der Hochzeit schwärmerisch als vom »Medium der Zukunft« gesprochen hatte, damals, als sie – zum

einzigen Mal – ihren Mann der Eibner-Mama zur Pflege überließ und zur Marion nach Australien geflogen war, um mitzuhelfen, denn ihre Tochter hatte einen Sohn bekommen, Anntraud war glückliche Großmutter geworden – und hätte darüber die Feiern zur Wiedervereinigung fast ebenso versäumt wie seinerzeit den Bau der Mauer, wo sie selbst gerade entbunden hatte.
Da ihr Mann ihr ausdrücklich »für immer und ewig« verboten hatte, weitere Nachforschungen zu dem Anschlag anzustellen, nutzte Anntraud jetzt die Zeit, indem sie Englisch lernte. Mühsam paukte sie Vokabeln und Grammatik im Fernstudium. Gottlieb fragte zwar wieder, für was das gut sein sollte, aber da es nicht viel kostete und sie dabei im Haus blieb, mußte Anntraud auch nicht lange nach einer Begründung suchen. Sie sagte bloß, ihr Großvater sei ein Engländer gewesen, ihr Enkelkind und ihr Schwiegersohn würden englisch sprechen, und Marion manchmal sogar schon deutsche Wörter vergessen. Im Nachhinein dachte Anntraud, daß diese Lernerei das beste Training gegen ihr nachlassendes Gedächtnis gewesen war, daß es ihren Geist in Schwung gehalten hatte – und sie damit das jahrelange Warten leichter durchgehalten hatte. Anfang September 2004 war es dann soweit: Gottlieb entschlief sanft, und nun gab es keine Pflichten mehr, die Anntraud hätten aufhalten können.

Sie arrangierte alles für eine standesgemäße Beerdigung, zu der zahlreiche Berghaupter kamen. Marion, die nach der Babypause fertig studiert hatte, war mit dem zweiten Kind im neunten Monat schwanger und durfte nicht mehr fliegen, wollte aber bald das Grab besuchen.
Eine Woche später, nachdem alle Formalitäten, auch mit dem Notar, geklärt waren, packte Anntraud einen Koffer, und Pfarrer Taugenbeck brachte sie höchstpersönlich

zum Bahnhof nach Neumarkt, denn Anntraud wollte lieber mit dem Zug als mit dem Opel nach München fahren. Taugenbeck schenkte ihr zum Abschied einen handgeschnitzten Rosenkranz und ein Kartenhandy für den Notfall, denn Anntraud hatte angekündigt, »eine Weile« in der Großstadt bleiben zu wollen. Warum, wußte niemand.

IV.
Die Stadt

1.

Mit einem Koffer in der Hand kam die achtundsechzigjährige Anntraud Reiser im September 2004, vierundzwanzig Jahre nach dem Tod ihres Sohnes, am Hauptbahnhof in München an, um dort die Wahrheit über den Mord an ihrem Kind herauszufinden und ihn zu rächen. Sie fragte einen Bahnbeamten, wie sie zur Theresienwiese käme, der Mann verwies darauf, daß das Oktoberfest erst in zwei Wochen beginnen würde, Anntraud nickte und sagte, das wüßte sie schon, dann beschrieb ihr der Mann den Weg zur U-Bahn, die U4 oder die U5 sollte sie nehmen und Richtung Laim fahren. Sie folgte den Hinweisen, stieg in die U-Bahn und wurde kurz darauf kontrolliert. Anntraud hatte keinen Fahrschein, der Bahnbeamte hatte ihr nicht gesagt, daß es keinen Schaffner gab, bei dem man eine Karte lösen konnte. Die Kontrolleure glaubten ihr zuerst nicht, daß sie zum ersten Mal in ihrem Leben U-Bahn fuhr. Anntraud zeigte ihnen die Adresse und die Telefonnummer der Kutzberger Sieglinde, erklärte, daß die Kutzberger Sieglinde nach ihrer Scheidung von einem Berngrieser Bauern nach München gezogen sei, sich dort wieder verheiratet hatte und Schauspielerin geworden war. Die sollten sie doch anrufen und fragen, die würde bezeugen können, daß sie

zum ersten Mal allein in München war. Auch die Susanne könne das bestätigen, sie sei die Freundin ihres verstorbenen Sohnes, seit fast zwanzig Jahren jetzt ebenfalls verheiratet und hier eine medizinisch-technische Angestellte bei einer großen Firma, die wolle sie auch besuchen, aber zuerst wolle sie zum Todesplatz ihres Kindes schauen, zur Wiesn. Dort wolle sie jetzt hin, nachdem ihr Mann, der vor einer Woche verstorben war, ihr das vierundzwanzig Jahre lang verboten hatte, sagte Anntraud, während sie an der nächsten Haltestelle mit den Kontrolleuren in Zivil aussteigen mußte. Die beiden jungen Männer schauten das Mütterlein mit den blitzenden grünen Augen, dem grauen Schopf und dem schwarzen Kleid, das sie an einen »Eis-am-Stiel-Film« erinnerte, ratlos an – wie eine Ausrede fürs Schwarzfahren klang das nicht. Am U-Bahnsteig öffnete Anntraud ihren Koffer, dessen eine Hälfte nur mit Zeitungsartikeln über das Oktoberfestattentat gefüllt war. »Hier«, sagte sie und deutete auf Fotos, »da ist es passiert, da war mein Bub gerade so alt wie ihr jetzt wahrscheinlich.«
Einer der Kontrolleure erinnerte sich an seine Mutter, die an dem Abend auf der Wiesn gewesen war, als das Unglück passierte, und öfter davon erzählte. Im Bierzelt mit der lauten Musik hatte sie nichts von der Bombe mitbekommen, den lauten Knall hatte sie für einen Salut-Schuß gehalten.
So halfen die jungen Männer Anntraud schließlich beim Einpacken des Koffers, verzichteten auf ein Bußgeld, begleiteten sie bis zur U-Bahn-Station Theresienwiese, und der Blonde trug ihr den Koffer sogar bis zum Ausgang hinauf, denn die Rolltreppe war defekt. Anntraud verabschiedete sich dankend von ihnen und ging zum Haupteingang des Oktoberfestgeländes, auf dem eifrig gewerkelt wurde. Die Zelte für das nahende Fest standen schon,

Lastwägen transportierten ganze Container in das Gelände hinein, ein Kran setzte die Achterbahn zusammen. Alles sah fast so aus wie damals, einen Tag nach dem Attentat, bloß die vielen Menschen, die Musik, die Geräusche und die Gerüche fehlten. Anntraud setzte am Mahnmal ihren Koffer ab. Hier fühlte sie sich Alexander nahe, ihr war, als sei er der leichte Wind, der aufkam und um ihr Gesicht strich. Hier war der rechte Ort, um bei ihrem Kind zu sein, und nicht am Grab, dachte sie, und beschloß, jeden Tag hierherzukommen.

Anntraud nahm das Handy von Pfarrer Taugenbeck aus der Handtasche und wählte Sieglindes Telefonnummer, kam aber nicht durch, weil sie, wie sie später erfuhr, bei einem Handy die Vorwahlnummer mitwählen mußte. Susanne, so überlegte Anntraud, könnte sie nicht einfach uneingeladen besuchen.

So ging sie ein Stück weiter und sah ein Hotel gegenüber der Theresienwiese, fragte an der Rezeption, wieviel ein Zimmer kosten würde, und nahm das billigste mit Blick auf die Wiesn.

Allerdings, so wurde ihr gesagt, nur für zwei Wochen, dann würde das Oktoberfest beginnen und da seien sie bereits ausgebucht. Anntraud erwiderte, daß sie ohnehin nur so lange bleiben würde, bis sie eine alte Bekannte erreicht hätte.

Sie richtete ihre Anziehsachen in den Kleiderschrank, wunderte sich, daß im Hotel sogar Seife und Handtücher lagen und ein Fön im Bad hing – im Italienurlaub seinerzeit hatte man alles selbst mitbringen müssen. Sie ließ das Handtuch und die Seife im Koffer, auf dem Nachttisch stellte sie das Bild von Alexander auf, das auch in Berghaupt all die Jahre hindurch auf ihrem Bettkastl gestanden hatte. Sie machte sich mit der nach Jasmin riechenden

Hotelseife frisch, ging zur Rezeption, bekam einen Schlüssel und ging die andere Richtung um die Festwiese herum.
Dort stand die große Bavaria-Statue, von der aus Treppen zur Wiesn hinunterführten, der großen Figur gegenüber lag ein kleiner Park, der sie an das Berghaupter Fichtenhölzchen erinnerte. Anntraud wollte ihn sich anschauen und ließ sich dort auf einer Bank nieder. Eine Taube hüpfte vor ihr herum, sie zog die Semmel, die sie als Wegzehrung von Berghaupt mitgebracht hatte, aus der Handtasche und fütterte den Vogel, bis eine lärmende Kindergruppe mit drei jungen Frauen kam, vor denen die Taube sofort flüchtete. Die Frauen stellten Rucksäcke und Getränke auf der Nachbarbank ab, die Kinder, die vorher Hand in Hand in Zweierreihen gegangen waren, tobten los und rannten mit Bällen auf die offene Wiese. Ein Mädchen fiel hin, eine Frau nahm es tröstend auf den Schoß, die Buben begannen, sich um den Ball zu streiten, und Anntraud fragte sich, ob dies Heimkinder seien, denn die Kinder schienen ihr höchstens sechs Jahre alt zu sein.

Die ersten Wochen nach dem Attentat war Anntraud nicht aus dem Haus gegangen, um nur ja kein Kind zu sehen, denn sie hatte den Gedanken nicht ertragen können, daß andere Mädchen und Buben noch lebten, ihr Sohn aber tot war. Auch Monate und Jahre später hatte es ihr noch oft einen Stich ins Herz gegeben, wenn sie Kinder sah, die Kästchen hüpften, Indianer und Cowboy oder einfach nur Versteck spielten. Selbst bei der Geburt ihres Enkelkindes David mußte sie so sehr an Alexander denken, daß sie nicht richtig glücklich war, und die Enkelkinder der Kutzberger Brunhilde mochte sie so oder so nicht, weil sie immer die anderen Kinder im Dorf verspotteten.

Jetzt war es ihr ein Vergnügen, dieser Gruppe zuzusehen, Anntraud wunderte sich selbst darüber.
»Wie heißt du?« fragte sie ein Mädchen in einem rosa Kleid unvermittelt.
»Anntraud«, sagte sie. »Und du?«
»Mariann, ich bin vier Jahre. Warum schaust du so komisch?«
»Schau ich komisch?« Anntraud lächelte zurück.
»Bist du eine Oma?«
Anntraud nickte.
»Hab ich mir schon gedacht. Die Jungs lassen mich nicht mitspielen«, sagte Mariann. »Das ist gemein.«
Anntraud nickte. »Gehört ihr zusammen, ihr alle?«
»Klar. Das ist mein Kindergarten. Der heißt Löwenzahn«, sagte Mariann und erklärte Anntraud, daß die Gruppe hier jeden Tag zum Spielen ins Freie kam.
Anntraud fand die Vorstellung schön, daß sich jeden Tag eine Kindergruppe ganz in der Nähe der Stelle, wo ihr Alexander gestorben war, aufhielt. Sie wollte Mariann noch etwas fragen, aber das Mädchen war schon wieder weg, durfte nun offenbar doch mit den Buben spielen, die abgebrochene Äste zu Spielzeugpistolen umfunktionierten und aufeinander schossen, bis zwei Größere sich mit den Waffen zu prügeln begannen. Die Kindergärtnerinnen – die mittlerweile Erzieherinnen hießen, wie Anntraud später erfuhr – gingen sofort dazwischen und holten die Buben zu sich an die Bank.
»Der Lukas ist schuld, der hat angefangen«, rief ein Bub.
»Nein, der Tim hat zuerst gehaut«, rief der andere und ein dritter ergriff Partei für den Lukas. »Ich hab auch gesehen, wie der Tim angefangen hat.«
Die Erzieherin mit dem Pferdeschwanz nahm den Kindern die Holzprügel ab, ging in die Hocke auf Augenhöhe zu den Kindern und sah sie ernst an.

»Was haben wir ausgemacht?« fragte sie.
»Nicht mit Waffen auf andere zielen«, sagte ein Bub, der wohl der Lukas war.
»Nicht schlagen«, sagte der andere, der vermutlich Tim war.
»Nicht petzen«, sagte der Dritte im Bunde.
»Aber er hat angefangen, er ist schuld«, wiederholte Lukas.
»Ich bin echt sauer«, sagte die Erzieherin, die in ihren Jeans, dem ärmellosen T-Shirt, der Vliesjacke und mit ihrem Pferdeschwanz recht sportlich wirkte. Sie erinnerte Anntraud an die junge Theres, am Hals hatte sie ein kleines Feuermal. Die Erzieherin sah die Kinder fest an. »Wenn ihr euch nicht an die Regeln haltet und aufeinander losgeht, dann passiert so was und dann gibt einer dem anderen die Schuld.«
Der Lukas grinste, wahrscheinlich aus Verlegenheit.
»Schau mich bitte an, Lukas«, sagte die Erzieherin, der Bub hörte auf zu grinsen, sah ihr in die Augen, senkte dann den Blick und sagte: »Hab ja schon verstanden.«
»Wir haben ausgemacht, daß ihr Waffen spielen könnt, aber nicht aufeinander zielt. Deshalb machen wir ja die Regelbesprechungen. Aber wenn ihr euch nicht daran haltet, dann passieren solche Sachen wie die Prügelei. Das ist der Grund und nicht weil einer die Schuld hat.«
»Ja«, stimmten ihr nun alle zu, die Buben zogen wieder davon und zielten fortan tatsächlich nicht mehr auf andere Kinder.

Anntraud erinnerte sich an den Deppen Willi mit seinen Kriegsspielen und sah dem Treiben noch eine Weile zu, dann verabschiedete sie sich mit einem Kopfnicken von der Gruppe, denn sie wußte nicht, ob man sich in der Großstadt die Hand gab, und ging zur U-Bahn-Station zurück. Vor dem Eingang las sie genau die Fahrgastbeförderungsbestimmungen, ließ eine Streifenkarte aus dem Automaten, stempelte sie ab und fuhr zum Hauptbahnhof, der ihr mit seinen vielen Läden und Imbißständen mehr wie das Neumarkter Einkaufszentrum als eine Reisezentrale vorkam. Vor einer Übersichtstafel mit allen U-Bahn-Strecken zog sie den Stadtplan aus der Tasche und suchte die Staatsbibliothek. Doch die U-Bahn-Nummern waren auf dieser Karte nicht zu finden. Wieder gab ihr ein freundlicher Bahnbeamter, den sie um Hilfe bat, einen Hinweis: Der Stadtplan war von 1980, also zu alt, die U-Bahn-Nummern hatten sich geändert. Anntraud sollte sich einen neuen Plan besorgen.

Mit dem neuen Stadtplan fand sie den Weg zur Staatsbibliothek, dem Gebäude in der Ludwigstraße, leicht, nur einmal noch mußte sie einen Passanten nach der Richtung fragen. Anntraud erwartete, eine riesige Menge Bücher zu sehen, doch die Staatsbibliothek sah völlig anders aus. Kein einziger Band stand in einem Regal, es gab nur Schalter mit langen Schlangen und viele Tische, auf denen Computer standen. Anntraud reihte sich bei den Wartenden ein und fragte sich, wie sie zu den Zeitungen kommen sollte, die sie suchte, denn sie hatte nicht gelernt, mit einem Computer umzugehen. Als sie an der Reihe war, erklärte ihr eine Frau hinter dem Schalter, daß man ihr die gewünschten Schriften zum Oktoberfestattentat auch ohne Computer bestellen könne, sie aber dafür zuerst einen Ausweis mit Lichtbild bräuchte. Dazu gab ihr die Frau einige Formulare zum Ausfüllen, und Anntraud wollte keine weiteren Fragen mehr stellen, um die vielen Menschen in der Schlange hinter ihr nicht unnötig warten zu lassen. Sie überlegte, wie sie zu einem Paßbild käme, und dachte an den Fotografen Neindinger in Neumarkt, der aber schon vor drei oder vier Jahren sein Geschäft aufgegeben hatte. Außerdem würde sie wegen eines Lichtbildes nicht extra nach Neumarkt fahren, in München müßte es doch auch Fotografen geben. Dann fiel ihr ein, daß sie am Hauptbahnhof Automaten gesehen hatte, in denen man Paßbilder machen konnte.

Anntraud faltete die Formulare sauber zusammen, steckte sie in ihre Handtasche, sah auf den Stadtplan und beschloß den Weg zum Hauptbahnhof zu Fuß zu gehen. Angesichts der Öffnungszeiten der Staatsbibliothek würde sie es heute sowieso nicht mehr schaffen, die Anträge auszufüllen und mit dem Lichtbild abzugeben. Außerdem kostete eine U-Bahn-Fahrt zwei Euro, und ganz abgesehen von dem Geld würde sie bei dem Fußweg etwas von der Stadt sehen. München war teuer, die Leute hatten schon recht, sie wollte mit Alexanders Geld sparsam umgehen – Alexanders Geld, das waren die fünftausend Mark, die sie seinerzeit für seinen Tod erhalten hatten und die Anntraud kurz nach der Euro-Einführung hatte umtauschen lassen. Bis dahin hatte sie den Umschlag mit den Scheinen in seinem Zimmer unter dem Kopfkissen aufbewahrt.

Anntraud wollte nicht durchkalkulieren, wie lange das Geld hier in München reichen würde, abends wollte sie auf jeden Fall noch einmal die Kutzberger Sieglinde anrufen und auf ihr freundliches Angebot zurückkommen, sie »jederzeit in München zu besuchen«, denn als Schauspielerin hatte sie hier eine große Wohnung. Das Angebot war zwar schon ein paar Jahre alt, aber Anntraud dachte, daß sie es noch beanspruchen dürfte.

Hauptsache, sie war jetzt erst einmal hier, dachte Anntraud, hier in dieser Stadt, wo ihr Alexander unbedingt hatte hin wollen, und ging die Ludwigstraße bis zum

Siegestor, bog in die Brienner Straße ab und sah dort die teuren Boutiquen, in denen Gerlinde manchmal eingekauft hatte. Tausend Euro, so sah sie an den Preisschildern hinter den Schaufenstern, kostete dort schon mal ein Kleid, Anntraud schüttelte den Kopf – nie im Leben würde sie so viel Geld für einen Fetzen, noch dazu für Konfektionsware, ausgeben. Sie wunderte sich, wie viele Leute in diese Läden hineingingen, sie wunderte sich auch, wie viele Menschen überhaupt auf der Straße waren, nachmittags um vier Uhr, sie fragte sich, ob diese Leute arbeitslos waren, aber das konnte nicht sein, denn dann würden sie sich diese teure Kleidung nicht leisten können.
Anntraud bog ab, verschnaufte kurz am Stachus, an dem noch mehr Menschen unterwegs waren als in der Brienner Straße und nahm dann eine kleine Straße zum Hauptbahnhof. Dort wurden die Schaufenster kleiner, die Waren wesentlich billiger, und immer häufiger schienen Ausländer die Geschäftsinhaber zu sein, wie sie an den Schildern las und aus Gesprächsfetzen erkennen konnte. Döner gab es hier, wie in Neumarkt, nur einen Euro teurer als in Neumarkt; Anntraud dachte daran, daß sie im Hotel nicht kochen konnte und auch nicht in ein teures Restaurant gehen wollte. Also kaufte sie sich einen Döner, der wie der Neumarkter schmeckte, und setzte sich auf einen Plastikstuhl, der vor dem Imbiß stand. Sie aß dort alleine und kam sich kurz wie eine Kuh vor, die im Stall und auf der Weide inmitten all der anderen Tiere ebenfalls so alleine vor sich hin fraß. Dann sah sie den Menschen zu, die hektisch an ihr vorbeiliefen. Hatte Alexander damals auch hier am Hauptbahnhof verweilt? Einen Döner gegessen? Anntraud überlegte, ob es damals überhaupt schon Döner geben hatte, in Neumarkt jedenfalls nicht, der Türke hatte erst nach Marions Auswanderung dort sein Geschäft eröffnet.

Die Fotos wurden nicht besonders schön, Automatenfotos halt, dachte Anntraud und ging auch den weiteren Weg zum Hotel zu Fuß zurück, obwohl sich ihr Hühnerauge zwischen den Zehen schmerzhaft bemerkbar machte. Sie kam wieder an der Gedenktafel vorbei, ruhte sich dort aus, jetzt war es ganz ruhig hier, die Oktoberfestarbeiter hatten offenbar schon Feierabend, und sie fühlte sich ihrem Kind wieder so nahe wie vormittags. Sie dachte zärtlich an ihn – und stellte sich vor, er wäre in München verheiratet und seine Kinder, ihre Enkelkinder, würden die Kindergruppe besuchen.

An der Rezeption wußte man nicht, wann hier eine Abendandacht oder Messe war, der Portier mußte erst bei seinen Kollegen und schließlich beim Chef nachfragen, wo die nächste katholische Kirche lag. Obwohl die Füße von dem langen Weg schmerzten, brach sie noch einmal auf, fand die Straßen zur Kirche, die St. Rupert hieß, auf Anhieb und entnahm an der ausgehängten Gottesdienstordnung, daß es hier unter der Woche gar keine Abendandachten gab, die Sonntagsmesse begann um neun Uhr dreißig, eine halbe Stunde später als in Berghaupt.

Auf dem Rückweg kaufte sie in einem Supermarkt Fischdosen, Brot, Getränke und eine Stofftasche, in die sie alles packte, denn im Hotel sollte man nicht sehen, daß sie Lebensmittel mitbrachte und auf dem Zimmer aß. Gleich nach dem Supermarkt sah sie ein kleines Geschäft mit der Aufschrift »Praxis für medizinische Fußpflege«. Anntraud las im Schaufenster, daß man dort schmerzfrei und dauerhaft Hühneraugen entfernte, zum Preis von nur zehn Euro. Sie überlegte, ob das ein billiger Werbetrick war, überschlug dann aber im Kopf, daß sie über all die Jahre schon mindestens hundertfünfzig Euro für Hühneraugenpflaster, die nichts geholfen hatten, ausgegeben hatte. Die Ausgabe von zehn Euro war also einen Versuch wert. Anntraud betrat die kleine Praxis und fragte nach, ob eine Behandlung für sie in Frage käme. Die Fußpflegerin bejahte, und Anntraud bekam einen Termin für den übernächsten Tag, anscheinend war es nun also auch in München Mode, Termine auszumachen, wie in Neumarkt beim Friseur, bei dem man sich auch anmelden mußte, oder vielmehr, so überlegte Anntraud, war die Mode mit den Terminen wahrscheinlich von München nach Neumarkt übergeschwappt.

Eine Straßenecke weiter blieb sie vor einer Buchhandlung stehen. Die eine Hälfte der Auslagen war nur mit esoterischen Büchern, Steinen und Duftlampen dekoriert, und Anntraud überlegte, ob dies der Aberglaube der Städter sei. Die andere Hälfte der Auslage, die mit Büchern und Kalendern über München bestückt war, brachte sie auf die Idee, in die Buchhandlung hineinzugehen und zu fragen, ob es nicht ein Werk über das Oktoberfest-Attentat zu kaufen gab, was ihr weniger umständlich schien, als in die Staatsbibliothek zu fahren. Sie scheute sich jedoch, ein Geschäft zu betreten, in dem vermutlich recht gebildete Leute verkehrten. Ein paar Häuser weiter dachte sie, daß sie sich in der Stadt etwas trauen müsse, und kehrte um.

Eine junge, strohblonde Frau im Laden fragte sie, ob sie ihr helfen könne, und durchsuchte erst ihr Hinterzimmer, dann den Computer, während sie zwischendurch eilig – um Anntraud nicht warten zu lassen – ihr Baby stillte. Schließlich rief sie bei mehreren Großhändlern an, konnte Anntraud aber nur mitteilen, daß es zwar ein Buch zum Attentat gegeben hatte, dieses aber vergriffen war. »Tut mir leid«, fügte die blonde Frau bedauernd hinzu und Anntraud wiederum tat es leid, daß sich die Frau so viel

Arbeit gemacht hatte, ihr Kind für sie vernachlässigt hatte und nun nichts verdiente. Sie, die sich nur einmal ein Buch, nämlich das Bayerische Kochbuch, gekauft hatte, sah sich kurz in der Menge der Bücher um und griff dann kurz entschlossen zu dem Titel, der sie am meisten ansprach: »Gärtnern leicht gemacht – heimische Pflanzen«. Die Buchhändlerin wünschte ihr damit noch »viel Vergnügen« und bedauerte, selbst nur in einer kleinen Wohnung ohne Balkon zu leben. So freundlich und offen Fremden gegenüber hatte sich Anntraud eine gebildete Frau in der Großstadt nicht vorgestellt.
Beim Abendessen blickte Anntraud von ihrem Hotelzimmer im vierten Stock aus auf die Wiesn, die Sonne ging unter und tauchte die ganzen Zelte und halb aufgebauten Fahrbetriebe in rotes Licht. Sie wollte nur noch die Anträge ausfüllen, Sieglinde anrufen und dann früh ins Bett gehen, denn morgen hatte sie eine Menge vor: zur Sieglinde umziehen, Susanne besuchen, in die Staatsbibliothek gehen, vielleicht noch einmal in den Park schauen und am Hauptbahnhof nachfragen, ob es für sie auf die Dauer nicht günstiger wäre, mit einem Seniorenpaß U-Bahn zu fahren als mit einer Streifenkarte.

Eigentlich hatte sie es sich viel schwieriger vorgestellt, in der Großstadt zurechtzukommen, dachte Anntraud, und ließ sich ein heißes Bad einlaufen, nachdem ihr eingefallen war, daß sie dies keinen Cent extra kosten würde. Sie verstand nicht, warum es in Berghaupt immer hieß, in München blicke man einfach nicht durch und es gäbe nur Einbahnstraßen. Sicher war es richtig gewesen, mit dem Zug anstatt mit dem Opel zu kommen, denn Parkplätze gab es tatsächlich keine; kein Wunder, dachte Anntraud, bei so vielen Menschen hier. Ansonsten aber hatte sie sich schon am ersten Tag hier einleben können und die wichtigsten Ziele wie die Wiesn, die Staatsbibliothek und die Kirche gefunden, ganz ohne Hilfe Vertrauter.

Auch nach dem Bad erreichte sie die Kutzberger Sieglinde nicht. Anntraud dachte wieder an die Kindergruppe im Park. Daß man zusammen Regeln befolgte und es nicht hieß: Kinder haben zu gehorchen, daß man Ursachen und nicht Schuldige suchte, das beschäftigte sie. Konnte es doch eine Ordnung geben, die Menschen sich alleine ohne Aberglauben und ohne Gott schafften? Von den täglichen Verbrechen der Großstadt jedenfalls, wie man oft in Berghaupt behauptete, spürte sie nichts, im Gegenteil, sie wunderte sich, wie so viele Menschen friedlich so dicht aufeinander lebten. Und der Mörder ihres Sohnes war auch kein Münchner gewesen, sondern einer aus Schwaben. Wenn aber all diese Leute nicht einmal wußten, wo die nächste Kirche stand, dann mußten sie eine weltliche Ordnung und Regeln haben, sonst würde das Zusammenleben nicht so friedlich funktionieren. Während Anntraud – müde vom langen Fußweg und dem Vollbad – ins Bett schlüpfte und genoß, daß sie dieses Bett nicht selbst würde überziehen müssen, wünschte sie sich, diese Ordnung und diese Regeln kennenzulernen. Der Weg zu diesem Ziel war schließlich wesentlich länger, als sie gedacht hatte, wohingegen der Weg zu den Mördern ihres Kindes erstaunlich kurz war.

2.

Nach einem üppigen Frühstück im Hotel mit weichen Eiern, einer Wurstplatte und frisch ausgepreßtem Orangensaft erreichte Anntraud die Kutzberger Sieglinde über das Hoteltelefon. Sie erzählte ihr, daß sie schon in München sei, in einem Hotel wohne, und fragte, wann sie zu ihr kommen könne. Die Kutzberger Sieglinde betonte, was für eine freudige Überraschung das sei, aber leider sehe es diese Woche ganz schlecht aus bei ihr, da sie für »die Rolle ihres Lebens« wahnsinnig viel proben müsse. Anntraud sagte, die Kutzberger Sieglinde sollte sich ihretwegen überhaupt keine Umstände machen, ihr ginge es nur um ein Zimmer zum Wohnen, denn sie hätte hier in München sehr viel zu erledigen. Sieglinde entschuldigte sich, selbst ein kurzer Besuch käme ihr diese Woche äußerst ungelegen, da sich – vorgestern erst, wenn sie das bloß gewußt hätte – Schauspielerkollegen aus Paris und New York angekündigt hätten und sie ihnen die Zimmer zugesagt hätte. Ob die Anntraud denn nicht in dem Hotel bleiben könne, auf einen Kaffee könnte man sich zwischendurch – vielleicht am Stachus – gerne treffen?

Anntraud überlegte nach dem Telefonat, ob vielleicht an der Behauptung der Kutzberger Brunhilde, ihrer

Schwester, etwas dran sei, daß die Sieglinde in München gar keine Schauspielerin geworden war. In keinem einzigen Fernsehfilm hatte man sie jemals gesehen, angeblich sei sie eine Theatergröße, aber auch da hatte sie die Schwester noch nie zu einer Vorführung eingeladen. Auch hatte noch nie jemand ihre Münchner Wohnung gesehen, die Sieglinde war immer nur ziemlich aufgedonnert nach Berghaupt gekommen, noch nie hatte sie jemanden – mit Ausnahme der Anntraud, von der sie wohl annahm, daß sie nie auftauchen würde – nach München eingeladen.

Anntraud reservierte ihr Hotelzimmer nun für eine Woche und verbrachte die Vormittage damit, nach dem Frühstück zuerst zu ihrem Sohn an das Mahnmal zu gehen, dann mit dem Seniorenpaß in die Staatsbibliothek zu fahren und dort Material zu sammeln und zu kopieren und zweieinhalb Stunden später rechtzeitig zum Park zu kommen, um dort die Kindergruppe zu treffen, von der sie bald »Taubenmutterl« genannt wurde, weil sie dort die Tauben fütterte, bis ihr die Kinder eines Tages kichernd erklärten, daß es streng verboten war, diesen Tieren etwas zu Fressen zu geben, da sie eine Plage in der Stadt waren. Anntraud nahm seither keine alten Semmeln mehr mit in den Park und wollte auch nicht mehr so genannt werden.

Nachmittags las sie im Hotelzimmer die kopierten Zeitungsberichte und machte sich in einem kleinen Heft Notizen. Danach traf sie sich entweder mit Susanne in einem Café, erledigte Einkäufe oder ließ sich nun schon das dritte Hühnerauge von der Fußpflegerin entfernen, und zwar dauerhaft, wie sie feststellte.

Die Kutzberger Sieglinde hatte auch in der Woche darauf keine Zeit für einen Kaffee und keinen Platz in der Wohnung, aber Susanne hatte ihr nun angeboten, für die zwei

Wochen der Wiesnzeit, in der es kein Hotelzimmer gab, bei ihr zu wohnen, da sie zu dieser Zeit ohnehin mit ihrem Mann in Urlaub nach Spanien fuhr, um dem »Rummel« zu entgehen, wie Susanne offiziell sagte. In Wahrheit aber konnte sie es seit dem Attentat nicht aushalten, zur Wiesnzeit in der Stadt zu sein, die schrecklichen Bilder jener Nacht von Leichen und Verwundeten, den herumliegenden Gliedmaßen, das Gewimmer der Schwerverletzten, all das türmte sich dann immer und immer wieder in ihrem Kopf auf, gestand sie Anntraud. Sie war ja nur leicht verletzt worden, weil sie noch einmal umgekehrt war, um aufs Klo zu gehen, während Alexander am Haupteingang auf sie gewartet hatte.
Anntraud hatte es Susanne jahrelang nicht verziehen, daß sie fünf Jahre nach Alexanders Tod einen anderen geheiratet hatte, für Anntraud war das ein Verrat ohne gleichen an ihrem Sohn gewesen. Bis sie eines Tages dachte, wie viele Schutzengel der Alexander doch in seinem Leben gehabt hatte, als der Blinddarm schon fast durchgebrochen war, als er mit sieben Jahren vom Radl gefallen war und direkt hinter ihm ein Lastwagen gerade noch bremsen konnte, als er später beim Skikurs mit der Schule am Nachbarberg eines Lawinenabgangs war und kurz darauf ebenso, als er im Wagen eines betrunkenen Freundes saß, der gegen einen Baum raste, aber den beiden war außer ein paar Schrammen nichts passiert. So viele Schutzengel hatte der Alexander gehabt, nur einmal, am 26. September 1980, hatte einer von ihnen kurz nicht aufgepaßt, der nächste hätte ihn sicher wieder behütet. Diese Vorstellung hatte Anntraud trösten können, und danach konnte sie es den Menschen wie Susanne verzeihen, wenn sie ihr Leben weiterlebten.

In den zwei Wochen der Wiesn-Zeit 2004, als sie bei Susanne wohnte, erschloß sich Anntraud auch noch einmal eine neue Seite des Lebens, eine neue Welt: Sie lernte das Internet kennen und begann, sich für Politik zu interessieren.

Noch während des Packens hatte ihr Susanne gezeigt, was sie tun mußte, wenn der Rechner wieder einmal abstürzte. Anntraud könne gut und gern so viel darin surfen, es würde keinen Cent extra kosten, da sie pauschal und nicht über die Telefonrechnung bezahlten. Und Peter, Susannes Mann, der Computerspezialist war, hatte ihr noch eine E-Mail-Adresse eingerichtet, so daß sie Marion nun jeden Tag nach Australien schreiben konnte, manchmal kam sogar in der nächsten halben Stunde schon eine Antwort, und bald konnte Anntraud auf einem Foto in der E-Mail ihr zweites Enkelkind sehen, eine Stunde nach der Entbindung in Australien! Steve hatte das Bild gerade eben erst aufgenommen, gleich auf den Rechner überspielt und ihr geschickt. Emily sah auf dem Foto so verhutzelt aus wie alle Neugeborenen, war zweiundfünfzig Zentimeter groß, wog fast viertausend Gramm und kam Anntraud doch schöner als andere Neugeborene vor. Freilich, dachte sie, findet man die eigenen Kinder und Kindeskinder schöner, sogar, wenn man sie nur auf einem Bild sah.

Anntraud war begeistert von der neuen Technik, verbrachte eine ganze Nacht vor dem Rechner, war auf Einkaufsseiten, chattete und ließ sich ihr Geburtshoroskop berechnen, in dem stand: »Uranus steht im zweiten Haus: Ihr Leben verläuft sehr wechselhaft.«

Dann kam sie auf die Idee, im Internet über die Suchmaschine, die ihr Susanne gezeigt hatte, auch nach dem Attentat zu forschen, und fand bemerkenswerte Seiten. Eine Gruppe, die sich »Kameradschaft München« nannte, be-

zweifelte wie sie, daß der Donaueschinger ein Einzeltäter gewesen war, vielmehr glaubten sie, daß Verfassungsschützer den jungen Mann zur Bombe gelockt und alles so inszeniert hatten, um einen Grund zu haben, gegen die »Rechten« vorzugehen – und dabei sei der Donaueschinger in Wirklichkeit ein »Grüner« gewesen, noch nicht einmal einer aus den Reihen der Kameradschaft. Anntraud las die politischen Artikel der Gruppe und war erstaunt: Sie vertraten Ansichten wie ihr Vater, von den Geschichtslügen der Siegermächte war die Rede, davon, daß es gar nicht so viele jüdische Opfer unter Hitler gegeben hatte, wie es offiziell hieß, es war die Rede von der Mißwirtschaft der jetzigen Politiker, von Sozialabbau und Überfremdung. Anntraud dachte an die unzähligen politischen Diskussionen, die die Männer in und außerhalb der Familie geführt hatten – jetzt wollte sie sich selbst ein Bild davon machen. Sie fand einen Hinweis, daß die Kameradschaft sich demnächst in einem Münchner Lokal treffen wollte, und beschloß, dort hinzugehen.
Während der Zeit in Susannes Wohnung fuhr sie bereits um sechs Uhr in der Früh zu ihrem Sohn, wenn auf der Wiesn noch nichts los war und sie still bei ihrem Kind sein konnte. Nur einmal verschlief sie, kam erst um zehn Uhr hin, und da waren schon so viele Leute unterwegs, daß sie den Wind nicht spürte, der sie normalerweise am Mahnmal umgab. Anntraud ging weiter zum Park und traf dort die Kindergruppe wieder. Mariann sah sie als erste und freute sich, bald begrüßten sie auch die anderen Kinder und fragten, wo sie so lange gewesen sei. Anntraud erklärte es, und die Erzieherinnen fragten sie, ob sie nicht als »Kindergartenoma« aushelfen wolle, denn die bisherige hatte gekündigt und der »Löwenzahn« suchte nach einer neuen Aushilfe, die täglich zwei oder drei Stunden zu ihnen käme. Anntraud nickte, sie würde die

Stelle antreten, wenn sie nächste Woche wieder im Hotel wohnte, denn von Berg am Laim aus war ihr die tägliche Fahrt zu beschwerlich. Anntraud freute sich, nach Jahrzehnten der Berufslosigkeit wieder eigenes Geld zu verdienen. Damit hatte sie nun wirklich nicht gerechnet, in Berghaupt oder Neumarkt hätte sie in ihrem Alter sicher keine Arbeit mehr gefunden.

Anntraud überlegte, ob sie die Kutzberger Sieglinde noch einmal anrufen sollte, und schaute bei dieser Gelegenheit auf dem Stadtplan nach, wo denn die Wohnung der Sieglinde überhaupt lag, denn sie wollte ja nahe beim Mahnmal und der Kindergruppe bleiben und nicht wie jetzt so weit entfernt davon wohnen. Die Adresse der Kutzberger Sieglinde lag in Sendling, also gleich im Nachbarviertel zur Theresienhöhe. Anntraud beschloß einfach einmal bei ihr vorbeizufahren, stieg in den nächsten Bus und kam schließlich zu der Straße mit vielen grauen Häuserblöcken, die verfallen wirkten. Anntraud dachte, daß die Münchner auch einen Verein wie »Unsere Stadt soll schöner werden« nötig hätten, und sah bald inmitten der Blöcke ein kleineres, einstöckiges Haus, an dessen Fensterscheiben große, rote Herzen klebten. Sie verglich die Nummern, tatsächlich, dort mußte die Wohnung der Kutzberger Sieglinde sein. Anntraud wunderte sich über die auffällige Dekoration an den Fenstern, deren Scheiben von innern verdunkelt waren, und den Namen, der ebenfalls in roter Schrift außen am Haus stand: »Liebesland.« Außerdem gab es an dem Haus nur eine Klingel ohne Namen. Anntraud drückte auf den Knopf und dachte noch, daß die Kutzberger Sieglinde einfach wie ihre Mutter und Schwester kein Gespür für Dekoration hatte.

»Zu wem wollens denn?« fragte sie eine Frau in ihrem Alter, die plötzlich neben ihr stand.
»Zur Kutzberger Sieglinde, die kommt auch aus Berghaupt, wie ich«, antwortete Anntraud.
Die fremde Frau musterte sie von oben bis unten. »Und wollen Sie auch hier anfangen, in Ihrem Alter, oder was?« fragte sie offenbar belustigt.
»Was anfangen?« Anntraud wunderte sich.
Die fremde Frau schüttelte den Kopf und sah sie mitleidig an. »Ja, wissen Sie denn nicht, was das ist? Das ist ein Bordell, oder ein Puff, wie man sagt.«
So sah also ein Puff aus, Anntraud hatte noch nie einen gesehen.
»Und die Mädels da drin, die heißen alle ›Nina‹ oder ›Rosa‹ oder ›Jasmin‹, die haben einen Künstlernamen«, fuhr die Frau fort. »Ich kenn sie auch bloß flüchtig, manchmal holen sie sich bei mir, da« – und dabei deutete sie auf eine kleine Wirtschaft – »was zum Essen, aber in letzter Zeit immer weniger. Nette Mädchen sind das, da kann man gar nichts sagen. Aber die Geschäfte laufen schlecht, die Konkurrenz aus dem Osten!«
Anntraud nickte automatisch.
»Wen suchens denn, eine Verwandte?« fragte die Wirtin noch einmal.
»Nein, bloß eine alte Bekannte, so alt wie ich, blonde Haare, immer recht aufgedonnert«, sagte Anntraud und überlegte, ob das Aufgedonnerte nicht an Sieglindes Tätigkeit liegen würden.
»Ja, das kann eigentlich bloß die Sigi sein, die Puffmutti, die hat den ganzen Laden aufgezogen. Und zwar nicht schlecht. Der hat gebrummt, der Laden, bis jetzt eben … die billige Konkurrenz aus dem Osten.«
Anntraud sagte »Danke« und verabschiedete sich. Ihr war unwohl, sie wollte nicht von der Kutzberger Sieg-

linde vor dem Haus gesehen werden. Jetzt wußte sie Bescheid.
Die Sieglinde, die nun tatsächlich so tief gefallen wie sie hoch gestiegen war, tat ihr sogar leid, aber nicht, weil sie diesen Beruf hatte und gar keine Schauspielerin war, sondern weil sie sich ihr Leben so zusammenlügen mußte. Anntraud beschloß, sie nicht mehr anzurufen, und wunderte sich, wie leicht es war, in der Großstadt München etwas über jemanden herauszufinden.

Am Abend vor Susannes Rückkehr aus dem Urlaub fand das Treffen der Kameradschaft München statt, Anntraud suchte das Lokal »Zur Post« zuerst auf dem Stadtplan, nach der U-Bahn-Fahrt in der angegebenen Straße. Vor dem Restaurant sah Anntraud Polizisten stehen und fragte sich, ob hier etwas passiert sei. Aber die Beamten standen ruhig da, zwischen ihnen strömten viele junge Männer und ein paar junge Frauen in die »Post« hinein. Die Burschen hatten alle kurze Haare oder eine Glatze, die Mädchen trugen dunkle, geschnürte Stiefel, und Anntraud fühlte sich seltsam an ihre Kindheit, vor allem an den Bürgermeister Kutzberger, erinnert. Sie zögerte einen Moment, dann ging auch sie auf das Lokal zu, ein Polizist sprach sie an, als sie gerade eintreten wollte.
»Sie, wissens schon, daß da drin heut eine Versammlung der Kameradschaft München ist«, sagte der Beamte zu ihr.
Anntraud nickte: »Ja, da will ich ja hin.«
»Aha«, sagte der Polizist und ließ sie ungehindert vorbeigehen.
In der Wirtschaft wurde es Anntraud mulmig, überall hingen Flaggen, die jungen Leute sahen alle aus, als könnten sie jeden Moment zuschlagen, nur die älteren Männer wirkten feiner in ihren Anzügen. Sie setzte sich etwas

abseits, bestellte sich einen Tee mit Rum und hörte den Reden zu, die sehr eifrig vorgetragen wurden. Die »judäo-amerikanischen Weltverschwörung« war immer wieder Thema, ebenso wie die Arbeitslosigkeit und »Zinsknechtschaft«; zu einer Volksgemeinschaft wurde aufgerufen, zum Wehren gegen Überfremdung und gegen »Globalisierung«. Anntraud verstand den Begriff Globalisierung nicht und fragte deshalb leise den jungen Nachbarn am Tisch, was damit gemeint sei, der Mann zuckte mit den Schultern, flüsterte zurück, daß damit wohl die Weltherrschaft der Amerikaner und Juden gemeint sei, und Anntraud hörte weiter zu. Höflich klatschte sie am Ende jeder Rede mit, auf den ersten Blick schien alles einzuleuchten, was die Sprecher sagten, aber daß die Amerikaner ein so verkommenes Volk sein sollten, wollte ihr nicht in den Kopf gehen – konnte sie sich doch noch gut daran erinnern, wie Berghaupt von den Amerikanern befreit worden war. Dann kam die Sprache auf die Väter und Großväter, auf die Deutschen überhaupt, die geknechtet worden waren und, seitdem sie den Krieg verloren hatten, auch noch die Lügen der Besatzer lernen mußten, so ähnlich, wie Anntraud es schon im Internet auf den Seiten der Kameraden gelesen hatte.

Plötzlich klingelte ein Handy und störte den Redner, Anntraud ärgerte sich über die Unhöflichkeit, bis sie bemerkte, daß es in ihrer Handtasche läutete. Sie errötete, zog das Telefon heraus, starrte es kurz an, schließlich war ihr ein junger Mann behilflich, Anntraud sagte entschuldigend in den mittlerweile stillen Saal hinein, daß dies ihr erster Handy-Anruf sei, der junge Mann drückte eine Taste, dann meldete sich Pfarrer Taugenbeck. »Grüß Gott, Herr Pfarrer … Sehr nett von Ihnen, daß Sie anrufen«, sagte Anntraud und alle hörten zu. Sie erinnerte sich daran, was sie einmal auf der Straße gehört hatte. »Im Moment ist es gerade ganz schlecht«, entschuldigte sie sich, »ich bin gerade auf einer Versammlung und störe damit alle ... Danke, Herr Pfarrer, ja, um den Grabstein kümmere ich mich noch. Ich ruf Sie morgen zurück.« Anntraud legte auf, der ganze Saal blickte zu ihr, der Redner fragte, ob er nun weitermachen könne, Anntraud nickte und murmelte noch einmal »Entschuldigung«, dann aber applaudierten ihr die Leute plötzlich und lachten laut. Der Redner konnte erst nach ein paar Minuten wieder sprechen. Anntraud war der Vorfall so unangenehm, daß sie sich gleich nach dem Ende seines Vortrags verabschiedete.

Draußen standen noch mehr Polizisten, dahinter viele junge Leute, die in Schwarz gekleidet waren, »Nazis raus« riefen und Parolen in den Händen hielten. Die Beamten hatten Mühe, die Demonstrierenden, von denen viele grell gefärbte Haare hatten, zurückzudrängen. Anntraud wußte nicht, wohin, ein Polizist zog sie zur Seite und deutete zum Hinterausgang der Wirtschaft. Anntraud begriff erst jetzt, daß sie wahrscheinlich auf einer Versammlung von Neonazis gewesen war. »Die«, so hatte Alexander oft gesagt, »sind schlimmer als die RAF, aber auf dem rechten Auge ist der Staat ja blind!«, woraufhin es dann jedes Mal Streit mit Gottlieb gegeben hatte.

Am nächsten Tag rief sie mit dem Handy Pfarrer Taugenbeck an, sagte, daß es mit dem Grabstein nicht eilen würde und es ihr gutginge in München. Sie wisse immer noch nicht, wann sie zurückkommen würde.

»Bist narrisch«, entfuhr es Susanne, als sie ihr von der Versammlung der Kameradschaft erzählte, und konnte gar nicht mehr aufhören, ihr zu predigen, wie schlimm diese »Kameradschaft« sei. Einen Griechen hätten sie hier in München schon fast zu Tode geprügelt, ein Attentat auf dem Marienplatz geplant, die Demokratie wollten sie abschaffen und dabei bedienten sie sich der gleichen Verschwörungstheorien wie seinerzeit die Nazis, neu sei nur, die Ängste im Zeitalter der Globalisierung vor Überfremdung und Arbeitslosigkeit zu schüren. Und wenn man dies verharmlosen wolle, dann solle man nur an Hitler denken, der auch so »harmlos« angefangen hatte und dann die Welt in den schlimmsten Krieg führte. Ob Anntraud eigentlich klar sei, daß der Donaueschinger, der Alexander umbrachte, aus dem gleichen Dunstkreis stammte?

Anntraud hatte dies noch in der Nacht nach der Versammlung in ihrem Hotelzimmerbett vermutet, obwohl der Generalbundesanwalt ja von einem »Einzeltäter« gesprochen hatte und die Kameradschaft ihrerseits behauptete, der Donaueschinger Mörder sei ein Grüner gewesen und seine Komplizen vom Verfassungsschutz. Anntraud hörte Susanne aufmerksam zu, wollte sich aber nicht gleich ihrer Meinung anschließen, sondern sich selbst erst alles durch den Kopf gehen lassen und zu eigenen Ansichten kommen. Mit Globalisierung, so erfuhr sie von Susanne, war jedenfalls die weltweite Vernetzung gemeint.

Anntraud zog wieder in das Hotel zurück und begann ihre Arbeit in der Kindergruppe. Sie war ihrem Sohn jeden Tag am Mahnmahl nahe, meldete sich jeden Sonntag abend bei Pfarrer Taugenbeck und faßte einen Plan, den sie bald in die Tat umsetzte: Sie wollte weiter die Veranstaltungen der Kameradschaft besuchen und vorgeben, mit deren politischen Ansichten bedingungslos einverstanden zu sein. Sie erhoffte sich, auf diesem Wege etwas über die Mörder ihres Kindes herauszufinden.

3.

An einem sonnigen Wintertag, zwei Monate nach ihrer Ankunft in München, bemerkte Anntraud morgens auf dem Weg zur Kindergruppe, daß sie immer noch nicht um Gottlieb trauerte. Gleich nach seinem Tod hatte sie vermutet, die Trauer würde sich einstellen, wenn sie sein Ableben erst richtig begriffen hätte, doch es kam anders. Wenn Anntraud an ihn dachte, sah sie ihn stumm vor dem Fernseher sitzen, sah sich seine Postuniform waschen, stärken und bügeln, ihn im Auto auf sie warten, wenn sie in Neumarkt im Supermarkt einkaufte, und über die Geschäftsaufgabe des Berghaupter Kramerladens ebenso wie über die Flurbereinigung schimpfen; sie sah ihn grantig beim Abendessen sitzen, wenn er wieder einmal nicht befördert worden war; sie sah ihn in der Kirche auf der Männerseite mit dem »Gotteslob« in der Hand, wie er bei Marions Hochzeit geweint hatte und dies nicht hatte zeigen wollen. Sie dachte an die Sonntagnachmittage beim Fußball, den Eifer, mit dem er den Kindern immer die – unpassendsten – Weihnachtsgeschenke gemacht hatte; die Vasen, Mixer und Töpfe, die sie zu den Hochzeitstagen bekommen hatte. Später dann sah sie sich ihn aus dem Rollstuhl ins Bett heben, und noch später füttern und waschen. Anntraud trauerte nicht, vielmehr genoß sie jeden Tag, an dem sie nicht putzen, einkaufen, kochen, waschen, bügeln, Betten überziehen, aufräumen, den Kranken in den Rollstuhl heben, das Frühstück füttern oder zur Spazierfahrt hinausschieben mußte.

Jetzt, so überlegte Anntraud an jenem sonnigen Novembertag auf dem Weg zur Kindergruppe und sie sich für die Kleinen freute, daß man nun endlich Rutscherl fahren konnte, wäre es sehr anstrengend, Gottlieb mit dem Rollstuhl zu schieben, über Schneehaufen am Gehsteig, über die noch ungeräumte Straße, wo die Reifen nur rutschten. Wobei aber im nachhinein gesehen, so setzte Anntraud ihre Gedanken fort, ihr nicht die körperlichen Mühen und die tägliche Pflicht, für einen Kranken zu sorgen, viel ausgemacht hatten. Vielmehr verstand sie erst jetzt, nachdem sie hier allein in München war, daß Gottlieb ihr geistig immer alles vorgeschrieben hatte und es viel schöner war, sich selbständig Gedanken zu machen, sämtliche Sachverhalte noch einmal von Grund auf neu überlegen zu können, ohne gleich zu einer Meinung dirigiert zu werden, selbst wenn sie am Ende zu dem gleichen Schluß kam wie ein anderer, aber erst einmal konnte sie selbst alles überlegen und prüfen.

Richtig zornig war Gottlieb immer dann geworden, wenn sie nach dem »Warum« fragte. Warum hatte Gott zugelassen, daß ihr Alexander starb?

»Willst dich über Gott erheben?« hatte er ihr dann entgegnet: »Hast keine Demut mehr im Leib?«

Anntraud hatte den Blick gesenkt und nicht geantwortet, um ihn nicht noch weiter in Rage zu bringen, doch Gottlieb hatte trotzdem meist erregt weiter gesprochen: ein Nichts sei der Mensch ohne Gott, nur ein Haufen Körper ohne Seele und die Welt eine Bande von Egoisten. Wenn sie, Anntraud, das nicht einsehen würde, dann müßte sie auch ihn, den Gottlieb, verlassen, denn ein Egoist pflegt keinen Krüppel und hält nicht zum Sakrament der Ehe in schweren Zeiten. Das hatte er eigentlich nett gemeint und sich damit für ihre Treue bedanken wollen, das wußte sie, aber sie spürte auch, daß es sich ihr Mann zu leicht machte. Damals war ihr plötzlich in den Kopf geschossen: Nur die Schwachen brauchen einen Glauben, aber sie hatte den Gedanken dann wieder weit von sich geschoben und ihn schließlich sogar gebeichtet, obwohl sie nicht mehr sagen konnte, ob sie wirklich bereute oder nicht, sie spürte es einfach nicht mehr, nur ihre Lippen hatten dies dem Pfarrer und dem Herrgott im Beichtstuhl versichert.

Der Gottlieb hatte zu allem immer eine ganz genaue Ansicht gehabt, und es paßte ihm ganz und gar nicht, wenn Anntraud diese bezweifelte. Als sie einmal fragte, ob Jesus mit der Bergpredigt vielleicht etwas anderes gemeint hatte, als der Taugenbeck Karl es in seiner Predigt auslegte, war Gottlieb sehr grantig geworden und hatte »doch sehr dazu geraten«, nicht überall »herumzustierln«, das Denken lieber berufeneren Geistern zu überlassen, besser fest zu beten und sich aus »Politischem« überhaupt herauszuhalten. Dabei hatte sie Politik damals überhaupt noch nicht interessiert.

Seinerzeit war diese Einstellung der Grund gewesen, warum sie sich in Gottlieb verliebt und ihn geheiratet hatte, damals hatte sie das ganz genauso gesehen. Aber nach dem Attentat drängten sich ihr immer mehr Fragen auf – sie konnte einfach keinen Sinn im Tod ihres Kindes erkennen, auch keine »Prüfung Gottes«, wie Gottlieb meinte. Gott erstarrte zu den Kreuzen, die in der Kirche und daheim im Herrgottswinkel hingen, zu Messen und Bräuchen wie Fronleichnam, zu einer Ordnung, die es eben in Berghaupt gab. Aber Anntraud wußte nicht mehr,

warum sie all das tat, was ihr vorher so selbstverständlich gewesen war.
»Merkst du nicht, wie du dich versündigst?« hatte Gottlieb gesagt. »Das eben ist seine Prüfung für dich.«
Ihr Mann konnte eigentlich sagen, was er wollte, sie glaubte auch ihm nicht mehr, vermied aber mit den Jahren zunehmend, ihm zu widersprechen, um ihn nicht noch zorniger und grantiger zu stimmen. Außerdem würde er sich sowieso nicht mehr ändern. Zugleich hielt sie selbst äußerlich noch gerne an dieser Ordnung fest, da sie keine andere wußte; sie konnte sich nicht vorstellen, wie die Menschen zusammenleben sollten, wenn es keine Sünden mehr geben sollte. Wenn keiner mehr das Sakrament der Ehe heilig erachtete, dann gab es doch nur noch Scheidungen. Wenn sich keiner mehr an die Zehn Gebote hielt, dann war Tür und Tor für Lügen, Stehlen, Betrügereien und sogar Morde geöffnet. Ein Blick in die Zeitung – wie Gottlieb sagte – genügte: bestechliche Politiker, Armut in der Dritten Welt, radikale Terroristen, Überfälle und Handtaschenräuber – die Liste war beliebig fortzusetzen.

Der Neuschnee knirschte bei diesen Gedanken unter ihren Winterstiefeln, die sie im Vorbeigehen in einem kleinen Schuhladen auf der Theresienhöhe gekauft hatte, denn in ihrem Koffer aus Berghaupt fanden sich keine Wintersachen, weil Anntraud damals aufgebrochen war, ohne an den Lauf der Jahreszeiten zu denken. Dicke Schneeflocken fielen auf dem Weg vom Hotel zum »Löwenzahn«, der keine städtische oder staatliche Einrichtung war, wie Anntraud bald erfahren hatte, sondern eine sogenannte Eltern-Kind-Initiative, geboren aus der Not, daß es in München keine Betreuungsplätze für Kinder gab. Der »Löwenzahn« wurde von den Eltern selbst organisiert und verwaltet, allerdings nicht einfach so ins Blaue hinein, sondern ganz professionell mit Fachpersonal, außer ihr, der »Kindergartenoma«, die sich die Gruppe bewußt als Aushilfe leistete, wie sie gestern erfahren hatte.

Ohne die Kleinen war es ungewohnt ruhig gewesen in den Räumen des Kindergartens, als sich die Eltern und und Erzieherinnen dort zu einem Elternabend trafen. Eine Mutter verteilte die Spielpolster zu einem Kreis, eine andere kochte Tee für alle, wieder eine andere stellte die Tagesordnung vor, und eine weitere übernahm die »Moderation«, nachdem man sich im Kreis auf die Polster gesetzt hatte. Anntraud wurde noch einmal vorgestellt, dann stand »vegetarisches Essen« zur Diskussion. Anntraud hatte gedacht, die Vorsitzende würde mitteilen, daß ab sofort auch Fleisch auf dem Speiseplan stand, doch so ein Elternabend lief ganz anders ab, als sie sich das gedacht hatte.

Jeder trug seine Meinung zu dem Thema vor: dafür sprach die abwechslungsreichere Kost, dagegen religiöse Vorgaben zweier Muslime. Manche in der Runde gaben auch an, keine Meinung zu dem Thema zu haben – dann wurde abgestimmt und nach der Mehrheit entschieden, doch weiter ohne Fleisch zu kochen. Keiner nahm den anderen seine Ansichten übel, im Gegenteil, Andrea, die Erzieherin mit dem Pferdeschwanz und dem Feuermal, bemerkte am Ende, welch interessante Argumente es in ihrer »Mini-Demokratie« doch gebe, und die Vorsitzende scherzte, daß sie besser moderieren als kochen könne. Anntraud verstand das nicht, die Vorsitzende erklärte ihr, daß die Gruppe nur deshalb so gut funktioniere, weil sich jeder einfach nach seinen Stärken einbrachte. Wer gut kochen konnte, tischte gutes Essen auf; wer handwerklich geschickt war, reparierte; wer gut sprechen konnte, so wie sie, moderierte einen Elternabend. Jetzt wußte Anntraud plötzlich, warum sie sich von Anfang an im Kindergarten wohl gefühlt hatte: in dieser Ordnung wurde keiner zu etwas gezwungen und trotzdem erfüllten alle ihre Pflicht. Jeder durfte seine eigene Meinung haben, ohne daß ein »Oberer« entschied, was gut oder böse, richtig oder falsch war.

Mit den Kleinen funktionierte das System ganz ähnlich, wenn auch mit einer speziell für Kinder eingerichteten Ordnung. Zusammen wurden feste Regeln erstellt, an die sich alle, auch die Erwachsenen, halten mußten, also daß man andere nicht schlagen, anschreien oder zwicken durfte und andere im Reden nicht unterbrach. Der Sinn der Regeln wurde nicht damit erklärt, daß man »das nicht tut« oder sich das »einfach nicht gehört«, sondern damit, daß man andere Menschen zu respektieren habe, daß nur so eine friedliche Gemeinschaft funktioniert. Innerhalb dieser Regeln durften die Kinder aber frei entscheiden und wurden zu nichts »dirigiert«. Wenn ausgemacht war, jeder muß das Essen probieren und darf dann entscheiden, wieviel er ißt, dann bestanden die Erzieherinnen zwar darauf, daß die Kinder die Probierportion aßen, aber wenn es ihnen nicht schmeckte, durften sie den Teller stehen lassen. Das, so erklärte ihr Andrea, hatte einen tieferen Sinn. Die Regeln gaben den Kindern einen sicheren Halt, aber die Freiheit innerhalb der Vereinbarungen machte sie stark für eigene Entscheidungen und unabhängig von der Willkür Erwachsener. Die wichtigste Erzieher-Regel, so Andrea weiter, war jedoch: Sie mußte ihre eigenen Gefühle erkennen und ausdrücken. Auf diese Idee wäre Anntraud nie gekommen.
Anntraud dachte traurig daran, wie Gottlieb Alexander und Marion nicht eher vom Tisch aufstehen hatte lassen,

als bis sie den ganzen Teller leer gegessen hatten. Ihr selbst war das gefühlsmäßig eigentlich immer gegen den Strich gelaufen, aber sie hatte nichts gesagt, hatte bloß geglaubt, die Kinder müßten schon auf ihren Vater hören. Anntraud stöhnte einmal und sagte zur Erzieherin Andrea, wie schade sie es findet, daß sie dies bei der Erziehung ihrer Kinder noch nicht gewußt hatte, damals hatte es immer nur geheißen, bloß nicht »verziehen«, da kommen am End nur Hippies, Antiautoritäre oder Terroristen raus. Andrea lachte in einer Arbeitspause über »die alte Debatte«. Sie hielt auch nichts von antiautoritärer Erziehung, aber auch nichts von autoritärer Erziehung, erklärte sie. Der »Zwischenweg« mit den Regeln, den sie Anntraud schon erklärt hatte, sollte die kleinen Menschen zu starken Persönlichkeiten heranwachsen lassen. Die Erzieherin mit dem Pferdeschwanz lachte überhaupt gerne, steckte Anntraud oft mit ihrer guten Laune an und redete dabei nichts »schön«, wenn sie einmal traurig oder sauer war, im Gegenteil. Einmal kam sie in der Früh zur Arbeit und sagte den Kindern sofort, daß sie heute schlechte Laune habe. Eine Stunde später erklärte sie, daß sie nun wieder ihren Spaß hier und im Leben habe, was ja wohl das Wichtigste sei. Auch auf diese Idee wäre Anntraud nie gekommen: ganz offen »Spaß am Leben« finden zu wollen. Das gefiel Anntraud, ebenso wie die Tatsache, daß im Kindergarten zwar nicht gebetet wurde, aber jeder ganz offen von seiner Religion erzählte, ohne den anderen bekehren zu wollen, was in der Gruppe auch deshalb wichtig war, weil im Viertel viele Muslime lebten.

Später fragte Andrea nach, ob Anntraud von ihren »Kindern« gesprochen habe, bisher habe sie geglaubt, Anntraud hätte nur eine Tochter. Anntraud erwiderte, sie hätte sich versprochen, denn während ihrer »laufenden

Ermittlungen« bei den Kameraden wollte sie nirgends verraten, daß ihr Sohn bei dem Oktoberfest-Attentat ums Leben gekommen war, wenn auch die Kindergruppe freilich nichts mit den Kameraden zu tun hatte, beides völlig verschiedene und getrennte Welten waren, wie es nur in der Großstadt möglich war: Vormittags konnte sie zur Kindergruppe gehen und einmal in der Woche abends zu den Kameraden, ohne daß die jeweils anderen davon erfuhren.
Anntraud dachte daran, wie leicht es gewesen war, der Kutzberger Sieglinde auf die Spur zu kommen, und so schwieg sie, wo es nur ging. Noch nicht einmal Susanne wußte, wo sie jeden Mittwochabend war. Und wenn sie am späten Mittwochnachmittag, wenn alle Kinder schon abgeholt und die Erzieherinnen weg waren, in den Kindergarten kam, um dort in der Küche einen Kuchen oder Apfelstrudel zu backen, wenn eine Mutter, die gerade Putzdienst hatte, zufällig vorbeikam und fragte, für was Anntraud denn hier backe, dann sagte sie, daß sie ja immer noch im Hotel wohne, dort keine Küche habe, am Mittwochabend aber immer einen »Seniorenverein« besuche und dort etwas mitbringen wolle.
Mit dem »Löwenzahn« verhielt es sich komplett anders als mit den Kameraden. Dort gab es immer einen Führer, der alles bestimmte, einer, der immer mehr als die anderen wußte und befahl, denn sonst, so hieß es dort, wäre man nur ein »chaotischer Haufen Hottentotten«, der gar nichts zuwege bringen könnte. Vor allem wetterten die Kameraden auch gegen die »Überfremdung«, was in der Kindergruppe wiederum kein Thema war, obwohl ein Drittel der Kinder ausländischer Herkunft war.
Die Kameraden sahen in ihr wahrscheinlich eine harmlose Oma, die immer Selbstgebackenes mitbrachte, politisch allem zustimmte, sich aber nie an Übungen oder

Aktionen – von denen Anntraud gar nicht wissen wollte, was sie genau damit meinten – beteiligte. Bald setzte sich bei den Versammlungen immer ein älterer, stets frisch rasierter Herr mit Trachtenhut und Zigarre neben sie, der Herr Alois Wablinger, wie er sich bald vorstellte. Er lud sie immer wieder einmal zum Tanzen oder Essen ein, aber Anntraud ließ ihn deutlich wissen, er solle ihr nicht mehr den Hof machen, in ihrem Alter denke sie gar nicht mehr daran, sich noch einmal zu binden, ganz zu schweigen vom Anstand eines Trauerjahres.
Eines Abends aber fragte Herr Wablinger, ob sie nicht mit ihm zu einem Treffen der Kameraden nach Donaueschingen kommen wolle, dort gebe es ein vorzügliches, schwäbisches Speiselokal. Da horchte Anntraud auf und nahm das Angebot an. Zugleich ärgerte sie sich, nicht früher darauf gekommen zu sein, Kameraden in Donaueschingen zu suchen, denn der Mörder stammte ja aus Donaueschingen, und wenn er Komplizen hatte, dann wahrscheinlich welche aus seiner Heimat. »Besser spät als nie«, tröstete sie sich schließlich und kam an dem Abend in Donaueschingen tatsächlich einen entscheidenden Schritt weiter.

Herr Wablinger holte sie mit seinem Wagen vor der »Post« ab, denn Anntraud hatte ihm nicht verraten wollen, wo sie wohnte und deshalb die Wirtschaft als Treffpunkt vorgeschlagen. Er fuhr sicher über die Landstraßen den gut dreistündigen Weg nach Donaueschingen und stellte sie den dortigen Kameraden scherzhaft als »tapfere Kämpferin für Gebäckstücke aller Art« vor. In einem Nebensaal des ausgezeichneten Restaurants wurden Reden gehalten, die denen in München glichen, die Jungen kleideten sich ebenso wie die Münchner mit grünen Jacken und Stiefeln mit weißen Schnürbändern. Die

Gruppe war jedoch kleiner, so daß die Reden nicht so lang dauerten und man bald zum »gemütlichen Teil« mit Essen überging. Der Führer der Donaueschinger war ein älterer Herr, mit dem Wablinger schon Jahrzehnte befreundet war, so daß Anntraud mit ihm schnell ins Gespräch kam. Der Donaueschinger fragte sie, wie ihr seine Rede gefallen hatte, Anntraud sagte »gut« und wechselte dann das Thema zur regionalen Küche hier, worüber der Donaueschinger ganz gut Bescheid wußte, sogar eine spezielle Meinung zur Herstellung von Spätzle hatte, die – so er – nur abgeschabt vom Brett wirklich gut schmekken konnten.

Als die Jungen alle gegangen waren, um noch eine Nachtübung durchzuführen, erwähnte Anntraud unauffällig, ob nicht seinerzeit ein Donaueschinger die Bombe auf der Wiesn gezündet hatte. Der Wablinger, das sah Anntraud an seinem fragenden Blick, wunderte sich über sie, die noch nie Fragen über die Kameradschaft gestellt hatte, schien aber im nächsten Moment sein Erstaunen wieder vergessen zu haben. Der Donaueschinger seufzte tief und meinte, dies sei ein dunkles Kapitel der Geschichte hier. Er beugte sich über den Tisch näher zu Anntraud und Herrn Wablinger hin und sprach leiser, damit die Bedienungen ihn nicht verstehen konnten. Der Georg, das war der gewesen, der dabei selbst ums Leben gekommen war, der wäre ja ein rechter, tapferer Kämpfer für unsere Sache gewesen, aber seine Kameraden, die ihn im Stich gelassen hatten, diese Memmen, die hätte man gar nicht erst nach München lassen dürfen. Denn zuerst hätten sie alles genau zu viert geplant, dann aber kurz vor Schluß den Schwanz eingezogen und dem Georg alles überlassen, so daß er die Bombe allein zünden mußte und dabei ums Leben gekommen war. Hinterher aber, da hätten sie

sich gebrüstet, mit dabeigewesen zu sein, von wegen »mit dabei«, sagte der Donaueschinger Führer, lehnte sich zurück und vergaß dabei das Personal, in sicherer Entfernung hatten sie gewartet, bis der Georg schließlich gezündet hatte. Schad sei es nicht um die, auch wenn der Verfassungsschutz freilich wieder einmal ein perfektes Spiel mit den Kameraden getrieben hätte.
Anntraud wußte von den Münchner Versammlungen, daß die Kameraden behaupteten, Verfassungsschützer hätten den Bombenleger zur Wiesn hinbestellt, konnte aber jetzt keinen Zusammenhang mit den Komplizen erkennen. Der Donaueschinger winkte sie, auf Anntrauds fragenden Blick hin, noch näher zu sich heran und beugte sich mit bedeutungsvoller Miene über den Tisch mit der karierten Tischdecke. Alle drei, die damals mit in München waren, seien inzwischen tot, sagte er, der eine schon bald nach dem Oktoberfest-Attentat bei einem Verkehrsunfall gestorben, der andere an einer mysteriösen Krankheit in der Klinik. Der dritte hatte nach seiner Verhaftung wegen eines anderen Delikts, das der Verfassungsschutz sicher nur vorgeschoben hatte, im Gefängnis angeblich Selbstmord begangen. Da könne man ihm doch erzählen, was man wolle, da sei wieder dieser – angeblich so demokratische – Verfassungsschutz zugange gewesen.
Anntraud lag die ganze Nacht im Donaueschinger Hotel wach. Herr Wablinger hatte sich nach dem »allgemeinen Aufbruch« zurückgehalten und gar nicht erst versucht, sie zu belästigen. Er hatte sich höflich an der Zimmertür von ihr verabschiedet, und kaum war die Tür ins Schloß gefallen, da begann Anntrauds Herz heftig zu klopfen. Sie lehnte sich mit dem Rücken an die Türe, rutschte in die Knie und grub ihren Kopf in die verschränkten Hände in ihrem Schoß. Über all die Jahre hatte sie also recht

gehabt, und der Gottlieb und alle anderen unrecht! Es war nicht bloß *ein* Mörder, sondern eine ganze Bande, auch die Bundesanwaltschaft hatte falsch ermittelt! Ob die Behauptung mit den Folgemorden des Verfassungsschutzes allerdings stimmte, bezweifelte Anntraud, denn dem Verfassungsschutz gaben die Kameraden immer an allem schuld. Jetzt hatte sie aus erster Hand die Wahrheit erfahren – eine ganze Kameradengruppe, und nicht nur ein einzelner Spinner, hatten das Attentat verübt. Anntraud wurde fast schwindlig bei dem Gedanken, so ein Wissen alleine mit sich zu tragen.

Sie stand wieder auf, entkleidete sich, zog das Nachthemd an und putzte sich die Zähne. Morgen würde sie zur Polizei gehen und alles melden. Doch als es nach einer schlaflosen Nacht bereits zu dämmern begann, beschlichen sie immer mehr Zweifel – sie konnte sich nicht vorstellen, daß Polizei und Staatsanwaltschaft nicht hatten ermitteln können, wofür sie nur einen einzigen Abend in Donaueschingen hatte verbringen müssen. Die Wahrheit war durch ein einfaches Gespräch ans Licht gekommen, die Ermittler mußten sie doch damals auch herausgefunden haben. Warum aber hatte man sie dann allen verschwiegen? Anntraud beschloß, daß es unter diesen Umständen eher ungünstig wäre, die Polizei zu informieren. Sie entschied, den eingeschlagenen Weg allein weiterzugehen, und schüttelte ein wenig den Kopf über sich selbst, auf welche Ideen sie kam, stand auf und starrte durch das Hotelfenster auf die allmählich erwachende Kleinstadt. Komisch, dachte sie, sie freute sich gar nicht darüber, daß sie nun doch recht hatte, sie, deren Meinung immer so abgetan worden war. Anntraud blickte ins Leere und überlegte, warum es ihr nicht mehr wichtig war, recht zu haben, fand aber keine Antwort darauf. Dann beschloß sie, diese Frage zu vertagen und statt dessen lieber zu planen, was als nächstes zu tun sei, so wie sie sich damals, als die Kinder noch klein gewesen waren, inmitten des alltäglichen Durcheinanders manchmal gefragt hatte: Was ist das Wichtigste? Was ist zuerst zu tun?

Der nächste Schritt war – so wurde ihr schnell klar – herauszufinden, warum die Staatsanwaltschaft das entweder doch nicht hatte ermitteln können oder einfach verschwiegen hatte. Dazu brauchte sie jetzt die Kameraden nicht mehr und konnte sich die Besuche am Mittwochabend sparen, worüber sie sehr froh war, denn die Reden hatten ihr längst nicht mehr gefallen und ärgerten sie regelrecht, alles lief immer nach dem gleichen Muster ab: Immer war jemand anders am eigenen Unglück schuld, vorzugsweise Ausländer. Zudem hatte sie in der Nacht im Donaueschinger Hotel fast schockartig begriffen, daß das Gedankengut der Kameraden der politische Hintergrund der Mörder ihres Kindes war. Mit dieser »Politik« wollte sie nichts zu tun haben.
Vor Herrn Wablinger, mit dem sie am nächsten Morgen zurückreiste, ließ sie sich freilich keine Veränderung anmerken und verabschiedete sich an der »Post« mit einem »bis Mittwoch« von ihm. Anntraud ging zu Alexander ans Mahnmal, setzte sich und erzählte ihm in Gedanken, daß sie der Wahrheit ein großes Stück näher gekommen sei, aber noch nicht alles wisse. Sie versprach ihm, auch den Rest noch herauszufinden, und fühlte sich ihrem Sohn näher als sonst. Am liebsten wäre sie jetzt zu Susanne gefahren, um mit ihr alles zu besprechen, aber sie zögerte, überhaupt mit jemandem darüber zu sprechen, und außerdem wartete der »Löwenzahn« auf sie, und Anntraud wollte selbstverständlich trotz der Übermüdung ihre Pflicht erfüllen.

Während sie vom Mahnmal zur Theresienhöhe hinaufging, fühlte sich Anntraud von zwei Männern verfolgt. Kurz darauf hielten diese sie auf, zeigten ihre Ausweise, von der Kripo seien sie und Anntraud solle mit ihnen kommen. Sie sagte, sie müsse zur Arbeit, sie komme sowieso schon zu spät, und fragte, um was es denn ginge. Die Kommissare baten sie noch mal um ein Gespräch auf der Wache, doch Anntraud blieb stur, die Beamten sollten ihr erst verraten, was sie von ihr wollten.
Was sie in Donaueschingen gewollt habe, bei dem Treffen gestern? Anntraud stellte sich dumm, der Herr Wablinger, ein Bekannter, hätte sie eingeladen, weil es dort ein vorzügliches Restaurant gab. Die Beamten lächelten sie an, das glaubten sie nicht, das könne sie ihrer Großmutter erzählen. Anntraud meinte, daß sie selbst Oma sei, aber die Herren von der Kripo hätten schon recht, sie hätte sich die letzte Zeit bei der Münchner Kameradschaft interessehalber umgesehen, nun wolle sie aber nicht mehr hingehen, das Ganze gefalle ihr politisch nicht mehr. Die Kriminaler wußten bereits, daß sie auch in München stets auf den Treffen gewesen war, sie wußten, daß sie aus Berghaupt kam, ihr Mann vor zwei Monaten gestorben und ihre Tochter in Australien verheiratet war. Sie wußten, in welchem Hotel sie wohnte, daß sie im »Löwenzahn« als Kindergartenoma arbeitete und jeden Tag zum Mahnmal des Oktoberfest-Attentats ging, wobei sich die Beamten auf letzteres keinen Reim machen konnten und weshalb sie vermuteten, daß es möglicherweise eine stille politische Aktion war. Diese Wissenslükke fand Anntraud seltsam, wo die Herren doch sonst alles ausspioniert hatten. Da ein frostiger Wind aufkam, schlugen die Polizisten vor, in das Café gleich hier im großen Einrichtungshaus zu gehen und dort die Unterhaltung fortzusetzen, Anntraud betonte noch einmal,

daß die Kinder warteten, was die Herren ja wissen müßten, doch die Kriminaler betonten ihrerseits, daß sie noch etwas Wichtiges mit ihr zu besprechen hätten.

Anntraud bestellte etwas mürrisch einen Filterkaffee. Sie wurde immer unruhig, wenn sie nicht pünktlich sein konnte, selbst wenn ein triftiger Grund vorlag. Die Männer, beide um die Dreißig, orderten einen italienischen Espresso – in München tranken fast alle jüngeren Leute nur italienischen Kaffee, war Anntraud aufgefallen – und im Kaufhaus gab es die eine oder andere Durchsage zu einem Sonderangebot. Anntraud, die noch nie hier gewesen war, bemerkte, daß die Mahlzeiten spottbillig waren, und beschloß, demnächst hierher zum Essen zu kommen, denn die Fischdosen und Salamibrote abends hatte sie allmählich satt, und im Kindergarten kochten die jungen Mütter auch nur vegetarisch, was sie zunächst nicht störte, aber mittlerweile hatte sie wieder Lust auf einen Sauerbraten oder ein Wiener Schnitzel.
Was sie eigentlich hier in München wolle, fragten sie die Beamten. Anntraud entgegnete, daß sie schon immer eine Zeitlang in ihrem Leben in der Großstadt hatte leben wollen, ihr Mann aber strikt dagegen gewesen war, schließlich querschnittsgelähmt wurde, wodurch gar nicht mehr an einen Umzug zu denken gewesen war und sie eben jetzt, nachdem ihr Mann verstorben war, diese letzte Chance in ihrem Alter noch nutzen wollte. Dann fragten die Kriminaler, wo Anntraud politisch stehe. Sie versicherte den Beamten glaubhaft, daß sie sich in ihrem Leben nie für Politik interessiert habe, nur ihr Mann hatte immer die Nachrichten gesehen und ihr dann das Wichtigste erklärt, daß sie eigentlich überhaupt keinen eigenen Standpunkt habe, kurz gedacht habe, sie wolle sich nun eine politische Meinung bilden, deshalb auf die

Treffen der Kameradschaft gegangen war, jetzt aber gemerkt habe, daß dies doch nichts für sie sei, da gehe sie schon lieber in die Kindergruppe, die ihr mittlerweile recht ans Herz gewachsen sei, weshalb sie auch Berghaupt eigentlich gar nicht vermisse, außer den schönen Predigten des Pfarrers Taugenbeck, mit dem sie nach wie vor jeden Sonntag telefoniere.

Die Beamten sahen sich kurz an, nickten sich zu und rückten schließlich mit der Sprache heraus: Ob sie sich vorstellen könnte, weiter auf die Treffen der Kameradschaft zu gehen und ihnen davon zu berichten? Sie würde damit eine große Staatspflicht erfüllen. Plötzlich begriff Anntraud: Ob die Herren vom Verfassungsschutz seien? Dann hätte sie ja schon viel von ihnen gehört, eben bei der Kameradschaft. Die Beamten lächelten und sagten »genau«. Außerdem, so meinten die Männer, würde sie für diese Dienste auch nicht schlecht bezahlt werden, und das Geld könne sie ja wohl dringend brauchen, denn lange würde sie sich das Hotel mit ihrer kleinen Rente nicht mehr leisten können. Unverschämt!, dachte Anntraud, das ging ihr zu weit, die hatten sogar in ihren Finanzen herumgestöbert; dann überlegte sie, ob doch etwas dran war an der Theorie des Donaueschingers, daß der Verfassungsschutz die Komplizen des Mörders hingerichtet habe. Aber das würden ihr die Herren hier bestimmt nicht sagen. Sie bat sich eine Bedenkzeit aus und überlegte die nächsten Tage hin und her, ob sie nun für den Staat gegen die Kameraden arbeiten sollte. Einerseits hätte sie damit noch einmal eine große Aufgabe in ihrem Leben bekommen, andererseits konnte sie diese Ansichten – jetzt auch in Anbetracht der Tatsache, daß die Mörder aus diesen Reihen stammten – wirklich nicht mehr hören, und drittens wollte sie ja vor allem noch die ganze Wahrheit herausfinden.

Als Anntraud eine Woche später, wie ausgemacht, zum Amt fuhr, entschied sich schließlich alles durch einen Zettel.
Anntraud hatte auf dem Stadtplan die angegebene Adresse des Bayerischen Landesamtes für Verfassungsschutz herausgesucht, nachgeschaut, welche U-Bahn dorthin fuhr, und sich sicherheitshalber recht früh auf den Weg gemacht, denn in dieser Gegend war sie noch nie gewesen, und sie wollte selbstverständlich nicht zu spät kommen. Auf der Straße sah sie dann, wie recht sie gehabt hatte, früher loszufahren. Riesige Bürobauten mit weit nach hinten versetzten Eingängen standen hier, so daß sie erst einmal eine Weile laufen mußte, um überhaupt eine Hausnummer zu finden und sich orientieren zu können. Zuerst dachte Anntraud, daß die ganzen Bauten wohl zum Verfassungsschutz gehörten, fand dann aber den Firmennamen eines Autoherstellers, der mit den Bürogebäuden vermutlich protzen wollte. Sie lief weiter die Straße entlang und bemerkte schließlich ein kleineres, ummauertes und mit Stacheldraht gesichertes Gebäude, das sie an die Auersbacher Kaserne erinnerte. Die Hausnummer stimmte mit der Adreßangabe der Beamten überein, aber auf dem Hinweisschild stand nur »Polizei«, nicht aber Verfassungsschutz. Sie sah auf die Uhr – sie hatte doch schneller hergefunden als gedacht, sie hatte noch eine halbe Stunde Zeit und beschloß, einen Kaffee zu trinken. Weit und breit war aber keine Wirtschaft zu sehen, und so ging Anntraud zur Tankstelle gegenüber vom Amt und holte sich dort einen Kaffee aus einem Automaten, der fürchterlich schmeckte. Von ihrem Stehtisch aus beobachtete sie die Autofahrer, die zum Bezahlen zur Kasse gingen und es meist recht eilig hatten, bis auf einen, der an einer Pinnwand stehenblieb und einen Zettel dort aufhing. Anntraud schaute unauffällig nach,

was hier ausgehängt war – fast nur Gesuche für Wohnungen, und Anntraud kam dabei die Idee, daß sie sich ja auch ein Zimmer mieten könnte, das wäre sicher nicht so teuer wie ein Hotel. Dann entdeckte sie einen anderen Aushang: »Deutschsprachige Perle für fünf Tage die Woche in Grünwald gesucht.« Anntraud las den Zettel genau, die freundliche Kassiererin bemerkte das und gab ihr einen Hinweis: Ein sehr anständiger Herr, der hier oft tankte, hatte den Zettel aufgehängt, wahrscheinlich ein ganz Oberer des Verfassungsschutzes, ein feiner Herr, den könne sie ihr nur empfehlen. Anntraud notierte sich die Telefonnummer und überlegte, während sie weiter zur Zentrale ging, daß sie im Haushalt eines Oberen vielleicht etwas ihrer Sache Dienliches erfahren konnte, vorausgesetzt, man würde sie als Perle einstellen.

Anntraud sagte im Amt den Kriminalern ab, vereinbarte aber gleich darauf mit dem Handy einen Termin mit dem Herrn, der eine Perle suchte und Dr. Anton Stadler hieß. Einen Tag darauf ging sie zum Abtönen der grauen Haare zum Friseur und mit Susanne – die sie als jüngere Großstädterin gut beraten konnte – einkaufen. Dr. Stadler ließ sich von ihr beeindrucken, und sie bekam die Stelle sofort zugesagt, sogar unter der Bedingung, daß sie am Mittwoch nicht bei ihm, sondern im Kindergarten arbeiten würde. Dem Herrn Stadler, der eine Narbe auf der rechten Backe hatte und seit zehn Jahren geschieden war, hatte sie dermaßen von ihrem Apfelstrudel vorgeschwärmt, daß sie ihm sein Leibgericht gleich am ersten Tag der Anstellung zubereiten sollte.
Anntraud packte ihre Sachen im Hotel und konnte kaum glauben, wie leicht es gewesen war, sich in das Haus des Präsidenten des Bayerischen Landesamtes für Verfassungsschutz einzuschmuggeln und noch dazu eine Ar-

beitsstelle zu bekommen, denn die Kriminaler hatten schon recht gehabt: Mit der kleinen Rente und der geringen Bezahlung im Kindergarten hätte sie im teuren München nicht mehr lange bleiben können. Jetzt aber bekam sie ein Gehalt und konnte in der Einliegerwohnung Stadlers, einem kleinen Appartement mit eigenem Eingang in einer noblen Gegend, kostenlos wohnen. Schließlich setzte das Glück »noch eins drauf«, wie Anntraud dachte: Dr. Stadler war nicht nur ein ganz oberer Staatsbeamter und Verfassungsschützer, sondern darüber hinaus auch noch mit Staatssekretären, Diplomaten, Ministerialdirigenten, einigen Ministern und sogar dem Ministerpräsidenten höchst persönlich befreundet, womit sich ihr der Zugang zu diesen Kreisen öffnete.

In der ersten Nacht in ihrer Münchner Wohnung fand sie schließlich eine Erklärung dafür, warum es ihr nicht mehr wichtig war, recht haben zu wollen: Sie wollte eine Wahrheit heraus finden, die weder Gott noch andere Menschen vorschrieben, eine Wahrheit, die zwar nur die ihre war und damit eigentlich nur eine einzelne Meinung einer alten Frau. Aber sie machte sie nicht mehr von anderen abhängig und damit war es auch nicht wichtig, was andere davon hielten. Anntraud dachte an die Kinder im »Löwenzahn«, die dies von klein auf lernten. Müßten sie sich als Erwachsene nicht sehr sicher fühlen?

Anntraud fragte sich plötzlich, ob sie sich nicht ihr Leben lang in entscheidenden Punkten geirrt hatte, doch diese Frage vertagte sie, weil es sich in dem neuen Bett – im Gegensatz zu der harten Hotelzimmermatratze – so weich und gemütlich war. Die Bettwäsche duftete nach Rosen, durch das Fenster konnte sie auf einen wilden Garten sehen, der nachts von einem Außenlicht milde beleuchtet wurde. Anntraud stellte fest, daß sie an der Großstadt München eigentlich nur Pflanzen, Bäume und

Natur vermißt hatte, diese jetzt aber wieder vor ihrer Haustür zu finden waren. Wie gerne nur hätte sie mit jemandem darüber gesprochen, aber das durfte sie nicht, wollte sie ihre Pläne nicht gefährden.

4.

An Weihnachten 2004, vier Wochen nach ihrem Stellenantritt im Hause Stadlers, hatte Anntraud schon den ersten bezahlten Urlaub, und sie fuhr nach Berghaupt, um dort nach dem Rechten zu sehen. Die Schwägerin, Pauls Frau Helene, kümmerte sich zwar wie versprochen um das Haus und sah dort jeden Tag nach, lüftete und goß die Blumen, aber selbstverständlich war es der Schwägerin nicht zuzumuten, dort auch noch abzustauben. Auch hatte ihr Helene die Post nicht nachgeschickt, ausgemacht war, daß sie nur Wichtiges weiterleiten sollte, was aber offenbar nicht in ihrem Briefkasten gelegen war, denn Anntraud hatte in München kein einziges Schreiben erhalten.
Anntraud sah zuerst den Stapel Briefe durch, der hauptsächlich aus Werbeschriften und verspäteten Kondolenzschreiben bestand, putzte dann alles im Haus einmal gründlich durch und fuhr mit dem Opel nach Neumarkt, um Lebensmittel einzukaufen. Daß die Batterie des Autos nicht leer war, war Stefan, ihrem Neffen und Helenes Sohn, zu verdanken, der alle zwei Wochen »eine Runde« – wie er auf einen Zettel geschrieben hatte – mit dem Wagen gefahren war, um dies zu verhindern. Anntraud hätte nie im Leben daran gedacht und freute sich über die

Aufmerksamkeit des Neffen, aus dem trotz aller antiautoritären Erziehung ein hilfsbereiter und zuverlässiger Mann geworden war. Das Gymnasium hatte er zwar seinerzeit – zum Entsetzen seines Vaters – abgebrochen, dann aber eine Krankenpflegerlehre gemacht, das Abitur in einer Abendschule nachgeholt und schließlich Meteorologie studiert. Nur mit den Frauen hatte er ständig »Pech«, wie Helene oft jammerte, was sich keiner erklären konnte, denn Stefan sah gut aus, verdiente als »Wetterfrosch« nicht schlecht und war durchaus charmant. Kurz vor Gottliebs Ableben hatte es aber geheißen, Stefan hätte jetzt doch noch eine Freundin gefunden. Anntraud wollte in ihren Ferien in Berghaupt nachfragen, was daraus geworden sei, und die Gelegenheit ergab sich schnell, denn gleich nach ihrem Einkauf in Neumarkt ging sie zum Grab, um dort einen kleinen Christbaum mit blauen Kugeln aufzustellen, und traf dort die Kutzberger Brunhilde.

Brunhilde bemerkte sofort, wie »schick und städtisch« sie geworden sei, was nichts anderes hieß, als daß Brunhilde glaubte, sie würde sich etwas »einbilden«. Anntraud wußte ja, was man in Berghaupt über Großstädter dachte, und beschloß, in den zwei Wochen Urlaub wieder ihre alten Sachen zu tragen. Umgekehrt wollte Brunhilde ihr nicht so recht glauben, daß sie gleich zwei Anstellungen hatte, obwohl Anntraud mit der Aussage »im Haushalt eines höheren Beamten« eher unter- als übertrieben hatte. Vermutlich, dachte Anntraud, war sie, wie auch ein paar andere Weiber, denen die Kutzbergerin dies gleich weiterratschte, einfach neidisch. Kurz überlegte Anntraud, ob sie es nicht verdient hätte, so richtig blamiert zu werden, und sie ihr die Wahrheit über ihre Schwester erzählen sollte, aber Sieglinde tat ihr leid, und so unterließ sie es. Von ihren Besuchen am Mahnmal, der Kameradschaft und ihren heimlichen Plänen erzählte sie freilich nichts. Und auf die Frage, wie lange sie denn noch in München bleiben wolle, redete sich mit »wer weiß, wie lange ich noch arbeiten kann, das geht bestimmt nimmer ewig« heraus. Tatsächlich überlegte sie, welche Regelung sie für ihr Haus treffen konnte, denn sie wollte Helene und Stefan nicht weiter diese Mühen zumuten. Schließlich half ihr Brunhilde, den Christbaum im Ständer zu fixieren und mit Schnee vermischtes, altes Laub vom Grab zu räumen. Die Kutzbergerin ließ es sich auch nicht nehmen, Lametta und die blauen Kugeln aufzuhängen, während Anntraud das Holzkreuz polierte und sich vornahm, endlich einen Grabstein in Auftrag zu geben. Dabei erfuhr Anntraud die ganzen Neuigkeiten aus dem Dorf, von denen sie einige aus den Telefonaten mit Pfarrer Taugenbeck schon kannte: der Loibl Hias war in sein altes Haus zurückgezogen und wollte sich von der Theres scheiden lassen – was die Kutzbergerin in Anbetracht des Alters der beiden als »hirnrissig« bezeichnete; die Wagners hatten den Hof, der sich längst nicht mehr trug, nun endgültig aufgegeben; Taugenbeck hatte eine Schrift über »Neues Heidentum« verfaßt, »nach Rom hinauf« geschickt und wartete gespannt auf eine Antwort aus dem Vatikan; ein Enkelkind von Brunhilde und die zwei Söhne vom oberen Bauern waren arbeitslos geworden, weil die Auersbacher Fabrik geschlossen hatte; Doktor Brand wollte, nachdem er sich nun endgültig in Berlin »ausgetobt« hatte, wieder nach Berghaupt zurückkommen, und ihr Neffe, der hätte nun eine »bildhübsche« Freundin gefunden, eine Lehrerin in seinem Alter, obwohl sie, die Kutzbergerin, ja geglaubt hätte, er sei »andersrum«, wie der Doktor ja wahrscheinlich auch, aber das hätte sie noch nie verstanden, was er dann immer mit der Gerlinde gehabt habe. Anntraud lächelte in sich hin-

ein – die Kutzbergerin wußte zwar immer »alles«, aber nie die ganze Wahrheit, deshalb mußte sie den Neuigkeiten wohl immer so hinterherrennen und sich so ärgern, wenn jemand vor ihr etwas erfuhr.
Kurz darauf traf dieser »Schicksalsschlag« die Kutzbergerin erneut – wie Gerlinde, Anntraud und Doktor Brand lästerten. Der Doktor, die Patin und Anntraud hatten beschlossen, den Heiligen Abend zusammen zu verbringen, Anntraud hatte Sauerkraut und Würste zubereitet und der Doktor – zu Gerlindes Verdruß – einen »Weihnachtsbaum«, wie er sagte, mit buntem Schmuck aufgestellt. Nach dem Essen genehmigte man sich Glühwein nach einem alten Rezept von Gerlinde. Dabei gestanden der Doktor und Gerlinde Anntraud, was sie vorhatten: Sie wollten heiraten, nicht bloß standesamtlich, sondern »so richtig, mit allem Tam-Tam«, wie der Doktor sagte, vor dem Traualtar. »Warum?« fragte Anntraud verwundert. »Aus Liebe«, sagte der Doktor ernst, »wegen der Rente«, sagte Gerlinde ernst – und beide brachen daraufhin in Lachen aus. »Ein Altersspaß«, sagte die Patin schließlich, und deshalb würden sie heuer auch in die Christmette gehen, um sich die Kirche schon mal von innen anzusehen. Ein Problem gab es bei der »Heiraterei«, wie Gerlinde sagte, aber doch: Der Doktor und sie waren sich einig, daß man in ihrem Alter nicht mehr zusammenzog. Die Lösung war schnell klar: Der Doktor konnte in Anntrauds Haus ziehen, so mußte sie nicht mehr die Schwägerin mit der Pflege bemühen, und »allen Seiten war geholfen«.
Alle drei lästerten noch viel an diesem Abend, bis die vertrauten Kirchenglocken zur Christmette läuteten und man sich auf den Weg vom unteren Dorf ins mittlere zur Kirche machte. Anntraud betrat das Gotteshaus, ging – wie seit Jahr und Tag – in die linke Stuhlreihe und setzte

sich in eine der vorderen Bänke. Anntraud sah die rote Madonna und erinnerte sich daran, wie sie als Kind versucht hatte, sie zum Schweben zu bringen. Sie sah die Heiligen, die Monstranz und die ausgemalte Kuppel – sie kannte jeden Winkel hier, und doch schien ihr die ganze Kirche plötzlich seltsam fremd. Sie dachte an den »Löwenzahn«, und diese Welt schien ihr das Gegenteil zur Berghaupter Kirche zu sein.
Ausgezeichnet würde Anntraud die Gruppe leiten können, hatte Andrea am letzten Kindergartentag vor den Ferien zu ihr gesagt, sehr schnell hätte sie sich die Methoden des einfühlsamen Zuhörens, der Ordnung des Regelsystems und des gegenseitigen Respekts abgeschaut und angeeignet, im Gegensatz zu anderen Kindergartenomas, die schon hier gearbeitet hatten und nur Wert auf gute Tischmanieren gelegt hatten. Anntraud hatte dieses Lob sehr gefreut, sie wunderte sich nur, daß ausgerechnet sie das Regelsystem so gut anwenden konnte, war sie selbst doch ganz anders aufgewachsen und erzogen worden. »Spaß am Leben haben« und »selbständig werden«, war das oberste Erziehungsziel der Kindergruppe und nicht »demütig die Pflicht erfüllen« oder »Opfer bringen«, im Gegenteil. Andrea sagte öfter, wie dick sie diese Leute hatte, die immer »etwas für andere tun« – und sich später dann für diese Opferhaltung rächen. Sie meinte damit eine Kollegin in einem anderen Kindergarten, die freiwillig unbezahlte Überstunden machte, dafür den Dank »der ganzen Welt« erwartete, ihn nicht erhielt, und sich schließlich mißmutig den Kindern zuwendete. Außerdem sei man damit, so Andrea, den Kindern ein Vorbild, man müsse die eigenen Gefühle kennen und zu ihnen stehen, denn Verleugnen würde sich früher oder später rächen, und die Kinder würden es sowieso spüren, wenn es einem nicht gutginge. Also war eigentlich die oberste

Pflicht, dachte Anntraud, zuerst für sich selbst zu sorgen, dafür, daß es einem selbst gutging und das Leben Spaß machte.

Anntraud hatte Andrea kein Wort von ihrem früheren Leben verraten, in dem sie immer Opfer gebracht hatte »den anderen zuliebe« oder für einen späteren Lohn im Himmel. Damals hatte sie geglaubt, sie müsse nur genug auf sich selbst, ihre Ansprüche und Gefühle verzichten, dann wäre sie für die anderen das beste Gegenüber. Verletzte man sie, dann hatte sie es geschluckt und den »Nächsten« im Gottesdienst verziehen. Als Gottlieb sie bat, in der Früh für ihn aufzustehen, um ihm das Frühstück zu machen, so war sie ihm zuliebe um halb fünf Uhr aufgestanden. Anfangs hatte er sich noch dafür bedankt, dann wurde es eine Gewohnheit und Anntraud innerlich schließlich immer zorniger darüber, daß sie aufstand, nur um ihren Mann ein Marmeladenbrot zu schmieren und zu hören »Morgenstund hat Gold im Mund«. Schließlich hatte Gottlieb selbst gesagt, daß er ihr grantiges Gesicht in der Früh nicht mehr gerne sah. Das wiederum hatte sie geärgert wie kaum etwas zuvor.

Aber hier, in der Kirche, war stets von »Opfern« die Rede, hier, im Glauben, so dachte Anntraud, wird diese Haltung eingeübt. Dann begann die Messe, und Anntraud sah Pfarrer Taugenbeck so zu, als würde ihr ein fremdes Theaterstück geboten. Auch nach dem Gottesdienst, als die Dörfler auf dem Kirchplatz noch alle zusammenstanden, hielt dieses Gefühl an. Der Loibl Hias kam schließlich auf sie zu und drückte ihre Hand. Er sah ihr tief in die Augen mit einem fragenden Blick, dem Anntraud nicht auswich.

Sie wußte, daß sie beide das gleiche dachten, warum hatte man die Zeit nicht miteinander verbracht und könnte man sie jetzt nicht nachholen? Anntraud sagte: »Gute

Nacht, Hias. Es ist zu spät.« Sie drehte sich um und ging heim. Sie dachte, mit dem Hias wäre sie wahrscheinlich auch nicht glücklicher als mit dem Gottlieb geworden, er hätte ihr ebenso die Meinung vorgeschrieben wie ihr Mann, nur aus einer anderen politischen Richtung.

Am vorletzten Tag der Ferien in Berghaupt, zwei Tage vor ihrem Geburtstag, den sie unbedingt in München verbringen wollte, begann Anntraud, Alexanders Zimmer auszuräumen und seine Sachen in Kisten zu verpakken, die sie dann auf den Speicher stellte. Stefan half ihr, die großen schweren Schachteln nach oben zu tragen. Anntraud räumte das Zimmer nicht wegen des Doktors, der hätte es sicher verstanden, wenn er es nicht hätte betreten dürfen. Sie folgte einer inneren Stimme, die ihr sagte: »Jetzt ist es genug.« Stefan erzählte dabei von seiner Arbeit als Meteorologe, von den Hochs und Tiefs und einer Chaostheorie, die jede Vorhersage zunichte machen konnte. Außerdem plante er eine wissenschaftliche Untersuchung der alten Berghaupter Legenden mit dem grünen Himmel. Anntraud wußte nicht genau, was sie davon halten sollte, ihr Neffe aber meinte, daß es für alle Wetterphänomene eine wissenschaftliche Erklärung gab.

Auf dem Speicher fand Anntraud wieder Johns Brief, den sie schon einmal mit heruntergenommen, dann aber nicht gelesen hatte und der dann erneut offenbar in einer Schachtel gelandet war.

Und noch etwas anderes nahm Anntraud schließlich mit nach München: Gottliebs Nachfolger, der Postbote, der schon seit der Frühpensionierung ihres Mannes in Berghaupt austrug, klingelte am nächsten Morgen in seiner neuen, pflegeleichten Postleruniform bei ihr und rückte erst nicht so recht mit der Sprache heraus, um was es denn gehe. Anntraud bat ihn zu einem Kaffee herein, und man sprach kurz über die alten und neuen Probleme der Post, die sie von ihrem Mann her ja gut kannte. Dann zog der Nachfolger ein Päckchen aus seiner Tasche und legte es auf den Tisch. Es war an Anntraud adressiert, noch mit D-Mark-Briefmarken frankiert, und Anntraud sah, daß es 1985 abgestempelt worden war, der Absender war ein Münchner.

Der Nachfolger erzählte ihr, daß er es bei seinem Amtsantritt in einem Seitenfach gefunden und Gottlieb gefragt hatte, warum er es nicht zugestellt hatte. Ihr Mann hatte ihm geantwortet, das Päckchen würde nur wieder alte Wunden bei seiner Frau aufreißen, sie solle es erst später erhalten. Der Nachfolger hatte ihn auf seine Amtspflicht hingewiesen, doch Gottlieb hatte ihn um diese Ausnahme gebeten, er würde das auf seine Kappe nehmen. Man einigte sich darauf, daß das Seitenfach wieder abgeschlossen wurde und der Nachfolger gegebenenfalls sagen würde, er hätte keine Ahnung davon gehabt. Nun war der Gottlieb tot, Anntraud war lange verreist gewesen und erst jetzt hätte er, der Nachfolger, den Mut gehabt, ihr die ganze Angelegenheit zu gestehen. Anntraud verzieh ihm sofort, und sie mußte selbst erst überlegen, wer dieser Absender eigentlich war. Dann fiel ihr ein, daß ein paar Jahre nach dem Anschlag ein Journalist aus München ein Buch über das Attentat verfaßt hatte, das stand damals in allen Zeitungen. Sie hatte ihm einen Brief geschrieben, Geld beigelegt, doch nie eine Antwort oder das Buch erhalten. Zunächst hatte sie jeden Tag darauf gewartet, irgendwann aber aufgegeben, der Sache nachzugehen. Im fernen München, so hatte sie gedacht, wo keiner keinen kennt, da geht so etwas halt unter. Damals hatte sie sich vorgestellt, in der Großstadt wäre man sehr einsam, wenn man nicht einmal die Nachbarn im Haus kennen würde, sie hatte gedacht, ein Münchner würde sich auch nicht verpflichtet fühlen, ihre Anfrage zu beantworten. Dieses Buch mußte es auch sein, das die freundliche Buchhändlerin auf der Theresienhöhe gesucht und nicht gefunden hatte.

Pfarrer Taugenbeck brachte sie und ihre Koffer später wieder zum Neumarkter Bahnhof, half ihr, das Gepäck im Abteil zu verstauen, und fragte nach, wie lange sie noch in München arbeiten wolle, denn sie würde seiner Gemeinde schon sehr fehlen, speziell auch ihm, denn der junge Kutzberger, der die Mesnerstelle übernommen hatte, erfülle zwar anständig seine Pflicht, aber so einen schönen Blumenschmuck für das Gotteshaus wie sie könne er einfach nicht zaubern. Anntraud freute sich über das Kompliment und erwiderte, es käme darauf an, wie lange sie noch so rüstig und gesund sei, und der Herr Pfarrer wünschte ihr daraufhin alles Gute und betonte, daß von den irdischen Werten die Gesundheit freilich der wichtigste war.

Während der Zugfahrt begann Anntraud das Buch des Münchner Journalisten zu lesen. Auch er war dem Attentat noch einmal nachgegangen, hatte mit Zeugen und Angehörigen gesprochen und war zu dem Schluß gekommen, daß sehr viele Fragen offenblieben, insbesondere die, ob der Donaueschinger Komplizen hatte. Anntraud wußte in diesem Punkt jetzt bereits mehr als er; neu war ihr aber die Frage des Journalisten, ob der damalige Ministerpräsident nicht ein handfestes Interesse daran gehabt hatte, Hintergründe zu verschleiern, daß ein Anschlag der RAF, also von links, sehr wohl in sein politisches Konzept gepaßt hätte, nicht aber ein Anschlag von rechts, denn kurz zuvor hatte er noch gesagt, in Bayern

gäbe es keine rechten Terroristen, nur ein paar Spinner, die man nicht »groß reden« sollte. Das Attentat war kurz vor der Wahl geschehen, und der Ministerpräsident hatte den Slogan »Freiheit statt Sozialismus« gewählt.
Für Anntraud fügte sich damit ein mögliches Puzzlestück mehr ein. Sie hatte zwar geahnt, daß der Verfassungsschutz mit im Spiel sein könnte, und hatte deshalb die Stelle bei Stadler angetreten, aber daß hinter den schlampigen Ermittlungen ein System und womöglich sogar Politiker standen, damit hatte sie nicht gerechnet.

Als der Zug hinter der Hackerbrücke in den Hauptbahnhof einfuhr, glitzerte die ganze Stadt unter dem Neuschnee und den vielen Lichtern der Großstadt. Anntraud war, als würde sie »heim« kommen, dabei war sie doch Berghaupterin geblieben, hatte beim Einwohnermeldeamt sogar gelogen. Dorthin hatte man sie geschickt, nachdem Herr Stadler den Stellenantritt gemeldet hatte, und man hatte ihr gesagt, wenn sie hier in München arbeite, dann müßte sie hier auch registriert sein. Anntraud aber hatte behauptet, daß sie nach der Arbeit häufiger mit dem Zug heim, nach Berghaupt, fahre, als sich in ihrer kleinen Münchner Einliegerwohnung aufzuhalten, das sei ja nur ein Ein-Zimmer-Appartement, in Berghaupt gehöre ihr dagegen das ganze Haus. Der Herr vom Einwohnermeldeamt schlug daraufhin vor, Berghaupt als Erst- und München als Zweitwohnsitz zu nehmen, was Anntraud gefiel.
Nach der Ankunft am Hauptbahnhof nahm sie sich zum ersten Mal in ihrem Leben ein Taxi, denn sie wollte die Koffer nicht durch die U-Bahn und in den Bus schleppen. Außerdem hätte sie umsteigen müssen, denn zuerst wollte sie zum Mahnmal, zu ihrem Kind, und da vor dem Hause von Stadler fast alle mit dem eigenen Auto, dem

Wagen mit Chauffeur oder Taxi vorfuhren, wollte sie sich mit ihren zwei Koffern nicht blamieren. Herr Stadler zahlte so gut, daß sie sich eine Taxifahrt auch leisten konnte. Sie bat den Fahrer nahe der Wiesn anzuhalten, sie wollte nicht, daß er sie am Mahnmal beobachten würde. Die ganze Theresienwiese war mit Schnee bedeckt, es war richtig still an diesem Abend, und Anntraud fühlte wieder diese Nähe zu ihrem Kind. Plötzlich war es ihr sogar, also würde sie Alexander rufen hören »Mama, was gibt's zu essen?«, dann sah sie ihn vor sich liegen, hier an dieser Stelle, durch den Schnee hindurch, so wie sie ihn auf den Fotos der Polizei gesehen hatte, zerrissen, zerfetzt, tot.

Anntraud hatte geglaubt, sich mit seinem Tod abgefunden zu haben, aber jetzt spürte sie wieder diesen stechenden Schmerz von damals, der einsetzte, als der Schock nachgelassen hatte. Vielleicht, so überlegte Anntraud später, auf der weiteren Taxifahrt durch das nächtliche München, hatte sie nur ihre Gefühle verdrängt und nicht hochkommen lassen, so wie die kleinen Buben im Kindergarten manchmal sagten »tut doch gar nicht weh«, obwohl ihnen der Schmerz ins Gesicht geschrieben stand. Vielleicht hatte sie es einfach nicht gelernt, auf ihre Gefühle zu achten und herauszufinden, was sie eigentlich wollte, vielleicht hatte sie es sich ihr ganzes Leben zu leicht und zugleich zu schwer gemacht, sich einfach hinter der Pflichterfüllung versteckt. Anntraud horchte noch einmal in sich hinein, so wie sie sonst manchmal zu den Kindergartenkindern sagte: »Wie fühlt es sich an im Bauch?« Anntraud stellte fest, daß es eigentlich kein Schmerz mehr war, die Wunde nur kurz aufgerissen war, es war vielmehr Wut, eine tobende, rasende, rachsüchtige Wut, die in ihr aufstieg.

Bei dieser Begegnung mit Alexander auf der Theresienwiese sah sie seinen Tod endgültig nicht mehr als Schicksal oder Gottes Weg; sie fühlte, daß einzelne Menschen dafür verantwortlich waren, daß seine Mörder noch frei herumliefen, dass einzelne Staatsbeamte und Politiker etwas hatten vertuschen wollen, daß sein Tod durch richtige politische Entscheidungen, wie ein früheres Verbot der Kameraden, womöglich verhindert hätte werden können.
Der Taxifahrer erinnerte sie daran, daß sie angekommen wären. Anntraud überlegte kurz, ob man Taxlern Trinkgeld gibt, bezahlte dann zwei Euro extra, und der Herr trug ihr die Koffer noch bis vor die Wohnungstür.

Am darauffolgenden Dreikönigstag, ihrem Geburtstag, versäumte sie zum erstenmal seit Jahrzehnten die Messe an einem kirchlichen Feiertag, dabei noch nicht einmal absichtlich. Sie hatte den Gottesdienst schlichtweg vergessen, was vielleicht auch daran lag, daß sie arbeitete. Herr Stadler hatte sie nämlich höflich gefragt, ob es ihr ausnahmsweise möglich sei, am Dreikönigstag zu kochen, weil er hohe Gäste erwarte, die er nicht in ein Restaurant einladen wollte, und ob sie es sich zutrauen würde, für acht Leute ein Menü zusammenzustellen. Anntraud schüttelte zuerst den Kopf. Arbeiten könne sie selbstverständlich am Feiertag, das würde ihr gar nichts ausmachen, aber sie sei keine gelernte Köchin, sie wisse ja, daß der Herr Stadler oft in erstklassige Restaurants gehe, da könne sie nicht mithalten. Stadler lächelte sie an: Ihre Hausmannskost schmecke immer vorzüglich, den »Herrschaften« sei es vielleicht sogar ganz recht, ein wunderbares bayerisches Essen zu kriegen und keine »Hummern auf Kaviar«, wie Herr Stadler scherzte, und sie würde das schon schaffen, selbstverständlich gegen extra Bezahlung.

Anntraud bereitete – etwas nervös – als Vorspeise eine Leberspätzlesuppe, als Hauptspeise Sauerbraten mit Kartoffelknödeln und Salaten der Saison und als Nachspeise Apfelstrudel mit Vanillesauce vor. Für den Salat war sie extra zum Viktualienmarkt und für das Fleisch zu einem Bio-Metzger gefahren, den eine Mutter aus dem Kindergarten schon öfter empfohlen hatte mit der Bemerkung, das Fleisch von dort würde so wie »früher« schmecken. Anntraud konnte sich zwar kaum vorstellen, daß die junge Mutter wußte, wie gut Fleisch früher geschmeckt hatte, nach dem Krieg, wo es so selten auf den Tisch kam, aber sie vertraute der Empfehlung und fuhr damit äußerst gut, wie sich herausstellte. Schon beim Kochen bemerkte sie den außerordentlich guten Geschmack der Leberspätzle und des Bratens.

Auch die »Herrschaften« waren alle begeistert von ihrem Menü, und das freute Anntraud ganz besonders, denn unter den »Herrschaften« waren der Justizminister, der Staatssekretär des Innenministeriums, der Parteivorsitzende, der stellvertretende Präsident des Landeskriminalamtes, zwei Diplomaten – sowie der Ministerpräsident höchstpersönlich. Anntraud servierte das Essen und wurde beim Abräumen nur gelobt – besser als seine Frau würde sie kochen, sagte der Finanzminister, bloß gut, daß seine Frau das nicht hören könne, fügte er hinzu, und sie könne es sicher nicht hören, denn Stadlers Wohnung sei ja wohl abhörsicher – woraufhin alle lachten. Anntraud hatte Herrn Stadler schon gefragt, warum denn die Frauen nicht mitkamen, und er hatte erklärt, daß es sich um ein Arbeitsessen handle. Einer der Diplomaten, ein dunkler, hochgewachsener, schlanker Herr in ihrem Alter mit eleganten Bewegungen, ging Anntraud sogar in die Küche nach, stellte sich als »Orhan« vor, lobte ihre

Kochkunst und erzählte ihr mit einem Akzent, der Anntraud gefiel, von der türkischen Küche, die so ausgezeichnet wie die ihre sei. Er berichtete ihr von seinem Ferienhaus in Bodrum, von dem Meer dort; er sprach auch vom Tod seiner Frau vor sechs Jahren und daß er daraufhin doch noch einmal in den diplomatischen Dienst gegangen war. Er erzählte von seiner erwachsenen Tochter und dem Enkelkind, das er so selten sehe – genau wie sie, berichtete wiederum Anntraud, da die Tochter in Australien verheiratet sei. Dabei ließ Orhan sie nicht mehr aus den Augen – und Anntraud war das zu ihrem eigenen Erstaunen nicht unangenehm.

Beim Verabschieden – Anntraud brachte den Herrschaften die Mäntel – scherzte der Ministerpräsident, ob er sie einmal »ausleihen« dürfe, und Orhan fragte sie – unbemerkt von den anderen – ob sie ihm die Ehre erweisen und mit ihm einmal ein Weinlokal besuchen würde, denn zum Essen traue er sich eine so ausgezeichnete Köchin nicht einzuladen.
Anntraud stimmte beiden Vorschlägen zu und wähnte sich – im Falle des Ministerpräsidenten – ihrer Sache wieder bedeutende Schritte näher. Doch bald mußte Anntraud feststellen, daß sie sich dabei in Geduld üben mußte. Der »Fall Orhan« entwickelte sich hingegen schneller als erwartet.

5.

Im Januar und Februar des Jahres 2005 schneite und schneite es in München, auch die Alten konnten sich nicht daran erinnern, wann jemals so viel Schnee in der Stadt gelegen hatte. Anntraud liebte das abendliche Glitzern Münchens, wenn sich die Lichter im Weiß spiegelten. Anfang März verwandelte sich der Schnee in einen matschigen Brei, Mitte des Monats war die Sonne dann einige Tage so stark, daß die Leute schon im Freien vor den Cafés ihren Cappuccino tranken, aber im April schneite es erneut. Im Kindergarten wurde erst Fasching gefeiert, dann ein Frühlingsfest und für Juni bereitete man ein Elternfest vor, für das die Kleinen schon jetzt geduldig Geschenke bastelten. Mariann nannte Anntraud seit dem Fasching oft »Hexen-Oma«, ihr Kostüm mit dem weitkrempigen Spitzhut, dem Reisigbesen, den schwarzen, übereinander getragenen Spitzenröcken und den langen, aufgeklebten Fingernägeln hatte das Mädchen offenbar sehr beeindruckt.

Auch Orhan nannte sie oft »kleine Hexe«, denn ihre Art, so der Diplomat, hätte ihn sofort verzaubert. Anntraud dachte an den Spottvers der Zwillinge seinerzeit, an die »rote Hex« und wünschte sich ihre roten Haare statt der grauen zurück.

Anntraud freute sich immer auf Mittwoch, den Tag, an dem sie im Kindergarten arbeitete und inmitten des wurligen, bunten, manchmal lauten Durcheinanders mit Fragen wie »Warum hat ein Pirat eine Augenklappe?« bestürmt wurde. Dabei war die Arbeit auch anstrengend, wenn sich mehrere Kinder hochschaukelten und sie versuchen mußte, die Gruppe so zu beruhigen, daß »Schluß mit Quatsch« war, wie Andrea sagte.

Andrea hatte sich ihren Pferdeschwanz abschneiden lassen, trug neuerdings Röcke und kam jeden Tag geschminkt in die Arbeit, was Anntraud einmal zu der Frage veranlaßte, ob sie sich verliebt hätte. Andrea schüttelte den Kopf, gestand ihr aber später, daß sie gerade eine Affäre hatte, von der ihr Mann nichts erfahren durfte – und sie dabei auch kein schlechtes Gewissen mehr habe, nachdem sie zunächst darunter gelitten hatte. Dann aber hatte ihr eine Freundin gesagt, sie solle sich nichts dabei denken, denn »Sex kostet nichts und ist nicht ungsund«, viel mehr noch: »Eine gscheite Affäre tut dem Familienfrieden nur gut. Darfst es ihm bloß nicht sagen, das wär unmoralisch.« Tatsächlich, so Andrea, würde sie seither viel entspannter mit ihrem Mann umgehen, viel harmonischer sei es seither daheim.

Anntraud dachte an das eine Mal mit dem Loibl Hias, das einzige Mal, als sie ihrem Mann untreu geworden war. Tatsächlich hatte sie sich daraufhin viel besser mit dem Gottlieb verstanden, aber das schlechte Gewissen hatte sie Monate, wenn nicht Jahre, gemartert. Auch die Vergebung durch das Sakrament der Beichte hatte nichts genützt – sie hatte sich als kleine und böse Sünderin gefühlt und manchmal sogar gefragt: »Wie kann so eine überhaupt Kinder erziehen?«

Anntraud genoß die Gespräche mit Andrea, die sie aber nur manchmal im Park führen konnten, denn die Arbeit mit den Kindern ließ kaum eine Pause zu. Im April fielen nun auch die Parkgespräche aus, denn Mitarbeiter der Stadt hatten Taubengift ausgelegt, um die Vogelplage zu bekämpfen, und die Erzieherinnen mußten höllisch aufpassen, daß die Kleinen den Ködern nicht zu nahe kamen.

Dafür konnte Anntraud nun etwas anderes genießen: die Treffen mit Orhan. Mal verabredete man sich im Weinlokal, mal zu einem klassischen Konzert, mal ging man zu Adriano Celentano in die Olympiahalle und tanzte ausgelassen zu seinen Liedern, mal hörten sie im Freien auf dem Königsplatz jüdische Klezmer-Musik. Sie machten lange Spaziergänge durch den Englischen Garten, sie fuhren zum Starnberger See und wanderten dort, oder sie besuchten eine Ausstellung im »Haus der Kunst«, und Orhan erklärte ihr die Hintergründe der Malerei, denn er war ein Kunstliebhaber. Wenn sie einen Ausflug zum Botanischen Garten oder dem Blindengarten machten, zeigte ihm Anntraud ihrerseits die Schönheit heimischer Pflanzen und erklärte ihm deren Verwendung und Wirkung. Wußte sie selbst wenig zu den Blumen und Sträuchern, schlug sie es daheim in ihrem Gartenbuch nach.

Oft tranken sie einen Cappuccino bei einem Italiener am Platzl, der es in München offenbar nicht für nötig hielt, seinen Aushang auf deutsch zu machen. Man sprach über die Zeit, als die Kinder klein waren, über die eigene Jugend und die Alterswehwehchen. Sie diskutierten über Bush und den Krieg gegen den Terror, wobei Anntraud sehr erstaunt war, daß auch Orhan den amerikanischen Präsidenten als »Kriegstreiber« sah, so wie die Kameraden. Aber Orhan sah dahinter keine Verschwörung, sondern, im Gegenteil, er befürchtete, daß die Demokratie damit ausgehöhlt würde, alle Errungenschaften, die man sich mühsam aufgebaut hatte, plötzlich zu einer »Farce«

verkämen. Er erzählte von der Türkei, von seiner deutschen Mutter, die als Jüdin in der Nazizeit dorthin ausgewandert war, von seinem Großvater väterlicherseits, einem großen Architekten. Anntraud wunderte sich, was der elegante und gebildete Herr an ihr fand – er sprach außer Türkisch fließend Deutsch und Englisch, stammte aus einer reichen Familie der türkischen Oberschicht, hatte diplomatische Beziehungen studiert und war in der ganzen Welt herumgekommen, von Israel bis Kanada. Nur darüber, was er beruflich eigentlich genau machte, wie sie sich denn seine Arbeit als Diplomat bildlich vorstellen konnte, hielt sich Orhan sehr bedeckt. Nur einmal erzählte er beiläufig, daß er eng mit Stadler zusammenarbeitete und Aussteigern aus »der Szene« zu einer neuen Existenz verhalf, also Spionen, die aufgeflogen waren, ein neues Leben verschaffte, dazu »Legenden« für sie erfand und ihnen einen neuen beruflichen und menschlichen Anfang – meist in der Türkei – ermöglichte.

Gleich am ersten gemeinsamen Abend im Weinlokal hatte er ihr erklärt, wie fasziniert er von ihr sei und daß er sie gerne näher kennenlernen möchte. Orhan hatte seine Hand auf die ihre gelegt und mit festem Blick gesprochen.

»Ich möchte ehrlich sein«, so Orhan. »Sie erinnern mich an meine verstorbene Frau, Anntraud. Aber bitte … wie sagt man … glauben Sie nicht, ich würde nur einen Ersatz suchen, bitte fühlen Sie sich nicht verletzt, Sie sind eine außergewöhnliche Frau.« In Anntraud war dabei eine Wärme aufgestiegen, die sie weder von Gottlieb noch vom Loibl Hias her kannte.

»Danke«, hatte Anntraud geantwortet, »aber ich brauche Zeit und möchte das Trauerjahr abwarten.«

Orhan hatte ernst genickt, »aber selbstverständlich« ge-

sagt – was mit seinem Akzent ganz besonders gewichtig klang – dann gescherzt: »Aber allzuviel Zeit haben wir nicht mehr … wie sagt man … in unserem Alter.«
Er überlegte oft laut: »Wie sagt man?« Dann fand er aber meist treffendere Worte als so mancher Deutsche.
Er schenkte ihr teuren Schmuck – der aber laut Orhan in der Türkei gar nicht so viel kostete – einen Disk-Man mit der neuen Celantano-CD, manchmal Pralinen und einmal einen Laptop, den ein Computerfachmann in ihrer Wohnung installierte, damit sie wieder mit ihrer Tochter Marion mailen konnte. Am besten aber gefielen ihr Orhans Manieren: Er half ihr immer in die Jacke oder den Mantel, er öffnete immer die Autotür zuerst für sie, er setzte sich im Restaurant immer erst, nachdem sie schon Platz genommen hatte. Manchmal sah er ihr einfach lange in die Augen und sagte dann offen, daß er gerne wissen möchte, was eigentlich ihr Geheimnis sei. Anntraud lächelte und erzählte ihm von Berghaupt und der Prophezeiung, unter der sie geboren worden war. Orhan wollte sie allzugern einmal nach Berghaupt begleiten und das Dorf sehen, doch Anntraud zögerte es hinaus – der Orhan in Berghaupt, das paßte für sie einfach nicht zusammen. Hinzu kam, daß sie ja tatsächlich ein Geheimnis hatte, dem er nicht auf die Spur kommen sollte.

Bald nach den ersten Treffen mit Orhan fiel Anntraud auf, daß sie nun keine Hilfe mehr beim Kleidereinkauf benötigte. Sie ging alleine in die Stadt und wußte genau, was zu ihr paßte, was modisch, aber auch altersgemäß war. Anntraud bestellte trotzdem nichts über den Versandhandel, was mit dem Internet jetzt ganz leicht gewesen wäre, denn sie wollte die Kleider, Röcke, Kostüme, Unterwäsche und Strümpfe anfassen und anprobieren. Meist wußte sie nun ganz schnell, was ihr stand.

Bei Orhan spürte sie nicht nur diese Anziehung wie seinerzeit beim Loibl Hias – auch seine Ansichten, die denen Andreas ähnelten, gefielen ihr und ließen sie oft ganz neue Zusammenhänge entdecken. Orhan ging – im Gegensatz zu Gottlieb, dem Loibl Hias und ihr selbst früher – vom einzelnen Menschen und nicht von Prinzipien aus. Vor allem, was er zur Trauer gesagt hatte, hatte sie sehr beeindruckt.
Eines Tages gestand sie ihm, daß sie einen Sohn verloren hatte und diese Trauer wohl nie in ihrem Leben werde abstellen können. Über die näheren Umstände wollte sie ihm nichts erzählen, aber sie berichtete ihm davon, wie ihr Mann und das ganze Dorf immer wieder gesagt hatten, sie solle endlich einen Schlußstrich ziehen, »vergessen« und nicht andauernd über den Sohn reden, als würde er noch leben. Orhan blickte sie länger fragend an und meinte dann: »Sie wollten also, daß du dein Kind totschweigst.« Genau, dachte Anntraud, genau, das trifft es, das war es, wofür sie über die Jahre hinweg keine Worte gefunden, nur stumm dagegen rebelliert hatte, indem sie auf dem Friedhof Alexanders Geburtstag gefeiert, seine Zimmer unberührt gelassen und, wann es nur ging, von ihm erzählt hatte. Nach einer Pause fügte Orhan hinzu: »Hm, aber jeder muß wahrscheinlich anders trauern. Dein Mann konnte es wohl nur so, indem er nicht mehr darüber sprach.« Das stimmte ebenfalls, dachte Anntraud und nickte. Denn natürlich war auch Gottlieb nach Alexanders Tod ein anderer geworden. Anntraud hatte immer geglaubt, nur wer selbst ein Kind verloren hatte, nur wer selbst Mutter war, könnte verstehen, wie sie empfand. Aber von Orhan fühlte sie sich auch in diesem Punkt verstanden, ohne daß er eine Mutter war, ohne daß er selbst ein Kind verloren hatte. Dieses Verständnis, so überlegte Anntraud, kam daher, daß er mit den Menschen fühlte

und keine Prinzipien oder vorgefertigte Meinungen vertrat, so wie Gottlieb, der viele Sätze mit »man tut« begonnen hatte und eben auch vorschreiben wollte, wie »man« zu trauern hatte, nämlich durch Totschweigen. Mit jedem Treffen, mit jeder Begegnung, rückte Anntraud Orhan ein wenig näher, und manchmal vergaß sie darüber sogar den eigentlichen Sinn und Zweck ihres München-Aufenthalts, spürte beim Einschlafen manchmal nicht mehr die rachsüchtige Wut in sich.

Das lag freilich aber auch daran, daß sie im Hause Stadler nicht mehr wußte, wie sie weiterkommen sollte. Bald kannte sie zwar einige Minister, Diplomaten, Staatssekretäre, Parteifunktionäre, den Leitenden Kriminalpräsidenten und auch den Ministerpräsidenten ganz gut, aber gesprochen wurde nur über aktuelle Politik und nicht über das Attentat. Auch den privaten Schreibtisch Stadlers daheim hatte sie beim Putzen genau durchsucht und nichts entdeckt. Wie sollte sie noch etwas herausfinden können? Sie konnte doch Stadler nicht einfach fragen, was er von dieser Sache wisse, denn damit würde sie sich selbst verdächtig machen. Und außerdem sprach er auch nie direkt über seine Arbeit, was bei seinem Amt wahrscheinlich sowieso verboten war, sondern berichtete nur ab und zu einmal vom Ärger mit einem Mitarbeiter oder einer anderen Dienststelle. Schließlich kam noch erschwerend hinzu, daß Stadler zur Zeit des Attentats noch nicht der Präsident der bayerischen Verfassungsschützer gewesen war. Anntraud überlegte, sie müßte freien Zugang zu seinem Büro bekommen, um vielleicht dort alte Akten oder etwas anderes finden zu können. Sie nutzte deshalb jede Gelegenheit, Herrn Stadler dorthin seine vergessene Brille nachzutragen oder einen frischen Apfelstrudel für ihn und die Kollegen »als Überraschung« vorbeizubringen, obwohl sie dabei immer durch die ganze Stadt fahren mußte, von Grünwald im Süden bis zur Dienststelle im Norden. Die Pförtner im Amt kannten sie schnell und winkten sie ohne Ausweiskontrolle durch, und man grüßte sie auf den Gängen – doch wie sie in der Dienststelle nach alten Unterlagen und Berichten suchen könnte, war ihr ein Rätsel.

Zugang hatte sie bald auch zum Haus des Justizministers, denn er hatte kleine Kinder, und Stadler hatte ihm wohl erzählt, daß Anntraud nicht nur ausgezeichnet kochen konnte, sondern auch im Kindergarten arbeitete, also auch hervorragend zur Betreuung der Kleinen geeignet war. Wenn das Kindermädchen des Ministers krank war oder Urlaub hatte, sprang Anntraud manchmal kurzfristig als Aushilfe ein, wofür man ihr sehr dankbar war und sie gut bezahlte. Der Justizminister stellte sie wiederum weiteren Staatsbeamten und Politikern von Rang und Namen vor. Kannte sie jemanden nicht, dann sah sie später im Internet nach und begriff allmählich immer mehr, wie die bayerische Spitzenpolitik zusammenhing. Seitdem sie diese Leute kannte, las Anntraud jeden Tag die Zeitung und hörte Nachrichten, denn die »Politik« war nicht mehr nur irgendwer, sondern hatte Namen, so wie sie in der Kindergruppe gelernt hatte, wer für welches »Amt« zuständig war und daß alle demokratisch zusammenarbeiteten, die Politiker freilich in einem ganz anderen Ausmaß mit einem großen Apparat dahinter und immer unter den Blicken der Öffentlichkeit. – Herr Stadler drohte ihr bald im Spaß, daß er ihr kein gutes Zeugnis ausstellen würde, wenn sie einfach zu einer »anderen Seite« wechseln würde, sich also vom Justizminister oder einem anderen abwerben ließe, so eine Perle wie sie würde er nie wieder finden. Außerdem, so scherzte er weiter, hätte er als Verfassungsschützer schon geeignete Methoden zur Gegenabwehr, sie solle sich also hüten. Anntraud schüttelte lächelnd den Kopf und seufzte, denn allmählich wurde ihr die Arbeit zuviel, sie kam kaum mehr dazu, Marion zu mailen, und auch Orhan beschwerte sich zunehmend, daß sie keine Zeit mehr für ihn habe. Zudem mochte sie den Justizminister, im Gegensatz zu Dr. Stadler, nicht leiden. Anntraud behandelte er zwar immer höflich, aber seine Frau und andere Bedienstete wies er streng zurecht, alles mußte immer ganz genau nach seinen Vorstellungen geschehen. Wie Gottlieb konnte er gleichzeitig zu seiner Frau saugrantig, zu anderen aber höflich und korrekt sein. Einmal hörte Anntraud, wie er seine Frau im Nachbarzimmer anschrie: »Stell dich nicht so an, du bist auch nicht mehr die Jüngste.« Kurz darauf sah sie ihn im Fernsehen über »meine liebe Ehefrau, der ich alles verdanke« sprechen.

Zwar hatte sie jetzt Zugang zu all diesen Häusern, sie hatte das Vertrauen all dieser Leute, manchmal hörte sie wichtige Gespräche mit, denn man achtete nicht auf sie, wenn sie Essen auftrug oder sich mit den Kindern beschäftigte – aber herausgefunden hatte sie gar nichts mehr, und schließlich wurde es August.

Anntraud wußte, daß sie nicht ewig so weitermachen konnte. Sie fühlte sich müde und ausgelaugt, schlimmer noch: sie flüsterte Alexander gedanklich am Mahnmal zu, daß sie ihr Ziel doch nicht erreicht hatte und überlegte, ob sie nicht nach Berghaupt zurückfahren solle. Da war ihr, als würde ihr Alexander zuraunen: »Nein.« Das gab Anntraud wieder eine Zeitlang Stärke, aber schließlich dachte sie doch immer häufig ans Aufgeben. Was wollte sie eigentlich noch, waren die Mörder nicht alle tot? Sollte sie nicht heim in ihr Dorf gehen und ihr Leben in Ruhe zu Ende bringen, wie es sich für eine alte Frau gehörte?

Anfang August saßen sie und Herr Stadler beim gemeinsamen Frühstück in der Küche. Vor dem Haus wurden Bäume abgesägt, weil in der Straße neue Rohrleitungen verlegt werden sollten. Man sprach darüber, wie der Bezirksausschuß durchgesetzt hatte, daß an gleicher Stelle später wieder Bäume gepflanzt werden sollten, obwohl Anntraud es eigentlich so viel schöner fand, wie die Sonne nun das ganze Haus durchflutete und erhellte. Dabei aber, so stellte sie fest, war plötzlich auch Schmutz und Dreck und Staub zu sehen, der vorher im Schatten der großen Kastanien verborgen geblieben war, und Anntraud sagte Herrn Stadler, daß sie einen gründlichen Frühjahrsputz versäumt hätten und sie ihn nun für dringend notwendig halte. Stadler schaute sich um und meinte, es sei doch alles ordentlich, doch Anntraud zeigte ihm den Staub auf den Bildern im Flur, den Dreck hinter der Kommode, die klebrige Schicht auf den Küchenschränken und die Spuren auf dem persischen Teppich, der in die Reinigung gehörte.

»Aber das machen Sie mir nur mit einer Extra-Zulage«, erwiderte Herr Stadler streng, wie so oft, wenn er betonte, daß er sie nur für vier Tage die Woche eingestellt habe und bezahle, sie aber de facto fünf Tage die Woche für ihn arbeite, denn oft kochte sie auch am Sonntag, seitdem sie nicht mehr in die Kirche ging. Herr Stadler, mit dem sie sich einig war, daß man sich siezen sollte, überwies ihr dann immer wieder etwas auf ihr Konto, obwohl Anntraud betonte, daß es ihr gefallen würde, auch mal am Sonntag zu kochen oder abends für die Herrschaften die Essen auszurichten. Stadler war großzügig, und Anntraud kam es immer noch komisch vor, Geld für Waschen, Kochen, Bügeln und die ganze Hausarbeit zu erhalten, etwas, das sie vorher ein Leben lang in Berghaupt umsonst erledigt hatte.

»Ich fang noch heute an«, sagte Anntraud, denn dieser »Saustall« störte sie wirklich und sie wollte nicht, daß ein Besuch diesen Dreck, den die gefällten Bäume und das Sonnenlicht nun sichtbar gemacht hatten, zu sehen bekam. Mehr noch als in Berghaupt wäre es ihr peinlich gewesen, einen unordentlichen Haushalt zu führen.
»Warten Sie bis übernächste Woche«, meinte Herr Stadler, denn heute müsse er ja nach Berlin und sei erst wieder in zehn Tagen zurück.
»Warum?« fragte Anntraud, und Herr Stadler verstand sie falsch.
»Der Bundesnachrichtendienst zieht doch bald nach Berlin, und da hab ich auch viel zu klären, allein die ganze Aktenlage ist ein Chaos«, sagte er.
»Nein, ich meine, warum soll ich nicht putzen, wenn Sie nicht da sind, dann paßt es ja ganz gut, dann koche ich ja sowieso nicht.«
»Die Kommoden sind so schwer, die dürfen Sie mir nicht alleine verschieben«, widersprach Stadler.
»Dann rutschen wir sie halt jetzt noch schnell zusammen zur Seite«, schlug Anntraud vor. Herr Stadler sah auf die Uhr, er hatte noch etwas Zeit, bis sein Flugzeug ging, und man machte sich an die Arbeit. Dabei schlug Anntraud vorsichtig vor – denn sie wußte nicht, wie wertvoll es seiner geschiedenen Frau gewesen war –, ob sie nicht Teile des Geschirrs im Wohnzimmer aussortieren sollte, Stükke, die nie im Gebrauch waren. Stadler begrüßte das sehr, denn eigentlich würde immer und überall zu viel herumstehen, seine Geschiedene hätte nichts wegräumen können. Er zeigte ihr noch einmal, wo der Kellerschlüssel

hing, dort würde sie auch Kartons finden, in die sie das Geschirr packen könnte.
Selbst wenn Anntraud sich bald verabschieden würde, diesen gründlichen Hausputz war sie dem großzügigen Stadler auf jeden Fall noch schuldig.
Anntraud reinigte alle Fenster und Rahmen, sie wischte die Schränke und Kommoden innen und außen, sie brachte die Teppiche zur Reinigung, topfte die Pflanzen um und mußte immer wieder pausieren, bemerkte, daß sie keine junge Frau mit frischer Kraft mehr war. Langsam, aber sicher kam sie doch voran, war in sieben Tagen mit dem kompletten Frühjahrsputz fertig, sortierte jetzt nur noch das Geschirr aus und ging in den Keller, um dort die Kartons zu suchen. Anntraud dachte beim Betreten den Kellers noch, der gehöre auch einmal gründlich aufgeräumt, dann sah sie auf der Seite drei abgeschlossene Metallcontainer stehen, die ihr noch nie aufgefallen waren. Anntraud versuchte sich zu erinnern, nein, vor drei Wochen, als sie im Keller nach Eingemachtem gesucht hatte, waren diese Schränke noch nicht da gewesen. Sie kombinierte schnell: Neuerdings waren in der obersten Schublade von Stadlers Privatschreibtisch auch Schlüssel, die sie vorher noch nicht gesehen hatte – sie paßten. Und Anntraud fand schließlich, was sie nicht mehr zu hoffen gewagt hatte: alte Akten, fein säuberlich beschriftet, darunter elf dicke Ordner, auf denen stand: »SOKO Theresienwiese 1, 2, 3 ...«. Anntraud zitterte vor Aufregung, als sie die Ordner sah. Sie ging schnell nach oben, verschloß die Haustür, sah nach, ob heute wirklich Donnerstag war, Stadler also erst in drei Tagen zurücksein würde, legte dann die Akten in eine Stofftasche, verschloß die Schränke wieder und ging in ihr Appartement.

Zuerst überflog sie alles, es waren Kopien des Landesamtes für Verfassungsschutz und des Landeskriminalamtes an den Bundesnachrichtendienst, alle mit »streng geheim« gestempelt. Anntraud vermutete, daß man die Akten wohl wegen des bevorstehenden Umzugs des Bundesnachrichtendienstes von Pullach nach Berlin hierher geschafft hatte, was gut zu Stadler passen würde, der schon oft gesagt hatte: »In der Höhle des Löwen sucht man nicht nach dem Löwen.«

Anntraud sah Blatt für Blatt durch, fand akribisch geschriebene Notizen, Protokolle von Verhören und behördeninterne Korrespondenz. Viele Abkürzungen verstand sie nicht, bei anderen Blättern wiederum fragte sie sich, warum sie streng geheim waren, wie zum Beispiel, daß der damalige Ministerpräsident den amtierenden Kanzler getroffen hatte, was ohnehin in jeder Zeitung gestanden hatte. Anntraud las weiter und weiter – nachts um zwei Uhr, nachdem sie sich einen starken Kaffee gekocht hatte, fand sie schließlich ein Schreiben, das ihr den Atem stocken ließ.

Der damalige Ministerpräsident, der verstorbene Vater des heutigen Justizministers, der sie damals in der Nacht angerufen und über den Tod Alexanders informiert hatte und der »alles für sie in dieser Angelegenheit tun wollte«, wünschte zwei Tage nach dem Attentat, man möge zu »jedem denkbaren Ergebnis in den Ermittlungen kommen, nur nicht dazu, daß eine rechte Terrorgruppe hinter dem Anschlag« stehen würde, denn sonst wären sie womöglich alle ihre Ämter los. Der zuständige Ministerialdirektor schrieb daraufhin Stadlers Vorgänger sowie dem Leiter des Landeskriminalamtes, daß er, der Ministerialdirektor, eine bedeutende Schrift über Attentäter verfaßt habe, die die Ermittler ja sicher kennen würden. Er sei also ausgewiesener Experte auf diesem Gebiet. Nach all dem, was er als zuständiger Koordinator bisher in Erfahrung gebracht habe, deute alles darauf hin, daß es sich um einen Einzeltäter handle, der gestört gewesen war. Alle Ämter sollten in diese Richtung ermitteln! Im übrigen könne es dem Ansehen aller hier Beteiligten, und damit dem Freistaat Bayern und der ganzen Bundesrepublik, erheblich schaden, wenn man zu einem anderen Ergebnis käme.

Orhan hatte ihr einmal erklärt, wie verschlüsselt und »diplomatisch« manche heikle Themen ausgedrückt wurden, auch wenn etwas ganz anderes gemeint war. Diese Anweisung aber war sogar äußerst direkt: Auf Anweisung des Ministerpräsidenten hatte man also die Mörder ihres Kindes frei herumlaufen lassen. Ob der Verfassungsschutz sie dann tötete oder eine höhere Gerechtigkeit sie schließlich in den Tod schickte, wußte Anntraud auch am übernächsten Tag nicht, als sie noch einmal alle Akten durchging. Aber, so viel stand fest: Um die Wahl zu gewinnen, die zwei Wochen nach dem Attentat stattgefunden hatte, so hatte schon der Journalist vermutet, durfte es unter keinen Umständen eine »rechte Terrorgruppe« geben; um die Wahl zu gewinnen, hatte der Ministerpräsident also gezielt in die laufenden Ermittlungen eingegriffen und angeordnet, daß die Mörder erst einmal ungestraft davonkamen, und alle hohen Staatsbeamte, alle Kriminaler und alle Verfassungsschützer hatten mitgemacht – den Beweis dafür hielt Anntraud in den Händen.

Sie stand auf, ließ die Ordner offen auf dem Tisch liegen, sah hinaus, wie Arbeiter von der Stadt eine weitere Kastanie fällten. Was war das für ein Mensch, dieser Ministerpräsident, der immer so eifrig von Demokratie gesprochen hatte, der doch einen eigenen Sohn im Alter Alexanders hatte, den heutigen Justizminister, was war das für ein Mensch, von Demokratie zu reden und dann Mörder frei herumlaufen zu lassen, Mörder, die neue Nazis waren? Anntraud legte sich ins Bett und wollte nach zwei durchwachten Tagen und Nächten endlich wieder schlafen, doch sie nickte nur kurz ein, dann war sie erneut hellwach, sah ihren Alexander auf diesem Polizeifoto vor sich.

Anntraud machte sich frisch, brachte die Akten in den Keller zurück, verschloß alles, packte das aussortierte Geschirr ein und stellte es an die Treppe. Dann rief sie ein Taxi und fuhr zum Mahnmal. Alexander, so dachte sie, würde ihre Gedanken mit dem Wind lesen können, sie setzte sich ein paar Schritte vom Mahnmal entfernt auf einen Baucontainer, der dort zufällig herumstand, und dachte aufgewühlt nach. Bald wurde es stiller; die Kinder und Jugendlichen, die auf der Theresienwiese Skateboard fuhren oder Fußball spielten, verließen in der Dämmerung den Platz. Auch die große Bavaria-Statue versank bald im Dunkel, sie wurde heute nicht angestrahlt.

Anntraud hatte hier in München endgültig ihren Gott verlassen und keine Kirche mehr besucht. Sie hatte hier in der Kindergruppe gelernt, was Demokratie im kleinen bedeutete, daß nichts mehr als ein erfülltes Leben zählt und nicht das Aufopfern für einen Gott im Jenseits. Über Stadler und Orhan hatte sie gelernt, daß nicht »irgendwer da oben«, ob Staat oder Gott, etwas richte, sondern daß jeder ein Teil der Gemeinschaft war und seinen Beitrag dazu leisten mußte, damit sich nicht wieder »Kameraden« durchsetzen konnten, die nur in Ausländern und Juden die Schuld suchten, diese »Kameraden«, für die ein

Menschenleben nichts, Gehorsam aber um so mehr zählte, diese Kameraden, die einfach unschuldige Menschen auf dem Oktoberfest umgebracht hatten.
Auf jeden Fall – so schoß es Anntraud durch den Kopf – könnte ihr Alexander noch leben wie der Sohn des Ministerpräsidenten, wenn dieser die »Kameraden« schon früher hätte verbieten lassen, wie es die Opposition gefordert hatte, wenn er seine Behörden zu viel schärferer Strafverfolgung, zu Hausdurchsuchungen und mehr Überwachungen aufgefordert und die »Kameraden« nicht zu Spinnern verharmlost hätte. Und dann, als sein Fehler offensichtlich war, hatte er alles zu vertuschen versucht, Gesetze und die Menschen mißachtet, extra schlampig ermitteln und die Mörder nicht fassen lassen. Anntraud hatte hier begeistert die Ordnung der Menschen nach den Gesetzen der Demokratie im kleinen und großen gelernt – und jetzt sollte also doch alles nicht wahr sein, ihr neuer Glaube an das Menschliche nicht stimmen, sich alles in Lug und Trug auflösen, wenn die Verantwortlichen letztlich diese Gesetze unterhöhlten.

Anntraud saß beim Mahnmal auf dem Container, sah auf die fast menschenleere Theresienwiese und fühlte sich plötzlich fremd hier, am Mahnmal des Todes, in dieser Stadt, in diesem Leben. Die Feuerwehr fuhr mit lautem Martinshorn vorbei, ein Taxifahrer schimpfte aus dem Fenster heraus auf einen anderen Autofahrer ein, eine junge Frau lief an einem Krückstock an ihr vorbei. Am Brausebad gegenüber, wie es offiziell hieß, kamen und gingen Männer, um schnellen Sex zu suchen, denn es war eine »Klappe«, wie die Münchner sagten, ein Treffpunkt für Schwule.
Anntraud sehnte sich nach Berghaupt zurück, in ihr Haus, in die Kirche zu Pfarrer Taugenbeck, zu den

Vereinssitzungen für die Dorfverschönerung, zu den Schwammerln im Fichtenhölzchen, zum Milchholen bei den Kutzbergers und sogar zu Gottlieb, den sie innerlich die letzten Monate so oft geschimpft hatte, denn mit seiner Ansicht über die Oberen, so hatte Anntraud gedacht, hatte er es sich einfach zu leicht gemacht und keine politische Verantwortung übernehmen wollen. Sollte er also doch nicht ganz so falsch gelegen sein mit seiner Meinung »Die kannst alle über einen Kamm scheren!?«, oder »Steck sie alle in einen Sack, hau drauf und du triffst keinen Falschen nicht«? Anntraud wünschte sich in diesem Moment zurück in ihr Dorf, wußte aber zugleich, daß es für sie dorthin keinen Weg mehr gab.
Sie fühlte sich furchtbar müde und spürte ihren Alexander nun nicht mehr, als sei er ihr plötzlich zum zweiten Mal abhanden gekommen, das erste Mal leiblich, nun seelisch.
Anntraud ging langsam ein Stück des Weges über die Theresienhöhe, bog dann in den kleinen Tunnel ein, der direkt zum Bavariapark führte, und setzte sich auf eine schwach erleuchtete Bank, um abermals auszuschnaufen. Die kleine Mariann fiel ihr ein, die ihr gesagt hatte: Die Tauben darf man aber doch nicht füttern, die sind die Ungeziefer der Lüfte, wie die Ratten. Das Mädel war gescheit, dachte Anntraud, würde es hoffentlich schaffen, ihren Spaß am Leben zu haben, einen Beruf lernen, einfach sicher und stark durch all diese Wirrungen kommen, wenn man ihr im Kindergarten schon diese Grundlagen vermittelte. Dann dachte Anntraud an ihre beiden Enkelkinder, sie hatte ja nur den Großen in Wirklichkeit gesehen, die Kleine nur auf Fotos. War es nicht längst überfällig, daß sie endlich die Einladung ihrer Tochter annahm und zu ihr nach Australien flog, für eine Woche oder ein Jahr, wie Marion oft scherzhaft per E-Mail

schrieb? Sollte sie nicht gehen und sich um ihre lebende Tochter und deren Kinder kümmern? Anntraud hörte den Spottvers der Kutzberger-Zwillinge. War sie nicht doch das Unglückskind, das andere ins Verderben riß? Später konnte sich Anntraud nicht mehr erinnern, wie lange sie auf der Parkbank gesessen hatte, sie war eingeschlafen, irgendwann weckte sie ein Polizist, nahm ihre Personalien auf und schickte sie nach Hause. Sie war erst ganz verwirrt, dann nahm sie den Weg zur Theresienhöhe, sah dort, daß noch eine Wirtschaft offen hatte, ging einfach allein hinein und bestellte ein Bier. In der Gaststätte waren hauptsächlich jüngere Leute, die wie Studenten aussahen, und Anntraud dachte an Alexander, der nach dem Zivildienst Völkerkunde hatte studieren wollen. Gottlieb hatte so geschimpft, über so »einen Schmarrn, zu was soll das denn gut sein«, aber nach Alexanders Tod hatte er sich immer wieder – heimlich, aber Anntraud hatte es trotzdem bemerkt – Zeitschriften zu dem Thema kommen lassen, über Eingeborenenstämme nachgelesen, obwohl er, ebenso wie sie, sicher nur die Hälfte davon verstanden hatte, denn die Artikel waren sehr akademisch verfaßt mit vielen Fremdwörtern. Zunächst hatte sie nicht verstanden, was ihr Mann plötzlich an den »Inuit« oder anderen Stämmen interessierte, an Alexanders Grab ahnte sie dann eines Tages den Zusammenhang und verstand nur nicht, warum er die Zeitschriften in seiner Dienststelle und im Nachtkästchen versteckte, bis ihr klar wurde, daß Gottlieb sie nicht an Alexanders Tod hatte erinnern wollen.

Anntraud saß in der Wirtschaft mit den alten Werbeblechschildern allein an einem dunklen Holztisch ohne Tischdecke, wurde deshalb aber weder von der Bedienung noch von anderen schief angeschaut. Sie hatte ihren

Gedanken nachgehangen, doch jetzt war es ihr peinlich, so allein herumzusitzen. Sie bestellte noch ein Bier und fragte die Bedienung, ob sie ihr etwas zum Schreiben ausleihen könne, sie wollte so tun, als würde sie sich wichtige Notizen machen. Die Kellnerin brachte ein Bier, einen Rechnungsblock und einen Kugelschreiber. Ohne weiter nachzudenken, zeichnete Anntraud Kreise auf den Block und verband sie zu einem Stammbaum. Sie schrieb »Ehemaliger Ministerpräsident, Justizminister, Frau, Kind sieben Jahre, Kind fünf Jahre, Kind zwei Jahre« dazu. Wenn, wie sie jetzt gelernt hatte, nur das Leben jedes einzelnen zählte, dann verdienten Mörder und ihre Hintermänner das Leben nicht. Warum sollte der Sohn des Ministerpräsidenten, des Wegbereiters und Vertuschers der Morde, im Gegensatz zu ihrem Sohn leben? Dann dachte sie an seine drei Kinder, die es ohne Vater sicher sehr schwer im Leben hätten. Warum aber war der Justizminister selbst nicht der Sache nachgegangen? Es hätte ihm doch ein leichtes sein müssen, nachzufragen, welche Rolle sein Vater damals gespielt hatte? Der Sohn hatte es wohl vorgezogen, seine prominenten Beziehungen zu nutzen und Justizminister zu werden. Ebensowenig wie sein Vater hatte er eine Ehre im Leib. Aber welch flammende Reden für den Rechtsstaat konnte er halten, Broschüren zum Schutz der Demokratie drucken lassen und stets seine Verantwortung für »unser freiheitliches Rechtssystem« betonen. Anntraud dachte an diese fünfundzwanzig schmerzvollen Jahre ihres Lebens, sie dachte daran, daß es eine Gerechtigkeit in dieser Welt geben müßte. Wenn es eine Ordnung gab, in die Politiker nach eigenen Gesetzen eingreifen durften, dann stünde ihr das auch zu. Vielleicht, so schoß ihr plötzlich durch den Kopf, bedeutete die alte Prophezeiung auch, dass sie Rache nehmen sollte, Auge um Auge, Zahn um Zahn, die Gesetze erfüllen mußte. Hatte sie sich nur zu lange gegen ihre Bestimmung gewehrt, den alten Glauben zu erfüllen? Hatte sie im christlichen Gott und danach in der Demokratie die falschen Wege gesucht?

Als Anntraud gerade aufstehen und zahlen wollte, kam eine junge, blonde Frau herein und begrüßte sie mit einem freundlichen »Hallo«. Anntraud überlegte, woher sie sich kannten, bis ihr einfiel, daß sie die freundliche Buchhändlerin war.

»Ich hab das Buch jetzt, und sogar noch mehr«, sagte sie, und die Buchhändlerin lächelte. Später fiel Anntraud ein, daß die freundliche Frau sicher nicht mehr gewußt hatte, welches Buch sie meinte, suchte sie doch bestimmt tagtäglich Bücher für andere Leute. Die blonde Frau lud sie ein, sich weiter hinten mit ihr und ihrer »Verabredung« an den Tisch zu setzen, doch Anntraud lehnte ab. »Vielen Dank, aber ich hab noch was vor«, hörte sie sich sagen. Beim Bezahlen sah Anntraud, daß sich die Buchhändlerin mit dem bärtigen Pfarrer von St. Rupert, dessen Messen sie anfangs in München besucht hatte, traf. Anntraud wunderte sich, daß sich so verschiedene Menschen mitten in der Nacht hier im Wirtshaus verabredeten. Unter anderen Umständen hätte sich Anntraud zu ihnen gesetzt, und vielleicht wäre das Gespräch auf Glaube, Aberglaube und Esoterik gekommen. Anntraud sah zu den beiden hinüber, sie lachten gerade herzhaft über etwas, Anntraud zögerte kurz, dann entschied sie sich.

Anntraud beschloß ihre Sache bis zum Ende durchzustehen. Auf dem Heimweg erzählte sie dem Taxifahrer die Geschichte vom Nazi-Bürgermeister Kutzberger, der seine gerechte Strafe in ihrem Dorf gefunden hatte und umgebracht worden war, weil in Berghaupt einfach jeder jeden kannte und deshalb vielleicht sogar für den lieben Gott die Welt überschaubarer wurde. In München war das nicht so einfach, Verbrecher dingfest zu machen, und der Taxifahrer stimmte ihr zu, war er selbst doch schon zweimal überfallen worden und die Polizei hatte die Täter nicht ermitteln können. Anntraud gab ihm wenig Trinkgeld, denn mittlerweile hatte sie gelernt, daß nur arme Leute großzügig aufrundeten, stieg aus dem Wagen und betrachtete – betrunken wie sie war – die Stummel der Kastanien. Die dicken Stämme waren ebenerdig abgesägt, mit dem Entfernen der Wurzeln taten sich die Bauarbeiter aber offenbar schwer. Ein Bagger stand hier noch mitten in der Nacht, seine Schaufeln ins halb herausgerissene Wurzelwerk geschlagen. Anntraud setzte sich auf einen abgesägten Stamm und überlegte, was genau sie zu tun hätte. Der Halbmond und die Laternen warfen ein schwaches Licht auf die Straße, Anntraud sah ihren langen Schatten auf die Straße fallen, dann gab sie sich einen Ruck, um ins Bett zu gehen, sie mußte wieder zu Kräften kommen, sie mußte schlafen, um ihren Plan durchführen zu können.

Am nächsten Morgen, einem Sonntag, stand Anntraud mit Kopfschmerzen auf und ging in Stadlers Badezimmer zum Apothekerschränkchen, wo Aspirin lag, auf das der Verfassungsschützer schon nach diversen Empfängen zurückgegriffen hatte. Dann überprüfte sie die Vorräte in der Küche und im Gefrierschrank und stellte zufrieden fest, daß sie aus den vorhandenen Waren Gulasch und Kartoffelknödel kochen konnte, dazu würde sie den Wildblumensalat servieren.

Sie holte das kleine Adreßbüchlein von Stadlers Privatsekretär und rief den Justizminister an – ob er und seine Frau heute abend schon etwas vorhätten, sie würde gerne für ihn und seine Familie kochen. Der Justizminister fragte Anntraud, ob sie einen sechsten Sinne hätte, woher sie wüßte, daß er sich gerade eben zum Kanzlerkandidaten durchgesetzt hatte, und er just in diesem Moment mit seiner Frau besprochen habe, daß sie dies heute abend im engsten Familienkreis gebührend feiern wollten. Anntraud zitterte kurz, was ihr fernmündliches Gegenüber aber nicht sehen konnte, antwortete dann, daß es ja wunderbar zusammenpasse, sie hätte heute einfach große Lust zum Kochen und vermisse auch die Kinder, die sie schon so lange nicht mehr gesehen hätte.

Zuerst dachte Anntraud an den Botanischen Garten, aber der Blindengarten schien ihr dann wesentlich geeigneter, um dort Wildblumen zu ernten. Dort waren am Sonntagvormittag nur wenige Besucher, die Blinden konnten ohnehin nicht sehen, wie sie leise gelben Finger- und Eisenhut abschneiden würde. Außerdem lag das Giftblumenbeet im Blindengarten so abseits, so daß Anntraud die Pflanzen sogar büschelweise abtrennen und in ihre Stofftasche stecken konnte. ohne bemerkt zu werden. Daheim schaute sie im Gartenbuch sicherheitshalber noch einmal nach, aber sie hatte sich nicht getäuscht – kleinste Mengen der Blüten und Blätter waren so giftig, daß sie zum schnellen Tod führten.

Anntraud bereitete das Essen sorgfältig vor und würzte das Gulasch wegen der Kinder nicht zu scharf. Bei den Vorbereitungen rief Orhan an und beschwerte sich bitter, daß sie die letzten Tage nicht einmal über das Handy zu erreichen gewesen war. Wo stecke sie denn? Warum klinge sie so seltsam? Anntraud vertröstete ihn auf morgen und spürte einen Schmerz, daß sie ihn nie wieder sehen würde. Sie dachte an Marion und die Enkelkinder, die so weit weg waren, aber Anntraud beschloß, Gefühle dieser Art nun unter keinen Umständen mehr aufkommen zu lassen, sie konzentrierte sich auf das Kochen, um ihr einmal gefaßtes Vorhaben nicht zu gefährden.

Während das Gulasch schon fertig zubereitet war und nur noch zwei Stunden vor sich hinköcheln mußte, fielen ihr die Akten ein. Sie lief noch einmal schnell in den Keller, nahm die wichtigsten Unterlagen heraus, steckte sie in einen Umschlag, bediente sich bei Stadlers Briefmarken, schrieb einen Bekennerbrief, adressierte den Umschlag an die »Süddeutsche Zeitung« und brachte das Schreiben zum Briefkasten um die Ecke. Dann pressierte es mit den Kartoffelknödeln und der Salatmarinade, sie hatte keine Zeit mehr zu verlieren, denn die Herrschaften waren eigentlich immer pünktlich.

Alles lief wie geplant. Der Justizminister, seine Frau und die Kinder kamen in ausgelassener Stimmung. Der Minister hatte ein Siegerlächeln: Durch die vorgezogenen Neuwahlen würde er es nun zum Kanzler schaffen, was sein Vater nicht erreicht hatte, er würde so weit kommen, er würde sein Werk vollenden! Anntraud lächelte freundlich und dachte, er würde das tödliche Werk seines Vaters nicht vollenden. Die Frau des Justizministers lobte den »wunderschön« in Gelb und Rot gedeckten Eßtisch und übergab ihr als Dankeschön für die Einladung eine Flasche Champagner.

Anntraud servierte das Gulasch, die Knödel und den Wildblumensalat, der die Frau Justizminister besonders entzückte.

Was für wunderbare Einfälle Anntraud doch hätte, so würden auch endlich einmal die Kinder Salat essen, so einen hätte sie noch nie gesehen. Das glaubte ihr Anntraud freilich gern, die gelben und blauen Blüten waren noch giftiger als Tollkirschen.

Die Herrschaften aßen mit Vergnügen und malten sich die weitere Karriere in bunten Farben aus.

Zuerst spürten die Kinder ein Kribbeln an Mund, Zehen und Fingern, dann wurde allen übel, schließlich schwindlig, zehn Minuten nach dem Essen sanken alle mit verdrehten Augen und von Schmerzen gekrümmten Leibern hin, zu schwach, um noch telefonieren zu können, kurz darauf wurden sie ohnmächtig. Anntraud sagte sich ständig leise vor: Hab bloß kein Mitleid mit ihnen, die gehen über Leichen, sie verachten Menschenleben, also sind sie selbst das Leben nicht wert.

»Mörderin« hörte sie sich jedoch plötzlich selber laut sagen und begriff erst jetzt die Ungeheuerlichkeit ihres Tuns – um dem Aberglauben zu entkommen, hatte sie ihr Leben einer gottgewollten Ordnung unterstellt, in der ein einzelner Mensch nichts zählte. Dann hatte sie gelernt, um wieviel würdevoller und ehrlicher Menschen zusammenleben konnten, wenn jeder auf seine Wünsche hörte und seine Werte vertrat. Schließlich war alles wie ein Kartenhaus wieder zusammengebrochen, nachdem sie erfahren hatte, daß der erste Vertreter dieser Ordnung für Morde verantwortlich war. Hatte sie sich damit nicht wieder auf die menschenverachtende Stufe zurückgestellt, nicht mehr den einzelnen und der Demokratie vertraut, sich ebenso verachtend über das Leben der anderen gestellt wie die »Kameraden« und der Ministerpräsident seinerzeit? Dafür, so dachte Anntraud, gibt es Richter und Gesetze bei uns, damit es nicht wieder hieße »Auge um Auge« und »Zahn und Zahn«. Deshalb waren die Richter neutral, genau deshalb hieß es Rechtssystem, und genau darum war das Grundgesetz geschaffen und die verschiedenen Gewalten aufgeteilt worden. Und wenn einer, selbst ein Großer, dieses Gesetz brach, dann war es noch lange kein Grund, es selbst zu mißachten. Sie hatte sich auf eine Stufe mit den Kameraden gestellt, die Leben auch nicht achteten und dafür eine politische Begründung suchten. War es nicht genau das, was alle politischen Mörder trieb? Daß das Leben der einzelnen nicht zählte wegen eines vermeintlich größeren Zusammenhangs? Anntraud rannte zum Telefon und rief den Notarzt, der schnell eintraf, ebenso wie die Polizei. Die Herrschaften waren bewußtlos, und Anntraud sagte aus, daß sie keine Ahnung von der Sache hatte, was man ihr auch glaubte, denn sie war ja nur die Perle und der Justizminister und Kanzlerkandidat selbstverständlich erstes Ziel eines möglichen Anschlags. Die Polizisten riegelten alles weiträumig ab, Anntraud fuhr mit ins Krankenhaus. Dort berichtete sie von ihrem Verdacht, daß man ihr absichtlich diesen Wildblumensalat am Viktualienmarkt untergejubelt hatte, so daß die Ärzte entsprechende Gegenmaßnahmen einleiten konnte. Schließlich konnte man ihr glaubhaft versichern, daß alle, auch die Kinder, ohne Schäden durchkommen würden, weil sie so geistesgegenwärtig reagiert hatte. Sie zog ihren Mantel an, nahm ihre Tasche und fuhr in den Bavaria-Park bei der Theresienwiese. In der Tasche hatte sie noch genügend Blüten des Fingerhuts.

Im Park konnte sie es nicht unterlassen, Orhan anzurufen, ihm in Kürze zu erzählen, was sie herausgefunden und getan hatte und sich von ihm zu verabschieden. Er bat sie inständig darum, ihm doch zu verraten, wo sie sei, doch Anntraud sagte es ihm nicht. Eine Taube gurrte neben ihr, sie legte auf. Sie sah über die Baumkronen hinweg in den nächtlichen, sternenlosen Himmel und wurde plötzlich ganz ruhig. Sie dachte, nein, sie wollte dem Leben nicht entfliehen, wie damals, als sie sich unter die Zwölf Apostel gelegt hatte, im Gegenteil: Wie reich ist diese Welt, trotz all der schmerzhaften Verluste. Wie schön ist dieses Dasein, trotz all der häßlichen Begegnun-

gen? Wie großartig ist jeder Mensch mit seinen Schmerzen, wie einzigartig mit seinen Gefühlen? Sie dachte: Dies so zu empfinden ist Glück. Aber es konnte sich nur bewahrheiten, wenn sie mit dem Juwel bezahlte, den sie eben erst gefunden hatte: ihrem Leben.
Anntraud fragte sich, ob sie mit dieser letzten Konsequenz wirklich die angemessene Verantwortung für ihre Tat übernähme, ob sie nun wirklich zu ihrem Alexander käme und ob sie wohl »eine Grabesruhe« finden würde. Keine Frage konnte sie eindeutig beantworten. Sie aß die Blüten, schluckte dazu Schmerzmittel und trank Wasser. Der Himmel verdunkelte sich, sie glaubte ein Irrlicht zu sehen. Irgendwann verlor sie das Bewußtsein, es tat nicht weh.

V.
Und wenn sie nicht gestorben sind …

Drei Tage später verweigerte Pfarrer Taugenbeck »dieser Person« die letzte Ruhe auf dem Berghaupter Friedhof, und die Klatschreporter fielen nach Gerlindes erfolgreichen Verhandlungen mit dem Geistlichen über das Dorf her.

Die Unterlagen, die Anntraud der Presse samt Bekennerschreiben zugeschickt hatte, führten dazu, daß alle in die Ermittlungen des Oktoberfest-Attentates Involvierten, die heute noch in einem Amt waren, fristlos entlassen wurden. Gegen mehrere Staatsbeamte wurde Anklage erhoben und zwei davon zu langjährigen Haftstrafen verurteilt. Der Kanzlerkandidat wurde gestürzt und mußte nach diesem Familienskandal auf Druck der eigenen Partei auch vom Amt des bayerischen Justizministers zurücktreten. Dr. Stadler konnte nachweisen, vom Inhalt der Akten in seinem Keller nichts gewußt zu haben, und blieb noch ein halbes Jahr bis zu seiner Pensionierung im Amt.

Anton Stadler wäre der einzige gewesen, der die letzte Wahrheit vielleicht doch noch hätte herausfinden können, doch er zog es vor, im Ruhestand seinen Hobbys

Lesen, Kochen und Golfen nachzugehen. Eine »Perle« stellte er nicht mehr ein, nur noch eine Zugehfrau. Nicht zu Unrecht vermutete er einen Zusammenhang zwischen Anntrauds und Orhans Abschied, denn sein Diplomatenfreund hatte Hals über Kopf noch in der Nacht jener Ereignisse seinen Dienst aus »schwerwiegenden gesundheitlichen Gründen« niedergelegt und war zurück in die Türkei geflogen, von wo aus er Stadler einmal eine Postkarte aus Bodrum, seinem Ferienwohnsitz, schrieb. Dort, so hatte Stadler von einem anderen Diplomaten erfahren, lebte Orhan nun fast das ganze Jahr über mit einer blonden Deutschen, die er demnächst heiraten wollte. Stadler hätte ihn zu gerne einmal besucht und überprüft, ob sein Verdacht stimmte. Doch er besann sich und ließ die Finger von der Sache, mit der er schon genug Scherereien gehabt hatte, vor allem mit der Frage, warum er eine verdächtige Person, die von seinem Amt observiert worden war, als Haushälterin eingestellt hatte. Dem Staatsanwalt, der von verdeckten Ermittlungen offenbar keine Ahnung hatte, konnte Stadler nur mit einem Gutachten und einem Standardwerk der geheimdienstlichen Methoden beikommen: Wo sonst als in der Höhle des Löwen wäre eine Person besser zu beobachten gewesen? Außerdem konnte er glaubhaft nachweisen, Anntraud nie irgendeine Akteneinsicht gewährt zu haben. Nach fast einem Jahr in seinem Haushalt war seiner Erfahrung nach außerdem mit an Sicherheit grenzender Wahrscheinlichkeit davon auszugehen, daß seine »Perle« keinerlei rechtsextreme, demokratiegefährdende Einstellungen hatte und auch keinerlei Handlungen diesbezüglich stattfanden oder geplant waren. Stadler konnte davon ausgehen, daß Anntraud einfach ein »harmloses Mütterlein, eine auszeichnete Köchin und hervorragende Haushälterin war«, so daß er seinem BND-Kollegen ruhig gestatten konnte, die

Aktenschränke in seinem Keller zwischenzulagern. Wenn es einen Fehler der Behörden gab, dann nur den, Anntraud Reiser nie namentlich als die Mutter eines Opfers des Oktoberfestanschlags geführt zu haben, so daß dazu kein Zusammenhang herzustellen gewesen war. Dieser Fehler konnte aber nicht ihm, Anton Stadler, angelastet werden.

Nur gut, daß ihn keiner nach Orhan fragte. Niemand außer ihm hatte offenbar von dessen Beziehung zu Anntraud etwas mitbekommen. Denn daß er seinem Freund Orhan auf dessen mißtrauisches Nachfragen hin bald verraten hatte, daß er Anntraud aus Gründen der Observation eingestellt hatte, hätte ihn als Geheimnisverrat seine Pension kosten können. Stadler war sich fast sicher, daß Orhan schon vor Anntrauds Anschlag mehr über ihre Absichten und ihre Vergangenheit erfahren hatte. Seine Neugier in dieser Sache mußte er jedoch der Vernunft opfern – es galt jetzt in seinem und anderen Interessen Gras über die Sache wachsen zu lassen. Mit einer Mischung aus Spitzbubentum, Altersweisheit und Mitgefühl konnte er nur eines nicht unterlassen: In Anntrauds Appartement hatte er einen alten, vergilbten Brief von einem gewissen John an die »kleine Anntraud« gefunden. Stadler steckte ihn in einen Umschlag und schickte ihn kommentarlos nach Bodrum.

Der Brief kam in Bodrum an, als Orhan seinem Dienstmädchen gerade genaue Anweisungen gab, welche zwei Zimmer für den kommenden Besuch vorbereitet werden sollten. Orhan wählte die zwei Dachräume, denn von dort aus konnte man über die Stadt, den blühenden Jasmin, die Rosengärten und den Hafen zum Meer schauen. Diese Aussicht hatte noch alle Gäste beeindruckt. Zugleich fragte er den handwerklich geschickten Gärtner, ob dieser nicht Kindersicherungen an den Fenstern anbringen könnte, denn für einen Einjährigen war das Fenster sehr gefährlich, wie er von seinem eigenen Enkelkind wußte, das sich immer über die Brüstung gelehnt hatte. Der Gärtner würde das erledigen, und Orhan fuhr mit Annegret, wie jeden Morgen, zum Frühstücken und Schwimmen in die blaue Bucht, westlich von Bodrum. Dort aß man in einem Café direkt am Meer Oliven, Tomaten und Käse; man trank den besten Kaffee der Gegend und erfrischte sich anschließend bei einem Bad im ruhigen Meer. Da der Sandstrand flach ins Wasser führte, war die Badestelle auch für Kinder geeignet, überlegte Orhan in Hinblick auf den nahen Besuch.

In der Mittagshitze hielt man einen kleinen Schlaf im kühlen Erdgeschoß, nachmittags plauderte man zum Tee mit Nachbarn oder fuhr noch einmal zum Meer, weil Annegret davon gar nicht genug bekommen konnte. Abends gab es Einladungen und wechselseitige Besuche oder man ging noch einmal die fünf Minuten in die pulsierende Stadt hinein – nicht aber zur Hochsaison, da waren alle Straßen mit Touristen verstopft. Man las Bücher oder trank einfach bloß Wein auf der hinteren Terrasse, die nicht von den Laternen der Straße beschienen war und so einen Blick in den klaren Sternenhimmel freigab.

An diesem Abend übergab Orhan Annegret den Brief, den der Postbote heute morgen gebracht hatte. Sie öffnete ihn neugierig.

»Liebe, kleine Anntraud!« stand da. »Leider ich habe zu gehen für heute, aber ich sehe freudig voraus, Dich wiederzutreffen unter anderen Umständen. Die menschenverachtende Diktatur wird plötzlichen Tages enden, Du wirst sehen. Liebe die Menschen, trotzdem. Nicht schau

auf Ideologien, lebe mutig Dein eigenes Leben. ›Stop and smell the roses‹, sagt man bei uns. Halte inne und rieche die Rosen. Dein Opa John.«
Anntraud dachte zärtlich an ihren Großvater, sie verstand jetzt, was John mit diesen Zeilen meinte. Erst gestern hatte sie mit Orhan darüber gesprochen, daß sie dem Leben keinen tieferen Sinn oder Glauben mehr abzuringen versuche, und es genossen, sich mit jemandem über all diese Überlegungen austauschen zu können. Nur jeder einzelne Tag im Leben zählte, denn das Leben war nicht mehr als die Summe dieser verbrachten Tage, das war die Ordnung. Freilich, hatte Orhan daraufhin gescherzt, wäre ihr Leben nun wunderschön, in der durch nichts zu übertreffenden Türkei, mit der täglich wachsenden Liebe zwischen ihnen und dem verdienten, altersgemäßen Müßiggang.

Anntraud nahm sich vor, diesen Brief an ihre Enkelkinder weiterzugeben, die sie morgen in Bodrum erwartete. Orhan war der Ansicht, man könne es nun riskieren, daß sich die Familie traf. Annegrets Legende hätte sich gut etabliert. Er hatte Marion gemailt, sie solle nach Bodrum fliegen, er hätte ihr noch Wichtiges über die Mutter mitzuteilen und ihr etwas aus dem Nachlaß zu übergeben. Gerne dürfe sie mit ihrem Mann und den Kindern kommen und in seinem Haus noch Ferien verbringen. Nach einigem Zögern hatte Marion zugesagt, obwohl sie zunächst nicht verstanden hatte, wieso sie die Kinder mitbringen sollte.

Orhan holte sie und die Kinder alleine am nahe gelegenen Flughafen mit dem Auto ab, während Anntraud am Strand wartete. Er brachte Marion langsam, mit menschlichem und diplomatischem Geschick, die Wahrheit bei.

Was wäre, wenn ihre Mutter noch leben würde? Würde sie dies aushalten, ohne jemals in ihrem Leben darüber zu sprechen? Hier könne sie die Mutter ruhig »Mama« nennen, aber nach Deutschland oder Australien dürfe kein Wort davon dringen, den Kindern sollte sie erklären, Annegret sei eine Art »Ziehmama«. Auch alle Post und alle Mails dürften nur über ihn laufen. Orhan hatte an alles gedacht, schließlich war er Profi und hatte nicht zum ersten Mal jemandem zu einer Legende verholfen, zu einer neuen Existenz unter anderem Namen.

Anntraud zählte die Stunden und Minuten, bis sie endlich ihre Tochter und ihre Enkelkinder sehen und berühren konnte. Sie umarmte Marion wieder und wieder, strich dem fünfzehnjährigen David kurz übers Haar und nahm die einjährige Emily so lange in den Arm, bis es dieser zu bunt wurde und sie das Haus zu erforschen begann – wobei sich zeigte, an was Orhan und sie bei den Vorbereitung nicht gedacht hatten: Rheumamedikamente lagen in Augenhöhe des Kindes, kostbares Geschirr stand noch im offenen Regal und der siedend heiße Wasserkocher wäre mit einem Griff zum Kabel von der Anrichte herunterzuziehen gewesen. Sie wechselte sich mit Orhan bei der Beaufsichtigung der Einjährigen ab, und Marion konnte sich erst einmal ausschlafen.

Abends, als Emily nach der ganzen Aufregung um zehn Uhr endlich im Bett war und David noch kurz in die Disco in der Stadt schauen durfte, setzten sich Anntraud und Marion auf die hintere Terrasse, schenkten sich Rotwein ein und naschten »Tatlilar«, türkische Süßigkeiten. Marion lächelte ihre Mutter an und schüttelte den Kopf. Erst wollte Anntraud alles Neue über die Enkelkinder erfahren, dann wollte ihre Tochter endlich wissen, wie sie zu so einer lebendigen Mutter kam, auf deren Beerdigung sie kürzlich erst gewesen war. Orhan setzte sich zu ihnen, schenkte sich ebenfalls einen Wein ein und erzählte Marion, was sie wissen wollte: Orhan hatte schon lange vor dem Anschlag Anntrauds herausgefunden, daß sie die Mutter eines beim Oktoberfest-Attentat getöteten Opfers war. Anntrauds Seele hatte sich ihm verraten, als sie einmal von dem verstorbenen Kind gesprochen hatte, und es war daraufhin nicht schwer, etwas über Alexanders Tod herauszufinden. Was sie aber genau in München suchte, wußte auch er nicht. Vorsorglich hatte er bestimmte diplomatische Vorbereitungen getroffen, denn daß sie eine Anstellung im Hause des Präsidenten des bayerischen Verfassungsschutzes hatte, war ihm mehr als verdächtig, und zugleich wollte er diese Frau, in die er sich auf den ersten Blick verliebt hatte, schützen.

Nach ihrem nächtlichen Anruf damals war er sich sicher, daß sie sich in der Nähe des Todesortes ihres Sohnes aufhielt. Zugleich hatte er Tauben im Hintergrund gurren gehört und er wußte, daß sie oft mit der Kindergruppe den Bavaria-Park besuchte. Er hatte also kombiniert und auch sofort einen befreundeten Arzt dorthin zitiert, der Anntraud auf der Parkbank richtig behandelte.
Als sie wieder zu sich kam, lag sie schon mit blond gefärbten, kurzen Haaren in einem türkischen Rettungsflugzeug, und Orhan flüsterte ihr beim Erwachen zu, daß sie ab sofort Annegret Späth hieße und sich diesen Namen einprägen sollte. Geboren war sie am 4. September 1937 im Münchner Westend, mehr solle sie nicht sagen, wer auch immer sie fragte, die restliche Legende würde noch fertiggestrickt werden. Am Flughafen in Istanbul zeigte Orhan einen Paß mit ihrem Foto und ihren neuen Daten, Anntraud verstand und wunderte sich, obwohl

sie von dem Gift noch reichlich benommen war. Vom Flugzeug aus hatte Orhan mit Hilfe eines guten Bekannten im Bundesnachrichtendienst eine weibliche Leichenattrappe organisieren, eine Obduktion verhindern und den Sarg verschließen lassen können. Der war dann nach Berghaupt übergeführt worden. So hatten Orhan und sein »Kollege« es zuvor auch schon mehrmals geschafft, Aussteiger offiziell zu beerdigen, denn damit, so der Diplomat, können Legenden am einfachsten gebildet werden.

Anntraud erholte sich körperlich in Orhans Wohnung in Istanbul, wo Dienstboten noch eine Selbstverständlichkeit waren, wie hundert Jahre früher in Bayern, berichtete sie ihrer Tochter.

Anfangs mußte sie Orhan jeden Morgen ihr neues, bisheriges Leben aufsagen, sie durfte nicht mehr auf »Anntraud« reagieren, egal zu welcher Zeit jemand den Namen rief. Dann sei man nach Bodrum, in sein Ferienhaus, umgesiedelt, an diese herrlichen Strände und zu diesen netten und feinen Leuten, mit denen sie sich gut unterhalten konnte, denn jeder hier sprach Englisch. Anntraud war ein Stein vom Herzen gefallen, denn es würde sicher noch länger dauern, bis sie etwas Türkisch sprach. Sie paukte zwar Vokabeln und Grammatik, aber in ihrem Alter blieb einfach nur ein Bruchteil des Gelernten hängen. Sie konnte sich jedoch Zeit lassen, da fast alle Nachbarn, Händler, Verkäufer, Friseure und Kellner gut englisch sprachen, unter Orhans Freunden einige sogar deutsch. Orhan lächelte: Rein sprachlich paßten Marion und die Kinder »angemessen dazu«.

Orhan stand auf, sah nach Emily, holte Wasser und stellte eine türkische Nachspeise aus Eis, die auch Anntraud noch nicht kannte, auf den Terrassentisch. Ein paar Wolken zogen auf, und ein frischer Wind brachte eine angenehme Abkühlung.

Marion erzählte von der Beerdigung in Berghaupt. Fast alle Dörfler erwiesen Anntraud die letzte Ehre, zahlreiche Reporter fotografierten oder filmten. Die Frauen hatten ihre »letzte Ruhestätte« mit Kränzen aus Silberdisteln übersät, und Pfarrer Taugenbeck hatte nur mühsam seinen Zorn »um des lieben Friedens willen« unterdrücken können, Gerlinde hatte beruhigend auf ihn eingeredet und der Geistliche dann doch recht ergreifend über »die Liebe, die alles verzeiht«, gepredigt. Es war Neumond, und jeder Berghaupter blickte verstohlen zum Himmel, ob dieser sich nicht grün verfärben würde. Der Loibl Hias brach am Grab zusammen, konnte aber ausgerechnet von seiner geschiedenen Frau Theres reanimiert werden, denn der Doktor war bei einem Notfall im Nachbardorf. Eine Amsel pickte zuerst am Efeu beim Kriegerdenkmal und ließ sich dann, ganz unbeirrt von der Zeremonie, auf Alexanders Holzkreuz nieder.
Nachdem die Reporter feststellen mußten, daß die Dörfler ihnen nichts erzählten, verließen sie Berghaupt wieder. Marion übergab Doktor Brand das Haus zur weiteren Obhut, denn sie wollte ihr Elternhaus nicht verkaufen, sondern künftig ihre Urlaube dort verbringen. Ihr Cousin Stefan half ihr bei der Nachlaßregelung und zeigte ihr die Website, die er für Berghaupt eingerichtet hatte und über die sie nun auch »am anderen Ende der Welt« alle Neuigkeiten erfahren konnte. Zur Erinnerung an seine Tante wollte er außerdem das nächste Hoch oder Tief – je nachdem, wo er zuerst den Buchstaben »A« ergattern konnte – nach ihr benennen, denn in Deutschland konnte nun die Wetterlage eine »Patin« bekommen.

Als am Tag der Beerdigung die Reporter Berghaupt wieder längst verlassen hatten und die Kirchturmglocken zum Abendgebet läuteten, verfärbte sich der Himmel plötzlich schlagartig grün und schüttete bald darauf eiergroße Hagelkörner über Berghaupt aus. Es klopfte und dröhnte und hämmerte. Scheiben zerbrachen klirrend, Dachziegel vom Pfarrhaus zerschellten, und am Weiher wurde ein Reh von den Eisstücken erschlagen. Kurz darauf herrschte Totenstille im Dorf – dann drang der Schrei eines Neugeborenen durch die Abenddämmerung. Die älteste Enkeltochter der Kutzbergerin mit ihren gerade mal sechzehn Jahren hatte sich im Heustadel selbst von einem gesunden Buben entbunden.

Anntraud blickte von der hinteren Terrasse aus in den nächtlichen Sternenhimmel. Die Wolken hatten sich nun doch wieder verzogen, es würde leider nicht regnen und abkühlen. Aber Anntraud dachte nur: Was für eine Rolle spielt schon das Wetter!

ABSCHLIESSENDER HINWEIS:

»Das Buch des Münchner Journalisten« bezieht sich auf »Oktoberfest – Ein Attentat« von Ulrich Chaussy, 1985.

Linn Ullmann
Ein gesegnetes Kind

Roman

Jedes Jahr verbringen die Halbschwestern Erika, Laura und Molly die Sommerferien bei ihrem Vater auf Hammersö. Ihre Tage auf der Insel sind bestimmt von Inselspielen, Mädchencliquen und den Streitereien um einen Jungen namens Ragnar – bis zu jenem tragischen Ereignis, über das sie bis heute schweigen.

»Sollte Gott zufällig einmal einen Blick auf die kleine Insel Hammersö werfen, wäre er vielleicht überrascht darüber, dass er so einen schönen sturmumtosten Ort erschaffen hat. Er würde einen schmächtigen Jungen sehen, der durch den Kiefernwald rennt mit einem Schwarm schreiender Kinder hinter sich.«

Droemer